변호사

변호사 3
초판 1쇄 인쇄일 2015년 5월 23일 | **초판 1쇄 발행일** 2015년 5월 27일

지은이 진문 | **펴낸이** 곽중열 | **담당편집 팀장** 이범수
편집부 신연제 이윤아 김호성 김은경

펴낸곳 (주) 조은세상 | 출판등록 제 2002-23호
주소 경기도 연천군 미산면 청정로 1355
TEL 편집부 02)587-2966 | FAX 02)587-2922
e-mail bukdu@comics21c.co.kr

ISBN 979-11-5832-052-2 | ISBN 979-11-5832-049-2(set) | 값 8,000원

※잘못 만들어진 책은 바꿔 드립니다.
※저자와의 협의에 의해 인지는 생략합니다.

Legal Mind

변호사 : 리걸 마인드

진문(眞文) 현대 판타지 장편소설

NEO MODERN FANTASY STORY & ADVENTURE

북두

(주)조은세상

Legal Mind

변호사 :리걸 마인드

CONTENTS

NEO MODERN FATASY STORY & ADVENTURE

※본 소설은 픽션입니다.
소개된 케이스의 결론은 실제 사실과 다를 수 있으니 주의 바랍니다.
또한 극적인 전개를 위해 법정변론은 어느정도 각색이 되어 있음을 알립니다.

제 17 장

: 일제강제징용,
지워질 수 없는 상처(후편)

NEO MODERN FATASY STORY & ADVENTURE

변호사

일제 강제징용 손해배상 청구사건.

그 말을 듣는 순간 유생은 온 몸에 짜르르 전기가 흘렀다.

“어때. 굉장하지?”

태수의 물음에 유생은 격하게 동의했다.

“네! 꼭 해보고 싶어요.”

“그럴 줄 알았어.”

태수는 빙긋 웃으면서 말을 이었다.

“변호사 시보 기간에는 대부분 로펌에서 자료수집이나 준비서면 작성하거든. 그러느니 차라리 이곳에서 제대로 된 사건을 맡는게 좋겠다 싶었어.”

“근데, 우리가 사건을 맡을 수 있어요? 거기에도 변호사들 있을 거 아녜요.”

민수연의 물음에 태수가 대답했다.

“사실 지금까지 일하던 변호사들이 지난 번 패소판결 난 다음에 많이들 그만뒀대.”

유생은 알겠다는 표정으로 고개를 끄덕였다.

‘1995년부터 무려 15년 동안이나 준비해왔는데 돌파구가 보이질 않으니 그럴만도 하지.’

한국과 일본을 오가며 소송을 진행하는 동안 그 비용도 만만치 않았을 터.

또한 우리나라 고등법원에서까지 패소를 했으니 사기가 꺾일만도 했다.

“그래서 우리 자리가 생긴 거군요.”

“맞아.”

태수는 고개를 끄덕였다.

“들어가게 되면 우린 박찬근 교수님과 한 팀이 되어서 이번 사건을 정식으로 맡게 될 거야.”

정식 사건 수임.

듣기만 해도 가슴이 설레었다. 그때 민수연이 고개를 갸웃거리며 입을 열었다.

“박찬근 교수님이라면… 되게 유명하신 분 같은데… 그… 누구였더라.”

"아! 생각났어요."

은지가 박수를 치며 말을 이었다.

"민중의 변호사 박찬근! 우리나라 3대 변호사 중에 한 사람이잖아요."

"맞다! 이제 기억났어. 부장판사 출신 변호사. 당시에 전관예우를 거부하면서 사법부의 내부 개혁을 외쳤던 분이잖아요."

민수연은 그 당시를 생생하게 기억하고 있는 듯 했다.

"전 학부시절 학회생활하면서 봤어요. TV인터뷰 녹화해 둔 것이었는데, '모두가 쉬쉬하고 있지만 전관예우는 엄연히 존재하고 있습니다. 법과 정의를 위해서라면 법조인인 우리가 먼저 바뀌어야 합니다!' 라고 했던 말은 진짜 감동이었어요."

아직도 생생히 기억나는 듯 민수연은 감동어린 표정이 되었다.

태수도 빙긋 웃으며 말했다.

"너도 그거 기억하는구나? 나도 학창시절 그 분 말씀 듣고 뜨겁게 불타 올랐었지. 진짜 법조인이라면 저래야 한다. 그래서 법대에 들어가기로 마음 먹었어. 운 좋게도 학부시절에 내 지도교수님이기도 하셨고."

"근데…."

유생이 궁금하다는 표정으로 물었다.

"우리나라 3대 변호사가 누구누구에요?"

그 물음에 대답한 것은 은지였다.

"불패의 변호사 장태현. 철벽의 변호사 강대철. 민중의 변호사 박찬근. 이 셋이 우리나라 3대 변호사에요."

그 말에 태수가 덧붙였다.

"이번 사건. 제1심이 장태현이 승소한 거 너도 알지?"

"네."

유생이 고개를 끄덕이자 태수가 말을 이었다.

"그때 상대 변호사가 철벽의 변호사 강대철이었어."

'강대철….'

어딘지 익숙한 이름.

잠시 골몰한 유생을 보면서 태수가 말했다.

"장태현이 불패의 변호사라는 별명을 얻은 것도 그 때 강대철을 이겼기 때문이었지. 설마 우리나라 법원에서 일본 기업의 손을 들어줄 줄은 아무도 몰랐거든."

"그럼 강대철 변호사는 지금 뭘하고 있죠?"

"글쎄…."

태수는 고개를 갸웃거리며 말했다.

"예전에 듣기로 미국인가로 갔다고 해. 여튼 그 이후로 한국에서 활동하지는 않는다고 하더라."

"아…."

유생은 왠지 강대철이란 이름이 마음에 걸렸다.

'뭐지? 이 느낌은?'

그 느낌은 장태현을 떠올릴 때와는 사뭇 다른 느낌이었다.

좀 더 애잔하고, 슬픈 느낌.

그때 태수가 민수연과 유생에게 명함 한 장씩을 내밀었다.

"내일은 다들 여기로 출근해."

이어서 은지에게도 한 장 주며 말했다.

"너도 시간 있으면 한번씩 들러. 어차피 졸업하면 같은 일 할 텐데, 미리 알아둬서 나쁠 건 없으니까."

"네! 꼭 가볼게요."

은지는 방긋 웃으면서 받았고, 모두는 태수에게 받은 명함을 들여다보았다.

[법무법인 31인의 변호인단]의 명함.

두꺼운 폰트로 '박찬근'이라 쓰인 이름 밑에 작은 글씨로 주소가 적혀 있었다.

'사당동 1048-56번지 2층 2호.'

그곳이 앞으로 2개월간 변호사 수습 생활을 할 곳이었다.

다음 날 출근길.

지하철을 탄 유생은 주머니에 손을 집어 넣다가 이상한 감촉을 느꼈다.

'어? 이게 뭐지?'

꺼내본 순간 유생의 눈이 휘둥그레졌다.

금빛 리본을 두른 작은 상자.

은지에게 주려던 귀고리가 담긴 상자였다.

'아차! 어제 깜박하고 그냥 왔구나!'

점심을 먹고 태수와 헤어진 후 유생은 은지와 함께 덕수궁 안을 걸었다.

고궁의 고즈넉함을 즐기며 한 바퀴를 돈 다음, 시청 앞에서 시작되는 청계천로를 주욱 걸어갔다.

그렇게 세 시간.

'분위기 참 좋았는데….'

분위기는 좋았지만 체력이 달렸다.

처음에 가벼웠던 발걸음은 점차 무거워지고, 발바닥이 아파왔다.

너무 힘이 들어 근처 음식점에 들어갔고, 저녁을 먹고나니 일어서기가 싫었다.

결국 그 날 데이트는 그렇게 끝났고, 유생은 은지를 버스 정류장 까지만 바래다 주었다.

집까지 배웅해 주고 싶었지만 엄두가 나질 않았다.

'운동을 좀 해야겠어.'

올해로 서른 여덟.

지금껏 나이 많은 줄 몰랐던 유생이었지만 체력이 급감하자 경각심이 들었다.

'그나저나… 이걸 언제 주지?'

상자를 보고 있는 유생의 미간에는 한 가닥 깊은 주름이 생겼다.

◇

사당동에 있는 '31인의 변호인단' 사무실은 생각보다 작았다.

'방이 겨우 네 개네?'

커다란 회의실 세 개와 개인실 하나.

서른 한 명이나 되는 변호사들이 전부 온다면 그들 중 몇몇은 서 있어야 할 것 같았다.

마치 유생의 표정을 읽은 듯 태수가 말했다.

"말이 31인이지 지금은 열 명 조금 넘어. 처음엔 이 건물 전체를 임대해서 썼는데 점차 사람들이 줄어들다 보니 2층 2호실만 남은 거지."

'하긴….'

태수의 말을 듣고보니 알 것 같았다.

15년 동안이나 승산없는 싸움을 계속해 왔으니 사람들

이 줄어든 것은 당연한 일.

처음엔 모두들 사명감에 불타 시작했겠지만, 그 불은 그리 오래가지 못했을 터였다.

딸깍.

태수가 방문을 열고 들어가니 커다란 원탁이 보였고, 익숙한 얼굴들이 앉아 있었다.

민수연과 한 남자.

그들은 방에 들어온 태수와 유생을 반겼다.

"오셨어요?"

"반갑습니다. 형님들!"

반갑게 다가와 인사하는 그는 문진수였다.

진수도 변호사 연수를 어디로 신청할까 고민하다가 태수에게 부탁했다고 했다.

진수는 씨익 웃으면서 유생과 태수를 번갈아보며 말했다.

"그나저나 엄청 설레는데요? 왠지 형님들과 함께라면 이번 사건도 이길 수 있을 것 같아요."

"너무 부담주지 마. 이번 사건 쉽지 않아."

유생의 말에 태수도 거들었다.

"맞아. 이건 모의재판이 아냐. 진짜 사건이라고. 그리고 지금까지 사건을 진행해 오신 분들도 정말 쟁쟁한 분들이야. 그분들이 바보라서 패소한 것은 아니거든."

"맞네. 이번 사건은 쉽지 않지."

태수의 말을 받은 것은 뜻밖의 목소리였다.

모두 뒤를 돌아보니 단정한 백발의 노인이 휠체어를 탄 채 주르륵 미끄러져 들어오고 있었다.

그를 본 태수의 얼굴엔 반가움이 담겼다.

"박찬근 교수님!"

"반갑네. 태수군."

박찬근 교수는 온화한 웃음을 띠며 태수의 손을 잡았다.

"난 자네가 해 낼 줄 알았어. 정말 장하네."

"교수님!"

순간 예전 생각이 떠오른 태수는 눈시울이 붉어졌고, 박찬근 교수는 그의 등을 두드렸다.

"그때나 지금이나 마음이 여린 건 여전하군 그래."

"여, 여리다니요…."

태수가 고개를 숙이자 박 교수는 빙긋 웃으며 말했다.

"칭찬이네. 마음이 여리다는 건 좋은 법조인이 되기 위한 중요한 자질이야."

그는 태수의 등을 몇 번 더 두드린 다음 주변을 둘러보며 말했다.

"자, 다들 이렇게 서 있지 말고 앉게나. 사실 우린 이러고 있을 시간이 없다네."

그의 말에 태수는 스윽 눈을 닦고는 말했다.

"자, 다들 앉자. 교수님 말씀부터 들어봐야지."

"네."

모두는 원탁에 자리를 찾아 앉았고, 박찬근 교수는 이야기를 시작했다.

"다들 태수군에게 이야기를 들었겠지만, 우리는 지금 일제 강제징용 사건을 준비 중에 있네."

"구체적으로 어떤 사건인가요?"

문진수가 묻자 박찬근 교수는 물을 한 모금 마시고 입을 열었다.

◇

"원고는 모두 10명. 사실 내 고향 사람들이야. 연배는 나보다 많거나 비슷하지. 이들은 1944년 일본의 국민징용령에 의해 강제징용되어 일본 히로시마에 있는 요쯔비시에서 강제노역을 했어."

박찬근 교수는 그동안 그들이 겪었던 일들을 주욱 이야기 했다.

열악한 환경에서 처참한 몰골로 혹사 당했던 일들.

이후 히로시마에 떨어진 원자폭탄은 이들에겐 재앙이자 기회였다.

원자폭탄이 떨어지면서 공장이 파괴되어 탈출할 수 있었고, 각자 살길을 모색해 간신히 귀국할 수 있었던 것.

허나 귀국 했어도 이들은 전혀 보상 받지 못했다.

당시 정부에서 제정한 '대일 민간청구권 신고에 관한 법률' 에 의하면 강제징용으로 일본에 끌려갔다가 돌아온 이들에게는 보상청구권이 없었기 때문이었다.

오로지 죽은 이들만을 접수받아 각 30만원씩만 보상했을 뿐.

이후 생활은 힘들었다.

경제가 좋아져 일자리를 구하고 가정을 꾸릴 수는 있었지만 원자폭탄 피폭 후유증 때문에 오랫동안 일할 수는 없었다.

당시의 처참했던 상황을 기억하면서 박찬근 교수는 한숨을 푸욱 내쉬었다.

"이들에 대해서 알게 된 건, 벌써 20년 전이야. 그때 고향 사람들이 이렇게 고생하는 것을 보고, 결국 내가 소송을 하자고 제안했지."

맨 처음 소송을 제기한 곳은 일본 히로시마 지방재판소였다.

"불법행위로 인한 손해배상금과 미지급임금의 지급을 구하는 소송이었네. 하지만 패하고 말았어."

"그 이유가 무엇이었나요?"

민수연이 묻자 박찬근 교수는 착잡한 표정으로 입을 열었다.

"손해배상금은 제척기간을 도과했다는 이유로 기각했고, 미지급임금에 대해서는 소멸시효가 완성되었다며 기각했지."

제척기간과 소멸시효.

일정기간이 지나면 권리가 소멸한다는 점에서 둘은 같다.

'다만 소멸시효는 중단이 인정된다는 점에서 달라. 근데… 좀 이상한 걸?'

잠시 생각하던 유생이 이상하다는 듯이 물었다.

"불법행위에 의한 손해배상금에는 제척기간이 아니라 소멸시효가 적용되지 않나요?"

유생의 물음에는 태수가 대답했다.

"우리나라는 소멸시효로 보지만 일본은 달라. 제척기간으로 본다고."

그래도 유생은 석연치 않은 표정이었다. 그는 고개를 갸웃거리며 다시 물었다.

"그건 그렇다 쳐도 좀 이상해요. 미지급 임금의 경우엔 소멸시효가 적용된다는 말인데, 그러면 충분히 인정될만한 시효 중단 사유가 있잖아요?"

분명 맞는 말이었다.

객관적으로 권리를 사실상 행사할 수 없을 때는 해당 권리의 소멸시효는 중단된다.

이는 일본법이나 우리법이나 같은 부분이었다.

박찬근 교수도 고개를 끄덕이며 말을 이었다.

"그렇네. 우리도 그 점에 착안해서 반격했지. 원고들에겐 그러한 청구권을 행사할 수 없을 만한 사유가 있었다고 말이야.

한국에서는 보상범위에서 제외되었고, 전쟁이 끝난 이후 한국과 일본 사이에 어떤 내용의 협약이 체결되었는지도 몰랐으니까.

허나 그들의 반론을 들었을 때 우린 충격적인 사실을 알게 되었네."

아직도 치가 떨리는 듯, 박찬근 교수는 이를 한 번 악물고는 말을 이었다.

"항소심때 상대측 변호사가 말했네. 1965년에 한국과 일본 사이에 청구권 협정이 있었고, 이로써 우리국민의 민사 청구권은 완전히 소멸했다는 사실을 말이지."

그 말을 듣는 순간 방안에 있던 모두의 눈이 휘둥그레졌다.

지금껏 법 공부만 해왔던 그들에게는 아직도 새로운 정보였던 것이다.

'그 당시에 청구권 협정이 있었다고?'

유생도 놀란 눈으로 원탁에 놓인 자료를 읽어보았다.

과연 두번째 장 한가운데에는 두꺼운 글씨로 다음과 같이 씌여 있었다.

[대한민국과 일본국 간의 재산 및 청구권 문제의 해결과 경제협력에 관한 협정.]

소위 '65년 한일 청구권 협정' 이라 불리는 이 협정은 양국 정부 간의 청구권만이 아니라, 양국 국민의 재산, 권리 및 이익과 청구권에 관한 문제를 완전히 그리고 최종적으로 해결하고 있었다.

◇

잠시 동안, 회의실의 모든 이들은 '한일 청구권 협정' 의 내용을 면밀히 검토했다.

가장 먼저 진수가 분통을 터뜨렸다.

"빌어먹을! 정부에서 간행한 공식해설책자를 보니 명백한데요? 피징용자의 미수금 및 보상금에 대한 청구 뿐만 아니라 일본정부 및 일본국민에 대한 각종 청구권까지 모두 소멸하는 것으로 합의했다네요."

태수도 심각한 얼굴로 말했다.

“그것 뿐만이 아냐. 우리 정부는 그 조건으로 보상금을 청구했는데, 여기엔 피징용자들에 대한 보상금도 포함되어 있어.”

그렇게 정부가 받은 금액은 총 5억달러.

그 중 3억달러는 무상자금이었고, 2억달러는 경제협력을 명목으로 한 장기 저리 차관이었다.

해설책자에는 당시 보상금을 산정할 때, 피징용자들에 대한 것까지 모두 포함하기로 합의했다고 했다.

유생의 입에서도 절로 한숨이 나왔다.

‘후우. 이건… 명백하군.’

이미 보상금까지 받은데다 그런 논의까지 있었다면, 일본 측이 청구권 협약을 근거로 청구를 기각한 것은 타당해 보였다.

민수연도 고개를 설레설레 흔들며 말했다.

“협약이 이런 내용으로 체결되었다면 우린 일본기업이나 정부에 더이상 손해배상이나 미지급임금을 요구할 수는 없겠어요.”

양국간 협약 사항은 분명했고, 모호한 부분도 없었다.

내용을 파고 들수록 모두의 분위기는 무거워졌다.

당연히 이길 수 있을거란 처음의 생각은 점차 비관으로 물들었다.

유생 역시도 마찬가지였다.

'싸우는 것 자체가 무의미할 지도….'

협약에 적혀 있는 '재산 및 청구권이 완전히 해결된다.'는 문구 하나 만으로도 이미 결정적이었다.

그때 무거운 목소리가 들려왔다.

"우리가 분노한 것은 협약의 내용이 아니네."

박찬근 교수는 떨리는 목소리로 말을 이었다.

그 역시도 당시를 생각하면 치밀어 오르는 화를 참기 어려운 듯 했다.

"지금까지 이런 내용의 협약이 있었다는 것을 숨긴 정부. 우리는 대한민국 정부에 더욱 분노했지."

그의 말에는 깊은 배신감이 담겨 있었다.

수십년간 수 많은 국민과 단체들이 일본과의 청산하지 못한 과거를 지적할 때마다 침묵해왔던 정부.

그 배신감은 단지 하나의 특정한 정권에 대한 것이 아니었다.

그동안 마치 자신들도 전혀 모르는 것처럼, 어쩔 수 없다는 태도를 취해 온 모든 정권들에 대한 배신감이었다.

"한일 청구권 협약은 우리가 일본에 항소할 때까지도 대중에 공표되지 않았네. 그래서 우린 정부에 정보공개요청을 했지.

65년 6월 22일, 도쿄에서 이뤄진 협약 내용이 구체적으로 무엇이었으며, 그것으로 인해 우리가 얻고 잃은 것이 무엇인지 밝혀 달라고 요구했지."

2005년 8월.

변호인단의 요청으로 정부는 결국 '65년 청구권 협약'의 내용과 의미에 대해서 처음으로 공표했다.

그 내용은 일본에서 들은 것과 크게 다르지 않았다.

당시 민관공동위원회는 한일 청구권협정에 대해 다음과 같은 의견을 냈다.

'청구권 협정을 통하여 일본으로부터 무상으로 받은 3억달러에는, 강제동원 피해보상 문제를 해결하는 성격의 자금도 포함되어 있다고 보아야 한다.'

참으로 씁쓸한 이야기였다.

지금까지 매년 전쟁배상과 위안부 · 강제징용자들의 문제로 일본과 날카롭게 대립하고 있었지만, 우리 정부는 이미 일본에게 보상금을 받았고, 당시 체결한 협약에 대해서 무려 40년간이나 국민들에게 침묵하고 있었던 것이다.

민수연과 문진수가 탄식하며 말했다.

"이건 정말 너무해요."

"도대체 정부는 지금까지 우리 국민들을 어떻게 보고

있었다는 거야?”

협약 당시의 독재정권 뿐만이 아니었다.

지금까지 이어져 온 모든 정권들은 이 침묵에 대한 공범이었다.

모두가 탄식과 비관에 젖어 있을 때였다.

“잠깐.”

모두가 돌아보니 유생이었다. 그는 자리에서 벌떡 일어서서 말했다.

“이상한 점이 있어요.”

유생의 눈은 반짝이고 있었다.

뭔가를 찾아낸 듯한 그의 표정에서는 희미한 웃음이 감돌고 있었다.

◇

그런 유생의 모습은 모두의 기대를 불러일으켰다.

태수가 그를 향해 물었다.

“발견한 거라도 있어?”

태수 뿐만이 아니었다.

문진수와 민수연도 못참겠다는 듯이 물었다.

“뭐에요, 오빠. 혼자만 좋아하고.”

“형님. 좋은 생각 있으면 가르쳐 주세요.”

그들의 말에 유생은 빙긋 웃었다.

"그렇게 대단한 건 아냐. 다만…."

다시 진지한 표정이 된 유생은 태수를 보며 말을 이었다.

"일본 재판소의 태도가 조금 이상해요."

"뭐가?"

"만약 이 협약 내용이 맞다면 우리 국민들에게는 청구권 자체가 없어요. 그렇다면 이것은 소송할 수 없는 사유(소송배제사유)에 해당할테고, 원칙적으로 일본 재판부는 소를 각하했어야 해요."

유생의 지적은 예리했다.

민사재판에서 소송요건을 갖추지 못하면 본안 판단에 들어가지 않고 '각하' 판결이 내려진다.

협약 내용이 사실이라면 피징용자들에겐 재판을 제기할 수 있는 권리 자체가 사라지게 되어 소송요건을 갖추지 못하게 된다.

그렇다면 소를 '각하' 해야 하는 것이 원칙.

그럼에도 일본 재판부에서는 굳이 본안까지 들어가 판단을 했고 '기각' 판결을 냈다.

이것이 뜻하는 바는 하나였다.

"이것은 일본 재판부가 '청구권 협약' 으로 개인의 청구권이 사라지지 않는다고 본다는 증거에요."

유생의 말은 먹구름 사이에서 새어 들어온 실낱 같은 빛과도 같았다.

유생의 말이 무슨 뜻인지 알아챈 태수도 동의했다.

"맞아. 일본 재판부는 본안 판단까지 들어가 '기각' 판결을 냈어. 그 말은 곧 개인의 청구권이 협약으로 사라지지 않았다는 것을 전제했다는 거야."

그때 진수는 갸웃거리며 반론을 제기했다.

"하지만 협약에서는 분명히 '재산 및 청구권이 완전히 해결된다.' 고 적혀 있잖아요.

이 문구는 해석의 여지도 없을 뿐더러 해설책자에도 '피징용자의 미수금 및 보상금에 대한 청구 뿐만 아니라, 일본정부 및 일본국민에 대한 각종 청구권까지 모두 소멸하는 것으로 본다.' 고 적혀 있어요.

이렇게 명백하게 적혀 있는 것을 어떻게 부정할 수 있을까요?"

허나 태수는 고개를 저었다.

"우리 정부의 견해가 그렇다는 것이지. 잘 생각해 봐. 결국 배상해야 하는 쪽은 일본이라고. 일본 측에서 '협약으로 청구권이 소멸되지 않는다.' 고 본다면 우리가 그걸 굳이 소멸된다고 볼 필요가 있겠어?"

태수의 말에 모두가 고개를 끄덕였다.

돈을 내는 사람이 인정하고 있는 사실을 돈 받으려는 입장에서 굳이 부정할 필요는 없었다.

우리 정부는 비록 협약으로 인해 청구권이 소멸되었다고 보고 있지만 배상할 의무가 있는 쪽은 결국 일본.

일본 스스로가 청구권이 소멸하지 않았다고 보는 이상 이에 대한 논의는 필요 없었다.

이를 깨달은 민수연이 떨리는 목소리로 입을 열었다.

"맞아요. 협정도 법의 한 종류고, 법을 최종적으로 해석하는 기관은 법원. 정부의 견해는 참고가 될 뿐이에요. 그렇다면…."

태수가 그녀의 말을 이었다.

"협정은 전혀 문제 되지 않아. 그리고 손해배상 청구기간을 소멸시효로 보는 우리나라에서는 중단사유를 충분히 인정할 수 있어!"

진수도 고개를 끄덕이며 말을 이었다.

"그러고 보니 그렇네요. 협약은 2005년까지 국민들에게 공표되지 않았기 때문에 원고들은 그에 대한 청구권이 있다는 사실조차 몰랐던 것이 되요. 그건 분명하게 소멸시효 중단사유가 된다구요!"

"만약, 우리나라에 진출한 일본기업에 배상청구를 한다면…."

태수의 가정에 모두는 쉽게 결론을 낼 수 있었다.

이 논리대로라면 일본 기업에 대한 손해배상 청구는 충

분히 인정될 수 있을 터.

모두가 환한 미소를 짓고 있을 때였다.

유생의 뇌리에 불길한 느낌이 스쳐 지나갔다.

'어? 뭐지?'

분명 지금까지의 논의에 오류는 없어 보였다.

그럼에도 불구하고 그 불길한 느낌은 유생의 마음을 덮어갔다.

마치 거대한 암흑처럼.

'이걸로는 해결할 수 없다는 말인가?'

그때 박찬근 교수의 메마른 기침소리가 들려왔다.

그는 잠시 목을 가다듬고는 입을 열었다.

"협약으로 청구권은 사라지지 않고, 소멸시효는 중단될 수 있다. 그래서 만약 한국에서 영업하는 일본기업에 청구한다면 분명 배상금을 받아낼 수 있을 것이다. 과연 자네들 실력도 보통이 아니군."

허나 그는 침울한 표정이 되어서 덧붙였다.

"당시 우리 변호인단 역시도 똑같은 결론에 도달했네. 허나…."

그는 한동안 말을 잇지 못했다.

북받쳐오르는 감정을 억누르기 힘든 듯 박찬근 교수의 얼굴은 붉어져 있었다.

잠시 감정을 추스른 그는 다시 입을 열었다.

당시 법정에서 있었던 일들을.

장태현이 철벽의 변호사 강대철을 어떻게 부숴는지를.

“그날 장태현이 부순 것은 강대철의 ‘철벽’ 만이 아니었네. 그는 ….”

다시 박찬근 교수는 온몸을 부르르 떨며 말을 이었다.

“모든 것… 놈은 지금까지 31인의 변호인단이 쌓아온 모든 것을 무너뜨렸어.”

그는 그날 법정에서 벌어진 일들을 소상히 이야기하기 시작했다.

◇

2007년 2월 2일, 서울지방법원.

동관 1153호 법정.

바로 이곳에서 일제강제징용자들의 일본기업 ‘요쯔비시’ 에 대한 손해배상 및 미지급임금 청구 사건이 진행되고 있었다.

방청석을 가득 채운 이들은 대부분 어르신들이었다.

강제징용을 직접 경험했던 이들의 눈빛은 울음과 울분으로 형형하게 빛나고 있었다.

정당한 보상을 받기 위해 움직이기 시작한지 벌써 12년.

비록 일본에서는 패소했지만 실낱같은 희망을 잡았다.

일본이 협약으로 인해 개인 청구권이 사라지지 않는다고 본 이상, 남은 문제는 하나였다.

소멸시효 중단의 문제.

지금껏 대한민국 정부는 협약의 존재조차 공표하지 않았다.

그 사실은 소멸시효를 중단시킬 수 있는 사유로 충분했다.

'이번엔… 반드시….'

김만수 씨는 입술을 질끈 깨물었다.

입안으로 피가 배어나왔지만 아픔 같은 건 느껴지지 않았다. 겪어온 고통에 비한다면 아무것도 아니었으니.

그리고 지금까지의 모든 노력은 오늘 재판에서 그 결실이 맺어질 터였다.

김만수 씨를 비롯한 모든 어르신들은 조용한 눈빛으로 법정에서 일어나고 있는 일들을 지켜보고 있었다.

◇

변호사 강대철은 지금까지 오갔던 준비서면들을 검토했다.

사실 지금까지의 공방을 보면 너무나도 쉬웠다.

'우리 측이 내세운 기초사실들을 거의 다 수용하고 있

어. 강제징용 사실부터 해서, 청구권 협정이 있었다는 사실까지.'

물론 상대측에서는 청구권 협정으로 개인의 민사 청구권이 모두 소멸했다는 입장을 취하고 있었다.

허나 그것은 이미 대비하고 있었기에 크게 신경쓰지 않았다.

'어차피 배상의무가 있는 곳은 일본기업이야. 일본에서도 협약 자체만으로는 개인 청구권이 사라지지 않는다고 하는데, 돈을 받으려는 우리나라에서 사라졌다고 우기는 건 정말 웃기는 논리지.'

철벽의 변호사 강대철.

그는 이번 재판 역시도 자신의 이력을 빛내줄 것이라 확신하고 있었다.

'이건 결코 질 수 없는 싸움이다.'

그는 상대편 변호사를 바라보았다.

장태현 변호사.

그 역시도 높은 승률로 유명했지만 강대철 만큼은 아니었다.

그만큼 강대철의 위명은 높았다.

그와 싸워온 이들은 강대철의 변론을 이렇게 평가하곤 했으니.

– 강대철의 변론은 언제나 피하고 싶다. 그의 입에서 나오는 단어 하나 하나를 들을 때마다 철벽에 부딪쳐 산산조각이 나는 기분이 들곤 한다.

'애송이 녀석. 철벽에 부딪쳤다는 느낌이 어떤 것인지 제대로 느끼게 해주마.'

강대철은 미소 지었고, 곧 재판장이 입을 열었다.

"원고 측. 변론 시작하세요."

강대철은 자리에서 일어나 낮은 중저음의 목소리로 청구요지를 발표했다.

"이번 사건은 일본으로 강제징용을 당한 원고들이 그동안의 손해배상과 미지급임금을 구하는 사건입니다. 지금까지 이들에 대한 보상이나 배상이 없었던 만큼, 이들의 청구는 정당합니다.

따라서 피고는 불법 강제징용으로 인한 손해배상과 미지급임금을 포함하여 원고 1인당 1억100만원을 지급할 것을 청구하는 바입니다."

다음은 피고의 변론이었다.

일본기업 요쯔비시의 대리인으로 나온 장태현은 여유로운 웃음을 지으면서 입을 열었다.

"원고측에서 주장한 기초 사실관계는 모두 인정합니다.

일제 강제징용.

이는 매우 비극적인 사건이었고, 저희도 이에 대해서는 매우 유감스럽게 생각하고 있습니다.

허나. 원고의 청구는 받아들일 수 없습니다."

순간 방청석은 술렁이기 시작했고, 장태현은 여전히 여유로운 표정으로 그들을 바라보며 말을 이었다.

"우선 원고가 요구하는 청구권이 실제로 있는지가 의심스럽습니다.

모두 아시겠지만 한국과 일본은 1965년에 청구권 협약을 체결했고, 본 협약 제2조에는 분명하게 적혀 있습니다.

'그 국민에 대한 모든 청구권에 관하여는 어떠한 주장도 할 수 없는 것으로 한다.' 고 말이죠.

안타깝긴 하지만, 본 협약에 이렇게 명백히 적혀 있는 이상, 원고의 청구권은 이미 소멸했고, 본 소송은 각하되어야 마땅합니다. 이상입니다."

모두 예상했던 내용이었다.

준비서면에서 주장한 것과 거의 다르지도 않았다.

'그것 뿐인가?'

강대철은 자신만만한 표정으로 일어났다.

이미 협정에 대해선 충분한 검토가 끝났고, 논지를 뒤집을 자신도 있었다.

'그렇다면 철저하게 부숴주마.'

그의 마음 속에는 오로지 승리라는 두 글자 만이 가득 차 있었다.

◇

강대철의 반격이 시작되었다.

"협약에는 분명 일제시대에 발생한 일본국과 그 국민에 대한 모든 청구권은 소멸한다고 적혀 있습니다.

하지만 이를 두고 반드시 '개인의 청구권이 소멸되었다.' 고 볼 수 있을까요?

이러한 해석은 피고측이 주장하는 것처럼 그렇게 명백하지 않습니다. 왜냐하면…."

강대철은 희미하게 웃으며 말을 이었다.

"일본에서는 다른 해석을 내리고 있기 때문입니다."

그의 말에 법정 안의 모든 이들이 술렁거렸다.

재판장도 궁금한 표정으로 그에게 물었다.

"일본은 본 협약에 대해 어떤 해석을 내리고 있는지 말씀해 주시겠습니까?"

강대철은 고개를 끄덕인 다음 빔 프로젝터 화면을 띄웠다.

그곳에는 두꺼운 글씨로 이렇게 씌여 있었다.

'65년 체결된 청구권협약에도 불구하고 개인의 재산상 청구권은 소멸되지 않는다. 협약은 단지 국가의 외교적 보호권이 소멸한다는 것을 규정할 뿐이다.'

"이 내용은 일본 최고재판소의 최근 판결에서 발췌한 내용입니다. 즉, 당사국인 일본 스스로도 협약 자체만으로 개인의 청구권이 사라지지 않는다고 분명하게 선언한 셈입니다."

강대철의 말은 다시 법정을 뒤흔들었다.

그것은 원고들의 마음을 뒤흔들었고, 희망의 불꽃을 지피기 시작했다.

'이길 수 있어.'

김만수 씨의 눈빛이 흔들리기 시작했다.

그 뿐만 아니었다.

방청석에 앉은 강제징용 피해자들의 눈빛이 강렬한 염원을 담은 듯 빛나기 시작했다.

강대철은 모두의 기대에 부응이라도 하듯 특유의 중저음으로 입을 열었다.

"개인 청구권은 소멸하지 않았습니다. 배상해야 할 일본조차도 이를 명백하게 인정하고 있는 이상, 불법 강제징용에 의한 손해배상 청구권과 미지급임금 청구권은 여전히 존재합니다.

따라서 피고는 마땅히 청구금액 전액을 지급해야 할 것입니다.”

강대철은 회심의 미소를 지으며 자리에 앉았다.

반대측을 보니 장태현도 자못 심각한 표정으로 피고들과 이야기를 나누고 있었다.

‘당황스럽겠지.’

그들의 논의가 길어지자 강대철은 승리에 한발자국 다가섰다고 확신했다.

‘배상의무국인 일본 최고재판소의 판결이야. 이건 결코 뒤집을 수 없어.’

강대철은 마무리를 준비했다.

‘이제 늬들이 주장할 수 있는 건 단 하나 뿐이지.’

소멸시효.

허나 그것을 주장하는 순간 장태현은 미끼에 걸린 물고기 신세가 될 터였다.

이미 소멸시효 중단 논리와 그 사유에 대한 검토는 충분히 준비했으니.

‘어서 와라. 자그마치 12년. 지금까지 우리가 준비한 모든 것을 가지고 너를 부숴주마.’

강대철은 눈을 치켜뜨며 장태현을 바라 보았다.

그리고 그와 눈이 마주쳤을 때 뭔가 이상한 느낌을 받았다.

'뭐지? 저 웃음은?'

장태현은 웃고 있었다.

그는 마치 어린아이 장난이라도 본 것 같은 가소로운 웃음을 짓고 있었다.

이를 본 순간 강대철의 머리털이 쭈뼛 섰다.

단 한 번도 느껴보지 못한 불길한 느낌.

그와 함께 장태현은 자리에서 일어나 변론을 시작했다.

"일본 최고재판소의 입장은 잘 알았습니다. 하지만 뭔가 대단한 착각을 하고 계신 것 같군요."

'뭐?'

강대철의 얼굴에 의문부호가 담겼을 때, 장태현은 빔 프로젝터를 이용해 자료를 보여 주었다.

빽빽한 칸속에 적혀 있는 숫자들.

장태현은 이를 가리키며 말을 이었다.

"이것은 지금까지 일본 재판소가 외국인들의 손해배상청구에 대해 결정을 내린 통계표 입니다. 이를 보시면 아시겠지만, 이들이 외국인들의 손을 들어 준 판결은 단 한 건도 없습니다."

통계표는 그 점을 분명하게 드러내고 있었다.

수백건에 달하는 사건 수가 무색하게도 승소율란에는 '0' 이란 숫자만이 달랑 적혀 있었다.

허나 아직 사람들은 장태현의 논지가 무엇인지 파악하지 못했다.

“60년대 전반까지 일본은 협약으로 개인청구권이 소멸한다는 논지로 외국인들의 손해배상청구를 각하해 왔습니다. 허나 이 논리에는 치명적인 약점이 있었지요.”

장태현은 다른 장면을 보여주었다.

그곳에는 일본 헌법 29조 3항의 내용이 적혀 있었다.

[일본국 헌법 제29조 3항

사유재산은 정당한 보상 하에 이를 공공을 위하여 사용할 수 있다.]

“모두 아시겠지만 일본은 자신들의 식민통치시기를 적법한 것으로 보고 있습니다. 따라서 이들은 식민지에 살던 사람들을 외국인이 아니라 내국인 즉, 일본 국민이었다고 보고 있습니다.

만약 조약으로 이들의 청구권이 소멸하는 것으로 해석한다면, 일본으로서는 헌법 29조 3항을 위반하게 됩니다. 일본 국민의 사유재산을 정당한 보상없이 소멸시킨 꼴이 되니까요.

그래서 일본 법원은 태도를 바꾸게 된 것입니다. 조약으로 직접 청구권을 소멸시키지 않고, 본안판단에서 소멸시효와 제척기간을 이용해 기각하는 방향으로 말입니다."

아직 어리둥절한 표정을 짓고 있는 이들을 보며 장태현은 쐐기를 박았다.

"그러니까 일본 최고재판소가 협약으로 청구권이 사라지지 않는다고 보는 것은, 그들의 식민 통치를 적법하게 하는 동시에 그들 스스로의 헌법에 위반하지 않으면서도, 외국인들에게는 더이상의 배상을 하지 않기 위한 해석론인 것입니다!"

장태현의 말이 끝나는 순간 강대철은 머리에 망치를 얻어맞은 것 같은 느낌이 들었다.

'뭐라고?'

일본이 청구권을 인정한다는 사실은 지금까지 그들이 가진 최후의 보루이자 희망이었다.

모든 논리의 기본이 되는 가장 근본적인 전제.

장태현의 변론은 그 전제 자체를 깨부수고 있었다.

'그게 단지 청구권을 부인하기 위한 해석론이었다고?'

강대철은 뒤늦게 넘겨받은 피고측의 서면을 들춰보았다.

빽빽한 표안에 들어가 있는 숫자들.

허나 이들 숫자가 알려주는 사실은 명백했다.

'일본은 단 한 번도 외국인 개인에게 배상한 적이 없어.'

콰지직.

그의 귓속에서 무언가가 부서지는 소리가 들리기 시작했다.

그것은 지금까지 강대철을 둘러싸고 있는 논리의 철벽.

그 철벽에 균열이 가기 시작한 것이다.

◇

이제 법정의 분위기는 착 가라앉았다.

희망의 불꽃은 차갑게 식어갔고, 절망이 서서히 움트기 시작했다.

장태현은 다른 화면을 보여주며 말했다.

“이번에 우리 정부에서 공개한 자료입니다.”

한일 청구권 협약 당시에 오간 회의록들을 요약한 자료였다.

이들 자료 중간에는 간간히 밑줄이 그어져 있었는데, 대부분 한국측의 주장이었다.

그 내용을 종합하면 ‘협약으로 개인 청구권은 소멸한다.’ 는 내용이었다.

“이 문건들에서 보다시피 한국은 협약으로 인해 개인 청구권이 소멸한다는 것을 줄기차게 주장해왔고, 반대로 일본은 소멸하지 않게 하자는 의견을 냈습니다. 과연 왜 그랬을까요?"

아무도 장태현의 질문에 대답하지 않았다.

그저 침묵뿐.

그 침묵을 즐기기라도 하듯, 장태현은 미소를 지으며 말을 이었다.

"그건 국가를 상대로 개개인이 소송을 걸어 배상을 받는 방식은 그 개인들에게 훨씬 불리하기 때문입니다. 일개 개인이 국가를 상대로 얼마나 효율적인 교섭을 할 수 있을까요?

해서 한국은 협약으로 개인 청구권을 소멸시키면서 국가가 일괄해서 배상하는 방식을 주장했고, 이에 대해 일본은 보상금 규모를 줄이기 위해서 개인 청구권을 남겨놓자고 했습니다.

즉 우리 정부가 개인 청구권을 소멸시키자는 취지로 주장한 것은 협약 당시 일본으로부터 최대한의 보상금을 받아내기 위한 전략이었던 것입니다."

그 때 방청석에서 분에 못이긴 할아버지 한 분이 일어나 외쳤다.

"그럼 뭐하냐! 우린 단 한 푼도 받지 못했다고!"

"맞아! 다 개소리야! 방사능 때문에 병원 생활 할때도 정부 지원같은 건 없었단 말이다!"

장태현도 고개를 끄덕이며 대답했다.

"여러분들 말씀이 맞습니다. 협약 이후 외국에 끌려갔다가 생환한 징용자들에 대해서는 단 한푼도 보상금이 지급되지 않았죠."

잠시 말을 멈추자 방청석에 앉은 이들은 모두 장태현을 노려보았다.

그리고 장태현은 그 시선에 맞서며 또렷한 목소리로 말했다.

"하지만, 그것은 한국 정부의 잘못이지 일본의 잘못은 아닙니다."

그 말은 방청석에 앉은 모든 이들의 희망을 밟아 뭉갰다.

심지어 강대철마저도 이 순간 만큼은 정신이 빠져나가는 것 같았다.

장태현은 그 순간을 놓치지 않고 변론을 이어갔다.

"이것을 확인해 주십시오."

그가 다시 화면을 넘기자 큼지막한 표가 나왔다.

협약 당시 보상금액 산정 기준이 적혀 있는 표.

그곳에는 분명히 생존 노무자에 대해 일인당 200달러라는 금액이 책정되어 있었다.

"금액이 적정한지에 대해서는 말하지 않겠습니다. 하지만 분명 정부는 피징용자들에 대한 보상금까지 계산해 일본으로부터 돈을 받았습니다.

이런 상황에서 과연 우리는 본 협약에 의해 개인 청구권이 사라지지 않았다고 보아야 하겠습니까?"

이제 이 물음에 답할 수 있는 이들은 아무도 없었다.

장태현은 회심의 미소를 지으며 마무리를 했다.

"우리 정부는 협약을 통해 보상금을 받았습니다. 또한 국내에서 일괄적으로 보상할 것을 전제로 개인 청구권을 소멸시켰습니다.

생환한 피징용자들에 대한 보상이 없었던 것은 우리 정부의 책임이지 일본의 책임이 아닙니다. 정부의 잘못을 왜 일본 기업에게 지우려고 하십니까?"

너무나도 명백한 증거와 논리였다.

법정은 절망섞인 침묵만이 가득했고, 장태현은 종지부를 찍었다.

"청구권은 존재하지 않습니다. 따라서 피고측은 원고의 손해배상 요구에 응할 의무가 없고, 청구금액은 단 한푼도 지급할 수 없습니다. 이상입니다."

완벽한 변론.

장태현은 마치 협약 당시 옆에서 지켜보고 있었던 것처럼 그 내용과 과정을 소상히 알고 있었다.

그가 알아낸 정보의 반만 알았어도 일본 재판부의 의견을 원용하는 실수는 저지르지 않았을 터.

강대철의 머릿 속은 완전한 백지 상태가 되었다.

그때 재판장의 목소리가 들려왔다.

“원고 측 더 할말 있습니까?”

“네.”

강대철은 반사적으로 자리에서 일어났다.

준비해 둔 내용은 없었지만 여기서 침묵할 수는 없었다.

‘이대로는 물러설 수 없어.’

12년.

그 긴 세월동안 그는 변호인단의 옆에서 조력해왔다.

수임이 많아 비록 그들과 함께 하진 못했지만 마음만은 함께였다.

그리고 박찬근 변호사의 변론 부탁을 받았을 때 그는 흔쾌히 수락했다.

지금까지는 돈을 위해서 변론했지만 이번엔 달랐다.

‘진정한 정의를 위해서 변론할 수 있는 기회야. 이 기회를 놓칠 수 없어.’

그동안 31인의 변호인단이 한 노력이 어떤 것인 알기에, 강대철은 무거운 책임감을 느꼈다.

그리고 이 막중한 임무가 다른 사람이 아닌 자신에게 주어진 것이 행운이라고 생각했다.

‘난 무너져선 안 돼.’

철벽의 변호사 강대철.

그는 끝까지 철벽이어야 했다.

박찬근 변호사를 비롯한 모든 이들이 그에게 보여준 신뢰를 이렇게 저버릴 수는 없었다.

'여기에서 내가 무너지면 모두가 무너지는 거야. 다음은 없다.'

이제 논리같은 것은 필요없었다.

그는 해야 할 이야기들을 늘어놓기 시작했다.

"우리 정부에서 정당한 보상을 하지 않은 이상, 청구권 협약으로 개개인의 청구권이 소멸되는 것으로 보는 것은 옳지 않습니다.

청구권은 분명 존재하고, 이에 따라 강제징용 가해자인 요쯔비시는 배상해야 마땅합니다!"

그의 목소리는 공허하게 법정에 울렸다.

모두가 그렇게 되길 바랬지만, 그럴 수 없다는 것을 이미 알고 있었다.

장태현은 딱하다는 표정으로 그의 주장을 받았다.

"원고측은 요쯔비시 중공업을 강제징용 가해자라고 주장하는데 이것 역시 사실이 아닙니다.

과거의 요쯔비시는 법에 따라 해산되고 합병되어 지금은 그 물적, 인적 기반이 다릅니다.

동일성이 인정되지 않는 전혀 다른 회사를 어떻게 40여 년 전 강제징용의 가해자라고 할 수 있단 말입니까?"

장태현의 말 하나하나는 강대철의 철벽을 조각내고 있었다.

결코 깨질 것 같지 않았던 철벽은 점차 부스러져 내리기 시작했다.

장태현은 여기서 그치지 않았다.

"단지 그것뿐만이 아닙니다. 대한민국의 기업이 대한민국법에 따라야 하듯이, 일본기업은 일본법에 따릅니다.

이미 일본 최고 재판소는 같은 내용의 청구를 기각했고, 판결은 확정되었습니다.

어떻게 우리나라에서 일본법에 따르는 일본기업에게 그들의 기판력에 저촉되는 판결을 할 수 있겠습니까?"

외국판결의 기판력 저촉.

민사소송법에 따르면 이는 명백한 각하 사유였다.

이는 협약에 대한 변론 만큼이나 결정적이었다.

부스스스….

강대철의 마지막 남은 벽이 가루가 되는 순간이었다.

그는 아직 서 있었지만 어떤 변론도 할 수 없었다.

'끝이구나.'

그와 함께 방청석의 어르신들도 눈을 감았다. 그들이 감은 눈에서는 통한의 눈물이 주르르 흘러내리고 있었다.

그리고 장태현은 미소를 머금고 그들을 둘러보았다.

그의 눈빛은 마치 악마의 그것처럼 붉게 빛나고 있었다.

◇

유생은 꿈을 꾸었다.

이번에도 악덕 변호사가 나왔지만 조금 달랐다. 의식이 완전히 깨어 있었던 것.

'여긴 어디지?'

그는 변호사의 시선에서 주변을 둘러보았다.

검은 우산을 쓰고 있는 수많은 사람들.

그들은 모두 원망스런 눈빛으로 자신을 바라보고 있었다.

'왜들 그래요? 왜 그런 눈으로 나를 보고 있는 거죠?'

유생은 묻고 싶었지만 입이 떨어지지 않았다.

마치 가위에 눌린 것처럼 몸은 자기 멋대로 움직이기 시작했다.

그는 도망치듯 그들 사이를 지나갔다. 그를 잡아먹을 것 같은 살기가 짙게 느껴졌다.

곧 기다란 검정색 벤츠가 그의 앞에 섰고 익숙한 얼굴이 나와 그를 맞았다.

꺼림칙한 인상의 남자.

그의 눈빛을 보고 있노라면 먹잇감을 노리는 하이에나 같다.

"수고하셨습니다. 변호사님."

남자는 대꾸하지 않고 바로 차에 올라탔다.

자리에 앉아 맞은편을 보자 예전에 미국에서 보았던 노인이 흐뭇한 미소로 그를 반겼다.

"아주 인상적이었네. 내가 사람을 잘못보진 않은 것 같군."

남자는 씁쓸하게 웃으면서 말했다.

"이 한 건으로 제 이미지는 굳어질 겁니다. 큰 일을 계획하신다는 분이 수족으로 쓴다는 사람에게 왜 이런 일을 맡기셨는지는 정말 궁금하군요."

남자는 정확히 노인의 눈을 바라보며 말을 이었다.

"단지 저를 시험하기 위해 맡기셨다고 한다면 크게 실망할겁니다."

노인은 클클 웃으며 대답했다.

"걱정말게. 이번 사건 역시 커다란 계획의 일부니까. 자네는 훌륭하게 역할을 해 주었어. 그리고 자네 이미지에 대해서도 걱정하지 말게나."

노인은 앞에 놓인 노트북 컴퓨터를 돌려 그에게 보여주었다.

17인치의 화면은 여덟 조각의 사각형으로 분리되어 있

었고, 그 안에는 각자 다른 얼굴들이 흐뭇한 미소를 지으며 남자를 바라보고 있었다.

이를 본 순간 남자는 그들이 누구인지 쉽게 알아볼 수 있었다.

'재벌들이잖아. 그것도 세계에서 열 손가락에 꼽히는 이들이야. 이들이 나를 보고 있었다고?'

실시간으로 올라오는 대화창을 보니 그들은 지금까지의 상황을 모두 지켜보고 있었던 것 같았다.

노인은 빙그레 웃으며 말을 이었다.

"내 친구들이네. 자네도 아는 얼굴이 있겠지. 눈치챘겠지만 이들은 제법 힘이 있어. 자네는 이들에게 아주 좋은 이미지를 심어주었네. 비록 이 작은 나라의 서민들에게 조금 밉보이긴 했지만, 그건 그리 중요한 일이 아니지 않은가?"

노인의 말은 정곡을 찌르고 있었다.

어차피 변호사로서 대중의 이미지는 중요한 것이 아니었다.

'대중은 나를 고용하지 못할 테니.'

또한 대중의 생각은 스쳐가는 바람과도 같았다.

당시에는 소란스럽지만 조금 시간이 지나면 잊혀진다.

"맞는 말씀이군요."

남자는 흡족하게 웃으며 말을 이었다.

"그럼 다음에 전 무엇을 하면 됩니까?"

남자의 물음에 노인은 고개를 저었다.

"그건 오히려 내가 자네에게 묻고 싶은 질문이네."

노인은 눈을 밝게 빛내며 말을 이었다.

"한국. 이 작은 나라를 집어 삼키고 싶은데, 어떻게 하면 되겠나?"

남자는 빙긋 웃으며 창 밖을 바라보았다.

짙은 선팅이 된 차창에 남자의 얼굴이 비쳤다. 한번도 본 적 없지만 어딘지 익숙한 얼굴.

그 얼굴은 점차 변해갔다.

눈 코 입은 커졌다 작아지기를 반복하며 제자리를 찾아갔고, 얼굴과 머리칼도 형태를 잡아갔다.

잠시 후, 차창은 한 남자의 얼굴을 선명하게 비추고 있었다.

그는 유생, 자신의 얼굴이었다.

◇

"헉!"

악몽.

침대에서 몸을 일으킨 유생은 가쁘게 숨을 쉬었다.

다시 서울로 이사 온 후 처음 꾸는 악몽이었다.

'뭐지? 이 꿈은?'

지금까지는 단지 꿈이라고만 생각했지만 이번엔 달랐다.

마지막에 차창에 비친 남자의 얼굴.

그 얼굴은 다름아닌 자신의 얼굴이었다.

'그게 나라고?'

잠시 심각하게 생각했지만 이내 고개를 저었다.

'말도 안 돼. 그럴리가 없잖아. 난 이제서야 사법시험에 합격했고, 아직 연수원도 수료하지 못했어.'

그런 그가 과거에 변호사였을 리는 없었다.

유생은 피식 웃으며 허탈한 웃음을 지었다.

'그저 꿈일 뿐이야. 어제 너무 무리했나 보군.'

어슴푸레한 어둠 속에서 바닥에 널부러져 있는 종이들이 보였다. 밤 늦게까지 사건 기록을 보다가 잠든 모양이었다.

'그나저나 큰일이야.'

거의 밤을 새다시피 기록을 검토했지만 장태현이 내세운 논리에서 헛점을 찾을 수는 없었다.

상고심 변론기일 기일까지 남은 기간은 일주일 남짓.

'어떻게 해야 하지?'

유생은 그 어느 때보다도 단단하고 높은 벽에 부딪친 느낌이 들었다.

◇

점심시간.

모두는 태수가 모는 차를 타고 외식을 나왔다.

상도역과 숭실대역 사이에 있는 '사리원' 이란 음식점이었다. 모처럼의 외식이었지만 모두들 표정은 어두웠다.

다들 기록을 살피느라 밤잠을 설친 것 같았다.

"쉬엄쉬엄 해."

자리에 앉은 태수가 부드러운 목소리로 다독이자 민수연이 풀이 죽은 얼굴로 답했다.

"어떻게 쉬엄쉬엄 할 수 있어요. 중요한 사건인데…."

"맞아요."

진수도 고개를 끄덕이며 말을 이었다.

"이번 사건은 반드시 이겨야 된다구요. 안그러면 그 분들이 너무 불쌍해요. 강제징용으로 혹사당한 것도 모자라, 그에 대한 보상도 못받는다는게 말이 되요?

따지고 보면 우리나라가 지금처럼 발전할 수 있었던 것도 결국 그분들 덕분인데, 이분들에게 아무런 배상이나 보상이 없다면 누가 이 나라의 국민이 되고 싶겠어요?"

진수의 말에 모두가 고개를 끄덕였다.

그때 태수가 한숨을 쉬며 말했다.

"니 말이 맞다. 우린 반드시 이겨야 돼. 하지만 돌파구가 보이지 않아."

"장태현의 논리는 너무나 완벽해요. 그 말대로라면 보상을 해야 할 쪽은 일본이 아니라 우리나라 정부란 말인데, 차라리 우리도 정부에게 소송을 걸어야 하지 않을까요?"

민수연의 말에 진수도 동의했다.

"맞아요. 차라리 헌법소원으로 '정부의 입법부작위 위헌확인' 을 구하는게 낫겠어요."

입법부작위 위헌확인의 소.

이는 정부가 법을 제정해야 하는 의무가 있음에도 이를 하지 않고 있는 지금의 상황이 헌법에 위반된다는 확인을 구하는 소송이다.

만약 헌법재판소가 위헌을 확인하면 정부는 시일내에 입법을 해야하는 의무가 생긴다.

잠시 생각하던 태수가 손바닥을 치며 말했다.

"좋은 생각인데? 사실 지금 위안부 문제도 같은 이유로 헌법소원을 제기했잖아?"

허나 유생은 고개를 저었다.

"아마 그건 힘들 거에요."

"왜죠?"

진수가 묻자 유생은 어두운 목소리로 말을 이었다.

“2007년도에 소송이 끝난 후, 다음 해에 정부는 법률을 제정했거든. 해서 과거에 보상받지 못했던 피징용자들에게 지원을 해주기 시작했어. 1인당 2000만원 한도에서.”

“네? 2000만원이라구요?”

민수연이 놀란 눈으로 묻자 유생이 대답했다.

“행방불명된 자와 사망한 자에 대해서 2000만원을 지급한 것이고, 생환한 자에 대해서는 의료지원금을 연간 80만원씩 지급하고 있어.”

유생의 말에 진수가 지적했다.

“그치만 생환 후 돌아가신 분들에 대한 보상은 빠져 있잖아요. 사실 이들을 차별할 이유가 전혀 없는데도 정부는 보상하지 않고 있어요.

그리고 보상금 2000만원이 말이 되는 액수에요? 지금 정부 과실로 죽은 사람들의 보상금과 비교하면 너무나도 적어요.”

“그래도….”

유생은 착잡한 표정으로 말을 이었다.

“정부 입법이 전혀 없었던 게 아니잖아. 이 경우엔 헌법소원을 내도 승산이 높지 않아.”

유생의 말이 맞았다.

입법이 있었으나 충분하지 않은 경우(부진정 입법부작

위), 헌법재판소는 대부분 이를 위헌으로 보지 않았다.

보상범위를 결정하는 것은 정부의 재량이라는 이유로.

"에휴…."

다시 모두가 한숨 지을 때, 기다리던 요리가 나왔다.

◇

황금색 그릇에 담겨 나온 것은 만두국이었다.

진한 사골국 안에 들어있는 커다란 왕만두 세 개.

태수가 숫가락을 들며 말했다.

"자, 걱정은 먹고 나서 하자. 먹다보면 좋은 생각이 날지도 몰라. 여기 만두국은 진짜 기가 막혀."

무거워진 분위기를 띄우려는 듯 태수는 과장된 몸짓으로 국물을 한 숟가락 먹었다.

"음… 역시. 구수한 이 맛은 여전하군."

눈을 지그시 감고 맛을 음미하는 그의 표정은 모든 이들의 침샘을 자극했다.

민수연도 태수를 따라 국물맛을 음미했다.

"우와! 이거 진짜 사골로 우려낸 맛인데요?"

"진하네요. 고소하고."

진수도 맛있다는 듯 연신 숟가락을 움직였다.

유생도 국물을 한 숟갈 떠서 입에 넣어 보았다.

뜨끈한 국물이 입안을 채우면서 사골국 특유의 구수한 맛이 느껴졌다.

'깊고 진하다. 이건 진짜야!'

국물 맛은 나주곰탕과 비교해도 손색이 없었다.

그때 태수의 목소리가 들려왔다.

"만두 한번 먹어 봐. 여기 만두 먹으면 난 고향 생각 나더라."

명절 때마다 가족들과 함께 빚어 먹는 만두.

크기는 주먹만 한데다 속은 꽉 차 있다.

사리원의 만두는 그 때의 만두를 생각나게 했다.

태수는 숟가락으로 왕만두를 떠서는 한 입 베어 물었다. 그는 우물우물 씹으면서 신음소리를 냈다.

"흠…."

보다 못한 민수연도 왕만두를 하나 떠서 먹어보았다. 곧 그녀도 눈을 감고는 신음을 흘렸다.

"음…."

진수 역시도 마찬가지.

한 번 맛을 본 그는 벌써 만두 하나를 통째로 입에 넣었다.

'나도 먹어볼까?'

유생도 만두를 떠서 입에 넣었다.

한 입에 넣기엔 너무나 커서 베어물 수밖에 없었다.

'먹기가 불편한데?'

허나 한 번 씹는 순간 유생의 눈이 번쩍 띄였다.

'이, 이건!'

식감이 너무나도 좋았다.

당면과 두부, 김치와 고기의 비율이 절묘한데다 얼큰한 사골국물까지 어우려져 씹을 때마다 즙이 배어 나왔다.

고소하고 달콤한, 게다가 담백하고 개운한데다…

'이 맛은 도저히 표현을 못하겠어.'

한 입을 맛본 유생의 혀는 마치 마약에 중독된 것처럼 나머지 만두 조각을 원하고 있었다.

'못 끊겠어. 소, 손이 멈추질 않아!'

결국 유생은 함께 온 이들과 마찬가지로 만두를 흡입하기 시작했다.

한참을 먹다가 무심코 눈 앞의 열무김치를 집어 먹었을 때 유생의 눈이 다시 한번 휘둥그레졌다.

'이게 열무김치야?'

톡톡 쏘는 청량감과 함께 시원하고 달콤한 맛이 그대로 느껴졌다.

열무김치의 맛은 만두로 인해 느끼해진 입안을 개운하게 하면서 입맛을 더욱 돋궈 주었다.

"열무 김치 대박!"

유생의 외침에 모두가 열무김치를 집었고, 그 맛을 본 이들도 기쁨에 찬 표정이 되었다.

“진짜 맛있어!”

“김칫국물도 완전 맛있어요!”

맛있는 음식이 배를 채우면서 그들의 무거웠던 분위기도 차츰 밝아졌고, 기운이 나기 시작했다.

마지막 세번째 만두까지 먹고 나자 모두의 얼굴엔 포만감에서 비롯한 행복함이 감돌았다.

“후아!”

“진짜 맛있네요.”

맛있다는 말 밖에는 할 수 없는 맛.

태수도 길게 트림을 하고는 입을 열었다.

“진짜 맛있는 집이야. 딱 하나만 빼고는 완벽하다고 할 수 있지.”

“그 하나가 뭔데요?”

유생이 묻자 태수는 씨익 웃으면서 대답했다.

“여긴 술을 안팔아.”

“아하….”

유생은 태수의 마음을 알 것 같았다.

자신도 만두를 먹으면서 잠깐 동안 소주가 생각났던 탓이다.

그때 태수의 휴대폰이 울리기 시작했다.

"어? 교수님이네. 무슨 일이지?"

태수는 통화를 하기 위해 밖으로 나갔고, 곧 심각한 표정으로 돌아왔다.

"무슨 일이에요?"

민수연이 묻자 태수가 말했다.

"부고(訃告)야."

"부고요?"

태수는 고개를 끄덕이며 말을 이었다.

"원고 중 한 분이 방금 돌아가셨대. 우리도 가봐야 할 것 같아."

밝아졌던 분위기는 다시 가라앉았다.

소송을 시작한 95년 당시 원고는 모두 열 명.

그동안 다섯분이 돌아가셨고, 오늘까지 합하면 벌써 여섯분 째였다.

'시간이… 얼마 남지 않았어.'

유생은 무거운 마음으로 자리에서 일어났다.

아직 실마리를 잡지 못한 그에겐 이번 사건이 너무나도 부담스러웠다.

늦은 밤.

방에 돌아온 유생은 미친듯이 서류를 뒤지기 시작했다.

'분명 본 적 있어.'

그가 찾는 것은 한 사람의 이름.

며칠 전 서류를 검토하면서 무심코 넘겼던 이름이었다.

'도대체 어디서 본거지?'

너무나 많은 자료를 본 탓에 어디서 봤는지 도통 감이 잡히질 않았다.

책상에 쌓여 있던 자료를 모두 뒤진 다음에는 바닥에 널부러져 있는 서류들도 보기 시작했다.

이번 사건을 해결하는데 비교적 거리가 멀다고 생각해 미리 빼 놓았던 자료들이었다.

그가 찾는 것은 한 사람의 이름.

'스미모토 하쿠지로.'

그 이름을 들은 곳은 장례식장이었다.

빈소에서 동료들과 술잔을 기울이던 유생은 자연스레 뒷자리에 있던 할아버지들의 한탄을 듣게 되었다.

"결국 동식이도 갔구먼."

"올해로 90이 넘었으니 그래도 호상이야."

"호상은 무슨! 인생의 절반을 병원에서 살았는데."

그 말에 할아버지들은 한숨을 내쉬었다.

옆에서 듣고 있던 김만수 씨도 무겁게 입을 열었다.

"그래도 동식이… 이번 판결까진 보고 가고 싶다고 했었는데…."

"얼어죽을… 판결은 무슨. 어차피 질 껴. 안보고 간게 차라리 잘 되었지. 지금 이게 무슨 꼴인가."

"맞어. 지난 번 판결 때 잘 들어보니까, 우리가 이러고 있는 건 아무 의미 없는 것 같드라고."

같은 상에 앉은 할아버지들은 모두 그 말에 동의했다. 선고 당시 판결 내용은 아직도 그들을 분노케 했다.

"결국 정부가 보상을 해야 한다는 거 아녀. 이걸 부득부득 일본기업 상대로 소송을 하니 이길 리가 있나."

"신문을 봐도 이제 우리 편은 없는 거 같어. 아주 억지 주장만 하고 있는 미친 늙은이들 취급하고 있어."

"다 그 놈 때문이야. 그 때 놈이 부추기지만 않았어도…."

김만수 씨는 주먹을 쥐며 부르르 떨었다. 그의 말에 모두들 고개를 끄덕였다.

"지금와서 생각해보니까. 우리가 또 그놈한테 속은 거여."

"맞어. 처음에 쪽바리들 앞잽이 노릇하다가 해방이 되서 뒤가 캥기니까 우리를 부추긴거여."

"하긴 놈이야 아쉬울게 없지. 우리 등쳐먹고 번 돈으로 대학가고, 고시합격해서 판사도 해봤겠다. 출신 때문에 대

법관 못할꺼 같으니까 옷벗고 나와서 서울대 교수까정 해 먹었잖아.”

‘뭐?’

거기까지 듣는 순간 유생은 자신의 귀를 의심했다.

맨 마지막의 이력은 그도 익히 알고 있는 사람의 것이었기에.

처음엔 그저 오래 전 강제징용 당시 그들을 배신했던 사람의 이야기인 줄로만 알았다.

허나 이야기가 길어질수록 그들이 말하는 자가 누구인지는 분명해졌다.

“우리가 이렇게 져도, 놈은 손해볼 게 없어. 벌써 변호인단인지 뭔지 때문에 유명해 졌잖어.”

“돈도 꽤 벌었을 걸? 후원금도 많이 들어왔다고 하던데. 거기 있던 놈들도 돈 벌고 주머니 두둑해지니까 다 흩어졌잖어.”

김만수씨는 잔에 들어있던 막걸리를 마저 비웠다. 그리고 그의 입에서 흘러나온 말에 유생의 귀가 번쩍 뜨였다.

“민중의 변호사? 좋아하네. 그 놈은 예전과 똑같아. 쪽바리 앞잽이 스미모토 하쿠지로 라고!”

그 말을 듣는 순간 유생은 그냥 앉아 있을 수가 없었다.

그대로 자리에서 일어나 집으로 향했다. 배신감과 함께 유생의 마음은 심하게 요동치기 시작했다.

◇

'박찬근 교수가 스미모토 하쿠지로라고?'

술기운은 사라진지 오래였다.

유생은 눈을 부릅뜨고 계속해서 자료를 찾아내려갔다.

그리고 곧 그는 서류뭉치를 하나 집어들었다.

[기초사실관계 준비자료]

'이거다.'

유생은 찬찬히 서류를 훑어 보았다.

중요한 사항은 밑줄을 쳐 놓았기에 한 눈에 내용을 파악할 수 있었다.

그리고 세번째 장을 넘겼을 때 그는 자신이 원하는 내용을 찾을 수 있었다.

'국가총동원법 이후의 사실관계.'

1944년 국민징용령이 떨어졌을 때 관부에서 사람이 나와 경기도 평택 지역에서 원고들을 색출해 부산까지 호송했고, 이후 요쯔비시에서 나온 사람이 이들을 히로시마까

지 이송했다는 내용이었다.

스미모토 하쿠지로는 부산까지 원고들을 호송한 관부의 인물이었다.

유생은 믿기지 않는 듯한 표정으로 기록을 넘겼다.

그리고 기록 맨 마지막에 적혀 있는 문구를 보았을 때, 그의 얼굴은 딱딱하게 굳어졌다.

[스미모토 하쿠지로 (당시 나이 20세, 한국 이름 박찬근).]

◇

다음날 회의실.

민수연은 빔 프로젝터를 이용해 지금까지 자신이 분석한 것들을 이야기 하기 시작했다.

"장태현이 내세운 논거는 총 세 가지에요."

화면에는 굵은 글씨로 정리된 내용들이 비춰졌다.

① 44년 당시 강제징용을 주도했던 (구)요쯔비시와 지금의 (신)요쯔비시는 다른 회사다.

② 요쯔비시는 일본기업이므로 일본 최고재판소 판결을 따라야한다.

③ 65년도 한일 청구권협약으로 개인 청구권은 소멸되었다.

"이 논거들은 항소심에서도 그대로 유지되었고, 법원에서도 이를 중심으로 판결 했어요."

3년 전에 주장된 이 내용들은 아직도 철벽처럼 굳건하게 버티고 있었다.

이후 이를 논파해 낸 이들은 아무도 없었기에.

허나 민수연은 미소를 지으며 말을 이었다.

"저는 이들 중 첫번째 논거에서 헛점을 발견했어요."

듣던 중 반가운 소식이었다.

민수연은 눈에 빛을 내며 말을 이었다.

"조사해보니까 (구)요쯔비시는 현물출자방식으로 전환되었더라구요."

"현물출자?"

태수의 물음에 민수연은 고개를 끄덕이며 대답했다.

"네. 기존에 있던 공장이나 기계, 토지 등을 그대로 법인에 넘기는 방식인데요, 이런 식으로 (신)요쯔비시를 설립하면서 일본법은 양도소득세를 면제해 줬어요."

"그게 어쨌다는 거죠?"

진수가 잘 이해하지 못하겠다는 표정으로 묻자 옆에 있던 유생이 차근차근 설명해 주었다.

"본래 두 회사 사이에서 재산이 이동할 때는 양도소득세를 내야 하잖아?"

"네."

"법으로 양도소득세를 면제시켰다는 것은 두 개의 회사를 별개가 아니라 같은 것으로 보겠다는 말이 되는거야."

양도소득세 면제.

서로 다른 두 회사 사이에서 재산이 이동할 때는 반드시 양도소득세를 내야한다.

(구)요쯔비시의 공장 및 토지가 (신)요쯔비시에 넘어갈 때 양도소득세가 면제되었다는 것은 실질적으로 두 회사가 동일하다고 인정할 수 있는 중요한 근거가 될 수 있었다.

"아… 그렇군요."

진수는 이제서야 알겠다는 듯 고개를 끄덕였다.

민수연은 환하게 웃으면서 말을 이었다.

"그것 뿐만이 아니에요. 직원들은 그대로 유지되었고, 임원들 명단도 거의 바뀌지 않았어요. 게다가 (신)요쯔비시의 사장은 (구)요쯔비시의 상무이사였구요. 그리고 이걸 좀 보세요."

민수연은 요쯔비시의 홈페이지를 열었다.

그녀는 포인터를 움직여 메뉴를 선택했고, 곧 한자와 일본어가 섞여 있는 페이지가 나왔다.

"이건 요쯔비시의 기업연혁이에요. 여기 보면 분명하게 (구)요쯔비시의 창업일자를 자신들의 창업일자로 적어놓고 있어요."

민수연의 말대로였다.

홈페이지에는 분명하게 자신들이 창업연도를 적어놓고 있었다.

이 역시도 두 회사가 동일한 회사라는 것을 증명하는 중요한 논거가 될 터 였다.

"이것들을 종합해보면 일본법상으로도 (신)요쯔비시는 강제징용 당시의 (구)요쯔비시를 승계했다고 봐야 해요."

민수연의 논증에는 빈틈이 없었다. 태수와 진수도 그녀의 말에 감탄했다.

"정말 명백하네. 첫번째 주장은 확실하게 뒤집을 수 있겠어."

"일본어라 찾기 힘들었을텐데, 수고 많으셨어요. 누나."

박찬근 교수도 흐뭇한 미소를 지으며 그녀를 칭찬했다.

"희망이 보이는 군. 정말 수고 많았어."

3주가 다 되어가도록 아무런 성과가 없어 초조하던 차였다.

이제 재판까지 남은 시간은 이틀.

민수연의 분석은 긴 가뭄 끝에 온 단비와도 같았다.

"이제 두 개 남았군."

태수의 말에 모두가 고개를 끄덕였다.

일본 판결의 효력 문제와 협약으로 인한 청구권 소멸 문제.

'이 두 가지만 뒤집을 수 있다면 승리할 수 있다.'

허나 쉽지는 않아 보였다.

회의실에서는 다시 침묵이 이어졌다.

잠시 후 문진수가 뭔가가 생각난 듯 입을 열었다.

"이런 건 어떨까요?"

그는 두번째 논거인 일본 판결의 효력 문제를 짚으면서 말을 이었다.

"어차피 우리는 일본에 있는 요쯔비시 본사가 아니라 한국 영업소에 청구를 하는 거잖아요. 그렇다면 굳이 일본 판결의 효력을 인정할 필요가 있을까 하는 생각이 드네요."

그의 말에 태수가 손뼉을 치며 말했다.

"맞아! 나도 같은 생각이야. 본사가 일본이라고 하더라도 한국 영업소는 한국 기업으로 봐야 해."

"한국 기업이라면 한국법에 따라야 하고, 그렇다면 충분히 우리 법원에서는 이번 문제에 대해 판결할 수가 있죠."

민수연의 정리에 박찬근 교수가 덧붙였다.

"좋은 지적이네. 훌륭해."

"그럼 두번째 논거도 해결되었네요."

진수가 반가운 목소리로 말했다.

이제 남은 주장은 하나.

65년도 협약으로 인한 청구권 소멸 문제만이 남았다.

허나 이 문제는 장태현이 가장 확실한 논리와 증거들을 내세웠기 때문에 공략하기가 쉽지 않았다.

한참이 지나도 이에 대한 답을 내는 이들은 없었다.

"어렵네."

"도저히 답이 안나오는데요?"

진수와 민수연이 고개를 젓자 한쪽에서 목소리가 들려왔다.

"이에 대해선 내가 해결해 보지."

박찬근 교수.

그는 회심의 미소를 지으며 입을 열었다.

◇

"협약으로 청구권이 소멸하는지는 결국 조약의 효력이 미치는 범위에 대한 문제라고 할 수 있네.

과연 조약의 효력이 각 국민에게까지 미칠 수 있는가. 이런 문제로 생각한다면 답을 내긴 쉬워지지.

한번 말해 보게. 조약의 당사자는 누구인가?"

국제법을 공부해 본 적 있는 태수가 가장 먼저 대답했다.

"조약의 당사자는 국가죠. 이번 사건의 경우엔 한국과 일본이구요."

"그렇다면 65년 협정은 한국과 일본. 즉, 국가에만 효력이 있을 뿐이라고 본다면 문제가 있을까?"

박 교수가 다시 묻자 태수는 곰곰히 생각한 다음 말했다.

"글쎄요. 국가간의 협약이니 각 나라에 효력이 생기는 건 당연한데…."

그때 민수연이 입을 열었다.

"반대로 생각하면 쉬운 것 같아요. 만약 협정이 직접적으로 국민 개개인에게까지 효력이 미친다고 생각하면 조금 말이 안되요.

협정내용 자체가 국가가 할 수 있는 것들 뿐이잖아요."

태수도 턱을 매만지며 동의했다.

"그러고 보니 그렇네. 만약 국민에게까지 효력이 미친다고 하면, 국가가 협정 내용을 불이행할 경우 일본이 우리 국민에게 직접 이행을 청구할 수 있다는 결론에 이를 수 있어."

날카로운 지적이었다.

문진수도 끄덕이며 말했다.

"맞아요. 국가가 상대국 국민에게 이행을 요구한다는 건 말이 안 돼요. 그리고 협약이 체결되면 그것이 국내에 적용되는 건 그에 상응하는 국내법이 제정되었을 때 잖아요."

박찬근 교수도 희미한 미소를 지으며 말했다.

"바로 그거야. 협약은 국가가 이행할 내용을 정해 놓는 것이지. 이것이 국민에게 적용되려면 국내에 법이 따로 제정 되어야 하네.

따라서 협약이 '청구권이 소멸한다.' 고 규정하고 있어도 이로 인해 직접 국민에게 효력이 생겼다고 보는 건 아니라는 것이지."

그의 결론에 모두의 얼굴은 환해졌다.

태수가 들뜬 표정으로 말했다.

"이제 장태현이 내세운 세 가지의 논지를 모두 반박한 셈이네요."

"재판이 얼마 안 남았는데 정말 다행이다."

"이번 재판, 이길 수도 있겠어요!"

민수연과 진수도 환한 얼굴이 되었다.

그때 지금까지 잠자코 있던 유생이 입을 열었다.

"그렇게 해석하는 건 좀 무리가 아닐까요?"

순간 주위는 찬물을 끼얹은 듯 조용해졌다.

유생은 차가운 눈빛으로 박찬근 교수를 바라보았다. 마치 그의 모든 것을 꿰뚫어 보는 것처럼.

◇

박찬근 교수는 유생의 눈을 마주보며 입을 열었다.

"어떤 점이 무리라 생각되는가, 유생군."

"협약으로 청구권이 직접 소멸되는 것은 아니라는 생각에는 동의합니다. 하지만 이번 사건에서 같은 논리로 개인의 청구권이 남아 있다는 보아 손해배상을 청구하는 것에는 문제가 있습니다."

유생의 말에 민수연이 궁금한 표정으로 물었다.

"뭐가 문제죠?"

"이미 한국과 일본 사이에는 청구권이 소멸되었다고 약속한 상태야. 이런 상황에서 협약을 정면으로 배척하는 판결이 난다면 국제적인 마찰은 피할 수 없을 거야. 엄연히 국가간에 협의한 사항을 지키지 못하는 셈이 되니까."

유생이 답하자 진수가 고개를 갸웃거리며 물었다.

"하지만 협약의 최종적인 해석권한은 법원에 있잖아요. 정부도 법원의 해석에 따라야 하는 것이 원칙인데… 상관없지 않나요?"

유생은 고개를 저으며 대답했다.

"그건 아니야. 사법자제의 원칙이라고 못들어봤어?"

"사법자제의 원칙이요?"

진수의 물음에 유생은 단호한 표정으로 말을 이었다.

"외교적인 문제에 대해서 사법부가 행정부의 권한까지 침해해선 안된다는 원칙이야.

행정부의 권한으로 체결한 조약을 사법부 마음대로 배척하는 해석을 내리는 건 헌법 상 규정된 3권분립의 원칙을 침해하는 것이니까."

유생의 대답은 마치 송곳처럼 논리의 헛점을 찔러 들어갔다.

아무리 법원이 조약의 해석 권한을 갖고 있다해도 외교에 대한 행정부의 권한까지 침해해선 안되는 것.

'만약 이를 무시하고 판결한다면 그 결과는 감당할 수 없지. 판결의 효력을 집행할 수 있는 기관이 없을 테니까. 게다가 외교적인 문제를 사법부가 책임질 수도 없어.'

유생은 차가운 눈으로 박찬근 교수를 바라보았다.

서로 눈이 마주치자 유생은 다시 입을 열었다. 그의 목소리는 어느새 날이 서 있었다.

"교수님. 이번 사건은 이길 수 없습니다. 모든 것을 종합해 봤을때, 개인에게 청구권이 있다면 그 상대는 일본기업이 아니라 우리 정부가 되어야 합니다. 차라리 위안부 사건처럼 헌법소원을 내는게 낫지 않겠습니까?"

박교수는 고개를 저으며 말했다.

"그건 안 되네. 입법이 전혀 없었던 것이 아니라서 이길 확률이 너무 낮아."

박찬근 교수의 말에 유생은 소리를 버럭 질렀다.

"이길 확률이라구요? 이 터무니 없는 재판보다는 높습니다! 이런 식으로는 이길 수도 없고, 이겨서도 안됩니다! 도대체 왜 당신은 이 말도 안되는 소송을 '강행' 하려 하십니까?"

유생의 말투는 공격적이었다.

태수가 유생을 말리며 말했다.

"강행이라니! 유생아, 교수님께 무슨 말버릇이야? 교수님께서 이 소송을 이끌어 오느라고 얼마나 고생하셨는데…."

유생은 태수를 쳐다보지도 않고 말을 이었다.

"설사 어거지로 이번 재판을 이긴다 해도 일본기업은 이에 응하지 않을 겁니다.

그러면 피해자들은 그저 탁구공처럼 한국 정부와 일본기업 사이를 왔다갔다 하면서 시간을 보내겠지요. 혹시 이걸 바라는 겁니까?"

유생의 눈에서 푸른 기운이 흘러내리기 시작했다. 그 기세는 박찬근 교수를 집어 삼킬 듯 했다.

유생은 싸늘하게 웃으며 말을 이었다.

"지금까지 후원금은 충분히 뽑아냈고, 피해자들에겐 생색도 냈으니 굳이 이길 필요는 없겠지요.

수명이 얼마남지 않은 피해자들이 모두 죽을 때까지 시간을 끈다. 결국 당신이 원하는 건 이것 아닙니까?

박찬근 교수, 아니 스미모토 하쿠지로!"

그 이름을 듣는 순간 박 교수의 눈동자가 커졌다.

동시에 그의 가슴 속은 시린 칼날이 박힌 것처럼 아파오기 시작했다.

"유생아!"

태수가 다가와 어깨를 잡았으나 유생은 그치지 않았다.

"어디 한 번 대답해 보시죠! 60년 전 원고들을 색출해 후송시킨 것도 모자라 이들이 보상받을 수 있는 길도 없애버리는 게 당신의 임무 아니었습니까?

누구로부터 사주받았나요? 일본 정부인가요, 아니면 한국 정부인가요?"

"아, 아니네! 나는 결코 그러려던 게 아니었네! 쿨럭."

박 교수는 기침을 하기 시작했다.

몇차례 기침을 하던 박찬근 교수는 몸을 부르르 떨며 숨을 크게 몰아쉬었다.

"교수님!"

태수를 비롯해 수연과 진수가 달려가 그를 부축했다. 박 교수의 입에서는 피가 흐르고 있었다.

허나 유생은 비릿한 웃음을 지으며 그 모습을 지켜볼 뿐이었다.

'정말이지 가증스럽군.'

유생의 눈에 박찬근 교수는 그저 정곡을 찔린 스파이에 불과했다.

유생은 쿨럭거리며 피를 토하고 있는 교수에게 쐐기를 박았다.

"전 그만 두겠습니다. 더 이상 당신의 손바닥 위에서 놀아나고 싶지는 않군요."

그 말을 끝으로 유생은 회의실 밖으로 나갔다.

뒤에서 그를 부르는 소리가 들렸지만 유생은 뒤돌아보지 않았다.

'이번 재판. 차라리 지는 게 나아. 오히려 그게 피해자들을 위한 길이야.'

밖으로 나가는 유생의 발걸음은 무겁고 단호했다.

◇

태수와 민수연, 문진수는 침대에 누워 있는 박찬근 교수를 바라보고 있었다.

박찬근 교수의 입에는 호흡기가 부착되어 있었다.

"괜찮으실까요?"

진수의 물음에 태수는 한숨을 내쉬며 대답했다.

"잘 모르겠다. 의사 말로는 쇼크로 잠시 정신을 잃은 거라는데…."

단순한 쇼크라고 해도 너무 연로한 상태.

눈을 감고 힘겹게 숨을 쉬고 있는 박찬근 교수의 모습은 좋지 않아 보였다.

그를 지켜보던 민수연이 입을 열었다.

"아까 유생 오빠가 한 말 어떻게 생각하세요?"

태수는 고개를 저으며 대답했다.

"유생이 잘 몰라서 하는 말이야. 교수님은 절대 그런 분이 아니라고."

"그치만… 스미모토 하쿠지로라는 이름. 저도 소송자료에서 봤어요."

민수연이 조심스럽게 태수를 보자, 태수는 무겁게 고개를 끄덕였다.

"나도 알아. 그 이름, 교수님 맞아. 당시엔 모두 일본식으로 이름을 바꿔야 했으니까."

"그럼, 아까 유생 형 말이 사실이에요? 60년 전 원고들을 색출했던 게 교수님이었다는 거요."

진수의 물음에 태수는 잠시 머뭇거렸다. 생각을 정리한 그가 입을 열었다.

"과거 교수님이 관부 사람이었던 건 맞아. 하지만 그 이후의 이야기는 억측이야."

학부 시절, 박찬근 교수와 많은 시간을 보냈던 태수는 그가 돈 이나 명예 때문에 움직이는 사람이 아니라는 것을 분명히 알고 있었다.

허나 문진수는 못믿겠다는 표정으로 입을 열었다.

"후원금 이야기는 어떻게 된거죠? 정말 유생 형의 말대로라면…."

생각하기도 싫었다.

지금까진 태수에 대한 믿음 때문에 함께 해 왔지만 유생의 말대로라면 앞으로 함께하는 건 무리였다.

태수는 진수와 민수연을 보며 진지한 표정으로 말했다.

"생각해 봐. 전관예우도 거부하신 분인데 이번 소송을 돈 때문에 시작하셨겠어? 전관예우 1년이면 돈 10억 버는 거 우습다는 거, 너희도 알잖아."

전관예우.

전직 판사 또는 검사가 퇴임해 변호사 개업을 할 경우, 소송상 주는 특혜를 말한다.

이 때문에 1~2년간은 이들에게 수임이 몰리게 되어 자연히 엄청난 부를 누리게 된다.

이 기간 동안 조금만 열심히 하면 몇십억, 혹은 몇 백억씩 벌 수 있다는 건 업계의 누구든 알고 있는 기정사실이었다.

태수는 말을 이었다.

"애초에 돈이 목적이었다면 교수님, 이런 사무실에서 시작하지 않으셨어. 남들 다 서초나 교대에서 개업하는데, 사당동 언덕배기에 사무실이 있는 게 말이 되니?

그리고 나, 31인의 변호인단이 발족할 때 가본 적 있어. 그분들 결국 돈 때문에 흩어진 건 맞지만, 돈 때문에 모이신 건 아니야."

"그러면… 유생 오빠는…."

민수연이 입을 열자 태수가 대답했다.

"오해야. 분명 뭔가 잘못된 걸 들었을 거야."

태수는 주먹을 불끈 쥐었다.

어디서부터 잘못되었는지는 모르겠지만, 빠른 시간 내에 해결되어야 할 터였다.

'시간이 없어….'

병실 창문으로 해가 지고 있었다.

이제 재판까지 남은 기간은 이틀.

박찬근 교수도 쓰러지고, 유생은 사건에서 손을 떼었다.

'우리들만으로 이길 수 있을까?'

태수는 솔직히 자신이 없었다.

오랜기간 공부해왔던 그였지만 대법원 공개 변론을 감당해 낼 자신이 없었다.

그때였다.

누워있던 박찬근 교수가 눈을 떴다.

그의 눈에서는 희미한 빛이 흘러나오고 있었다.

◇

다음 날.

유생은 은지와 함께 모처럼만에 데이트를 했다.

예술의 전당 한가람 미술관.

그곳에서는 '한국서예 2천년' 이란 주제로 전시를 하고 있었다.

아직 이른 시간이라 전시장 문은 닫혀 있었고, 줄이 길게 늘어져 있었다.

시간을 확인한 은지는 한숨을 포옥 내쉬며 말했다.

"너무 일찍 왔나봐요. 30분이나 남았네. 이럴 줄 알았으면 카페에서 커피라도 마시다오는 건데…."

"그러게."

유생의 목소리를 듣는 순간 은지는 그가 평소와 다르다는 것을 느낄 수 있었다.

'어? 무슨 일 있나?'

유생의 얼굴을 보니 이상하긴 했다. 평소에 보던 여유로운 표정은 어디가고 왠지 초조해 보였다.

은지는 며칠전 유생과의 통화내용을 기억해 냈다.

'그러고보니… 내일 재판있다고 그랬던 거 같은데….'

워낙 유명한 사안인데다 대법원 공개재판이라 은지도 손꼽아 기다리고 있었다.

그런 중요한 일을 앞두고 아침부터 데이트를 하자는 그의 마음은 언뜻 이해가 가질 않았다.

은지는 유생을 올려다보며 물었다.

"오빠. 오늘 사무실 안가봐도 되요?"

"어? 응."

여전히 텅빈 목소리.

예전과는 달리 눈을 마주치지도 않는다.

'뭔가 있어.'

은지는 아무것도 모르는 척 다시 물었다.

"오빠. 이번 재판, 대법원에서 한다고 했잖아요."

"내가… 그랬나?"

"네. 그랬어요."

은지는 유생의 손을 꼬옥 잡으며 물었다.

"근데… 대법원에서도 변론 같은 거 해요?"

"대부분 안해. 상고심은 법률심이니까. 이미 사실관계가 확정된 상황에서 법률의 적용이 잘 되었는지, 오류가 없는지만을 검토하기 때문에 변론이란 게 필요없지."

유생이 시선을 피하며 답하자 은지는 고개를 끄덕였다.

"하긴 그러겠네요. 법을 적용해서 판단하는 건 판사의 일이니….

그럼 대법원 재판은 비공개로 항상 판사들끼리만 하는 거에요? 재판은 원래 공개되어야 하는 거잖아요."

유생은 고개를 저었다.

"물론 변론과 판결은 공개되어야 하지. 하지만 심리는 비공개가 원칙이야."

"아하. 그러고보니 그렇네요."

은지는 이제서야 생각났다는 듯 고개를 끄덕였다.

"그럼 이번 재판도 비공개에요? 변론도 없고?"

그녀의 질문은 유생이 피하고 싶은 곳을 찌르고 있었다. 유생은 난처한 표정이 되어서는 입을 열었다.

"아니. 이번 사건은 이례적이기 때문에 공개 변론을 한다고 하더라."

"그럼… 내일이 변론 기일인데, 여기 있어도 되요?"

결국 은지는 자신이 묻고 싶은 것을 물어보았다.

잠시 침묵이 흘렀다.

망설이던 유생은 씁쓸한 표정이 되어서 말했다.

"나, 이번 재판 손 떼기로 했어."

"네?"

은지가 동그란 눈이 되었을때 미술관문이 열렸고, 입장이 시작되었다.

"이미 결정한 일이야. 들어가서 구경이나 하자."

은지는 유생의 손에 이끌려 전시장 안으로 들어갔다.

◇

전시장 안에 들어선 유생과 은지는 말없이 걸으며 주변을 둘러보았다.

'한국서예 2천년' 이란 제목에 걸맞게 벽에는 시대별로 서체(書體)를 엿볼 수 있는 전시물들이 걸려 있었다.

맨 처음 들어선 곳은 삼국시대.

워낙 오래 전 작품들이라 종이나 비단에 적힌 글 보다는 비석에서 뜬 탁본들이 많았다.

이들을 살펴보던 은지가 설레설레 고개를 흔들며 말했다.

"514년? 엄청 옛날 꺼네요. 무슨 뜻인지도 하나도 모르겠고. 오빠는 이거 무슨 글자인지 알겠어요?"

은지가 이상한 형상의 글자를 가리키며 묻자 유생도 고개를 저었다.

"글쎄… 나도 잘 모르겠는 걸?"

법서(法書)를 보기 위해 어느 정도 한자 공부를 했지만,

오래 전 사용된 한자를 해독하기엔 무리가 있었다.

조금 신경써서 본다면 모르겠지만 지금의 유생에겐 눈앞의 것들이 잘 들어오지 않았다.

내일 있을 재판을 생각하니 마음이 조여왔기 때문이다.

'왜지? 왜 이렇게 답답하지?'

유생은 자신이 내린 결정을 후회하고 싶지 않았다.

박찬근 교수는 60년전 일본의 앞잡이였음이 분명했고, 지금은 피해자들을 설득해 가망없는 싸움을 계속하고 있었기에.

'의미없는 싸움이야. 누군가에게 사주받지 않고서는 지금까지 이런 싸움을 붙들고 있을 이유가 없어.'

몇번이고 되뇌었지만 마음은 쉽사리 풀리지 않았다.

뜻모를 글자들이 적혀 있는 탁본들을 스쳐 지나가면서도 유생은 스스로에게 변명을 계속했다.

'이번 소송. 계속해봤자 아무 의미없어. 여기서 그만두는게 현명해.'

그때 은지가 그를 붙잡았다.

"오빠."

"응?"

고개를 들어보니 바로 앞에 벽이 있었다. 유생은 화들짝 놀라 물러섰다.

'하마터면 부딪칠 뻔 했잖아.'

한걸음 물러서서 그 벽을 봤을 때 유생은 자신의 눈을 의심했다.

시커먼 먹지 위로 가지런히 드러난 하얀 글자들. 그 글자들은 유생의 시야를 가득 메우고 있었다.

'뭐야, 이건.'

좌우를 둘러보았지만 시커먼 먹지는 끝이 보이지 않을 만큼 거대하게 펼쳐져 있었다.

"오빠, 이리로 와 봐요."

유생은 은지가 이끄는 대로 여섯 걸음이나 뒤로 물러났고, 그제서야 유생은 그 전체 모습을 볼 수 있었다.

거대한 비석을 떠 놓은 탁본.

그 탁본은 3층 건물보다 높을 정도로 엄청나게 컸다.

"이거, 광개토대왕비 탁본이래요."

은지의 말에 유생은 다시 그 탁본을 바라보았다.

'광개토대왕비?'

국사 교과서에서나 보던 광개토대왕비.

광개토대왕이 죽은 지 2년 후, 아들 장수왕이 아버지의 업적을 기리기 위해 세웠다고 한다.

'원래는 이렇게 큰 거였구나.'

입이 절로 벌어졌다.

교과서에 실린 사진으로 볼 때는 몰랐었다.

비록 탁본이었지만 그 엄청난 크기는 보는 사람의 마음을 압도했다.

그때 옆에서 가이드의 설명이 들려왔다.

– 이건 광개토대왕비 원석정탁본(原石精拓本)입니다. 복원을 위해 일본인들이 석회를 바르기 전의 탁본이죠.

여기 적힌 내용은 크게 비석을 세운 이유, 광개토대왕의 업적, 왕릉을 지키는 이들에 관한 규정으로 나눌 수 있습니다.

이 중에서 특히 여기, '신묘년 기사'에 대해서는 해석에 많은 논란이 있습니다.

가이드는 레이저 포인터로 탁본 한 가운데를 가리켰다.

그는 탁본 가운데 나 있는 큼지막한 상처의 위 아래 글씨들을 가리키며 말을 이었다.

– 문제가 되는 부분은 이 부분입니다.

일본에서는 이를 '신묘년에 왜가 바다를 건너와서 백제와 신라를 격파하고 자기들의 신민으로 삼았다.(而倭以辛卯年,來渡海破百殘□□[新]羅以爲臣民)'는 뜻으로 해석하고 있습니다.

이를 근거로 일본은 과거 신라와 백제를 식민지로 삼았

다는 '임나일본부설' 을 주장하고 있죠.

하지만 여러분들이 보시다시피 그들의 주장은 터무니없어요.

가이드는 탁본에 있는 글자 몇 개를 가리키며 말했다.

- 여기 이 글자들은 일본이 가지고 있는 또 다른 탁본인 쌍구가묵본(雙鉤加墨本)과는 완전히 다릅니다.

쌍구가묵본에는 이 글자들이 각각 왜(倭), 도해파(渡海破)로 선명하게 나타나 있는데, 여기 원석정탁본과 비교해 보면 많이 다르다는 걸 알 수 있습니다.

원본에서는 솔직히 잘 알아볼 수 없는 글자들이거든요.

이를 두고 과거 신채호 선생님께서는 '결자(缺字)에 석회를 발라 첨작한 곳이 있으므로 진실을 알수 없음이 한스럽다.' 고 말씀하셨습니다.

여러분들께서 직접 확인해 보세요.

이 글자들이 각각 왜(倭), 도해파(渡海破)로 보이십니까?

가이드의 물음에 모두가 그 글자들을 바라보았다.

유생도 그가 가리킨 곳을 보았다.

'정말 이상한 걸?'

다른 곳은 비교적 깨끗하게 글자가 보였지만 유독 그 글자들만은 지저분했다.

특히 바다 해(海)자라고 주장하는 글자는 남은 형태를 아무리 뜯어보아도 '해(海)' 자로는 보이질 않았다.

은지는 고개를 갸웃거리며 말했다.

"저는 잘 모르겠어요. 맞는 것 같기도 하고, 아닌 것 같기도 하고…."

"가만…."

유생은 비문을 읽기 시작했다. 비교적 한자가 쉬운 탓에 대부분을 쉽게 해독할 수 있었다.

잠시 비문을 읽어내려가던 유생이 입을 열었다.

"조작한 게 맞는 것 같아."

"네? 그걸 어떻게 알아요? 글자가 보이지 않는데도 알 수 있어요?"

은지는 동그란 눈으로 유생을 보았고, 유생은 빙긋 웃으며 말을 이었다.

"응. 굳이 글자를 확인하지 않아도 알 수 있어. 일본측의 해석이 틀렸다는 것 정도는."

은지의 궁금증에 답하듯, 유생은 눈을 빛내며 말을 이었다.

◇

유생은 그 아래 위에 적힌 글자들을 주욱 읽어내려가면서 말했다.

"이 문장 앞뒤 내용들은 모두 광개토대왕이 백제와 신라를 토벌한 이야기들이야."

"그건 알겠어요. 광개토대왕비니까 그의 업적을 기리기 위해서 당연히 그런 내용을 적었겠죠."

은지의 말에 유생은 끄덕였다.

"맞아. 그런데 신묘년 기사를 일본이 주장한대로 해석하면 너무 뜬금없어. 대왕이 세운 업적이 잔뜩 나오다가 갑자기 '왜가 백제와 신라를 격파하고 신민으로 삼았다.'는 말이 나오거든."

"그치만, 진짜로 그랬을 수도 있잖아요. 고구려에 조공을 바치던 백제와 신라가 왜에게 정복당해 조공을 빼앗겼다면, 충분히 기삿거리가 될 것 같은데요?"

은지의 반박에 유생은 빙긋 웃으며 말했다.

"물론 그럴 가능성도 있지. 하지만 논리적으로 생각해봐. 만약 왜가 백제와 신라를 정복했다면 다음은 어떤 내용이 와야 할까?"

은지는 눈썹을 모으며 잠시 생각했다.

"흠… 글쎄요…."

"이 비문을 왜 썼다고 생각해?"

"그야 광개토대왕의 업적을 기리기 위해서…. 아!"

무심코 대답하던 은지의 표정이 밝아졌다. 그녀는 환한 얼굴로 손뼉을 치며 대답했다.

"알겠어요. 왜가 정말 백제와 신라를 정복했다면 그 다음엔 광개토대왕이 왜를 정복한 내용이 나와야 해요."

유생은 끄덕이며 말을 이었다.

"맞아. 근데 이 다음 내용을 보면 대왕은 왜가 아니라 백제를 정복했다고 쓰여 있어."

은지는 유생이 가리킨 문장을 보았다.

그 문장은 정확히 '병신년에 왕이 백제를 토벌했다.'는 내용이었다. (以六年丙申, 王躬率□軍, 討伐殘國.)

"정말 그렇네요?"

잠시 생각하던 은지는 다시 고개를 갸웃거리며 물었다.

"그치만…. 왜는 멀리 있으니까 가까운 백제를 친건 아닐까요?"

유생은 빙긋 웃으면서 말을 이었다.

"가능한 이야기야. 하지만 정말로 왜가 백제를 격파해 신민으로 삼았다면, 왜는 많든 적든 군대를 백제에 주둔시키거나 구원을 왔어야 해. 그러면 고구려는 백제를 토벌하는 과정에서 왜군과 싸워야 했을 테고."

"불가피한 사정이 생겨서 군대를 못보낼 수도 있잖아요."

은지의 반론에 유생은 눈을 빛내며 말했다.

"만약 그랬다면 백제는 굳이 고구려와 싸울 필요는 없었을 거야. 조공을 바치던 상대만 바꾸면 되는 건데, 특별히 손해가 될 건 없잖아? 게다가 왜의 속국이 된지 얼마나 되었다고 충성심을 발휘해서 고구려와 맞서 싸우겠어?"

유생의 말대로였다.

일본측의 해석이 맞다면 백제와 신라가 왜의 신민이 된 해는 불과 5년 전.

5년 동안 왜의 통치를 받던 백제가 고구려와 직접 맞서 싸운다는 것은 솔직히 말이 되질 않았다.

유생은 눈을 빛내며 말을 이었다.

"뒤의 내용을 봐도 이상한 점이 있어. 백제를 정벌한지 3년 후, 신라가 왜에 침공당하는 장면이 나오는데 여기에도 두 가지 모순점이 있어."

유생의 말에 은지가 알겠다는 듯 끄덕였다.

"하나는 알겠어요. 이미 8년 전에 신라는 왜(倭)의 신민이 되었는데 얼마 되지도 않아서 왜(倭)가 다시 침공했다는 건 말이 안되요. 그리고… 또…."

은지가 잘 모르겠다는 듯 고개를 갸웃거리자 유생이 말을 이었다.

"여기서 기사는 분명하게 왜와 신라를 구분하고 있어. 그래서 대왕은 '신라' 가 아니라 '왜' 를 격파한다고.

따라서 만약 백제를 정벌할 때 거기에 왜군이 있었다면 '왜군' 을 격파한 내용을 썼어야 해. 왜냐하면…."

"안쓸 이유가 없으니까!"

은지는 활짝 웃으며 말했다. 그녀는 이제서야 알겠다는 듯 말을 이었다.

"이제 완전히 알겠어요. 업적이 많으면 많을수록 좋을 텐데, 유독 백제를 정벌할 때만 왜를 격파한 사실을 생략했다고 보긴 어렵겠네요.

정리해 보면 백제 정벌 때 고구려는 왜군과 마주친 적이 없다고 보는 것이 옳고,

백제는 고구려에 맞서 최선을 다해 싸웠기 때문에 당시 백제를 왜의 신민이었다고 보는 건 확실히 무리겠네요."

"맞아."

유생이 빙긋 웃으며 끄덕이자 은지는 놀라운 눈으로 그를 바라보았다.

"오빤 정말 대단해요. 이런 걸 어떻게 알 수 있죠?"

"뭘. 지금까지 우리가 배운게 이런 거잖아."

"우리가 배운거요?"

은지는 도통 모르겠다는 표정으로 유생을 바라보자 그는 피식 웃으며 답했다.

"너도 알잖아. 목적론적 해석 방법."

"목적론적 해석 방법이요?"

그 순간 은지는 학부시절, 법학개론 시간에 배웠던 내용이 떠올랐다.

"아, 이제 기억나요! 내용이 분명하지 않을 때 법이 제정된 목적에 따라 해석하는 방법이잖아요."

"맞아. 방금 난 목적론적 해석 방법으로 비문을 해석했을 뿐이야. 일본 측의 해석을 비문을 적은 목적에 비추어 검토해 본 것이지."

유생의 말은 은지에게 커다란 충격으로 다가왔다.

'아, 그렇구나. 법의 해석방법을 이렇게 활용할 수도 있는 거였어.'

그저 시험문제를 맞히기 위해서만 공부해 왔던 은지로서는 자신이 배웠던 것을 이런 방식으로 활용할 수 있다고는 생각지 못했다.

동시에 아쉬운 마음도 들었다.

'이렇게 유능한데….'

은지는 유생이 내일 있을 재판에 참석하지 않는다는 사실이 못내 아쉬웠다.

"저… 오빠…."

"응?"

"내일 재판. 진짜 안 나갈 거에요?"

그녀는 나직한 목소리로 물었지만 유생의 마음은 철렁 내려앉았다.

◇

유생은 얼굴을 굳히며 대답했다.

"안 나갈 거야."

"왜 그런지 물어봐도 돼요?"

은지가 조심스럽게 묻자 유생은 단호하게 대답했다.

"아무 의미 없으니까. 이 사건, 일본기업에 청구할 사건이 아니야. 설사 이긴다고 해도 이런 식으론 문제가 해결되지 않아."

유생은 은지에게 이번 사건의 배경을 설명해 주었다.

65년도에 있었던 협약의 내용과 보상금. 그리고 한국 정부의 대응까지.

"이겨도 일본 기업은 보상하지 않을 거야. 그러면 피해자들은 탁구공처럼 한국 정부와 일본을 의미 없이 오가면서 시간을 보낼 뿐이라고."

허나 은지는 납득하지 못했다. 그녀는 슬픈 눈빛으로 유생을 보며 말했다.

"그치만… 이대로 진다면 아무것도 변하지 않잖아요."

'아무것도 변하지 않는다고?'

그녀의 말은 유생의 마음에 작은 파문을 일으켰다. 은지는 유생을 바라보며 말을 이었다.

"지금까지 아무도, 아무것도 보상하지 않았기 때문에 시작한 소송이잖아요. 정부든 일본이든, 모두 침묵했다구요. 그런데 여기서 그만두면 이들이 움직일 것 같아요? 사법부조차도 등을 돌리면 그 분들의 억울함은 누가 풀어주죠?"

유생은 그녀의 물음에 답하지 못했다.

은지는 쉬지않고 말을 이어나갔다.

"사실 우리나라가 이만큼 발전할 수 있었던 건 모두 그 분들 덕분이잖아요.

처음에 보상이 미흡했던 거 이해할 수 있어요. 모두 힘들던 시절이고, 그땐 모두가 힘을 합해야 했으니까요.

그런데 지금까지 이러고 있는 건 아니라고 생각해요. 그 분들의 희생 덕분에 이 나라가 여기까지 왔다면 이젠 정당한 보상을 드려야 하는 거 아닌가요?"

그녀의 말들 중에서 유생의 마음을 흔든 건 하나의 질문이었다.

'여기서 그만두면 이들이 움직일까요?'

여기에서 시작된 작은 파문은 어느새 커다란 파도가 되어 유생의 마음을 흔들기 시작했다.

허나 유생의 입에선 마음과는 다른 이야기가 흘러 나왔다.

◇

"협약으로 이미 청구권은 소멸했어. 소송을 하려면 정부에게 해야 해. 일본 기업을 상대로 하는 건 아무 의미가 없어."

말은 그렇게 했지만 목소리는 떨리고 있었다.

왠지모를 감정이 유생의 마음 속에서 끓어오르고 있었고, 그로서는 그 정체가 무엇인지 알 수 없었다.

"의미가… 없다구요?"

은지는 동그란 눈으로 유생을 바라보았다.

아무리 설득하려 해도 번번히 나오는 유생의 그 말은 그녀에겐 변명처럼 들렸다.

그녀의 할아버지 역시도 강제징용 피해자였기에 더더욱 납득할 수 없었다.

"지금까지 억울했으니까, 그러니까 소송한 거 아녜요. 그게 왜 의미가 없어요? 여기서 이기면 사과든 돈이든 받아낼 수 있잖아요!

그리고 먼저 잘못한 건 일본이라구요! 잘못한 이들에게 배상하라고 하는 건데, 왜 자꾸 안된다고만 그래요!"

그녀의 외침은 더욱 거세게 유생의 마음을 두드렸다.

동시에 그의 마음을 굳게 가로막고 있던 무언가에 조금씩 금이 가는 게 느껴졌다.

"아무도 용서하지 않았어요. 아까 못 봤어요? 심지어 그들은 뉘우치지도 않고 있어요. 역사 조차도 자기들 마음대로 바꾸려고 한다구요.

그런데 우리가 왜 가만히 있어야 해요? 도대체 언제까지 가만있어야 하는 건데요?

상대가 정부든 일본 기업이든 상관 없지 않나요? 잘못한 건 일본이고, 우린 미안하다는 사과 한마디 듣지 못했는데!"

은지는 고통 속에서 세상을 뜬 할아버지를 떠올렸다.

돌아가시기 전날까지도 할아버지는 과거의 악몽에 시달리곤 했다.

이 땅의 수많은 이들이 이렇게 고통받으며 죽어갔는데 할 수 있는 것이 아무것도 없다는 건 그녀 스스로가 용납할 수 없었다.

"안 된다고 하지 말아요…."

은지의 눈에서 눈물이 흘러내리기 시작했다. 그녀는 울먹이며 유생의 팔을 붙잡고 외쳤다.

"저한테 1% 가능성이라도 있다면 잡아야 한다고 말했던 건 오빠였잖아요. 근데 왜 벌써부터 포기하는 건데요!"

그녀의 마지막 외침은 비수처럼 날아와 유생의 가슴에 꽂혔다. 그리고 그의 마음 속에서 뭔가가 부서져 내렸다.

지금까지 그를 옭아매고 있던 무언가가.

동시에 그의 마음 속에서 한 가지 질문이 솟아나왔다.

'이번 소송. 정말 아무 의미 없는 걸까?'

그것은 지금까지 유생이 애써 외면해 온 질문이었다.

너무나도 완벽한 논리에 갇혀 대답할 수 없었기에 피하기만 했던 질문들.

유생은 이제 그 질문들에 하나하나 답하기 시작했다.

'정말 의미 없는 거야?'

– 의미 없어.

'정말 바꿀 수 없는 걸까?'

– 이미 협약이 있다고. 법이 정치행위에 간섭하면 안 돼.

'왜지? 정치로 법을 만들잖아. 법은 정치하면 안 돼?'

– 그건 삼권 분립에 어긋나. 헌법에 위반된다고.

'헌법은 왜 삼권분립을 규정한건데?'

– 그야 국가를 구성하고 국민의 기본권을 지키기 위해서….

'국가를 구성하고 국민의 기본권을 지키기 위해서 법이 정치하면 안 되는 거야?'

- 뭐?

마음 속에 일어선 한가지 의심은 유생의 안에 서 있던 두터운 벽을 부수기 시작했다.

동시에 지금까지 그의 마음을 막아온 그 벽의 정체가 무엇인지도 깨달을 수 있었다.

'장태현…. 그였어. 그의 논리가 나를 막고 있었어.'

자신도 모르는 사이에 장태현의 논리는 거대한 장벽이 되어 유생의 생각을 막고 있었다.

허나 이제 그 장벽은 유생의 질문과 합리적인 의심으로 무너지기 시작했다.

'법으로 정치를 한다. 가능한 이야기야.'

현실이 법을 만들지만 법 또한 현실을 만든다.

현실이 미흡하다면 법이 한 발 앞서 나가는 것이 오히려 낫다.

'이제 알겠어. 내가 무엇을 해야 하는지.'

유생의 머리 한쪽이 환해지기 시작했다. 먹구름이 걷히고 새로운 세상이 열리는 느낌이었다.

'이번 소송. 충분히 의미가 있어.'

무수히 되물으며 곱씹었던 질문들. 지금까지는 번번히

회피하고 부정했지만 이젠 아니었다.

협약이 있었고, 상대가 잘못되었지만 이번 소송은 반드시 이겨야 했다.

진다면 아무것도 변하지 않기 때문에.

지금까지처럼 침묵하면서 살아야 하기에.

'어쩌면 교수님도… 이걸 생각했을지도 몰라.'

유생은 자신이 그에 대해 잘못 생각했음을 깨달았다.

박찬근 교수는 정말 그럴 의도로 소송을 진행했던 것이 아니었다.

'교수님… 괜찮으실까?'

유생이 피를 토하던 박찬근 교수를 떠올렸을 때 휴대폰이 울렸다.

전화를 받자 무거운 목소리가 들려왔다.

– 나다. 태수.

"네. 형."

유생이 답하자 곧 깊은 한숨소리와 함께 태수가 말을 이었다.

– 교수님. 조금 전에 돌아가셨어.

"네?"

믿기지 않는 말에 유생은 그대로 굳어버렸다.

무어라 말을 해야 할지, 어떻게 해야 할지 그로선 알수가 없었다.

그런 그에게 태수는 담담하게 말을 이었다.

– 돌아가시기 전에 부탁하셨어. 내일 공개 변론 네가 해 달라고. 내일 법정에 나와줄 수 있겠니?

그 말을 듣는 순간 유생의 손에서 휴대폰이 툭 떨어져 내렸다.

휴대폰에서 태수의 목소리가 여러번 들려왔지만 유생으로선 다시 집어들 수가 없었다.

◇

대법원 전원합의체 판결.

14인의 대법관 중 법원행정처장 1인을 제외한 13인이 모두 참여한 재판 형태다.

일제강제징용 사건은 사안의 중요성과 그 파급력을 우려해 대법원에서는 전원합의체를 구성하기로 결정했다.

또한 보다 공정한 심리를 위해 공개 변론을 열어 진행했다.

법정 안은 어수선했다.

수많은 카메라가 법정 여기저기에 배치 되었고, 캐스터들은 이번 사안의 중요성에 대해 떠들어댔다.

"1995년부터 시작된 강제징용 피해자들이 일본 기업을 상대로 한 소송이, 15년이 지난 바로 오늘 그 종지부를 찍

게 될 듯 합니다."

"지난 2007년 일본 최고재판소에서는 제척기간 및 소멸시효가 지났다는 이유로 이들의 청구를 기각했습니다.

또한 서울중앙지방법원에서는 일본 판결의 기판력 등을 인정해 기각했고, 서울고등법원 항소심에서도 기각했습니다."

"이번 대법원 판결에 따라 지금까지 단 한푼도 보상받지 못했던 강제징용 피해자들에 대한 배상여부가 결정될 것입니다."

방청석에는 이번 사건에 관심있는 이들이 자리를 가득 메웠다.

기자들과 학생들. 심지어는 저명한 대학 교수들의 얼굴도 보였다.

허나 정작 강제징용 피해자들은 아무도 나오지 않았다.

'만약 진다면… 그분들을 뵐 면목이 없어.'

태수는 전날 피해자들에게 전화를 돌려 가급적 나오지 말 것을 부탁드렸다.

지금까지 이끌어 준 박찬근 교수는 지난 밤 숨을 거두었다. 유생 또한 출석이 분명하지 않은 상황.

그동안 민수연과 진수가 열심히 준비했지만 승리를 장담할 수는 없었다.

원고 측 변호인 석에서 자료를 정리하던 민수연이 물었다.

"유생 오빠에게는 아직도 연락 없어요?"

"응. 방금 전에도 전화해 봤는데 받질 않아."

태수의 말에 민수연과 문진수의 얼굴이 어두워졌다.

태수는 그들의 어깨를 다독이며 말했다.

"왜들 그래? 그동안 우리도 열심히 준비했잖아. 유생이 없어도 충분히 이길 수 있을 거야."

"맞아요. 이번 재판, 우리 힘만으로 꼭 이겨봐요. 나중에 유생 오빠 보면 놀려주자구요."

쳐진 분위기를 띄우려는 듯 민수연은 생긋 웃었고, 진수도 주먹을 불끈 쥐었다.

허나 그들의 불안감은 쉽사리 가시지 않았다.

항소심 논리에 대한 반박은 충분히 준비했지만 그 밖에 대해서는 솔직히 자신이 없었기 때문이다.

'만약 예측하지 못한 공격이 들어온다면…. 우리에겐 승산이 없어.'

준비된 변론을 하는 것은 자신 있었다. 문제는 상대방의 공격카드를 예측하지 못했다는 것.

이를 위해서라도 태수는 유생이 돌아오길 간절히 바랬다.

'유생아. 도대체 어디 있는 거냐? 왜 전화를 안받는거야.'

태수는 혹시나 하는 마음에 누군가 법정 안으로 들어올 때마다 얼굴을 확인했다.

허나 시간이 다 되도록 유생은 나타나지 않았다.

오전 10시 정각.

13인의 대법관들이 입장하자 법정 안의 모든 이들은 자리에서 일어났다.

그리고 이어진 대법원장의 개정선언으로 '일제강제징용 손해배상 청구사건' 의 공개 변론이 시작되었다.

◇

"이번 사안은 일제강제징용자들이 일본기업 요쯔비시에 손해배상을 청구한 사안입니다.

사안의 중대성을 고려하여 공개변론을 결정한 만큼, 이를 통하여 국민 여러분들이 법원 재판을 더 깊이 이해하실 수 있는 계기가 되기를 바랍니다.

먼저 피고 측과 원고 측의 변론 후에, 나타난 쟁점에 대해 심층적으로 변론을 진행하도록 하겠습니다."

◇

팽팽한 긴장감이 감도는 가운데, 피고 측부터 변론이 시작되었다.

한국 최고 로펌인 대성 로펌에서 나온 이봉식 변호사는 안경을 치켜 올리며 입을 열었다.

"저희 요쯔비시 측은 다음과 같은 이유로 원고의 청구를 거부합니다.

첫번째, 강제징용 당시의 요쯔비시는 현재의 요쯔비시와는 다르다는 점.

두번째, 요쯔비시는 일본 기업이므로 일본법과 일본 재판소의 판결에 따라야 한다는 점.

세번째, 65년 청구권 협약으로 인해 민사상 개인의 청구권은 모두 소멸되었다는 점.

이 세 가지 이유가 명백하기 때문에 피고는 원고의 청구를 받아들일 수 없습니다."

논지는 제1심에서 장태현이 내세웠던 것과 다르지 않았다.

이미 알고 있는 내용이었기에 태수를 비롯한 민수연과 진수의 표정이 다소 밝아졌다.

'이길 수 있을지도 몰라.'

장태현의 세 가지 논지. 이에 대해서는 거의 완벽하다시피 준비했다.

준비한 것만 제대로 말한다면 판결을 뒤집는 것도 불가능한 일이 아니었다.

"원고 측, 반대변론 하세요."

대법원장의 말에 민수연이 태수를 보았다.

태수는 그녀에게 고개를 끄덕였고, 민수연은 자신이 준비해 온 자료를 보며 입을 열었다.

"피고측의 첫번째 주장은 다음과 같은 이유로 수긍할 수 없습니다."

민수연은 지금까지 준비해 온 자료들을 활용해 피고의 주장을 반박해 나갔다.

현재의 (신)요쯔비시는 강제징용 당시의 (구)요쯔비시를 인적, 물적 기반을 그대로 승계하고 있다는 사실.

일본법 또한 둘 사이의 동일성을 인정해 법인전환 당시 양도소득세를 면제한 사실.

(신)요쯔비시 홈페이지에서 (구)요쯔비시의 설립일을 자신들의 설립일로 보고 있는 사실 등.

"따라서 피고 측의 첫번째 주장은 이유가 없습니다."

민수연이 변론을 마치자 대법관 대부분이 고개를 끄덕였다.

대법원장이 피고 측을 바라보며 반대할 것이 있느냐고 물었으나 그들은 고개를 저었다.

허나 피고 측에 앉은 이들의 표정은 아직 여유로웠다.

'언제까지 그런 표정으로 있을지 두고 보자.'

태수는 진수에게 신호를 보냈다.

진수는 자리에서 일어서서 변론을 시작했다.

"피고 기업은 일본 기업이므로 일본 재판소의 판결에 따라야 한다는 두번째 주장도 말이 안 됩니다.

이번 사안에서 저희가 손해배상을 청구한 기업은 일본에 있는 요쯔비시 본사가 아니라 한국에 있는 영업소입니다.

요쯔비시 한국 영업소는 한국에 위치한 것은 물론이고, 한국법에 따라 설립되었습니다.

따라서 여기엔 일본 판결의 효력이 미치지 않고, 원고 측의 손해배상 청구를 배척할 이유는 되지 못합니다."

깔끔한 변론이었다.

이번에도 대법관들 대부분이 수긍하는 눈치였다.

몇몇이 서로 의견을 나누는 것이 보였고, 곧 대법원장이 입을 열었다.

"피고측, 반대 변론하시겠습니까?"

"아닙니다."

피고 측 변호사는 이번에도 변론하지 않았다.

허나 의자를 바짝 당겨 앉는 모양새가 아까보다는 많이 긴장한 듯 보였다.

이를 본 태수는 회심의 미소를 지었다.

'마지막 주장까지 뒤집혔을 때 어떤 표정을 짓자 보자.'

진수가 자리에 앉은 후, 태수가 일어섰다.

처음엔 많이 불안했지만 뜻대로 진행되자 자신감이 붙었다.

'이걸로 끝장 낼 수 있어.'

태수는 힘있는 목소리로 변론을 시작했다.

숨을 거두기 전 박찬근 교수가 가르쳐 주었던 논리로 태수는 피고 측의 마지막 주장을 반박했다.

"조약의 당사자는 국가입니다. 그리고 그 내용은 국민이 아닌 국가가 할 수 있는 것들입니다.

조약의 불이행을 이유로 그 국가의 국민에게 이행을 청구할 수 없는 것처럼, 조약 만으로 직접 국민에게 효력이 생긴다고는 할 수 없습니다.

조약이 국민에게까지 효력을 발생하기 위해선 이에 상응하는 법이 제정되어야 합니다. 하지만 현재 국내에는 '일본에 대한 재산상 청구권이 소멸했다.'는 내용의 법이 없습니다.

이런 법이 없이 단지 조약만으로 우리 국민의 민사 재판 청구권을 소멸했다고 보는 것은 옳지 않습니다.

따라서 피고 측의 세가지 주장은 모두 이유 없으므로 저희의 손해배상 청구에 응해야 할 것입니다."

태수가 변론을 마쳤을 때 방청석이 술렁였다.

마치 그의 말에 동조하는 듯 방청객들의 얼굴은 환해졌고, 대법관들 역시 마찬가지였다.

고개를 끄덕이는 대법관들을 바라보았을 때 태수는 승리를 의심치 않았다.

허나 피고 측을 보았을 때 태수는 뭔가 이상함을 느꼈다.

'왜지? 왜 웃고 있는 거지?'

피고 측의 이봉식 변호사의 얼굴은 웃음 띄고 있었다.

곧 그가 일어서서 반대 변론을 시작했을 때 태수는 그 이유를 알 수 있었다.

"국내법이 제정되지 않았다는 이유만으로 조약의 효력을 부정하는 건 형식논리에 불과합니다.

지금까지의 재판에서 확인했다시피 65년 협약은 국민의 재산상 청구권을 최종적으로 소멸시키고 있습니다.

조약이 직접 그 국가의 국민에게 효력을 미치는 내용을 규정하고 있는데, 이것조차 효력이 없다고 해석하는 것은 옳지 않습니다."

잠시 말을 멈춘 이봉식 변호사는 태수를 보았다.

그의 눈빛은 사냥감을 바라보는 매 처럼 날카로웠다. 그는 일그러진 미소를 지으면서 입을 열었다.

"설사 협약으로 직접 청구권이 소멸되었다고 보지 않더라도, 마찬가지 입니다.

법원은 정부의 외교권 행사로 체결한 조약에 반하는 내용의 판결을 할 수 없습니다.

사법자제의 원칙. 못 들어보셨습니까?”

사법자제의 원칙.

그 단어를 들었을 때 태수의 마음은 철렁 내려 앉았다.

그 반론은 일전에 유생이 제기한 것과 똑같은 것이었다.

‘어쩌지?’

태수를 비롯해 민수연과 진수의 얼굴도 당혹감으로 물들었다. 그들로서는 이에 대한 반론을 준비하지 못했기 때문이었다.

변론을 마친 이봉식은 자리에 앉았고, 이어서 대법원장의 목소리가 들려왔다.

“원고 측. 반대 변론 하시겠습니까?”

태수는 그의 물음에 대답하지 못했다. 어떻게 해야할지도 몰랐다.

그때였다.

뒤에서 익숙한 목소리가 들려왔다.

“원고 측 변론. 제가 하겠습니다.”

태수가 돌아보자 한 남자가 변호인석 쪽으로 걸어 들어왔다.

어딘지 순박해 보이는 인상에 여유로운 걸음걸이.

그는 분명 태수가 아는 사람이었다.

대법원장이 놀란 눈으로 그를 바라보며 ‘누구십니까.’

하며 묻자 남자가 시원한 목소리로 대답했다.

"저는 원고 측 변호인, 신유생입니다. 이분들을 모시고 오느라 조금 늦게 도착했습니다."

유생은 뒤를 돌아보았고, 그곳엔 십 수명의 할아버지들이 법정 안으로 들어오고 있었다.

강제징용 피해자들.

그들이 들어오자 사람들은 자리를 양보했다.

사건 자료에서 유생의 이름을 확인한 대법원장이 변론을 허락하자 유생은 태수 옆에 서서 마이크를 잡았다.

"그럼 변론을 시작하겠습니다."

유생은 입을 열었다.

이제 역사를 뒤집을 변론이 시작되고 있었다.

◇

"사법 자제의 원칙."

유생은 또렷한 목소리로 입을 열었다.

"피고측은 이를 근거로 법원이 조약에 반하는 판결을 내려서는 안 된다고 주장하지만, 지금의 경우엔 옳지 않습니다."

유생의 단호한 선언은 법정의 분위기를 바꾸어 놓기에 충분했다.

그는 대법관들과 눈을 마주치며 말을 이었다.

“법원의 판결이 정부의 권한을 침해해선 안된다는 사법자제의 원칙은 헌법상 기본원리인 삼권분립에서 파생하는 원칙입니다.

각 국가기관의 행위가 삼권분립의 원칙에 어긋나선 안 된다는 것은 분명히 옳은 이야기입니다.

하지만, 여기엔 중요한 전제가 있습니다.”

유생의 눈에서는 이제 푸른 기운이 흘러나오기 시작했다.

어느 때보다도 맑고 푸른 그 기운은 그와 눈이 마주친 이들의 마음을 꿰뚫고 있었다.

“국민의 기본권.”

유생의 입에서 이 단어가 흘러나왔을 때 대법관들의 눈썹이 꿈틀거렸다.

유생은 그들을 보며 말을 이었다.

“애초에 헌법이 삼권분립의 원칙에 따라 국가기관을 구성한 것은, 국가 권력이 어느 일부에게 독점되는 것을 막기 위해섭니다.

그리고 헌법이 권력의 독점을 막으려는 이유는 국민의 기본권을 지키기 위해섭니다. 독점된 권력은 필연적으로 기본권의 침해로 이어지기 때문입니다.

따라서 우리가 삼권분립이나 사법자제의 원칙을 논할 때는 반드시 그 목적이 국민의 기본권을 침해하지 않는다는 전제가 필요한 것입니다.”

유생의 말은 매우 원칙적인 것들이었다. 그렇기에 누구도 부정할 수 없었다.

국민의 기본권을 침해하지 말아야 한다는 것은 분명 헌법상 모든 원리에 우선하는 원칙이었다.

“이번 사건의 본질은 과거 일본이 우리 국민의 기본권을 부당하게 침해했음에도 아무런 보상이 없었다는 것에 있습니다.

우리 정부가 어떤 내용의 협약을 맺었든지 간에, 그들이 우리 국민의 기본권을 침해한 사실과 여기에 아무런 보상이 없었다는 사실은 변하지 않습니다.

그럼에도 사법자제의 원칙을 들어 기본권을 구제하는 내용의 판결을 내릴 수 없다구요?”

유생은 피식 웃었다.

그리고는 다시 준엄한 표정이 되어 외쳤다.

“사법자제의 원칙은 국민의 기본권을 제한하는 근거로 활용될 수 없습니다. 애초에 국민의 기본권을 지키기 위해 정해 놓은 원칙을 도리어 기본권을 침해하기 위해서 원용할 수는 없는 것입니다!”

유생의 외침은 법정 안에 있는 모든 이들의 마음을 푸욱 찔러 들어갔다. 그리고 언 땅을 갈아 엎는 쟁기처럼 그들의 마음을 변화시켰다.

방청석에 앉아 있던 강제징용 피해자들의 굳은 얼굴도 점차 변하기 시작했다.

15년간 줄곧 원고로써 법원에 출석해 온 김만수 씨도 마찬가지였다.

번번한 패배에 아무런 기대도 가지지 않고 왔지만 그의 마음에도 슬몃 희망이 생기기 시작했다.

'이번엔… 다를지도 몰라.'

그의 눈앞에서 변론하는 자는 지금까지 보아왔던 이들과 많이 달랐다.

그는 정확한 핵심을 짚어 나갔고, 그의 말에는 울림이 있었다.

그렇게 생각하는 것은 그 뿐만이 아니었다.

방청석에 앉은 다른 기자들과 학생들. 심지어는 교수들까지도 이길 수 있겠다는 희망이 마음 속으로 스며들었다.

허나 유생은 이것으로 끝나리라고는 생각지 않았다.

'여기까진 분명 예상하고 있었겠지. 내가 만약 장태현이라면 좀 더 많은 준비를 해 두었을 거야.'

제1심부터 장태현이 유지해 온 논지였다.

이후 그는 이 사건에서 손을 뗐지만 어떤 변수에도 흔들리지 않게끔 철저히 준비를 해두었을 터.

'얼마든지 와라. 어떤 논거를 들고 와도 철저하게 깨부

쉬 줄 테니.'

유생은 장태현을 이기고 싶었다.

지난 한 달, 그의 논리에 갇힌 경험이 있는 유생으로선 장태현은 꼭 넘어서야 할 벽이었다.

"피고 측 반대 변론 하세요."

대법원장이 피고 측을 보며 반대 변론을 요구하자 이봉식 변호사가 일어났다.

◇

아직 그의 얼굴엔 당혹이나 긴장 같은 것은 내비치지 않았다. 그는 마치 정해진 수순을 밟는 것처럼 기계적으로 입을 열었다.

"협약으로 청구권이 소멸하지 않았다는 원고 측의 주장, 충분히 알겠습니다. 허나 그렇다 하더라도 저희는 배상 청구에 응할 수 없습니다."

다시 법정이 술렁였고, 그는 말을 이었다.

"협정으로 인해 청구권이 소멸되지 않았다면 논리적으로 청구권은 불법행위 당시부터 있었다는 결론에 이릅니다.

그렇다면 청구인들이 주장하는 불법행위의 시기는 1944년.

손해배상 청구권은 바로 그 시점에 발생한 것으로 보아야 하고, 소멸시효 또한 그때로부터 기산될 것입니다."

이제 이봉식 변호사는 유생을 노려보았다. 그는 희미하게 웃음을 지으며 말을 이었다.

"모두가 알고 있다시피 손해배상 청구권은 그 행위가 있는 날로부터 10년 이내에 행사되어야 합니다.

안타깝게도 지금은 2010년이고 청구권이 발생한지는 66년이나 흘렀습니다.

피해자들의 청구권은 소멸시효 완성으로 소멸되었고, 따라서 저희가 배상해야 할 청구권은 존재하지 않습니다."

이봉식 변호사의 논리에는 흠잡을 곳이 없었다.

협약으로 인해 청구권이 소멸되지 않았지만 소멸시효가 완성되었다는 논리.

이는 과거 일본 최고 재판소가 내세웠던 것과 같은 논리였다.

법정은 큰 충격에 빠졌다.

어느 정도 법에 대한 상식이 있는 이들은 그 논리가 명백하다는 것을 알고 있었기 때문이었다.

- 소멸시효 완성이래.

- 맞는 말인 것 같은데? 44년에 청구권이 발생했으니까 소멸시효는 54년에 완성되었다고 봐야 한다고.

– 헐…. 이걸 어떻게 반박하지?

– 결국 또 지는 거 아냐?

방청석 여기저기서 한숨이 새어나왔다.

허나 유생은 오히려 회심의 미소를 짓고 있었다.

'드디어 미끼를 물었군.'

지금까지 31인의 변호인단이 준비해 온 것이 바로 소멸시효 완성에 대한 반박논리였다.

철벽의 변호사 강대철도 상대가 소멸시효를 주장하기만을 기다리고 있었다.

장태현이 협약의 과정과 내용을 들어 청구권이 소멸했다는 논리를 펴지만 않았어도 3년 전 그들은 패소하지 않았을 터.

'이번에 부서지는 것은 너희다.'

유생은 자리에서 일어났다. 그가 다시 입을 열었을 때 재판의 흐름은 송두리채 바뀌었다.

◇

"민사상 '모든 청구권'에는 소멸시효가 적용된다는 점 인정합니다. 하지만 '모든 경우'에 소멸시효를 주장할 수는 없습니다."

모두가 침묵한 가운데 유생이 말을 이었다.

'객관적으로 권리를 사실상 행사할 수 없을 때 해당 권리의 소멸시효의 완성을 주장하는 것은 신의칙상 권리남용으로 허용되지 않는다.'

그것은 과거 대법원 판례의 내용이었다.

법정은 다시 술렁거리기 시작했고, 유생은 여유롭게 말을 이었다.

"이는 99년도부터 대법원이 취해 온 일관적인 입장입니다.

지금 원고의 상황은 '객관적으로 권리를 사실상 행사할 수 없을 경우' 로 보아야 하므로 소멸시효는 아직 완성되었다고 볼 수 없습니다."

모두는 다시 침묵하며 유생의 말에 귀를 기울였다. 유생은 차분히 시대별로 논거를 들어 말을 이었다.

"피고 측의 주장대로 청구권이 발생한 시기는 1944년이 맞습니다. 허나 65년 청구권 협약이 체결되기 전까지 한국과 일본 사이의 국교는 단절되었기 때문에 재판을 청구하더라고 사실상 권리를 구제받을 가능성은 없었습니다.

또한 청구권 협정 문서가 공개된 것은 2005년 1월. 그것도 뒤늦게 협약의 존재를 알게 된 원고들의 청구로 정부가 공개한 것입니다.

1944년부터 2005년 1월까지.

이때까지의 기간은 사실상 객관적으로 권리행사가 불가능했다고 보아야 합니다.

정부의 어떤 공표도 없었고, 일본과의 관계에 대해서 정확한 사실을 아는 이들도 거의 없었습니다.

이런 상황에서 과연 누가 자신에게 일본에 대한 손해배상 청구권이 남아있다고 생각할 수 있겠습니까?"

유생의 물음은 강제징용 피해자들이 직접 하고 싶었던 말들이었다.

일본에서 망언을 할 때나 광복절이 되면 언론이 반짝 다루기는 했지만, 정작 이들에 대한 구체적인 배상문제를 어떻게 해결할지에 대해서는 답을 내지 않았다.

누구에게 억울함을 호소해야 할 지도 몰랐고, 누구를 상대로 소송을 걸어야 할 지도 몰랐다.

유생은 강제징용 피해자들을 돌아보며 말을 이었다.

"따라서 소멸시효는 청구권의 존재가 확인된 시점. 즉, 협약 문서가 공개된 시점인 2005년도부터 기산된다고 보아야 합니다.

따라서 그로부터 5년이 지난 현재, 손해배상 청구권은 여전히 존재합니다."

유생이 변론을 마치자 이봉식 변호사의 안색이 바뀌었다.

생각지도 못한 반론에 당황한 탓인지 그는 다급한 표정으로 일어났다.

"아닙니다! 65년 협정 이후 정부 관계자들은 협약의 내용과 의미에 대해서 알고 있었습니다.

그런 이유로 국내에는 보상법률도 제정되었고, 일부 징용자들에 대해서는 보상금도 일부 지불되었습니다.

이를 두고 원고들이 '객관적으로' 권리행사가 불가능했다고 보는 것은 어렵습니다!"

방청객들에게 그의 말은 어느 정도 맞는 것처럼 들렸다.

허나 유생의 눈에는 틈이 보였다. 결코 막을 수 없는 거대한 틈이.

유생은 빙긋 웃으면서 그의 말을 받아쳤다.

"당시 제정된 보상법률에는 살아서 돌아온 징용자들은 대상에서 모두 빠졌습니다. 보상금이 지급된 건 징용 당시 사망한 이들 뿐입니다.

따라서 지금까지 보상 대상에서 제외되었던 청구인들은 어떤 방법으로도 배상을 청구하지 못했고, 이는 '객관적으로 권리행사가 불가능한 경우' 에 해당합니다."

유생의 지적에 이봉식의 눈이 커다랗게 변했다. 다시 자료를 뒤지는 그의 모습을 보며 유생은 말을 이었다.

"또한 당시 협약 내용을 정부관계자들이 알고 있었다는 사실만으로는 권리행사가 가능했다고 볼 수 없습니다.

정부관계자들은 협약 내용을 공표하지 않았고, 이로인해 국민 대부분은 청구권이 있었다는 사실 조차도 몰랐기 때문입니다.

따라서 정부관계자들의 알고 있었다는 사실은 오히려 권리행사의 장애 사유로 보아야 합니다."

유생의 논지는 명백했다.

95년 이전에는 단 한 건도 강제징용 배상을 이유로 한 소송이 없었다는 사실이 유생의 말을 뒷받침하고 있었다.

이봉식 변호사의 얼굴에는 더이상 여유라곤 찾아볼 수 없었다. 그는 연신 흘러내리는 땀을 닦으며 준비해 온 자료들과 유생을 번갈아 보았다.

한참 서류를 뒤적였지만, 그는 다시 일어나지 못했다.

"피고 측. 더 이상 반대 변론 없습니까?"

대법원장의 변론요구에 이봉식 변호사는 마지못해 일어났다.

그 모습에 과거 강대철 변호사의 모습이 겹쳐지자 옆에서 태수가 피식 웃으며 말했다.

"끝난 것 같군."

허나 유생은 고개를 저었다.

'아니야. 눈빛이 달라.'

이봉식 변호사의 눈은 아직 빛나고 있었다. 유생은 그의 눈빛에서 남은 카드가 있다는 것을 읽어냈다.

'뭔가 더 있어.'

이봉식 변호사는 물을 한 모금 마시고는 입을 열었다.

"반박 내용을 바꾸겠습니다. 지금부터는 '청구대상이 본사가 아닌 한국영업소이기 때문에 일본법이 아닌 한국법에 따라야 한다.' 는 원고 측 주장에 반박하겠습니다."

그가 지적한 건 문진수가 변론했던 내용이었다.

'이번 재판은 요쯔비시 한국영업소에 대한 청구이므로 한국법에 따라야 하고, 여기에 일본 재판소의 기판력은 미치지 않는다는 내용이었어.'

유생은 늦게 도착한 터라 직접 듣지는 못했지만 나중에 건네받은 자료를 통해 내용을 확인할 수 있었다.

'뭘 하려는 속셈이지?'

유생은 가느다란 눈으로 지켜보았고, 이봉식 변호사는 말을 이었다.

"원고 측의 지적대로 본사와는 달리 요쯔비시 한국영업소는 한국법에 따라 설립된 한국의 기업이라는 점을 인정합니다.

하지만 요쯔비시 한국영업소는 강제징용 당시에는 존재

하지 않았지요."

'뭐라고?'

그 말을 듣는 순간 유생은 뒤통수를 맞은 것 같은 충격을 받았다.

그리고 이봉식은 유생을 쏘아보며 말을 이었다.

"따라서 요쯔비시 한국영업소는 1944년 당시 불법행위를 저지른 사실이 없으므로 이에 대한 손해배상 청구에는 응할 수 없습니다."

그의 논리는 치밀했다.

소송대상을 한국 영업소로 특정한 것은 일본 재판의 기판력을 피하기 위해 세운 논리.

허나 이봉식은 이를 역이용해 당사자 적격을 부인했다. 불법행위를 저지른 것은 요쯔비시 본사였지 한국영업소는 분명 아니었다.

재판은 다시 암흑으로 빠져 들었다.

◇

'당했다.'

유생은 당혹스러운 나머지 이를 악물었다.

이틀 전, 조금만 더 신경썼다면 진수의 논리에 헛점이 있었다는 사실을 파악할 수도 있었을 터.

허나 당시엔 결코 이길 수 없으리라는 장태현의 논리에 사로잡혀 있었기에 미처 신경쓰지 못했다.

'내 실수야. 좀 더 꼼꼼히 검토했어야 했는데.'

유생은 입술을 질끈 깨물었다.

그때 유생의 표정을 읽은 태수가 일어섰다.

"잠시 휴정을 신청해도 되겠습니까?"

대법원장은 시계를 확인했다.

오전 11시 43분.

벌써 재판을 시작한지 한 시간 반이 넘었다.

잠시 눈을 감고 생각하던 대법원장이 입을 열었다.

"휴정 신청, 받아들이겠습니다. 30분간 휴정하겠습니다."

대법원 공개변론에서는 좀처럼 보기 힘든 휴정 선언이었다.

덕분에 위기를 맞았던 유생은 다행히 한숨 돌릴 수 있었다.

휴정이 선언되었어도 상황이 바뀐 건 아니었다.

그들에게 주어진 시간은 30분.

이 안에 상대의 논리를 뒤집지 못한다면 가까스로 얻은

휴정도 의미가 없었다.

진수가 미안한 표정으로 먼저 입을 열었다.

"죄송해요. 제가 좀 더 확인해 봤어야 했는데."

"아니야."

태수가 고개를 저으며 말을 이었다.

"모두 함께 검토한 거야. 그때 오류를 잡아내지 못한 건 우리 책임이야."

"맞아. 진수 니가 의견 냈을 때, 우리 모두 함께 있었잖아. 자책하지 마. 지금은 상대 논리의 헛점을 발견해야 해."

민수연이 그의 어깨를 두드렸으나 진수는 어두운 표정으로 입을 열었다.

"근데 방법이 있겠어요? 한국영업소 논리는 일본재판소 판결의 기판력을 피하려던 논리였잖아요. 이제 와서 한국영업소가 아니라 본사측에 대한 청구라고 한다면 다시 기판력 문제가 발생할 거에요."

진수의 지적은 정확했다.

애초에 청구대상을 한국영업소로 지정한 것은 일본 재판소 판결의 기판력을 피하기 위한 것이었다.

여기에서 다시 청구대상을 본사로 바꾼다면 기판력 문제가 자연스럽게 수면 위로 떠오른다.

그때 잠자코 있던 유생이 민수연을 보고 말했다.

"수연아, 혹시 노트북 가져왔어?"

"네."

수연이 가방에서 노트북을 꺼내자 유생이 말을 이었다.

"그럼 대법원에 접속해서 '본사, 국내영업소' 란 단어로 판례를 검색해 봐."

"본사? 국내영업소? 그건 왜 찾는 건데?"

태수가 모르겠다는 듯 묻자 유생이 답했다.

"소송당사자가 국내영업소일 때, 법원이 이를 독립된 주체로 보는지 아니면 본사의 대리인으로 보는지에 대한 판례가 있을 것 같아서요."

그때 키보드를 딸깍거리던 민수연의 목소리가 들려왔다.

"찾았어요. 84누267 판결이에요. 외국법인이 법인세 부과처분을 취소하는 소송을 낸 것인데요, 첫번째 판결요지에 유생 오빠가 찾으려는 내용이 그대로 있는 거 같아요."

"어디어디."

"어, 정말 있네요."

태수와 진수, 유생은 민수연이 찾은 판결의 내용을 읽어보았다.

그곳에는 외국법인이 청구인의 성명을 'OOO 한국지점' 이라 표시한 경우 그 당사자를 누구로 볼 것인지에 대한 법원의 견해가 뚜렷하게 나타나 있었다.

[외국법인인 원고가 각 청구서에 청구인의 성명을 "갑"으로, 상호를 "OOO 한국지점"으로 표시하였다 하더라도 …… 위 "갑"이 원고법인의 한국에 있어서의 지점대표자라면 …… 원고법인의 대표자로서 심사 및 심판청구를 한 것으로 볼 것이다.]

판례의 의미는 분명했다.

설령 청구자 명의를 외국법인의 한국영업소 명의로 기재했더라고 외국법인 자체를 당사자로 보겠다는 것.

이를 확인한 모두는 의미심장한 표정으로 고개를 끄덕였다.

"역시…."

"그랬군요."

"이렇게 명백한 판례가 있었다니… 애초에 피고를 요쯔비시 한국영업소로 특정하는 건 오류가 있었네요."

모두의 말에 유생도 동의했다.

"맞아. 한국영업소라는 게 사실 외국에 있는 본사를 대리하는 권한을 가지고 있기 때문에 이것을 분리해서 본다는 건 무리였어. 처음부터 우리가 놓치고 간 부분이야."

잠시 생각하던 진수가 입을 열었다.

“그러면 한국영업소가 청구대상이란 논지는 유지할 수 없겠어요.”

“그렇지.”

유생이 끄덕이자 태수가 어두운 표정으로 입을 열었다.

“그렇다면 다시 일본 재판소 판결의 기판력 문제를 해결해야 한다는 이야긴데….”

“어휴… 그런 논리가 정말 있을까요?”

진수는 머리를 감싸쥐었다.

애초에 그런 논리가 가능했다면 무리하게 청구대상을 요쯔비시 한국지점으로 보지는 않았을 터.

민수연도 한숨을 푸욱 내쉬었다.

모두가 머리를 맞대고 고민하는 사이, 시간은 어김없이 흘러갔다.

아직 문제를 해결하지 못한 그들에게 30분이란 시간은 순식간에 지나갔다.

곧 대법관들이 입장했고, 법정 안의 모두는 자리에서 일어섰다.

그리고 모두가 다시 앉았을 때 법전을 유심히 들여다 보던 유생이 입을 열었다.

“알겠어요.”

"뭐? 정말이야?"

태수가 반색하며 묻자 유생은 싱긋 웃으며 고개를 끄덕였다.

"네."

유생은 반대편에 앉아 자신들을 보고 있는 이봉식 변호사를 바라보며 말을 이었다.

"방법이 있어요. 이걸로 분명 일본 판결의 기판력을 없앨 수 있을 겁니다."

모두의 표정이 밝아진 가운데, 유생의 눈에서는 다시 푸른 기운이 흘러나오기 시작했다.

그는 이봉식 변호사를 향하고 있었지만, 그의 눈은 그 너머를 보고 있었다.

비록 참석하진 않았지만 이번 재판을 설계한 장본인 장태현.

이제 유생의 눈에는 마치 유령처럼 재판을 지배하고 있는 장태현의 논리가 선명하게 보였다.

그 헛점까지도.

'이제 이 긴 재판도 끝이다.'

대법원장의 개정선언과 함께 유생은 자리에서 일어났다. 그가 입을 열자 법정 안의 모두는 기대에 찬 눈빛으로 바라보았다.

15년간의 싸움.

그 긴 여정이 어떻게 끝날지는 이제 유생의 변론에 달려 있었다.

◇

'설마 여기까지 오게 될 줄이야.'

이봉식 변호사는 긴장하고 있었다.

제1심이 끝나고 항소심을 시작할 당시 장태현에게 사건을 넘겨받았다.

그동안은 쉬웠다. 장태현이 남긴 참고자료와 브리핑만으로도 판결을 유지하기에 충분했으니.

'논지는 완벽해. 항소심에서조차 논지가 그대로 유지되었으니까.'

너무나도 완벽한 나머지, 고등법원 판결 내용은 제1심과 거의 다르지 않았다.

이후 2년 동안이나 검토했던 이봉식 변호사 스스로도 그 세 가지 논지에서 헛점을 찾지 못했다.

허나 바로 지금, 그의 눈앞에서 두 가지의 논지가 깨졌다. 이제 마지막 남은 논지마저 깨진다면 판결은 뒤집힐 터.

이봉식 변호사는 상대측 변호인을 보며 마른 침을 삼켰다.

'신유생이라고 했었나?'

그자가 법정에 들어오기 전까지만 해도 이봉식은 승리를 예감하고 있었다.

(구)요쯔비시와 (신)요쯔비시는 서로 다른 기업이라는 첫번째 논지가 깨질 때는 뜨끔했지만, 두번째 세번째 논지에 대한 반박을 들었을 때는 콧웃음이 나왔다.

'그때까지만 해도 놈들의 논리는 허술했어.'

허나 신유생이라는 자가 뒤늦게 법정에 들어오자 분위기가 바뀌었다.

그는 원칙론을 내세워 그토록 견고해 보이던 세번째 논지를 간단히 깨버렸다.

'65년 청구권 협약문제와 소멸시효 문제를 그렇게 간단하게 깨버리다니.'

그래도 미리 숨겨둔 카드가 있어서 다행이었다.

두번째 반박에서 놈들이 일본판결의 기판력을 피하기 위해 소송대상을 한국영업소로 특정했던 탓에 마지막까지 숨길 수 있었던 카드였다.

'이건 결코 깨지 못할 것이다.'

이전 변론으로 이미 명백하게 논지가 깨진 이상 한국영업소를 청구대상으로 할 수는 없을 터.

이제와서 청구대상을 요쯔비시 본사로 본다해도 일본최고재판소 판결의 기판력 문제가 남는다.

'일본 판결의 기판력 문제는 어떻게 할 수 있는 문제가

아니야.'

요쯔비시는 일본기업이고, 일본 기업이 일본 재판소의 판결을 따르겠다는 것을 막을 도리는 없었다.

설령 이를 막는다 하더라도 강제집행을 할 수 있을지도 의문이다.

'어디 한번 해봐라. 안타깝긴 하지만 이번 사건은 애초에 너희가 이길 수 있는 게 아니었어.'

이봉식 변호사는 이제 막 변론을 시작한 유생을 바라보았다.

또렷한 목소리로 입을 연 유생은 먼저 피고측이 언급한 부분을 인정했다.

"저희가 청구대상을 요쯔비시 한국영업소로 특정한 것은 착오였습니다. 손해배상 청구는 불법행위 가해자인 요쯔비시 본사에 대한 것이고, 이 경우 일본 최고 재판소 판결의 기판력이 문제될 수 있다는 것도 인정합니다."

여기까지 들었을 때, 이봉식 변호사의 얼굴에는 미소가 감돌았다.

'그럼 그렇지.'

허나 유생의 입에서 다음 말이 흘러나왔을 때는 더 이상 그러지 못했다.

"하지만 우리 민사소송법 217조에는 외국재판을 승인하기 위한 요건이 나와 있습니다. 특히 1항 제3호에는 이렇게 규정되어 있습니다.

'그 확정재판 등의 내용 및 소송절차에 비추어 그 확정재판 등의 승인이 대한민국의 선량한 풍속이나 그 밖의 사회질서에 어긋나지 아니할 것.'"

그 문구 중 이봉식 변호사의 귀에 꽂힌 것은 특정한 한 부분이었다.

'대한민국의 선량한 풍속이나 그 밖의 사회질서에 어긋나지 아니할 것.'

이를 듣는 순간, 그는 머리가 멍해지는 것을 느꼈다.

'뭐라고?'

불길한 생각이 이봉식의 머릿 속을 스쳐갔고, 동시에 유생은 거침없이 그를 공격해 들어갔다.

"일본 최고재판소는 각 청구권의 소멸시효와 제척기간이 이미 오래전에 지났음을 이유로 원고들의 청구를 기각했습니다.

소멸시효와 제척기간 역시 신의성실의 원칙에 따라야 한다는 것은 일본법의 대원칙이고, 우리법과 다르지 않습니다.

그럼에도 이들이 신의칙을 원용하지 않았다는 것은 결국 일본 정부의 한국 침략이 합법적이었다는 것을 전제한 것입니다."

그제서야 이봉식은 유생의 의도를 파악했다.

일본 최소재판소 판결에 깔려 있던 전제. 그것은 결코 용납될 수 있는 성격의 것이 아니었다.

'이럴수가…. 그걸 짚어내다니!'

이제 장태현의 마지막 논지가 흔들리고 있었다.

결코 무너지리라 생각하지 않았던 마지막 기둥.

유생은 보다 또렷한 목소리로 그 기둥에 도끼날을 박아 넣었다.

[유구한 역사와 전통에 빛나는 우리 대한국민은 3 · 1운동으로 건립된 대한민국임시정부의 법통과 불의에 항거한 4 · 19 민주이념을 계승하고.]

"이는 대한민국 헌법 전문(前文)의 내용입니다. 이처럼 대한민국임시정부의 법통을 계승한 우리 정부가 일본의 침략을 '합법적' 이라 볼 수는 없습니다."

잠시 말을 멈춘 유생은 주변을 돌아보며 말을 이었다.

"강제징용, 위안부, 양민학살, 고문, 생체실험. 굳이 헌법이 아니더라도 일제의 강점이 불법적이었다는 증거는 헤아릴 수 없이 많습니다.

그럼에도 불구하고 자신들의 과거를 합법으로 보아 신의칙 적용을 배제한 일본의 판결은 우리 대한민국의 법질서에 명백하게 위반됩니다.

따라서 이들의 판결은 민사소송법 제217조 1항 3호에서 말하는 '대한민국의 선량한 풍속이나 그 밖의 사회질서에 어긋나는 경우.' 에 해당하고, 기판력이 배제되어야 마땅합니다."

원고들의 깊은 울분을 대변하는 변론이었다.

유생의 변론이 끝나자 이봉식 변호사의 귓속에서 어떤 소리가 들렸다.

쩌저적.

지금까지 그의 승리를 받쳐오던 거대한 기둥이 쪼개지는 소리였다.

허나 이대로 포기할 수는 없었다.

이번 재판을 이길 경우 그는 엄청난 금액의 수임료를 받기로 했고, 불과 5분 전까지만해도 자신이 이길 것을 믿어 의심치 않았다.

'이렇게 끝날 수는 없어.'

이봉식 변호사는 가까스로 일어서서 외쳤다.

"설령 그렇다 하더라도 일본 판결의 기판력을 뒤집을 수는 없습니다. 우리 법원에서 이를 무시하고 판단한다면 과연 실효성이 있을까요? 요쯔비시는 일본기업이고, 그에 대한 강제집행은 불가능하단 말입니다!"

그의 말이 공허하게 법정을 울렸다.

허나 그 울림이 채 가시기도 전에 유생이 일어나 바로

반박해 들어갔다.

"실효성은 있습니다."

유생은 단호한 표정으로 이봉식을 보며 말을 이었다.

"요쯔비시는 분명 한국에 영업소와 자산을 가지고 있습니다. 따라서 이에 대한 강제집행은 충분히 가능합니다."

유생의 반박은 그의 마지막 남은 불꽃조차 완전히 꺼버렸다.

'그랬었어. 처음에 한국영업소를 언급했던건 그런 계산이 있었던 거였어.'

이봉식 변호사는 그대로 굳어버렸다.

무미건조한 대법원장의 목소리가 들려왔지만 그는 어떠한 대답도 할 수 없었다.

이미 그의 머릿속은 새하얀 백지가 되어있었고, 할 수 있는 말도 남아있지 않았다.

뒤이어 대법원장은 심리를 위한 휴정을 선언했고, 잠시 후 판결을 선고했다.

◇

일제강점기에 강제징용을 실행했던 (구)요쯔비시와 이후 설립된 (신)요쯔비시 사이에는 동일성이 인정되므로,

원고측은 (구)요쯔비시에 대한 청구권을 (신)요쯔비시에 대하여 행사할 수 있다.

1965년 있었던 청구권 협약은 일제의 강제징용으로 피해를 입은 원고들의 불법행위로 인한 손해배상청구권과 미지급임금에 대한 청구권을 소멸시키지 않는다.

또한 불법행위 당시인 1944년부터 청구권협약의 존재가 확인된 2005년까지는 객관적으로 권리를 행사할 수 없는 법률적 장애사유에 해당하므로 소멸시효는 2005년도부터 진행함이 옳고, 이와 달리 청구권이 소멸되었음을 이유로 청구를 기각한 원심판결에 법리오해의 위법이 있다.

2007년 당시 일본최고재판소의 판결은 대한민국의 선량한 풍속이나 그 밖에 사회질서에 어긋나는 것이 분명하므로 민사소송법 217조 1항 3호에 의해 기판력이 배척되어야 함에도 이와 달리 본 원심판결에 법리오해의 위법이 있다.

이와 같은 이유로 원심판결을 파기하고, 사건을 서울고등법원에 환송한다.

◇

[… 이와 같은 이유로 원심판결을 파기하고, 사건을 서울고등법원에 환송한다.]

대법원장이 마지막 말을 마쳤을 때, 법정 안에는 고요한 침묵이 흘렀다.

환호성이나 웃음 소리는 들리지 않았다.

대신 들리는 것은 깊은 흐느낌 소리.

강제징용 피해자들의 눈에서는 눈물이 흘러내리고 있었다.

'저, 정말… 이겼어….'

김만수 씨는 믿기지 않는 얼굴로 법대를 바라보았다.

무표정한 얼굴의 13인의 대법관들.

결코 자신들의 편을 들어주지 않을 것 같았던 그들은 방금 전 원고 승소판결을 내렸다.

그 의미를 이해하는 순간 김만수씨의 눈에서도 눈물이 흘러 내렸다.

지금까지 흘렸던 눈물이 원통함의 눈물이었다면 지금 그가 흘리는 눈물은 기쁨과 회한이 뒤섞인 눈물이었다.

결코 이길 수 없으리라 생각했던 이번 재판.

그 끝을 보는게 두려워 오지 않으려 했다.

허나 한 통의 전화를 받고 생각을 바꾸었다.

'신유생이라고 했나?'

김만수 씨는 눈물이 가득한 눈으로 원고측 변호인석을 바라보았다.

그곳에 서 있던 유생이 돌아보았고 서로 눈이 마주쳤다. 유생이 그에게 고개를 숙이자, 김만수씨는 그만 울음을 터뜨렸다.

'이겼는데… 우리가 이겼는데… 왜….'

모두가 환호하며 함께 웃을 줄 알았다.

하지만 지금까지의 모든 기억들이 그의 머릿 속을 스쳐가자 도저히 그럴 수가 없었다.

44년 당시 일본에 끌려갔던 순간부터, 2년 전 서울고등법원에서 패소판결이 날 때까지의 모든 일들이 그의 마음을 훑고 지나갔다.

고통스럽고 힘들고 억울했던 감정들.

그것들은 마치 파도처럼 한꺼번에 밀려 들어왔다.

흑흑흑…

김만수씨의 울음을 시작으로 그의 옆에 있던 동료들도 차례로 울음을 터뜨렸다.

적어도 그 순간, 법정에 있는 모두는 그들을 바라보았다.

신문기자도 셔터를 누르는 것을 잊고 있었고, TV 카메

라들도 움직이지 않았다.

판결을 마친 대법관들이 일어서자 어디선가 박수소리가 들려왔다.

그를 시작으로 방청석 여기저기에서 사람들이 일어나 박수를 쳤다.

잔잔한 박수소리가 법정을 가득 메웠고, 대법관들은 이에 화답하듯 고개를 숙였다.

이후 그들이 모두 나갈 때까지 아니 모두 나간 후에도 그 박수소리는 끊어지지 않았다.

◇

수많은 플래시가 터지면서 유생과 태수들을 비추었다.

이례적인 공개변론에 이례적인 판결.

그동안 수 많은 법학자들도 이번 사안에서 이길 것이라고는 장담하지 못했다.

허나 국선변호인의 신분으로 변호한 네 명의 사법연수생들이 이를 해냈다.

기자들은 앞다투어 달려와 유생에게 물었다.

"이번 사건, 아무리 일본과의 감정이 좋지 않다고는 해도 청구권 협약이 있었고, 과거 보상금을 받았던 사실 때문에 이기기는 쉽지 않을 것이라는 의견이 많았습니다.

그럼에도 이렇게 이길 수 있었던 이유는 어디에 있다고 보십니까?"

유생은 차분한 목소리로 입을 열었다.

"저희도 처음엔 그런 사실들 때문에 비관적으로 생각했습니다. 어떻게 보상해야 할 것인가? 책임은 누구에게 있는가? 솔직히 쉽게 답할 수 있는 문제는 아니었습니다.

하지만 조금 더 생각해 보니, 이번 사건에서 가장 중요한 것은 '어떻게' 나 '누구에게' 가 아니었습니다."

유생은 빙긋 웃으면서 말을 이었다.

"반드시 해야 하는 것을 못하고 있다는 사실. 우리는 거기에 주목했습니다.

사실 이번 사건이 여기까지 온 것은 '어떻게, 누구에게 청구할 것인가.' 만을 생각하다가 미뤄지고 미뤄진 것이라는 생각이 들었습니다.

이제는 더 이상 같은 이유로 미뤄져선 안된다고 생각합니다. 지금의 우리나라는 결국 이분들의 희생 위에서 일어설 수 있었기 때문입니다. 우리가 역사를 기억한다면 이분들에 대한 보상은 반드시 이뤄져야 합니다."

"하지만 일본과의 관계가 문제되지 않겠습니까? 외교적 마찰이나 논란을 피할 수 없을텐데 그에 대해선 어떻게 생각하십니까?"

한 기자의 날카로운 질문에 유생은 또렷한 목소리로 대답했다.

"그건 '진짜로 그런 외교적 문제' 가 생겼을 때 고민하기로 하죠. 아직 발생하지도 않은 일로 고민하기 보단, 해야 할 일을 하는 것이 먼저라고 생각합니다."

유생의 생각은 확고했다.

만약 외교적 마찰을 우려해 아무것도 하지 않는다면, 이들에 대한 보상은 앞으로도 없을 터.

유생은 한마디를 덧붙였다.

"설사 그런 문제가 생긴다 하더라도, 그것을 고민할 것은 정부나 일본기업이지 피징용자들은 아니라고 생각합니다."

유생의 노림 수는 거기에 있었다.

서로 책임을 회피하는 이들에게 그 책임의 존재를 확인시켜주는 일.

그것이야말로 모든 일에 앞서서 법원이 해야 할 일이었다.

인터뷰가 끝난 후, 유생과 태수들은 수많은 사람들에 둘러싸여 법정 밖으로 나왔다.

수많은 인파가 그들에게 박수를 보냈다.

휠체어에 앉은 강제징용 피해자들과 그 가족들과 유족들.

그들의 얼굴을 본 유생은 순간 얼어 붙었다.

마치 데자뷰처럼 그들의 모습이 겹쳐 보였기 때문이었다.

'꿈 속에서 봤던 것과 비슷해.'

다른 점이 있다면 그들의 표정과 반응.

'그땐 모두가 잡아먹을 듯한 눈으로 보고 있었는데….'

이제 그들의 눈빛은 따뜻했다.

그들의 손짓에는 따뜻함과 고마운 마음이 담겨 있었고, 유생과 그의 일행을 반기고 있었다.

꿈속에서 악덕 변호사를 향한 따가운 시선과는 분명 다른 모습이었다.

차마 발걸음이 떨어지지 않는 유생 옆에서 태수가 툭 쳤다.

"왜 그러고 있어? 너도 감격한 모양이구나?"

태수가 씨익 웃으며 묻자 유생도 빙긋 웃으며 답했다.

"…네. 그렇기도 하구요…."

"어서 가자. 저기 진수 차 온다."

곧 그들 앞에 흰색 소나타 한 대가 섰고 모두 차에 올랐다.

차창 밖으로 그들에게 손을 흔드는 사람들을 보며 유생은 한 가지 사실을 깨달았다.

'꿈속에서 나오던 악덕 변호사. 드디어 그가 누군지 알았어.'

지금껏 자신과 아무런 상관이 없다고 믿었던 꿈.

허나 그 꿈은 이제 자신의 현실과 맞닿아 있었다.

'그는 분명 장태현이야.'

유생은 멀어지는 법원을 바라보며 생각에 잠겼다.

'근데… 왜지? 왜 그가 내 꿈에 나오는 것이지?'

하지만 아무리 생각해도 왜 자신의 꿈에 장태현이 나오는지, 자신과 그가 어떤 관계가 있는지는 알 수 없었다.

◇

다음 날, 모든 방송매체에서는 일제히 판결 결과를 보도했다.

[대법원. 강제징용 피해자들의 한을 풀다!]

[15년 간의 법정 싸움, 드디어 결실을 맺었다.]

[일제 강제징용 피해자들의 보상, 결국 이뤄지는 것인가!]

TV기자들은 흥분을 감추지 못하며 이날의 판결 내용을

밝혔다.

"대법원은 오늘 그동안 보상이 없었던 강제징용 피해자들의 청구를 기각했던 서울고등법원의 판결을 파기 환송했습니다."

"이에 따라 환송심에서는 피징용자들의 요쯔비시에 대한 손해배상과 미지급임금에 대한 청구를 그대로 받아들일 것으로 보입니다."

이 같은 내용이 TV와 포털사이트에 퍼지기 시작하자 네티즌들의 반응이 폭발하기 시작했다.

– 대박! 간만에 대법원이 일을 했구나.

– 이번 판결로 세금이 아깝지 않아졌다. 앞으로도 대법원이 이런 판결을 할 수 있었으면 좋겠다.

– 헐…. 그나저나 이거 진짜 받아낼 수 있는 건가?

대부분 대법원의 판결을 환영하는 내용이 주를 이뤘지만 우려하는 목소리도 적지 않았다.

그들은 주로 판결의 실효성을 염려했다.

– 일본기업이 거부하면 결국 보상 안되는 거 아냐?

– ㄴㄴ. 요쯔비시는 국내에 자산이 있어서 거기에 압류

를 걸면 빼도박도 못함. 이번에 제대로 걸린 것임.

– 그래도 강제집행 들어가면 일본이 반발할지도 모르는데…

– 맞아. 65년 청구권 협약도 있었다며. 보상금도 미리 받은데다 협약에 따르면 더이상 민사청구는 못하도록 되어 있다며?

– 난 상관없다고 봄. 국민과 합의없이 정부 맘대로 한 협약이 무슨 효력이 있담. 매년 망언하는 일본놈들에게 한 방 제대로 먹인 거임.

많은 우려와 추측이 난무했다.

협약과 반대되는 내용의 판결이 과연 실효성이 있을지, 강제집행이 이뤄진다해도 일본과의 외교적 마찰은 피할 수 없을 것이라는 의견도 많았다.

하지만 많은 이들은 그 우려보다도 보상의 의지를 드러낸 판결 내용을 칭찬했다.

판결 직후 있었던 변호인단과의 인터뷰도 화제였다.

특히 작년 모의재판에서 알려진 유생이 공개변론을 했다는 사실이 알려지자 네티즌들 사이에서 큰 화제가 되었다.

– 이번 N사이트에서 중계된 공개변론봤어요? 원고측

변호인이 신유생이었답니다!

– 신유생? 누구였지?

– 작년에 있었던 모의재판, 이시은 양 사건. 그거 변호했던 연수생 있잖아.

– 아! 기억 나! 그때 그 사람이었다고? 진짜 대박이네!

– 역시, 그럴 줄 알았어. 아직 정식 변호사가 되기 전인데도 한 건 크게 했구만.

– N사이트에 아직 링크 있으니까 보세요! 대법원 사이트에서도 확인할 수 있어요.

유생의 공개변론 모습은 폭발적인 관심을 끌었다.

모의재판에 이어 대법원 변론을 본 이들은 대부분 유생의 팬이 되어 있었다.

– 역사에 길이 남을 변론이었다. 이 사람 변호사 개업하면 정말 장난 아닐 듯.

– 그의 변론에는 영혼을 울리는 힘이 있어. 아마 상대가 전관예우 받는 변호사라도 이길 수 있을지도.

– 에이. 그건 심했다. 아무리 변론을 잘했어도 전관예우는 못 이기지. 그래도 실력은 인정.

수많은 이들이 유생의 변론을 칭찬했다.

신문마다 얼굴을 대문짝 만하게 싣고 있어, 그는 순식간에 유명인사가 되었다.

허나 유생은 그 인기를 즐기지 못했다.

그의 마음 속에는 기쁨보다도 무거운 죄책감이 가득차 있었기 때문이었다.

◇

그날 아침.

유생은 태수들과 함께 박찬근 교수의 발인식에 참석했다.

천주교인이던 박찬근 교수의 유언대로 그의 시신은 용인 천주교공원묘지에 안치되었다.

유생은 무거운 마음으로 묘 앞에 섰다.

건네진 삽으로 흙을 뜨자 유생의 눈에서 눈물이 주르륵 흘러내렸다.

'미안합니다. 당신의 진심을 너무 늦게 알았습니다.'

그의 눈물과 함께 삽에서 떨어진 흙이 박찬근 교수의 묘를 덮었다.

가족들의 한 서린 곡소리가 들려왔다.

옆에 서 있던 태수도 슬픔을 감추지 못하고 어깨를 들썩이며 흐느꼈다.

이어서 구슬픈 선율과 함께 회다지가 이어졌고, 곧 봉분이 만들어졌다.

'조금만 일찍 알았더라면….'

생전에 사과하지 못한 것이 가슴에 사무쳤다.

그를 몰아붙이기 전에 좀 더 깊게 생각했어야 했다.

그 때 박찬근 교수의 장남이 다가와 유생의 손을 잡았다. 머리가 희끗한 게 태수보다도 훨씬 연배가 높아 보였다.

"감사합니다. 아버지의 뜻을 세워주셔서. 덕분에 아버지께서도 마음 편하게 하늘로 가셨을 겁니다."

유생은 답하지 못했다.

대신 그는 묘 앞에 세워진 비석을 보면서 한가지를 다짐했다.

'앞으로는 한 번 더 생각해 보겠습니다. 진실을 볼 수 있을 때까지 한 번 더 생각해 보겠습니다.'

유생은 앞으로 같은 실수를 반복하지 않으리라 굳게 다짐했다.

이렇게 유생의 변호사 시보 생활은 마무리되었다.

비록 재판에서는 이겼지만 그의 마음에는 박찬근 교수에게 했던 한 번의 실수가 더 크게 자리잡았다.

제 18 장

: 세계로 가다

NEO MODERN FATASY STORY & ADVENTURE

변호사

사법연수원, 교수실.

김동식 교수는 여느 때처럼 진한 커피를 마시면서 조간 신문을 훑어 보고 있었다.

신문 헤드라인에는 굵직한 글씨로 어제 있었던 대법원 판결 내용이 적혀 있었다.

[대법원, 드디어 강제징용 피해자들의 한을 풀다.]

탁자 위에 있는 다른 일간지의 헤드라인도 마찬가지였다.

다섯 개의 각기 다른 일간지들은 모두 대법원의 이번 판결을 가장 중요한 기사로 제1면에서 다루었다.

'드디어 판결이 났나보군.'

소송제기 당시부터 관심있게 지켜보던 김동식 교수는 신문 하나를 집어 들고 흐뭇한 표정으로 기사를 읽어내려 갔다.

그러던 중 그의 눈길이 한곳에 머물렀다. 그곳은 이번 공개변론을 맡았던 변호인에 대한 기사였다.

'놀랍군. 이번 대법원 공개변론을 맡았던 자가 국선이었다니. 대성 로펌을 상대로 쉽지는 않았을 텐데.'

허나 놀라움은 그것으로 그치지 않았다. 그 다음 줄을 읽었을 때 그의 흰 눈썹이 크게 꿈틀거렸다.

기사에 적혀 있는 국선 변호인의 이름은 분명 그가 아는 이름이었던 것이다.

'신유생… 이라고?'

그 때 노크소리와 함께 사무실 문이 벌컥 열렸다.

이은영 교수 였다. 그녀는 놀란 표정으로 들어와서는 그의 앞에 앉아 입을 열었다.

"교수님. 기사 보셨어요?"

"보고 있습니다."

김동식 교수는 신문을 보면서 대답했고, 이은영 교수는 동그란 눈으로 그를 보며 말을 이었다.

"이번 강제징용 사건, 변호사 수습 중이던 신유생 군이 변론했대요."

"그렇다는군요."

김동식 교수가 미지근한 목소리로 대답하자 이은영 교수는 바짝 다가앉으며 물었다.

"놀랍지도 않으세요? 어떻게 사법연수생 신분으로 그런 큰 변론을…."

김동식 교수는 안경 너머로 그녀를 힐끗 보며 말했다.

"놀랍긴 하군요. 하지만 불가능한 일도 아니지요. 이전에 사건을 맡았던 박찬근 교수라면 미리 국선변호 신청을 해놓는 건 어렵지 않았을 테니까요."

"그건 그렇긴 한데…. 이제 어쩌실 생각이세요?"

"뭐를요?"

신문을 보던 김동식 교수가 고개를 들었고, 이은영 교수는 조심스럽게 물었다.

"신유생 군, 검찰 추천 문제요. 지난 번에 분명 교수님께서는 약속대로 하시겠다고…."

"벌써부터 조급할 필요 없어요."

김동식 교수는 신문을 접어 앞에 놓으며 말을 이었다.

"아직 수습은 끝나지 않았습니다. 7~8월에 전문기관 수습이 남은데 다가, 검찰은 특히 4학기 시험이 중요하지 않습니까?

아무리 지금까지 성적이 좋다하더라도 가중치가 붙어있는 4학기 시험을 망치면 제가 힘을 쓸 수는 없죠."

"하지만…."

이은영 교수는 걱정스러운 눈빛으로 김동식 교수를 바라보았다. 그 눈빛의 의미를 김동식 교수는 알고 있었다.

"걱정은…. 모든 일이 벌어진 다음에 해도 늦지 않습니다."

김동식 교수는 식어가는 커피를 한 모금 마시고 내려놓으며 말을 이었다.

"모든 연수를 마치고, 4학기 시험에서 유생 군의 점수가 나오면 그때 다시 이야기 하죠. 과연 그를 검찰에 추천을 할지 말지를요. 헌데…."

김동식 교수는 이은영 교수를 보며 물었다.

"7~8월 전문기관 수습은 어디로 간답니까?"

"ICC(국제형사재판소)요. 그곳에 고발장을 넣으러 간다고 들었습니다."

"아, 국제통상학회가 한변(한반도 인권과 통일을 위한 변호인 모임)과 접촉했나 보군요."

김동식 교수는 의미심장한 표정으로 고개를 끄덕이며 말을 이었다.

"나쁘지 않네요. 외국에 나가면 분명 시야가 트이겠지요. 이 세상에 검찰 말고도 그가 할 수 있는 일이 많다는 것을 알게 되면…. 혹시 압니까? 임관 생각을 바꾸게 될지."

둘러 말하긴 했지만 김동식 교수는 이미 마음을 정한 듯

이 보였다. 그는 유생이 검찰이 아닌 다른 방향으로 가길 바라고 있었다.

이를 읽은 이은영 교수가 조심스레 물었다.

"신유생 군…. 검사 임관은 역시 무리겠죠? 태수 군은 몰라도…."

"김태수 군과의 약속은 지킬 겁니다. 하지만 유생 군의 경우는 조금 달라요."

김동식 교수는 옆에 놓여 있던 파일 하나를 집어 들었다.

신유생의 신상명세서가 들어있는 파일.

파일을 열자 맨 앞장에는 본인이 적어낸 중학교와 고등학교 학력이 나와 있었다.

그곳에는 모두 '검정고시' 라 적혀 있었다.

김동식 교수는 이를 보며 입을 열었다.

"검정고시 출신 법조인은 지금까지 많이 있었습니다. 하지만…."

그는 뒷장을 넘겼다. 그곳에는 국가정보원에서 별도로 조사한 신유생의 이력이 기재되어 있었다.

이를 다시 한번 확인한 김동식 교수는 굳은 표정으로 입을 열었다.

"학력을 허위로 신고한 자를 높은 도덕성이 요구되는 검사로 임관시킬 수는 없습니다."

과연 그 이력서에는 검정고시 같은 것은 없었다.

대신 중학교와 고등학교의 이름이 명확하게 적혀 있었고, 그 뒤엔 졸업이란 단어가 찍혀 있었다.

게다가 유생의 최종학력에는 명문 대학교 졸업사실도 번듯하게 적혀 있었다.

"하지만…. 좀 이상하지 않으세요? 어떻게 번듯한 학력이 있는 사람이 검정고시를 봤다고 신고를 하겠어요?"

이은영 교수의 말은 분명 타당했다.

대부분의 학력 위조는 낮은 학력을 숨기기 위해 그보다 높은 학력을 제시한다.

허나 이 경우는 반대.

김동식 교수도 턱을 매만지며 고개를 갸웃거렸다.

"솔직히 저도 그건 궁금하군요. 보통 허위신고를 하는 자들은 자신의 낮은 학력을 숨기기 위해선데…. 이 경우는 그 반대니까요."

사실 학력이 아무리 낮다고 하더라도 연수생이 학력을 허위로 신고하는 예는 거의 없었다.

과거의 낮은 학력은 지금의 위치를 더욱 밝혀주는 조명과도 같은 것이기에.

"흠…."

국정원과 유생이 직접낸 자료를 번갈아보는 김동식 교수의 눈빛이 깊어졌다.

“도대체 왜 이토록 번듯한 학력을 숨기려고 했을까요?”

이름만 대면 누구나 알 정도의 중학교와 고등학교.

거기에 국내에서 다섯 손가락 안에 꼽히는 명문대 졸업.

왜 유생은 이 사실을 숨기고 굳이 검정고시 출신이라 적어냈을까.

그로선 도무지 유생의 의도를 알 수 없었다.

‘은폐의도가 보이질 않아. 정정요구를 해서 넘어갈 수 있는 부분이기도 하지. 하지만….’

김동식 교수의 마음 속에는 또 하나의 의문이 피어올랐다.

‘분명 면접 당시에 국정원 자료는 나와 있었을 텐데…. 어떻게 면접을 통과한 거지?’

의문은 꼬리에 꼬리를 물기 시작했다.

그 끝에 무엇이 있을지는 아직 짐작조차 할 수 없었다.

◇

네덜란드 암스테르담.

10명이 넘는 국제통상법학회 회원들은 모두 자전거를 타고 좁은 자전거 도로를 질주하고 있었다.

그들은 무언가에 쫓기듯 급하게 자전거를 몰았고, 맨 뒤에서 힘겹게 쫓아가던 이가 소리를 질렀다.

“같이 가요!”

그는 유생이었다.

유생은 체력이 달린 나머지 숨을 헐떡거리며 뒤를 쫓았지만 다른 이들은 돌아보지 않고 저만치 나아가고 있었다.

그나마 가장 가까이 있던 태수가 돌아보며 외쳤다.

“빨리 와! 자전거 반납 시간까지 5분도 채 안남았어! 가장 늦게 도착하는 사람이 연체료 다 내는 거래!”

“그러게 일찍 좀 출발하지!”

유생의 외침에는 아무도 답하지 않았다.

모두들 앞서가기 바빴고, 시간은 촉박했다.

‘도대체 왜 이렇게 된거야!’

유생은 세시간 전을 떠올렸다.

그날 자전거를 빌리기로 제안한 것은 은지였다.

유생과 함께 여름 방학을 보내기 위해 따라온 그녀는 암스테르담에서 묵기로 한 숙소에 도착한 뒤 일행들에게 말했다.

“여행 안내책자에 보니까 여기 자전거 도로가 잘 되어 있대요. 도시도 이쁘고, 볼 것도 많으니까 자전거를 빌려 타고 도시를 둘러보는 건 어떨까요?”

좋은 생각이었다.

버스나 트램(노면전차)을 타고 관광을 한다면 고풍스럽고 멋있는 도시의 풍경을 놓칠 것만 같았다.

교통비를 절감한다는 차원에서도 은지의 제안은 매력적이었다.

그녀의 말대로 자전거를 타고 시내를 돌 때까지만 해도, 아니 고흐 미술관에 들를 때까지만 해도 매우 여유로웠다.

‘이 때부터였지. 시간을 잊게 된 것은….’

고흐 미술관은 그 외관 부터가 특이했다.

뚜껑 열린 넓은 원통과 각진 상자 몇 개가 합쳐진 모습의 건물.

입장료 14유로를 내고 그 안에 들어서자 유생은 지금껏 교과서나 사진으로만 보던 미술품들을 직접 볼 수 있었다.

가장 눈길을 끌었던 것은 무엇보다도 고흐의 후기 작품들.

노란색과 붉은색 계통의 색상들은 어딘지 모르게 강렬한 느낌을 주었다.

‘이거 사진으로 볼 때랑은 전혀 틀린 걸? 이 해바라기 그림은 마치 태양처럼 이글거리는 느낌이야.’

붓터치는 거칠었고 다듬어지지 않은 듯 했지만, 오히려 그것이 사람의 눈길을 끌었다.

'이게 뭐지? 뭔진 모르겠지만 눈을 뗄 수가 없어.'

비록 미술품에 대해선 문외한인 유생이었지만 작품에서 뿜어져 나오는 기운 같은 것을 느낄 수 있었다.

그림을 보고 있으면 빨려들어 가는 것도 같았고, 웬지모를 따스함도 느껴졌다.

그림에 폭 빠져든 것은 유생만이 아니었다.

태수를 비롯한 민수연, 문진수도 미술품을 감상하느라 시간가는 줄 몰랐다.

그렇게 큰 미술관도 아니었고, 작품 수도 아주 많은 편은 아니었지만 그들의 발걸음은 좀처럼 뗄 수가 없었다.

보고나서 지나가면 다시 또 보고 싶은 강렬한 이끌림.

결국 그렇게 시간을 흘려 보냈고, 은지의 외침이 들릴 때까지 그들은 그곳에 머물렀다.

"벌써 네시 오십분이에요. 자전거 반납까지 10분 남았어요!"

은지의 외침은 잠시 빠져나가있던 영혼을 깨웠다.

그녀는 아직 정신을 못차리고 있는 유생을 잡아 끌고 밖으로 나가서는 자전거를 탔다.

이후 다들 앞다투어 나아가는 통에 은지를 놓쳤고, 체력이 달린 유생은 자연스레 뒤쳐진 것.

'그나저나 은지는 어디 쯤인 거야?'

유생은 땀을 뻘뻘 흘리며 자전거를 몰았지만 은지의 뒷모습은 사라진지 오래였다.

어느덧 시계탑에서 5시를 알리는 종소리가 들려왔고, 멀리 자전거 가게 앞에 서 있는 일행의 모습이 보였다.

'휘휴~ 많이 늦지는 않았구나.'

유생은 남은 힘을 짜내 그리로 갔다.

어느새 그의 옷은 땀으로 흠뻑 젖어 있었다.

◇

무사히 자전거를 반납한 일행은 트램(노면전차)을 타고 음식점으로 향했다.

창밖에 보이는 거리는 아름다웠다.

뾰죽뾰죽한 성과 같은 건물도 있었고, 게임이나 영화속에서만 보던 거대한 건물도 보였다.

넓다란 인도와 하나같이 섬세하게 장식된 건물들.

암스테르담의 풍경은 분명한 특색을 지니고 있었다.

창밖을 보던 유생은 옆에 있는 태수를 보며 물었다.

"이렇게 시간 보내도 되는 건가요? 명목상으로는 우리 '전문기관 연수 중' 이잖아요."

"뭐가 걱정인데?"

태수가 대수롭지 않다는 듯 묻자 유생이 걱정스런 표정으로 말했다.

"연수받는 거 같지 않아서요. 솔직히 우린 벌써 3일을 넘게 놀고 있는 셈이잖아요."

유생의 말에 태수는 고개를 저었다.

"어허, 놀다니. 말 조심해. 우린 엄연히 국제통상학회의 일원으로 해외전문기관 연수 받는 중이야."

옆에 있던 학회장 박연수도 고개를 끄덕이며 말했다.

"맞아요, 형. 이건 공식 학회 활동이니 마음 놓으세요. 물론 지금까지 과정이 어느 정도 배낭여행의 성격을 띄고 있지만 말이지요."

'어느 정도가 아니었다구.'

스위스 취리히 공항에서 내려서 야간 열차를 탈 때까지만 해도 이렇게 긴 여행이 될 지는 몰랐다.

장장 12시간에 걸친 기차여행과 다음날 부터 이어진 관광.

한숨을 쉬며 고개를 가로젓는 유생에게 박연수가 빙긋 웃으며 말을 이었다.

"이제 내일 헤이그에 도착하면 본격적인 연수가 시작됩니다."

옆에서 듣고만 있던 은지가 불쑥 물었다.

"근데 연수 내용이 뭐에요?"

그녀는 유생과 함께 하기 위해 여행차 온 것이었지만, 이번 연수과정에 깊은 관심을 가지고 있었다.

"ICC(국제형사재판소)에 이걸 전달하는 거에요."

박연수는 가방에서 서류 봉투를 하나 꺼내들었고, 민수연이 동그란 눈으로 물었다.

"이게 뭐죠?"

박연수는 싱긋 웃으며 답했다.

"이건 고발장입니다. 북한 김정은 등 4인에 대하여 6.25 전쟁 중 납북된 인사를 억류하고 계속 납북상태를 방치한 책임에 관한 수사를 요청하는 고발장이죠.

이 고발장을 ICC에 계신 송진우 재판장님께 전달하는 것이 우리의 주된 임무고, 연수는 그 이후에 시작됩니다. 그러니까…."

태수가 빙긋 웃으면서 그의 말을 받았다.

"오늘까지는 마음 편히 놀아. 언제 또 이렇게 외국에 와 보겠냐. 그동안 여기 맛집도 찾아 보자고."

태수 옆에서 민수연도 거들었다.

"헤헷. 그럴 줄 알고 인터넷에서 맛집 자료 뽑아 왔어요. 오늘 저녁은 여기로 한번 가 봐요."

그녀가 짚은 곳에는 요한네스 레스토랑(Restorant Johannes)이라 적혀 있었다. 허나 그들이 탄 트램이 마침

그 앞을 지나가고 있는 것은 아무도 눈치채지 못했다.

◇

유생과 태수 일행은 손에 뭔가를 하나씩 들고 거리를 걷고 있었다.

그들 손에 든 것은 도너 케밥(Dőner kebab).

당초 가기로 했던 요한네스 레스토랑을 너무 멀리 지나친 탓에 할 수 없이 선택한 메뉴였다.

"이거 맛있을까?"

태수는 못마땅한 표정으로 케밥을 살펴보았다.

빵 안에 들어있는 볶은 고기와 토마토를 비롯한 야채들.

먹음직스러운 향긋한 냄새가 폴폴 올라왔지만, 여기까지 와서 패스트 푸드 스타일의 음식을 먹고 싶지는 않았다.

그의 마음을 알아챈 수연이 말했다.

"케밥은 네덜란드 다녀온 사람들 이야기에서 빠지지 않는 음식이에요. 그 중에서도 도너 케밥은 팬들도 많아요."

"하긴… 나도 그런 이야기 들은 적 있어."

태수도 끄덕이며 말을 이었다.

"여기 맥도날드와 피자헛 같은 패스트푸드 체인사업이

실패한 이유가 이 케밥 때문이라는 말."

"네?"

태수의 말에 모두 동그란 눈이 되었다.

태수가 시내를 둘러보며 말했다.

"한 번 돌이켜 봐. 여기까지 오면서 지나친 가게 중에 맥도날드가 몇 개나 있었어? 게다가 피자헛은 하나도 못봤잖아."

그의 말은 사실이었다.

유생 역시도 역 앞을 제외하고 맥도날드 체인점을 본 기억이 없었다.

'정말이네. 여긴 한국처럼 햄버거 체인점이 많지 않아.'

햄버거뿐만이 아니었다. 피자헛 같은 피자 체인점도 거의 보지 못했다.

모두 수긍한 기색을 보이자 태수가 말을 이었다.

"예전에 들은 말로는 이 케밥 맛을 보면 체인점 햄버거나 피자는 먹고 싶지 않다더라."

말과는 달리 태수의 표정은 꺼리는 기색이 역력했다.

원체 한국에서도 햄버거 같은 건 입에도 대지 않았던 그에겐 케밥은 그리 내키는 음식은 아니었을 터.

보다 못한 유생이 말했다.

"그러고 있지 말고, 먹어 봐요. 그렇게 맛있다면 확인해 봐야죠."

그의 말에 모두들 손에 들고 있는 케밥을 보았다.

취향대로 소스를 뿌린 쇠고기 케밥.

거기서는 아직 향긋한 김이 모락모락 올라오고 있었다.

"그래. 네덜란드 케밥은 유명하니까."

태수가 눈을 질끈 감고는 가장 먼저 한 입 베어 물었다.

처음엔 마지못한 표정이었으나 점차 그 표정은 바뀌어 갔다.

잘 모르겠다는 표정에서 묘한 표정으로. 묘한 표정에서 놀라운 표정으로.

한참을 씹다가 꿀꺽 삼킨 태수는 감탄사와 함께 입을 열었다.

"와! 이거 보기와는 다른데? 맛있어!"

옆에서 이미 맛을 본 민수연도 놀라움을 감추지 못한 얼굴로 말했다.

"치킨 케밥도 완전 맛있어요!"

그들의 말에 다들 한입씩 입에 넣었고, 곧 탄성이 쏟아져 나왔다.

"이거 진짜 맛있네!"

"햄버거나 피자와는 차원이 다른데?"

"고기 질이 진짜 좋네요. 씹히는 식감도 다르고."

놀란 건 은지도 마찬가지였다. 그녀는 입 주변에 요거트 소스를 묻혀가며 케밥을 먹고 있었다.

"절묘한 맛이에요. 고기도 맛있고, 안에 토마토가 들어 있어서 그런지 뒷맛이 상큼해요."

'그래? 이게 그렇게 맛있어?'

유생도 손에 들고 있던 케밥을 입에 넣었다. 한입 씹는 순간 특유의 소스로 볶아진 쇠고기 향이 입안에 가득 퍼졌다.

'오오… 굉장히 독특한 걸? 그리고 맛있어…!'

고기에 배인 양념은 매콤하면서도 향긋했다.

고기 맛만 본다면 짠편이었지만 고기를 감싸고 있는 폭신한 빵이 간을 적당히 조절해준다.

게다가 쫄깃하고, 질기지 않은 식감.

한번 씹을 때마다 신선한 소고기에서나 맛볼 수 있는 육즙이 주욱 배어 나왔다.

게다가 곁들여진 토마토와 야채는 자칫하면 느끼해질 수 있는 고기맛을 깔끔하게 잡아주었다.

'이건… 새로운 맛이야!'

한국에서는 결코 맛볼 수 없는 맛이었다.

백화점이나 마트 식품코너에서 파는 케밥과는 전혀, 결단코 달랐다.

유생은 빠른 속도로 손에 들고 있는 케밥을 흡입했다.

너무나도 맛있는 나머지 서너번 베어 먹자 순식간에 남은 게 없었다.

'이거 너무 아쉬운데?'

유생이 고개를 들자 태수와 눈이 마주쳤다.

그리고 은지와 수연, 진수까지 보았을 때 그들은 서로 같은 생각을 하고 있음을 깨달았다.

"저…."

유생이 입을 열기 무섭게 진수가 말했다.

"하나 더 먹죠?"

마치 그 말을 기다리고 있었다는 듯 그들 모두는 고개를 끄덕였고, 방금 전 케밥을 샀던 가게로 향했다.

네덜란드 최고의 음식이 케밥이라는 사실이 그들의 뇌리에 박히는 순간이었다.

◇

배부르게 케밥을 먹고 난 뒤, 모두는 암스테르담 시내를 걸었다. 소화도 시킬 겸 숙소까지 걸어가기로 했던 탓이다.

선선한 바람을 맞으며 유생은 바로 옆에서 걷고 있는 은지를 슬쩍 보았다.

그녀의 머리칼이 바람에 날리면서 아무것도 꾸미지 않은 귀가 드러나 보였고, 유생은 자신도 모르게 주머니 속의 상자를 만지작 거렸다.

물방울 귀고리가 들어 있는 상자.

유생은 아직까지도 이를 전해주지 못하고 있었다.

'이거… 언제 주지?'

일단 같이 여행을 오면 기회가 생길 거라 생각했다.

허나 워낙 많은 인원들과 같이 온 탓에 단 둘이 있을 시간은 지금까지 없었다.

'어떡한다….'

바로 옆에 은지가 있었지만 뒤에서 따라오고 있는 이들이 신경쓰였다.

'그래도 지금이 기회야. 다들 뒤에 있으니까 내가 선물 주는 건 못볼 거야.'

주머니 속에 있던 유생의 손이 상자를 꽈악 움켜 쥐었다.

허나 막상 은지에게 주려고 하니 가슴이 콩닥콩닥 뛰기 시작했다.

'뭘 망설이는 거야. 저들과 이만큼이라도 떨어져 있는 지금이 기회라고!'

유생은 애써 마음을 가다듬었다.

몇번 크게 심호흡을 하자 떨림이 잦아들었다. 쿵쾅거리던 심장소리도 안정되는 듯 했다.

유생은 다시 한번 크게 숨을 내쉬고는 은지를 보며 입을 열었다.

"저…."

그 순간, 뒤에서 태수의 목소리가 들려왔다.

"유생아!"

"네, 네?"

화들짝 놀라 뒤를 돌아보자 모두들 함박웃음을 지으며 그를 보고 있었다.

"왜, 왜요?"

유생이 말을 더듬으며 묻자 태수가 빙긋 웃으며 대답했다.

"아니 그냥… 너희 둘…."

"유생 오빠! 은지랑 사이가 좋아보여요!"

"네?"

민수연의 외침에 유생과 은지는 서로 마주 보았고, 둘의 얼굴은 새빨갛게 물들었다.

◇

숙소까지 이런저런 이야기를 하며 걷고 있던 중이었다.

"근데 태수 형님."

진수가 불쑥 말을 꺼냈다.

"갑자기 생각난 건데, 형님과 함께 있다보면 맛집을 무척이나 많이 다니는 것 같아요."

그의 말에 수연도 적극적으로 동의했다.

"맞아, 맞아. 오빠랑 있으면 맨날 어디 먹으러 간다니까. 그것도 진짜 맛있는 것만."

"동감이에요. 저도 태수 선배와 만나는 날은 항상 맛집 기행이에요."

은지의 말에 모두가 공감했다.

연수원에 있으면서도 태수와 함께하는 날이면 항상 맛집을 찾아다녔던 탓이다.

모두의 반응에 태수가 웃으면서 물었다.

"그건 왜?"

"아니…."

진수는 빙긋 웃으며 말을 이었다.

"왜 그렇게 맛있는 음식을 찾아다니시는지 궁금해서요. 사실 주변에 형님같은 분들은 많지 않거든요. 저 같은 경우에도 배만 부르면 됐지 굳이 맛있는 음식을 찾아다니지는 않는 편인데…. 형님이 그렇게 맛집을 찾는 이유가 뭔지 해서요."

태수를 아는 모든 이들이 진수의 질문에 공감했다.

유생도 맛집을 고집하는 태수가 간혹 신기하게 느껴지기도 했다.

"저도 궁금해요. 치열하게 공부하다보면 사실 먹는 것

엔 그렇게 신경을 쓰지 않게 되잖아요. 형은 왜 맛집을 찾아다니는 거에요?"

유생을 비롯한 모두가 같은 눈빛으로 바라보자 태수는 멋적게 웃으며 대답했다.

"뭐, 맛있는 음식을 좋아하는데 이유랄 게 있나? 기왕 먹는 거 맛있는 게 좋잖아."

"그렇긴 하지만, 많은 사람들이 선배처럼 꼬박꼬박 찾아서 먹지는 않는다구요."

은지가 정확히 지적하자 태수는 빙긋 웃을 뿐 대답하지 않았다.

잠시 동안 모두는 태수를 지켜보며 걸었다.

푸근하고 서늘한 여름밤의 바람이 휘익하고 불어올 때, 태수가 입을 열었다.

"혹시…. 너희들 식색지성(食色之性)이란 말 들어본 적 있어?"

모두들 모르겠다는 표정을 짓자 태수가 담담한 목소리로 말을 이었다.

"오래 전. 그러니까 한 15년 전쯤 되겠네. 학부시절이었으니까. 그때 잠시 동양철학 학회 활동을 한 적이 있어."

"동양철학이요?"

진수의 물음에 태수가 고개를 끄덕였다.

"응. 당시 송진우 교수님이 지도하셨던 학회였는데, 일주일에 두번씩 모여서 논어, 맹자 같은 동양철학책을 읽는 모임이었어. 그리고 금요일 저녁이면 지도교수님의 강의를 직접 들을 수 있었지."

그때 옆에 있던 학회장 박연수가 아는 척을 했다.

"송진우 교수님이면… 지금 국제형사재판소 상고심 재판장으로 있는 그분이요?"

"맞아."

태수는 끄덕이며 말을 이었다.

"내가 활동하던 당시에는 '맹자(孟子)'를 강독하고 있었는데, 어느날 고자장(告子章)에서 '식색성야(食色性也)'란 말이 나왔어.

인간의 본성은 먹는 것(食)과 색(色)이라는 말이었는데, 사실 뒤의 맥락에 비춰보면 그렇게 대단할 것 없다고 생각했거든.

왜냐하면 그 뒤엔 인(仁)과 의(義)에 대한 논쟁이 시작되고, 고자의 논리는 결국 맹자에 의해 논파당하니까.

근데 그때 송 교수님이 이렇게 말씀하시는 거야. 인간의 본성을 식과 색으로 본 고자의 말은 인간을 정확하게 꿰뚫어본 말이라고."

태수는 당시의 모습이 생생히 기억나는 듯 눈을 빛내며 말을 이었다.

“아직도 송 교수님이 우리에게 했던 질문이 기억 나. 식욕과 색욕을 제외한다면 이 세상 사는 낙이 뭐가 있겠냐는 질문이.”

태수를 통해 들은 송진우 교수의 질문은 마치 연못에 던진 묵직한 돌멩이처럼 모두의 마음 속에 던져졌다.

[식욕과 색욕을 제외한다면 이 세상 사는 즐거움은 또 무엇이 있을까?]

쉽게 답할 수 없는 질문이었다.

유생도 그 질문에 빠져 잠시 생각에 잠겼다.

‘식욕과 색욕이라… 하지만 색(色)의 의미가 너무 넓어. 여색을 의미할 수 있지만 물욕을 의미할 수 있으니.’

허나 어떤 의미로 새기든 쉽게 답을 낼 수 없는 것은 마찬가지였다.

마치 유생의 생각을 읽기라도 하듯 태수가 입을 열었다.

“그 후로 2년을 고민했지만 나도 답을 낼 수가 없었어. 그래서 결심했지.”

“무슨 결심을요?”

진수가 묻자 태수가 빙긋 웃으며 대답했다.

“어차피 한번 사는 인생. 앞으로는 맛있는 것만 먹고, 예쁜 여자를 만나자는 결심.”

그의 말에 모두가 웃으며 한마디씩 했다.

"하하하. 대박!"

"결론은 그거였군요. 맛있는 음식에 예쁜 여자."

"나도 앞으로 그래야겠다. 음식 잘하고 잘생긴 남자. 현명한 목표네요."

은지의 말에 대꾸라도 하듯 수연이 물었다.

"그럼 여자가 예쁜데다 음식까지 잘하면 뭐가 되는 거죠?"

"뭐가 되긴."

태수는 민수연을 마주 보았고, 씨익 웃으면서 말을 이었다.

"내 인생 최고의 여자가 되는 거지."

그의 말에 모두는 한바탕 웃음을 터뜨렸다.

민수연도 함께 웃으면서 태수의 손을 꼭 잡았다.

더없이 다정해 보이는 태수와 수연. 둘의 모습을 보자 유생도 슬몃 부러워졌다.

유생은 옆에 있는 은지를 보며 생각했다.

'나도 은지와 저렇게 될 수 있을까?'

같이 손잡고 데이트도 한 사이였지만 유생에게는 뭔지 모를 불안감이 가시지 않았다.

언제부턴가 그녀를 만날 때면 마음 속에는 한가지 생각이 끊이지 않고 들려왔다.

'나도 행복할 수 있을까?'

왜 그런 생각이 드는지 이유는 알 수 없었다.

눈앞의 모든 것은 순조로웠고 평화로운 날들의 연속이었지만, 그는 마음 속의 한 가닥 불안감을 떨칠 수가 없었다.

◇

이후 숙소에 도착했을 때는 밤 10시가 넘어 있었다.

씻고, 잠자리에 몸을 뉘였을 때 유생은 다음날 있을 국제형사재판소 방문이 몹시 기대되었다.

'송진우 재판관. 과연 어떤 사람일까?'

그에게 고발장을 접수하고 난 뒤, 본격적으로 연수가 시작된다. 그 전까진 이번 기관연수의 내용이 무엇인지 알 수 없었다.

'난 이곳에서 무얼할까? 변론? 재판? 국제재판은 뭐가 다르지?'

유생은 아직 접해보지 못한 일들을 경험해보길 기대하며 깊은 잠에 빠져 들었다.

허나 다음날 오전, 유생의 기대는 산산히 깨져버렸다.

헤이그에 있는 국제형사재판소에 도착한 그들에게겐 충격적인 소식이 기다리고 있었다.

◇

다음 날.

배낭여행을 겸한 스케쥴답게 그들은 바로 ICC로 향하지는 않았다.

헤이그 중앙역에 도착한 그들이 가장 먼저 들른 곳은 바겐 거리에 있는 이준 열사 박물관.

특사로 활동하던 당시, 거점으로 삼았던 데종 호텔을 사들여 1995년에 기념관으로 꾸민 곳이었다.

"이준 열사는 한성법관양성소 초회 졸업생이래요. 한성법관양성소가 서울대학교 법과대학의 전신이라고 하니까, 따지고 보면 태수 형의 까마득한 선배겠네요."

박연수의 농담에 태수는 고개를 끄덕였다.

"그렇겠네."

처음엔 가벼운 마음으로 시작한 관람이었지만, 전시물 하나하나를 보며 그 의미를 살피니 분위기는 자연스레 가라앉았다.

한성재판소 검사보로 활동한 이준 열사.

그는 이후 고위 관리직의 비리를 캐다가 좌천된다.

그 후 동경전문대 법과대로 유학한 후 다시 귀국해 검사로 활동하다가 고종의 밀명을 받고 헤이그로 향한다.

"만국평화회의에 참석하려다 일본의 공작으로 거절당

하자 분함을 이기지 못해 자결했다고 해요."

박연수의 설명에 은지가 물었다.

"근데… 왜 자결을 했을까요? 을사조약의 부당함을 알리고 싶었다면 살아서 활동하는 편이 더 나았을 것 같은데."

그녀의 물음에 대답한 건 태수였다.

태수는 기념관에 전시되어 있는 한 문서를 가리키며 말을 이었다. 그것은 당시 이준 열사의 죽음이 실린 현지 신문이었다.

"처음엔 그럴 계획이었어. 처음 거절당했을 때는 현지 언론과 접촉해 성명도 내고 그랬으니까. 하지만 이후에 영국과 일본 대표가 물밑작업을 시작했지.

덕분에 평화회의 의장도 만나지 못하고, 언론과의 접촉도 힘들어졌어. 결국 아무것도 할 수 없게 된 이준 열사는 결단을 내려야했겠지."

"하긴…."

문진수도 알겠다는 듯 고개를 끄덕이며 말했다.

"그런 상태였다면 이해가 되네요. 어차피 그들의 목적은 '일본의 침략행위와 을사조약의 부당함을 알리는 것'이었을 테니까요."

"맞아. 무언가를 알리는데 가장 효과적인 수단을 선택한 것이지."

그때 스마트폰으로 관련자료를 찾아보던 민수연이 입을

열었다.

“여기보니까 이준 열사가 자결하지 않았다는 설도 있어요. 일본의 보고 문건을 들어서 병사(病死)로 보는 견해도 있던데, 이건 도대체 왜 그런거죠?”

그녀의 질문에 모두들 대답하지 못했다. 제법 이곳에 대해 잘 알고 있었던 박연수도 고개를 갸웃거렸다.

“글쎄요… 자결과 병사라… 우린 대부분 자결한 것으로 배우지 않았나요?”

“그렇긴 한데, 여기 보면 병사했다는 기록도 있대요. 특히 일본 측 외교부 문건에는 병사라고 기록되어 있대요. 반면에 대한매일신보에는 자결로 발표했지만.”

유생도 생각에 잠겼다.

‘자결과 병사?’

잠시 생각하던 유생의 눈빛이 빛났다.

그는 빙긋 웃으며 입을 열었다.

“알 것 같아요. 그 둘의 차이를요.”

“그래? 도대체 왜 그런 거야?”

태수가 궁금한 표정으로 묻자 유생은 씨익 웃으며 대답했다.

“‘이준 열사가 죽었다.’는 사건에는 변함이 없어요. 다만 이것을 자결로 볼 것인가 아니면 병사로 볼 것인가에 따라 그 의미가 달라집니다.”

"뭐가 달라지죠?"

은지가 동그란 눈으로 묻자 유생이 대답했다.

"'자결'의 의미를 한번 생각해 봐. 예를 들어 전태일 같은 분은 '노동조건의 개선'을 주장하기 위해서 자결하셨다고."

유생의 예시를 듣자 진수가 끄덕였다.

"아. 뭔지 알겠어요. '자결'이란 것은 어떤 의견을 가장 강력하게 주장하기 위한 수단이에요. 반면에 '병사'에는 그런 의미가 담겨 있지 않구요."

"맞았어."

유생은 빙긋 웃으며 말을 이었다.

"자결은 어떤 사실이 부당하다는 의사를 알리기 위한 가장 극적인 방법이야. 하지만 병사는 그런 의미가 전혀 없어. 단순한 사고의 의미가 강하지."

이제서야 알겠다는 듯 은지는 고개를 끄덕였다.

"아하… 그래서 일본은 이준 열사의 죽음을 자결로 보지 않으려는 것이군요."

자결과 병사.

같은 죽음을 해석하는 방식에 따라서 의미는 전혀 달라진다.

'마치 하나의 사실관계를 각자 다르게 해석하는 법정의 모습과 비슷해.'

원고와 피고, 검사와 변호인.

법정 안에서 이 둘은 하나의 사실관계를 가지고 각자에 유리한 방식으로 해석한다.

유생은 외교적인 관계에서 벌어진 사건 역시도 이와 다르지 않다는 것을 깨달았다.

'한국은 이준 열사의 죽음을 자결로 보았을 거야. 그래야 당시 일본의 침략이 부당함을 강하게 주장할 수 있을 테니까.

하지만 일본은 이준은 단지 병으로 죽었을 뿐이므로 자신들과는 아무런 관계없다는 식으로 대처했겠지.'

직접 그 시대를 살아본 것은 아니지만, 유생에게는 당시의 첨예한 대립관계가 눈에 그려졌다.

강제징용 사건을 조사하면서도 느꼈지만, 일본은 자신들의 전쟁과 침략행위를 합리화시키기 위해 굉장히 많은 노력을 기울이고 있었다.

'끝까지 잘못을 인정하기 않겠다는 심산이었을거야.'

유생이 그런 생각을 하며 기념관을 둘러보고 있을 때였다.

ICC에 들러 송진우 재판장과의 점심 약속을 확인하러 내려갔던 박연수가 심각한 표정이 되어 돌아왔다.

"큰 문제가 생겼어요."

"뭔데?"

태수의 물음에 박연수는 머뭇거리며 입을 열었다.

"송진우 재판장님. 방금 전 미국으로 떠나셨대요."

"뭐어?"

모두는 상상치도 못한 일에 눈이 동그래졌다.

◇

서둘러 ICC로 향한 일행은 그곳에서도 똑같은 말을 들어야만 했다.

비서관은 유창한 영어로 모두에게 전했다.

"송진우 재판장님께서는 방금 전에 미국으로 출국하셨어요."

아침 일찍 기념관에만 들르지 않았어도 그를 만날 수 있었을 터.

안타까운 마음에 박연수가 말했다.

"분명 오늘 점심 약속을 잡아놓았었는데요."

재판장의 스케쥴표를 확인한 비서관이 대답했다.

"표를 확인해보니 점심약속은 어제라고 나오는군요. 저도 기억하는데, 어제 점심때 재판장님께서도 여러분들과 연락이 닿지 않는다며 곤혹스러워 하셨어요."

그때 태수가 끼어들었다.

"그렇다면 재판장님께서 남기신 말씀은 없었나요?"

태수의 물음은 효과가 있었다.

비서관은 서랍에서 서류봉투를 꺼내며 말했다.

"아, 여기 이걸 전달해 달라고 하셨어요."

"이게 뭔데요?"

서류를 열어보니 흰 봉투 여러 개가 들어있었다. 비서관은 그것들을 가리키며 대답했다.

"초청장이에요."

"초청장이요? 무슨…."

"매년 UN 한국 대표부에서 하는 한국독립기념행사에요."

"네?"

태수는 놀란 눈으로 봉투를 집어 열어보았다.

그곳에서 나온 빳빳한 종이에는 이렇게 쓰여 있었다.

초청장

INVITATION

광복절 기념행사

On the occasion of the Independence Day

◇

뉴욕 JFK공항으로 가는 비행기 안.

유생은 믿기지 않는 듯 자신의 이름이 새겨진 초청장을 바라보았다.

'광복절 기념행사라니.'

운이 좋다고 할 수도 있었다.

1년에 한 번 있는 유엔 한국 대표부 행사에 참여할 수 있으니.

게다가 비행기 삯은 경비로 처리해 준다고 했다.

'팔자에도 없는 외국 여행. 따라오길 잘한건가?'

사실 유생은 국제통상학회를 따라 유럽에 오는 것을 꺼려했었다.

'일단 돈이 너무 많이 드니까.'

연수원생 봉급은 한 달에 140만원 정도.

각종 회비를 제하고 나면 남은 돈은 7~80만원 정도다. 이를 가지고는 한 달 생활하기에도 빠듯하다.

그동안 어느 정도 모았던 돈이 있었지만 옷과 은지의 선물을 사는 통에 모두 써버린 상태.

그때 유생의 생각을 돌린 것은 태수였다.

– 지금이 아니면 또 언제 외국에 나가보겠냐? 기회가 있을 때 가는 거야. 여행이란 건.

– 그치만 돈이 없다구요.

– 쯧쯧쯧… 이럴 때 빚을 내는 거야. 기억안나? 사법연수생들은 기본적으로 1억 한도의 마이너스 통장을 개설할 수 있다고.

마이너스 통장.

사실 주변에 손 벌리기 힘든 연수생들에게 이 마이너스 통장은 여러모로 유용했다.

변호사가 되거나 판검사로 임용된다면 어느 정도의 수입이 보장된다는 생각에 많은 이들이 이 통장을 활용했다.

'하긴… 결혼 자금으로 끌어 쓰는 사람들도 있으니까.'

유생은 결국 큰마음 먹고 빚을 내기로 했다.

태수 말대로 지금이 지나면 언제 또 여행을 할 수 있을지 모른다.

만약 검사가 된다면 하루하루는 눈코 뜰 새 없이 바쁠테고, 외국 여행은 꿈도 꾸지 못할 수도 있다.

'유럽을 갔다가 이젠 미국에도 가보는 구나.'

유럽행 비행기표는 자비를 들였지만 미국행은 경비처리 되니 암만 생각해도 이익이다.

'역시 잘 한 거야.'

흐뭇하게 웃으며 창밖을 바라보니 네덜란드의 야경이 한눈에 보였다.

수많은 불빛들은 모여있는 촛불처럼 영롱하게 지상에 수 놓여 있었다.

'오늘 참 많이도 돌아다녔어. 하아아암.'

오늘 하루, 일정을 서둘렀던 탓에 유생은 급격히 피곤해졌다.

갑작스레 미국행이 결정된 후 남은 시간 동안 네덜란드 구석구석을 돌아다녔다.

헤이그의 운하를 구경한 뒤, 마우리츠하이스 미술관을 거쳐 '안네의 일기'를 쓴 안네 프랑소와의 자택까지.

공항으로 향하는 마지막 순간까지도 일행들은 관광에 집착했다.

'이제 좀 자자.'

유생은 의자를 뒤로 젖히고 눈을 붙였다.

'뉴욕 JFK공항이라고 했지?'

JFK공항. 어딘지 익숙한 이름이라는 생각과 함께 유생은 잠에 빠져들었다.

그의 꿈 속에서 유생은 다시 예전의 악덕 변호사가 되어 있었다.

◇

변호사 장태현.

다시 고풍스런 저택의 방으로 돌아온 그는 휠체어를 탄 노인과 탁자에 마주 앉아 있었다.

그 앞에는 장태현이 준비해 온 서류들이 널려 있었다. 꽤나 오랜 시간동안 계획을 설명했음에도 노인은 고개를 저었다.

"내 말은 이런 게 아니네. 좀 더 '효율적' 인 방법을 찾아보게나."

벌써 세 번째 미팅이었다.

이번 자료를 찾는데도 꽤나 많은 시간을 들인 장태현으로서는 슬몃 짜증이 일었다.

장태현은 미심쩍은 얼굴로 노인에게 물었다.

"당신이 정확히 뭘 원하는지 모르겠군요."

"클클클."

노인은 낮게 웃으며 말을 이었다.

"아까 오면서 분명하게 말했지 않은가? 한국이란 나라를 집어 삼키고 싶다고."

"그건 좀 이상하군요."

장태현은 고개를 저으며 말했다.

"제가 보기엔 당신 정도의 재력이면 한국에 있는 기업을 사는 건 그리 어려워 보이지 않습니다. 또한 제가 거기에서 무얼할 수 있는지도 모르겠구요."

"이런이런… 자네가 이렇게까지 순진할 줄은 몰랐군. 정확히 말해주지. 내가 무얼 원하는지."

그때 노인의 눈이 반짝였다.

아주 잠시 동안이었지만 장태현은 오싹한 기분이 들었다. 그리고 다음 말을 들었을 때 장태현은 머리칼이 쭈뼛서는 듯한 느낌을 받았다.

"아주 싸게 사고 싶네. 대한민국 전체를 말이야."

노인은 웃고 있었다.

허나 장태현은 결코 그것이 농담이 아니라는 사실을 잘 알고 있었다.

"소스를 하나 주지."

노인은 목소리를 낮춰 몇 마디를 던졌다. 그 말을 들은 장태현은 얼어붙었고, 곧 노인이 말을 이었다.

"이번엔 제대로 계획을 짜 보게. 시간이 얼마 남지 않았으니 말이네."

그 말을 남기고 노인은 방을 나갔다.

그가 나간 후 장태현은 아까 들은 말을 곱씹어 보았다. 그것은 앞으로 일어날 일을 암시하는 중요한 단서였다.

'곧 세계경제가 붕괴한다고?'

잠시 생각하던 장태현의 눈빛이 빛났다.

그는 그것이 의미하는 바를 정확히 알 수 있었다. 또한 그로 인해 대한민국 전체를 헐값에 사들일 방법도.

◇

'꿈이 의미하는게 뭘까?'

잠에서 깨어난 뒤로 유생은 줄곧 생각에 잠겼다.

공항에 도착한 뒤 태수의 지인을 만나 숙소를 잡고, 방에 돌아와 쉴 때까지도 그의 머릿 속은 지난 밤 꾸었던 꿈으로 가득 차 있었다.

'장태현의 꿈. 하지만 이건… 단순한 꿈 같지는 않아.'

꿈이라고 하기엔 너무나도 생생했다.

노인의 제안과 장태현의 계획.

그것들은 너무나도 자세했고, 현실적으로도 충분히 가능한 것들이었다.

무엇보다도 이상했던 것은 공항에 내렸을 때였다.

유생이 뉴욕 JFK공항에 온 것은 이번이 처음. 허나 주변 풍경들은 도무지 낯설지가 않았다.

'도대체 왜 나는 그런 꿈을 꾸는 거지?'

2년 전 어느 날부터 꾸기 시작한 악덕 변호사의 꿈.

그 꿈을 꾼 후부터 이상한 일이 일어났다.

'그 때부터였을 거야. 내게 리걸마인드가 생긴 건.'

20년차 고시생 태수와 법리 논쟁을 벌이면서 유생은 전혀 다른 삶을 살게 되었다.

사법시험 준비를 시작했고, 은지의 집안 문제를 도와주기도 했다.

'신기하게도 법률문제를 들을 때면 바로 그 해결책이 떠올랐지. 그 때의 난 진짜 변호사 같았어. 그것도 아주 노련한….'

사법시험을 준비하는 과정도 그리 어렵게 느껴지지 않았다.

법학서적을 볼 때면 너무나도 익숙한 느낌에 책장을 넘기는 게 어렵지 않았다.

'그것 뿐만이 아니야. 연수원 과정도 어렵지 않았어. 봉사활동에서 법률 상담을 하는 것도 남들과 달랐어. 심지어 모의재판을 할 때도 내겐 상대의 수가 훤히 보였어.'

유생은 그동안 자신이 했던 일들을 곱씹어 보았다.

모의재판과 법원 시보 때 국선변호를 맡았던 사건들.

검사 시보 때 했던 수사 과정들.

그리고 변호사 시보 때 맡았던 일제강제징용 사건까지.

그 과정들을 떠올리며 유생은 한 가지 사실을 깨달을 수 있었다.

당시엔 몰랐지만 어느 정도 공부를 한 지금은 분명하게 알 수 있었다.

'내게 떠오르는 것은 단순한 법리(法理)만이 아니었어.'

교과서만 봐서는 결코 알 수 없는 것들을 유생은 자연스럽게 해냈다.

함께 있는 연수생들과 유생의 결정적인 차이가 있다면, 그것은 경험.

법리에 대한 이해와 더불어 실무를 해 본 자만이 알 수 있는 경험이었다.

또한 장태현의 꿈을 꿀수록 유생은 그 꿈과 자신이 어떤 연관이 있다는 느낌을 지울 수 없었다.

'뭘까? 그 꿈들은. 나와 무슨 관계가 있는 것일까?'

그리고 가장 크게 마음에 걸리는 것은 장태현의 계획이었다.

강제징용 사건 때, 유생은 그가 꾼 꿈이 장태현의 꿈이라는 사실을 깨달았다.

변론 직후 노인과 만나는 그 장면은 장태현이 아니라면 생각할 수 없었기 때문이었다.

그렇다면 이번에 꾼 꿈 역시 진짜로 있었던 과거일 확률이 높았다.

'만약 그것이 사실이라면….'

지금까지 꾸었던 모든 꿈들.

그것들을 모두 떠올리자 유생의 온 몸에 소름이 쫘악 하고 올라왔다.

그것들은 모두 한 가지 분명한 사실을 가리키고 있었다.

세계 경제 붕괴를 이용한 기업쇼핑.

생각이 여기까지 미치자 유생은 말도 안된다는 듯 고개를 저었다.

'그, 그럴 리 없어. 그냥 꿈일 뿐이야.'

허나 단순한 꿈이라고 하기엔 의심스러운 점이 많았다.

강제징용 사건 때를 떠올린다면 그 꿈은 과거에 일어났

던 사실임이 분명했다.

'일단은…. 좀 더 두고보자. 만약 내가 검사가 된다면… 알아볼 방법이 많이 있을거야.'

유생이 검사가 되려는 이유가 하나 더 생긴 순간이었다.

꿈에 따르면 분명 장태현은 죽었지만, 주변인들의 말을 들어보면 그의 죽음에 대해 아는 이들은 없는 듯 했다.

검사가 가진 수사권을 동원한다면 분명 장태현에 대한 정보를 알 수 있을 터.

'장태현에 대해서 알아볼 거야. 죽었는지, 아직 살아있는지. 살아있다면 어디에 있는지. 또한 그는 나와 무슨 관계가 있는지.'

유생은 쉽게 잠들지 못했다.

다음 날 유엔 한국대표부의 광복절 행사는 더이상 그에게 호기심거리가 되지 못했다.

◇

다음 날 오후.

한국 대표부 앞은 많은 사람들로 붐볐다.

모두들 초청장을 받고 행사에 참여하는 이들이었다.

생전 처음 와보는 행사였기에 모두들 기대와 긴장이 뒤

섞인 표정이었다.

그 중에서도 유생의 얼굴은 누가 보더라도 딱딱하게 굳어 있었다.

"유생아. 무슨 일있어?"

태수가 걱정스러운 듯 유생에게 물었다.

"아니에요. 아무것도."

유생은 어색하게 웃으면서 고개를 저었지만 그의 얼굴에는 간밤에 해결하지 못한 고민들이 묻어 있었다.

"아직 시차 적응을 못하나 보구나. 조금 있다가 송진우 재판장님께 인사만 드리고 일찍 들어가 봐."

태수의 말에 은지도 거들었다.

"그렇게 해요, 오빠. 지금 얼굴 아주 안좋아보여요. 무리해서 병이라도 나면 어떻게 해요."

"맞아요, 형. 여긴 유럽과 달라서 약값이나 의료비가 엄청 비싸다구요."

진수의 말에 유생은 씨익 웃으며 답했다.

"의료비라… 아주 현실적인 지적이네. 그러도록 할께."

유생은 태수를 보며 물었다.

"근데 송진우 재판장님은 어디 계시죠?"

"이미 안에 계실 걸? 대표부에서 아침 일찍부터 미팅이 있었다고 하더라고."

시계를 보니 오후 6시.

이제 입장이 시작되고 있었다.

차례로 초청장을 내보이며 대표부로 들어서면서, 모두의 가슴은 기대감으로 부풀어 올랐다.

◇

유엔 사무총장의 모두 연설을 시작으로 행사가 시작되었다.

전형적인 저녁 만찬 파티 형식으로 진행되었지만, 외국문화 자체를 처음 접해 본 유생에게는 모든 것이 새로웠다.

허나 태수는 능숙하게 와인 한 잔을 집어들고는 일행을 이끌었다.

"저쪽 한번 가보자. 한국 음식이 있는 것 같아."

미식가 답게 태수는 테이블에 놓인 음식에 집중했다.

한 곳에는 와인을 비롯한 서양식이 준비 되어 있었지만 다른 쪽 테이블에는 한식도 준비되어 있었다.

태수는 김치 한 점을 맛보며 눈을 감았다.

"음. 진짜 오랜만에 먹어보는 김치네. 새큼한게 맛도 제법인 걸?"

옆에서 접시를 들고 있던 민수연도 음식들을 맛보며 말했다.

"어머. 잡채와 수육도 있어요."

그 뿐만이 아니었다.

명절 때 먹을 수 있는 전, 고기 산적, 갈비 등등 한국 음식이라 알려진 것들은 거의 다 있었다.

심지어는 육회도 있었다.

"간만에 맛있게 먹겠네요. 슬슬 케밥과 스테이크에 질려가던 참이었는데."

은지는 한 곳에 놓여 있는 볶음밥을 접시에 덜며 말했다.

진수와 유생, 박연수도 간만에 먹는 한국음식에 푸욱 빠졌다. 벌써 한 달여간 외국 생활을 한 탓인지 한식은 마치 고향과도 같았다.

"이거 먹으니까 집에 가고 싶어요."

은지의 말에 진수도 동의했다.

"나도. 집에 가서 엄마가 해주는 밥 먹고 싶네."

모두들 간만에 먹는 한식에 고향 생각을 할 때였다. 누군가 다가와 태수에게 말을 건넸다.

"여어. 태수군 아닌가. 정말 오랜만이네."

모두가 돌아보니 회색 양복에 붉은 색 넥타이를 맨 노신사 한 명이 서 있었다.

태수는 그가 누군지 대번에 알아보았다.

"송진우 교수님!"

"반갑네, 태수군. 20년 만인데도… 자넨 그대로구만."

송진우 재판장은 감격한 얼굴로 태수의 등을 두드렸다.

"자네가 이번에 합격했다는 소식은 나도 들었네. 장하네. 장해. 끝까지 포기하지 않다니."

"교수님…. 아니 이젠 재판장님이시죠?"

"교수건 재판장이건 편하게 불러. 그게 뭐 중요한가."

송진우 재판장은 흐뭇한 표정으로 태수를 보았다.

과거의 아끼던 제자를 보듯, 그의 눈빛에는 많은 애정이 담겨 있었다.

옆에 있던 박연수가 끼어 들었다.

그는 품에 있던 봉투를 송진우 재판장에게 건네 주었다.

"이거 한변에서 의뢰한 고발장입니다. 꼭 재판장님께 전달해 달라고 부탁을 받아 이렇게 가지고 왔습니다."

"잘 받았네. 이걸로 북한 김정은 정부에 대한 수사가 꼭 진행될 수 있도록 노력하겠네."

6.25 전쟁 중 납북 인사를 억류, 방치한 혐의로 국제형사재판소에 수사를 요청하는 고발장이었다.

수사가 시작된다면 국제사회에서 북한의 활동이 위축되는 것은 불보듯 뻔할 터.

최근 대두된 북한 인권문제와 핵문제를 압박할 수 있는 카드가 될 수 있었다.

송진우 재판장이 고발장을 품에 집어 넣자 태수가 물었다.

"그럼 오늘 이후 저희 연수 내용은 어떻게 되는 겁니까?"

송진우 교수는 빙긋 웃으며 말했다.

"뭐 연수랄게 따로 있나. 이렇게 나를 찾아 여기까지 온 것만으로도 충분히 공부가 되지 않았나? 자네들 스케쥴은 다 내가 직접 조정한 것이네만."

"네?"

그의 말은 모두를 놀라게 했다.

스위스 취리히에서 야간열차로 시작한 이번 일정을 모두 송진우 재판장이 짠 것이라니.

민수연이 동그란 눈으로 물었다.

"그럼 헤이그에서 저희랑 엇갈린 것도 모두 계획된 것이었나요?"

"물론. 박연수 군이 아직까지 말을 안하고 있었나 보군."

모두가 박연수를 보자 그는 어색하게 웃으며 대답했다.

"하하하. 어쩔 수 없었어요. 재판장님의 특명이 있었기 때문에 저는 그런 척 해야 했거든요."

그때서야 그들의 여행코스가 이해가 되었다.

헤이그에 있는 이준 열사 기념관에서부터 ICC(국제형사재판소), ICTY(구유고슬라비아 국제형사재판소), ICJ(국제사법재판소) 견학 일정까지.

중간중간 진짜 관광명소들도 있었지만, 그들은 결국 국제사회의 중심에 있는 사법기관들을 모두 돌아보았다.

"마지막으로 자네들에게 보여주고 싶었던 것은 이곳 유엔이야. 세계 속에서 한국이 어떤 위상을 가지고 있는지 보여주고 싶었거든."

유생은 송진우 재판장의 의도를 이해할 수 있었다.

그날 낮에 유엔 대표부를 둘러 보면서 그도 적잖은 느낌을 받았기 때문이었다.

한국 대표부에 전시된 자료들을 주욱 둘러보고 있으면 지금까지의 한국의 변화는 정말 놀라운 것들이었다.

불과 50년 전까지만 해도 원조를 받던 나라에서, 이젠 세계 경제의 중심부에 있는 나라로 성장했다.

같은 시대 같은 위치에 있던 나라들 중에 한국과 같은 발전을 이뤄낸 나라는 거의 없다.

송진우 재판장은 모두를 보며 말을 이었다.

"다들 돌아가면 한 번 생각해 보게. 판검사가 되는 것 말고도 나라를 위해 자네들이 할 수 있는 것은 많다는 것을 말이지."

태수는 고개를 끄덕이며 대답했다.

"네. 마음에 새기겠습니다."

그 밖에도 송진우 재판장은 많은 이야기들을 해 주었다.

그가 국제형사재판소 재판장으로 추대 받을 때까지의

경험들.

지금 그가 하는 고민과 생각들에 대해서.

그의 이야기는 지금까지 만났던 그 누구보다도 스케일이 방대했다. 그는 사람과 사람 사이가 아닌, 나라와 나라 사이의 정의를 고민하고 있었다.

이야기 막바지에 그는 멀리 있는 누군가를 보며 손을 흔들었다.

"마침 잘 되었군. 자네들에게 소개시켜줄 사람이 있어."

곧 한 사람이 그들 앞에 나타났다.

그는 휠체어 탄 한 노인이었다. 마른 나무 가지 같은 앙상한 팔목으로 전동 휠체어를 조정해 스르르 미끌어져 들어온 한 노신사.

그를 본 순간 유생은 얼어붙었다.

'이, 이자는!'

그때 송진우 재판관의 말이 이어졌다.

"소개하지. 이분은 A.D. 코스트너. 세계금융위원회 회장님이네."

코스트너는 빙긋 웃으며 유창한 영어로 인사했다.

"이렇게 만나게 되어 반갑네. 재판장님 말씀대로 모두들 '유능' 해 보이는 구먼."

그는 흐뭇한 표정으로 모두의 얼굴을 하나하나 둘러 보았다.

그리고 유생과 눈이 마주치는 순간.

둘은 한동안 시선을 떼지 못했다.

제 19 장

: 임관 그리고…

NEO MODERN FATASY STORY & ADVENTURE

변호사

'이 자가 A.D. 코스트너라고?'

유생은 한동안 그에게서 눈을 떼지 못했다.

듬성듬성한 백발에 비쩍 마른 모습.

외모만 본다면 힘없는 노인에 불과했지만 그의 눈빛은 평범하지 않았다.

소름끼치도록 맑은 그의 눈빛은 마주하고 있는 자의 마음을 훤히 들여다보고 있는 것 같았다.

한 명 한 명과 눈을 마주치며 악수를 하던 코스트너가 유생 앞으로 다가왔다.

"자네 이름이…."

"시, 신… 유생입니다."

"유생군. 반갑네."

코스트너는 부드럽게 웃으며 유생의 손을 잡았다. 앙상한 손의 감촉이 느껴지자 유생의 온 몸에는 소름이 돋았다.

한동안 유생의 눈을 들여다보던 그가 말을 이었다.

"혹시 우리… 어디서 만난 적 있지 않은가?"

"네?"

유생은 화들짝 놀랐다.

분명 유생이 그를 본 것은 꿈 속. 허나 이를 코스트너가 알 리는 없을 터.

"그, 그럴리가요. 외국에 나온 것도 이번이 처음인데…."

유생이 당황한 기색으로 얼버무리자 코스트너는 허허 웃으며 말했다.

"농담이네. 뭘 그리 놀라는가?"

'농담?'

그제서야 유생은 어색하게 웃으며 코스트너의 손을 놓았다.

"그, 그렇죠? 하하…."

"회장님, 이 친구 남자입니다. 작업을 거시려면 여기 어여쁜 친구들에게 하셔야지요."

옆에서 송진우 재판장이 거들자 모두 한바탕 웃음을 터뜨렸다.

코스트너는 모두를 보며 빙긋 웃으면서 말했다.

“이거 참. 분위기가 너무 좋아서 그러지. 젊은이들을 보니 내가 다 기분이 좋구만.”

그때 문진수가 궁금한 얼굴로 물었다.

“근데, 회장님. 세계금융위원회는 어떤 곳인가요?”

“좋은 질문이네.”

코스트너는 진수를 한 번 본 다음 모두와 차례로 눈을 마주치며 대답했다.

“우리 세계금융위원회는 전세계의 금융정책을 결정하는 곳이네. 통화량을 조정해 국가간의 과도한 불평등을 완화시키고, 화폐 가치를 건전한 수준으로 유지시키는 것이 우리가 하는 일이지.”

그의 말은 제법 그럴싸하게 들렸다.

모두 감탄한 듯 고개를 끄덕였지만 유생의 표정은 어두워졌다.

코스트너가 한 말의 진짜 의미를 알고 있었기 때문이다.

‘통화량의 팽창과 수축을 이용해 전세계의 부를 거머쥐려는 목적의 기관이야. 이들은 전세계 기업을 사들여 자신들만의 왕국을 만들려고 하고 있어.’

지난번 꾸었던 꿈에서 그에게 직접 들은 내용이었다.

장태현을 키맨(Key man)으로 내세워 한국을 헐값에 사려는 계획.

'그 계획은 치밀한데다 빈틈이 없었어.'

당시 꿈 속에서 코스트너는 지금과 똑같은 모습으로 웃고 있었지만 말하는 내용은 전혀 달랐다.

그리고 눈 앞에서 코스트너가 다시 입을 열었을 때 유생은 환청같은 것을 들었다.

"자본주의의 핵심은 금융기관이네. 나는 이들의 의견을 종합해 더 나은 세상을 만들기 위해 노력하고 있지."

– 자본주의의 핵심은 빚이야. 나는 그 빚을 통제해 세상을 지배할 생각이네.

그 말을 듣는 순간 유생은 머리털이 쭈뼛 곤두서는 듯한 느낌을 받았다.

유생의 생각을 아는 듯 모르는 듯 코스트너는 유생을 보며 빙긋 웃으며 말을 이었다.

"그럼. 좋은 시간들 보내시길. 그리고 자네들. 인연이 닿으면 또 보도록 하지."

"네! 회장님도 좋은 시간 보내세요!"

모두는 밝은 표정으로 그에게 인사했다. 허나 유생은 그러지 못했다.

저토록 유약해 보이는 노인이 실제로는 어떤 생각을 가

지고 있는지 알고 있었기에.

유생은 코스트너와 인사하는 송진우 재판장을 보며 생각에 잠겼다.

'코스트너. 저 자가 왜 여기 있는 거지? 도대체 송진우 재판장과는 무슨 이야기를 나눴던 거야?'

모든 것이 의심스러웠다.

유생은 수행원과 함께 다시 어딘가로 가는 코스트너의 뒷모습을 보며 불길한 느낌을 지울 수가 없었다.

◇

스르륵 미끄러지며 행사장을 빠져나가는 코스트너는 옆에서 걷고 있던 수행원에게 말을 건넸다.

"자네가 보기엔 저들 중 누가 가장 쓸만해 보이는가?"

"저는 아까 태수란 친구가 듬직해 보였습니다. 송진우 재판장도 그를 추천했구요."

허나 코스트너는 고개를 저으며 말했다.

"그자는 눈빛이 너무 정직해. 솔직하긴 하지만 송곳처럼 찌르는 맛도 없지."

"허면 회장님께서는 누구를…."

수행원의 물음에 코스트너가 답했다.

"저 유생이란 친구와 접촉해 보게."

수행원이 빙긋 웃으며 대답했다.

"운이 좋은 자 군요. 한 번에 회장님의 마음을 사로잡다니. 별 이야기를 나눈 것 같지도 않은데…."

"클클클. 그런 셈인가…."

잠시 뒤를 돌아 유생의 얼굴을 확인한 수행원이 물었다.

"헌데 저 자의 어떤 점이 마음에 드셨습니까?"

코스트너는 턱을 매만지며 대답했다.

"글쎄… 감이라고 할까."

"감이요?"

수행원의 물음에 코스트너는 희미한 미소를 지으며 말했다.

"예전 그 자와 풍기는 분위가 비슷해. 그… 좋은 장기말들이 갖고 있는 특유의 분위기 말일세."

"아. 그렇군요…."

사실 수행원으로서는 코스트너가 말한 의미를 정확히 알 수는 없었다.

단지 감이나 분위기 만으로 사람을 평가하는 코스트너를 이해할 수도 없었다.

그는 전자수첩을 꺼내 사항을 메모하며 물었다.

"그럼 어떤 조건으로 교섭을 할까요?"

잠시 생각하던 코스트너가 입을 열었다.

"일단 기본정보를 조사해 보게. 그러고 나면 그가 원하는 것이 무엇인지 알 수 있을테니.”

그가 말한 의미가 무엇인지 수행원은 정확히 알 수 있었다.

[원하는 것을 찾아 먼저 들어준다.]

그것은 그들이 교섭을 성사시키기 위한 첫번째 원칙이었다.

“네. 그렇게 하겠습니다.”

수행원은 고개를 끄덕였다.

수첩에 나머지 사항을 정리하던 그가 슬며시 물었다.

“헌데… 이전 키맨(Key man)은 포기하실 예정이십니까?”

그 물음에 코스트너의 얼굴이 무거워졌다.

잠시 생각하던 그가 입을 열었다.

“경우에 따라선 그래야겠지.”

“하지만… 지금까지 그가 해 놓은 것이 너무 많습니다. 여기에서 새로 시작한다는 건….”

코스트너는 고개를 저었다.

“이미 해 놓은 모든 것을 새롭게 다시 할 필요는 없네.”

그는 다시 맑게 눈을 빛내며 말을 이었다.

“지금부터의 플레이어만이 바뀔 뿐이지.”

그의 말에 수행원은 식은 땀을 흘렸다. 그의 목소리에 스며든 감정이 그대로 느껴진데다 그 의미 또한 심상치 않았기 때문이다.

'엄청난 프로젝트야. 그걸 이어서 할 수 있는 자는 거의 없어.'

불가능에 가까운 일이라고 생각했지만 수행원은 내색하지 않았다.

"일단은…."

코스트너는 수행원을 바라보며 다시 입을 열었다.

"최대한 빨리 장태현을 찾아보게."

"네."

"만약 올해 안으로 그를 찾지 못하면…. 우린 키맨을 바꿀 것이네."

그가 말하는 키맨이 누구인지 수행원은 짐작할 수 있었다.

그는 다시 뒤를 돌아 유생을 보았다.

멀리서 아직도 자신들을 보고 있는 유생을 보며 수행원은 생각에 잠겼다.

'신유생… 과연 그가 장태현을 대신할 수 있을까?'

잠시동안 유생을 바라보던 수행원은 그가 어딘지 장태현과 닮았다는 생각을 했다.

5주간의 일정을 마치고 태수와 유생 일행은 사법연수원으로 복귀했다.

복귀한 이후 그들을 기다리고 있는 것은 빠듯한 시험 일정이었다.

"분위기가 장난 아니네요."

유생의 말에 태수도 동의했다.

"당연하지. 10월 초부터 4학기 평가가 시작되거든."

남은 기간은 한 달 남짓.

일찌감치 전문기관 연수를 마치고 온 이들은 벌써부터 시험준비에 한창이었다.

지금까지 성적이 좋지 않았던 이들도 4학기 평가는 중요했다.

태수는 신중한 얼굴로 유생에게 당부했다.

"유생이 너. 검사 지망한다면 이번 시험, 잘 봐야 해. 가중치가 붙어 있어서, 이번 시험만 잘 봐도 검찰에 임용될 수 있어."

"네, 알겠어요. 형."

검사가 되기를 희망하는 유생으로선 이번 시험을 소홀히 할 수 없었다.

"물론 너라면 잘 하겠지만."

태수는 빙긋 웃으며 유생의 어깨를 다독였다.

유생은 태수와 더불어 동네 독서실을 끊고 공부를 시작했다.

연수원 도서관은 사람들이 너무 많은 나머지 집중에 방해되었기 때문이다.

'마지막 시험이니만큼 최선을 다해서 준비하자.'

연수원, 독서실, 집.

9월 한 달은 그렇게 단조롭게 지나갔다.

◇

10월은 어김없이 다가왔고, 마지막 4학기 시험 일정은 그렇게 시작되었다.

시험 과목은 총 다섯 과목.

민사재판 실무, 형사재판 실무, 검찰 실무, 민사변호사 실무, 형사변호사 실무까지.

이들 과목을 하루 걸러 한 과목씩 각 여덟 시간에 걸쳐 치른다.

장장 열흘동안 계속되는 이 시험은 전체 연수과정을 통틀어 가장 어려운 시험과정이었다.

'9년 전, 이 시험을 보다가 죽은 사람도 있을 정도니까.'

그 이후 과로사를 예방하기 위해 점심시간 종이 울린다. 책상 앞에는 혈당저하 방지를 위한 사탕도 놓여있다.

'이번 시험으로 모든 것이 결정되겠군.'

유생은 무거운 마음으로 시험에 임했다.

각종 기록을 확인하고, 서식을 채우는 것에서부터 판결문을 쓰는 까지.

한 문장, 한 단락을 써 내려갈 때마다 실무수습 때 있었던 일들이 스쳐 지나갔다.

'처음 국선으로 맡았던 사건이 장우석 사건이었지?'

유생은 범죄단체 조직죄로 처벌하려던 그를 공소시효도과를 들어 무죄로 방면시켰다.

허나 이후엔 결국 그가 꽃미남 삐끼 사건의 배후자라는 것을 인지해 처벌했다.

'힘들긴 했지만 정말 재미있었어.'

아직도 그때를 떠올리면 유생의 얼굴에는 미소가 비쳤다.

특히 잠복수사를 하면서 삐끼들을 기다리던 때를 생각하면 아직도 가슴이 뛰었다.

'앞으로도 그런 일을 하고 싶다.'

강력한 수사권을 가지고 하는 범죄인들과의 승부.

검사가 되고 싶은 이유는 또 있었다.

'장태현. 그가 누군지 알아봐야해. 왜 내가 그의 꿈을 꾸는지. 나와 그는 어떤 연관이 있는지. 꼭 알고 싶어.'

유생은 검사가 되길 기원하면서 시험지를 채워 나갔다.

하루, 이틀, 사흘, 나흘.

일주일이 지나 민사변호사 시험이 다가오자 어두운 기억들이 마음을 스쳐갔다.

'일제 강제징용 사건…. 그때 준비서면은… 좀 더 깊게 생각했어야 했는데.'

이겼다는 사실보다도 자신의 실수가 더욱 무겁게 다가왔다.

죽은 박찬근 교수의 얼굴이 떠오르자 그에게 사과하지 못했다는 사실이 유생의 마음을 짓눌렀다.

'앞으로는 결론을 내기 전에 좀 더 깊게 생각하자. 섣부른 판단으로 사건을 예단해서는 안 돼.'

당시에 얻은 교훈은 뼈아픈 것이었다. 섣부른 예단으로 더이상의 가능성을 보지 못했다.

민사준비서면을 작성하는 유생의 답안 한문장 한문장에는 그의 지금까지의 경험이 묻어나왔다.

사건을 수임한 변호사의 입장에서 수임인의 이익을 대변하고 방어하는 논리들을 풀어나갔다.

결국 시험 마지막날이 되었고, 유생은 무사히 모든 답안을 작성할 수 있었다.

'이제 끝이구나.'

시험을 마치고 숙소에 돌아가면서 유생은 빙긋 웃었다.

모의재판에서부터 마지막 4학기 평가에 이르기까지 연수원에서 보낸 2년은 정말 뜻깊은 시간들이었다.

그리고 무사히 마지막 시험을 치른 지금 유생의 머릿속은 한가지 생각으로 가득 차 있었다.

'난 검사가 될 거야. 반드시.'

유생은 자신의 임관을 조금도 의심하고 있지 않았다.

◇

4학기 평가를 마친 후, 김동식 교수는 평가 결과를 들고 원장실로 향했다.

'신유생… 녀석이 결국 일을 저질렀군.'

유생의 평가점수가 임관 커트라인에 못미쳤다면 이런 일은 없었을 것이다.

또한 내심 그러지않기를 바랐다.

허나 어제 집계된 점수표는 분명하게 말하고 있었다.

신유생은 합격권, 그것도 매우 상위권이라고.

'결국 이렇게 되었어.'

그의 발걸음은 무거웠다.

입 밖에 내기엔 굉장히 껄끄러운 이야기를 해야 할 참이기에.

'신유생. 오늘은 반드시 그자에 대한 이야기를 해야 해.'

은밀하게 그의 신상을 조사했던 김동식 교수는 며칠 전 정말 이상한 정보를 입수했다.

누군가의 입김이 작용하지 않고는 도저히 불가능한 일을 확인한 것이다.

'틀림없이 뭔가 있어. 연수원에서 개인정보 조작이라니. 거기다가…. 이건 결코 용납할 수 없는 일이야.'

김동식 교수는 이를 악다물었다.

그는 분노하고 있었다.

대한민국의 엘리트 중의 엘리트를 모아 놓은 교육기관인 사법연수원.

허나 모종의 힘이 이곳에까지 미치고 있었다.

공정함과 청렴함이 생명인 이곳에서 그 힘은 '어떠한 사실' 을 은폐하려 하고 있었다.

원장실 앞에 선 김동식 교수는 숨을 크게 한 번 내뱉었다.

'결단코 뿌리 뽑아야 한다. 이런 부정은.'

그는 문고리를 잡고 원장실 안으로 들어갔다.

문을 여는 순간 그곳에는 원장 이외에 다른 누군가가 있는 것이 보였다.

'누구지?'

한 번도 본 적 없는 중년의 남자.

한창 그와 환담을 나누고 있었던 것처럼, 원장은 얼굴에 환한 표정을 지으며 큰 소리로 웃고 있었다.

뒤늦게 그를 알아본 원장이 말했다.

"김동식 교수 아닌가?"

"네."

다소 무거운 목소리로 대답했으나 원장은 낌새를 알아차리지 못했다. 오히려 원장은 반가운 목소리로 그를 반겼다.

"잘 왔어. 마침 자네를 부르려던 참이었네."

무어라 말할 틈도 없이 원장은 김동식 교수를 불러 옆자리에 앉혔다.

"인사하게. 여기는 국정원 김상훈 팀장이야."

'국정원?'

눈꼬리가 쳐져 있어 순한 인상을 주는 사내였다.

마지못해 인사하긴 했지만 김동식 교수의 마음속엔 불길한 느낌이 스치고 지나갔다.

그리고 그들 사이에서 유생의 이름이 나왔을 때, 김동식 교수의 눈썹은 불쾌하게 꿈틀거렸다.

◇

수료식 당일 아침.

이른 시간 식장에 도착한 은지에게 유생은 작은 상자를 건네었다.

"이게 뭐에요?"

은지가 동그란 눈으로 묻자 유생은 빙긋 웃으며 말했다.

"열어봐."

황금색으로 포장된 작은 상자.

그 위에 장식된 리본을 당기자 상자가 열렸고, 그 안에는 작은 물방울 모양의 귀고리가 담겨 있었다.

"어머, 예쁘다!"

대구에서 검찰 시보 생활을 끝내고 올라올 때 준비한 귀고리.

지금까지 타이밍을 잡지 못하다가 결국 수료식 당일날 주게 되었다.

'그래도 다행이네. 마음에 드나보다.'

물방울 귀고리가 마음에 들었는지 은지는 상자에서 눈을 떼지 못했다.

"고마워요, 오빠. 근데… 이거 하려면… 귀 뚫어야겠네요."

귀를 뚫어야 한다는 사실 때문인지 유생을 바라보는 은지의 눈빛에는 작은 두려움이 엿보였다.

"귀 뚫는거 아파?"

"잘하는데 가서 뚫으면 그렇게 안아프다고는 하는데…."

아직 한번도 귀를 뚫어본 적이 없어서인지 은지는 내키지 않는 표정이었다.

그런 그녀를 보며 유생이 장난스럽게 제안했다.

"그럼 오늘 수료식 끝나고 같이 가보자."

"네? 오늘이요?"

"응. 끝나고 어디 갈데 있어?"

"그, 그건 아니지만…."

은지가 그렇게 얼버무릴 때였다.

곧 수료식이 시작한다는 방송이 흘러 나왔고, 이를 들은 은지가 퍼뜩 놀라며 입을 열었다.

"아, 저도 오빠한테 줄게 있는데."

"뭔데?"

유생의 물음에 은지는 품에서 작은 상자를 꺼냈다.

그 안에서 황금빛 넥타이 핀을 꺼낸 은지는 유생의 붉은 넥타이에 재빨리 꽂아 주고는 유생의 손을 잡아 끌었다.

"일단, 가요. 늦겠어요."

"어, 어. 그래."

은지는 유생의 손을 잡아끌며 앞서 갔다. 뒤에서 보니 그녀의 귀는 붉게 물들어 있었다.

◇

"수료생 여러분은 우리나라 법치주의 수호를 위한 선봉이자 마지막 보루라는 사명감을 가지고, 새로운 도전과 창조의 발걸음을 내딛어 주십시오…."

박동호 연수원장의 긴 연설 후, 대법원장, 법무부장관, 대한변호사협회장이 차례로 나와 축사를 했다.

이후 이어진 상장 수여식.

여기에서 가장 먼저 이름을 불리운 것은 태수였다.

"대법원장 상 수상자. 김태수."

총점 4.3 만점에 4.29.

경이적인 점수로 태수는 연수원 전체 1등을 차지했다.

유생도 좋은 점수를 받았지만 단상에 나가 상을 받을 만큼은 아니었다.

역대 최연장자로 대법원장 상을 수상한 태수는 모두의 환호성과 박수를 받았다.

"태수형! 축하해요!"

"사법시험 수석에 연수원 수석까지. 결국 해내셨군요!"

늦은 나이에 합격했지만 연달아 수석을 차지한 그에게 모든 이들이 진심을 담아 박수를 보냈다.

어느새 연수원 공식 커플이 된 민수연도 축하 꽃다발을 한아름 들고와서 안겼다.

"축하해요. 오빠. 그리고 판사 임관도요."

"고맙다."

태수는 기쁨이 차올라 눈시울을 붉혔고, 진수는 준비해 온 샴페인을 터뜨렸다.

펑– 하는 소리와 함께 여기저기서 플래시가 터졌다.

서울대학교 법학과 수석 졸업.

20년만에 사법시험 수석 합격.

거기에 사법연수원 수석 수료.

드라마틱한 이력의 태수는 신문기자들의 기삿거리가 되기에 충분했다.

게다가 지금까지의 관례를 깨고 48세라는 늦은 나이에 판사에 임용된 최초의 사례였다.

"형. 축하해요. 결국 해내셨군요."

유생이 흐뭇하게 웃으며 손을 내밀자 태수는 그를 와락 안았다.

"다 네 덕분이야. 니가 아니었으면 여기까지 오지도 못했다. 유생아. 정말 고맙다."

"형은…."

무언가 대꾸하려던 말을 찾던 유생도 마음이 북받쳐 오르는 듯 눈시울이 붉어졌다.

4년 전 여름.

태수의 제안이 없었다면 유생 역시도 지금의 이 자리에 오진 못했을 것이다.

'형도 그렇지만 이제 나도 검사가 되었구나.'

지도교수였던 김동식 교수의 약속대로 태수는 물론 유생도 각각 판사와 검사로 임관될 수 있었다.

김동식 교수의 도움이 아니었으면 이런 이례적인 인사가 단행될 리는 없었을 터.

태수도 김동식 교수가 생각났는지 주위를 두리번 거렸다.

"어디계시지, 지도교수님? 사진 한 번 찍어야 하는데…."

"그러게요… 아까 진수가 찾으러 간다고 했는데…."

단상을 찾아봤으나 유독 그의 자리만 비어 있었다.

"사무실에 계신가?"

"한 번 가 보죠. 오늘이 아니면 또 뵙기 힘들테니…."

태수는 수연과 은지를 뒤로하고 유생과 함께 교수실을 찾아갔다.

들뜬 마음에 그들은 성큼 걸음으로 계단을 올라갔고, 금세 교수실 앞에 다다를 수 있었다.

"교수님. 계십니까?"

한차례 노크를 했으나 인기척이 없었다.

"어? 여기 안 계신가?"

태수가 고개를 갸웃거리며 문고리를 돌리자 딸깍 하는 소리와 함께 문이 열렸다.

"교수님. 저희 왔어요."

유생과 함께 방 안으로 들어선 태수는 뭔가 이상한 느낌을 받았다.

"뭐야, 이건?"

방안은 온통 난장판이었다.

책장에 있는 책들은 대부분 바닥에 널브러져 있었고, 소파나 테이블도 제자리에 있지 않았다.

그리고 교수의 책상을 보는 순간 유생과 태수는 그 자리에서 굳어버렸다.

의자에 앉아 있는 김동식 교수.

그는 차가운 시신이 된 채 허공을 바라보고 있었다. 그 앞에는 먼저 찾으러 갔던 진수가 얼어붙은 채 서 있었다.

◇

김동식 교수의 죽음은 조용히 처리되었다.

유생과 태수는 바로 경찰에 신고했지만, 경찰이 온 것은 그 날 저녁무렵이었다.

언론 역시도 침묵했다.

사법연수원 수료식을 취재하러 온 기자들이 앞다투어 김동식 교수의 죽음을 취재해 갔지만 다음 날 나온 기사는 달랑 몇줄이었다.

사법연수원 김동식 교수 자살.

지난 밤 수료식이 끝날 무렵 집무실에서 교수의 시신이 발견되었다. 경찰은 현장에 침입한 흔적이 없고, 책상 위에 유서를 써 놓은 점, 평소 삶에 대해 비관했다는 주변 동료 교수과 연수생들의 증언으로 미루어 자살로 추정된다고 밝혔다.

유심히 읽어보지 않는다면 그냥 지나칠 수도 있는 기사.

유생은 그의 죽음이 이런 식으로 다뤄진다는 것이 이해가 되질 않았다.

'자살이라고? 그건 말이 안 돼.'

유생은 당시 현장에 도착해 스마트폰으로 찍은 사진들을 넘겨보았다.

바닥에 널브러진 책들과 가구들.

이를 두고 현장에 침입한 흔적이 없다고 한다는 건 말이 안된다.

게다가 김동식 교수의 책상 위에는 유서 같은 건 없었다.

오히려 그의 시신에서는 독극물에 중독되었을 때 보이는 증상들이 나타나고 있었다.

'손톱과 입술 등에 청색증이 보이고 있어. 이건 분명히 청산가리에 중독되었을때 나타나는 증상이야.'

그럼에도 경찰은 자살이라고 발표했다.

이는 현장상황과는 완전히 모순 되는 이야기다.

'도대체 뭐지? 왜 이런 일이 일어난 거지?'

이상한 점이 너무나도 많았다.

어떤 이유로든 사람은 죽을 수 있다.

허나 사법연수원 교수의 죽음을 이렇게 허술하게 수사하고, 이렇게 아무런 주목도 받지 못한다는 점은 너무나도 이상했다.

'누군가가 사건을 덮으려는 것 같아.'

불길한 냄새가 이 사건을 감싸고 있었다.

허나 유생은 이 사건의 중심에 자신이 있으리라는 생각은 전혀 하지 못했다.

어두운 방.

코스트너는 여느 때처럼 휠체어에 앉아 창밖에 비친 야경을 보고 있었다.

곧 그의 뒤에서 방문이 열렸고, 코스트너는 뒤도 돌아보지 않은 채 입을 열었다.

"어떻게 되어가는가?"

"그, 그게…."

수행원은 쉽게 말을 하지 못했다.

허나 코스트너는 참을성있게 기다렸고, 곧 수행원의 목소리가 들려왔다.

“장태현은 못찾았습니다.”

충분히 예상했던 일이었다.

지금까지 장태현의 행방을 알았다면 이런 명령을 하지도 않았을 터.

코스트너는 고개를 끄덕이며 다시 물었다.

“그러면… 다음 건은?”

다음 건이란 얼마전 유엔 한국대표부 행사에서 보았던 신유생에 대한 교섭건이다.

“그건….”

이번에도 잠시 머뭇거리던 수행원은 고개를 푹 숙이며 말을 이었다.

“죄송합니다. 한발 늦었습니다.”

“한발 늦어?”

코스트너는 말도 안된다는 표정으로 뒤를 돌아보았다.

“그게 무슨 말인가. 한발 늦다니!”

“그, 그게….”

이제 코스트너의 심기는 뒤틀려 있었다.

세계 최정상에 서 있는 그의 계획이 틀어진다는 것은 좀처럼 있는 일이 아니었다.

그는 인상을 쓰며 수행원을 다그쳤다.

"어서 말해 봐. 무슨 일이 있었는지."

"누군가가 먼저 손을 썼습니다. 저희가 갔을 땐 이미 상황이 끝나 있었습니다."

"뭣이?"

선수를 뺏겼다. 이런 상황에선 정말 말도 안되는 일이었지만 그것이 의미하는 바는 하나였다.

'놈의 배후에 또 누군가 있다는 건가?'

코스트너는 턱을 쓰다듬으며 생각을 곱씹어 보았다.

어떻게 이런 결과가 나왔는지. 아니 어떻게 이런 보고를 들을 수 있는지에 대해서.

'단지 우연일까?'

우연이 아니라면 어떻게 정확히 그가 의도했던 것을 선수칠 수 있었을까?

우연이라는 단어는 그가 가장 싫어하는 단어였다.

100년이 넘는 시간 동안 그는 불확실하고 예측불가능한 사건들을 없애기 위해 노력해 왔다.

생각 끝에 코스트너는 대책을 세웠다.

"일단… 그에게 사람을 붙여라."

사람을 붙인 후 지켜본다.

아직 상황을 파악하지 못한 것을 인정했다는 의미였다.

'정체를 알 수 없는 적과는 싸울 수 없는 노릇이니….'

코스트너의 말을 들은 수행원은 고개를 숙인 후 밖으로 나갔다.

방문이 닫힌 후 코스트너는 다시 창밖을 보며 생각에 잠겼다.

'최근 들어… 내가 이해할 수 없는 일들이 너무 많이 생겨나고 있어.'

코스트너는 다시 깊은 눈으로 야경을 바라보았다.

빌딩 아래로 내려다 보이는 강과 수많은 빛들이 수놓인 다리.

그는 서울 한복판의 빌딩에서 한강을 내려다 보고 있었다.

제 20 장

: 변하는 것들

NEO MODERN FATASY STORY & ADVENTURE

변호사

6개월 후.

서울중앙지방법원 형사 합의부.

국민참여재판으로 시작된 이번 재판은 오전 10시부터 시작해 이제 막바지에 이르고 있었다.

막 연수원을 수료한 듯한 앳된 외모의 변호사 한 명이 자리에서 일어나 열띤 변론을 이어갔다.

"검찰 측의 주장대로 피고인들은 대마를 거래하다가 적발되었습니다. 그 점은 여기 있는 증거들만 보아도 명백합니다."

변호사는 프로젝터에 비친 화면을 가리켰다.

그곳에는 검찰 측이 제시한 범행 증거들이 적나라하게

제시되어 있었다.

포장된 대마가 수북히 담긴 가방과 1억 상당의 돈이 담겨있는 가방들.

피고인들은 네덜란드인과 중국인이었다.

대마를 거래한 뒤 배가 인천항에 정박해 있던 중 마약수사대에 적발당한 듯이 보였다.

변호사는 검찰 측에서 제시한 증거에 대해서는 전혀 다투지 않는 대신 한 가지 사실을 파고 들었다.

"여러분이 이 수많은 범죄 증거들에서 주목해야 할 것은 거래 장소입니다."

변호사의 눈이 반짝하고 빛났고, 배심원 들은 그가 가리킨 사진 두 장에 집중했다.

첫번째 사진에는 가방이 있던 선실이, 두 번째 사진에는 선박의 이름이 찍혀 있었다.

이를 차례로 보여준 변호인이 말을 이었다.

"거래가 일어난 장소는 선박 내부에 있는 선실이고, 이 선박은 네덜란드 국적입니다."

여기까지 이야기 했음에도 배심원들은 그가 무슨 논지를 펼치려 하는지 쉽게 감을 잡지 못했다.

마치 그런 분위기를 읽기라도 하듯 변호사는 보다 또렷한 목소리로 말을 이었다.

"우리 형법 제4조는 이렇게 규정하고 있습니다.

'본법은 대한민국 영역 외에 있는 대한민국의 선박 또는 항공기 내에서 죄를 범한 외국인에게 적용한다.'

이 말은 대한민국 영역 외에 있는 외국 선박에는 우리 형법을 적용하지 못한다는 말입니다."

여기까지 말하자 배심원들 몇몇이 고개를 끄덕였다.

충분히 일리있는 말이었다.

거래는 선박 안에서 있었고, 선박은 외국 국적의 선박.

그렇다면 우리 형법이 적용되기엔 힘들어 보였다.

변호사는 잠시 숨을 고른 다음 말을 이었다. 이제 그의 얼굴에는 희미한 미소를 띠고 있었다.

"여러분, 이번 사건 내용을 정리하면 이렇습니다.

네덜란드 선박에서 일어난 중국인과 네덜란드인 사이의 대마 거래.

즉, 외국 선박에서 일어난 외국인 사이의 거래가 이번 사건의 본질입니다.

외국영토에서 일어난 외국인 사이의 범죄란 말입니다.

우리나라에서 일어난 것도 아니고 우리나라 사람이 관여한 것도 아닌데, 과연 이러한 일을 어떻게 우리나라 형법으로 처벌할 수 있다는 말입니까!"

변호사의 주장에 배심원 대다수가 고개를 끄덕였다.

그의 말에는 설득력이 있었다.

아무리 대마를 거래했다하더라도 그것이 범죄가 되기

위해서는 먼저 우리나라 형법이 적용되어야 한다.

허나 외국 선박 안에서 외국인들 사이에 일어난 일이라면 우리 형법이 적용될 수는 없을 터.

게다가 그들 사이의 거래로 인해 피해를 보거나 관계되어있는 한국인도 없다.

배심원들은 모두 변호인의 주장에 동의하듯 천천히 고개를 끄덕이면서 노트에 뭔가를 적어내려갔다.

'일단 승기는 잡았구나.'

변호사는 의기양양한 표정으로 자리에 앉았다.

그의 이름은 문진수.

사법연수원 시절 유생, 태수와 함께 같은 조에서 공부했던 그였다.

◇

연수원 수료 후 대성 로펌에 들어간 진수는 6개월만에 처음으로 변론을 맡게 되었다.

'그동안 서류 작업만 하다가 나오니까 정말 새로운데? 예전 모의재판하던 때도 생각나고.'

사실 대형로펌에 취직한 초년차 변호사가 변론을 맡게 되는 예는 거의 없다.

대부분은 파트너 변호사 밑에서 준비서면 작성과 판례

검색 등의 서류 작업만 하기 때문이다.

허나 그에게 기회가 생긴 것은 이번 상대가 파트너급 변호사들이 모두 꺼리는 자였기 때문이었다.

임관한 지 반년도 안되었지만 무서운 속도로 실적을 쌓아가고 있는 검사.

그 검사의 이름은 유생이었다.

유생은 단 6개월동안 업계 베테랑 변호사들을 상대로 45승 무패라는 실적을 냈다.

이번 사건 의뢰가 들어왔을 때, 대성 로펌의 대부분의 파트너들은 수임을 거절했다.

'그래서 내가 변론을 맡게 되었지. 예전 유생 형과 같은 조이기도 했으니까.'

로펌 측에서 진수를 선택한 이유는 연수원시절 유생과 같은 조원이라는 사실 하나였다.

드물긴 하지만 친분관계를 이용할 수도 있을 것이라는 이유였다.

허나 그런 로펌의 기대와는 달리 진수는 진검승부를 하기로 결정했다.

어차피 로비가 통할 상대가 아니라는 것을 알았기 때문이었다.

그리고 진수는 자신만만했다.

'이번엔 형님도 어쩔 수 없을 걸? 내 논리는 완벽하다고.'

재판에 참석하기 전, 며칠 밤을 세워서 수도 없이 검토했던 논리였다.

외국 선박 안에서 일어난 외국인들 사이의 대마 거래.

선박이 인천항에 정박해 있었을 뿐 한국인은 전혀 관계하지 않은 이 거래가 국내 형법으로 처벌된다는 건 생각하기 힘들었다.

게다가 그는 과거 연수원 모의재판 당시 유생이 가르쳐준 방법을 생생하게 기억하고 있었다.

'후후후… 국민참여재판의 무죄율이 일반재판보다 5.6% 정도 높다는 정보는 형님이 알려주신 것이지.'

진수는 모두 다 기억하고 있었다.

2년 전 연수원에서 유생이 보인 변론을.

준비과정에서부터 판결까지 바로 옆에서 지켜봐 왔기에 유생의 전략을 꿰고 있다고 해도 과언이 아니었다.

'이것 뿐만이 아니야. 최후의 카드는 숨기라는 것도 배웠지.'

진수는 유생이 가르쳐준 대로 마지막 카드는 남겨놓고 있었다.

지금까지 스스로 보기에도 완벽해 보이는 논리였지만, 이것들이 모두 무너진다해도 다시 뒤집을 수 있는 카드를 남기는 것도 잊지 않았다.

'이겨보겠어. 이걸로 내 경력에 금칠 좀 해보자!'

이번에 유생을 이긴다면 로펌 내에서 입지가 달라질 것은 분명했다.

한번에 파트너가 되는 건 무리라고 해도, 변론 능력이 있다는 평가를 받기엔 충분할 터였다.

진수는 주먹을 불끈 쥐며 자신만만한 웃음을 지었다.

허나 유생의 변론이 시작되었을때 그의 얼굴에서 웃음기는 점점 사라져 갔다.

◇

배심원들 앞에 선 유생은 여유로운 표정으로 입을 열었다.

“앞선 변호인의 지적은 두 가지로 요약할 수 있습니다.

이번 사건은 외국 선박에서 일어난 외국인 사이의 거래이므로 국내 형법이 적용되어서는 안된다는 점.

또한 국내에는 본 범죄로 인한 피해자조차 없으므로 처벌할 수 없다는 점이 그것입니다.

허나 이 두 가지 지적에는 모두 커다란 헛점이 있습니다.”

헛점이라는 말이 나오자 배심원들의 눈이 커졌다.

방금 전까지만 해도 진수의 논리는 완벽한 듯이 보였던 탓이다.

– 헛점이 있다고?

– 분명 아까 변호인 말은 맞는 것 같았는데?

– 저 검사… 뻥치는 거 아니야?

아직 불신의 눈빛으로 바라보는 배심원들을 향해 유생은 빙긋 웃으며 말을 이어갔다.

그는 먼저 진수의 두번째 지적인 '한국인 피해자가 없다는 점' 부터 무너뜨리기로 했다.

"대부분의 범죄는 피해자가 있습니다. 살인죄나 절도죄, 강간죄, 강도죄 처럼요. 하지만 모든 범죄가 피해자가 있는 것은 아닙니다."

그의 말에 배심원들의 눈이 동그래졌다.

피해자가 없는 범죄라는 말이 그들의 호기심을 자극했고, 유생은 말을 이었다.

"예를 들어, 범인은닉죄를 생각해 보십시오.

벌금 이상의 형에 해당하는 죄를 범한 자를 은닉, 또는 도피하게 한 경우 성립하는 범죄입니다.

만약 여러분이 이 죄를 범했다면 누구를 '피해자' 라고 할 수 있겠습니까?"

유생의 질문은 마치 송곳처럼 논리의 헛점을 파고 들어갔다.

범인은닉죄.

범인을 은닉시키거나 도주시키면 성립하는 이 범죄에서 사실상 피해자는 없었다.

혼란스러워 하는 배심원들을 바라보며 유생은 부드럽게 말을 이었다.

"범인은닉죄는 비록 피해자는 없지만, 국가의 사법기능을 보호하기 위해서 규정한 범죄입니다.

이처럼 사회적인 가치를 지키기 위한 범죄의 경우에는 피해자가 없어도 처벌하는 경우도 있는 것입니다.

그리고 이번 사건에서 적용되는 [마약류 관리법 위반죄]는 사회적 가치를 지키기 위한 대표적인 범죄라고 할 수 있습니다."

유생의 말은 신선한 바람과도 같았다.

방금 전까지 진수의 변론으로 자리잡았던 '범죄는 피해자가 있어야 한다.'는 고정관념은 유생의 말 한마디로 휘익 날아가 버렸다.

"[마약류 관리법 위반죄]의 규정목적은 마약등의 오용 및 남용으로 인한 보건상의 위해를 방지하여 국민보건상 위험을 예방하고자 하는 것입니다."

이는 '마약류 관리법' 제1조에 적혀있는 내용이었다.

'이, 이럴 수가.'

생각지도 못한 반론에 진수의 눈이 동그래졌다.

분명 그 자신도 검토했던 내용이었지만 이런 식으로 해

석할 줄은 몰랐던 탓이다.

당황한 진수의 표정을 흘끗 본 뒤 유생은 말을 이었다.

"국민 보건 상의 위험을 예방하고 방지하기 위해 [마약류 관리법 위반죄]를 규정한 것입니다.

특별히 직접 흡입하지 않아도 단지 '소지' 하고, '매매' 하는 경우만으로 죄로 보아 처벌하는 이유는 바로 여기에 있는 것입니다.

국내에서 버젓이 마약을 소지하고 거래한다는 사실만으로도 충분히 국민보건 상의 위험은 증대되었다고 볼 수 있기 때문입니다.

이런 관점에서 볼 때 설사 한국인이 개입되지 않았더라도 대한민국 영역 내에서 버젓이 마약을 소지하고, 거래했다는 사실은 범죄가 되기에 충분한 행위인 것입니다."

더 이상의 여지가 없는 변론이었다.

이것으로 진수의 두번째 논점은 완벽하게 논파 당했다. 대부분의 배심원들 역시도 고개를 끄덕였다.

본래 마약류 관련 범죄는 피해자 유무와는 관계가 없는 범죄였다.

국민보건이라는 공익을 지키기 위해 규정한 범죄이기 때문에 단순히 '소지한 것' 만으로도 엄격하게 처벌받는다.

진수가 놓친 점은 바로 그 점이었다.

'치잇. 실수다… 하지만 아직 끝나지 않았어. 첫번째 논점은 아직 건재해.'

진수는 아직 희망의 끈을 놓지 않고 있었다.

'이번 사건은 외국 선박에서 일어난 외국인 사이의 거래이므로 국내 형법이 적용되어서는 안 된다.'

진수의 남은 논점은 분명 견고해 보였다.

그가 제시한 형법 4조의 반대해석으로도 외국 선박에서 발생한 사건에 우리 형법을 적용한다는 것은 조금 억지스러워 보였다.

허나 유생은 조금도 고민하는 기색없이 입을 열었다.

"아까 변호인은 4조를 말씀하셨는데, 저도 조문을 가지고 말씀을 드리겠습니다.

우리 형법 제2조는 이렇게 규정되어 있습니다.

'본법은 대한민국영역내에서 죄를 범한 내국인과 외국인에게 적용한다.'"

지극히 당연한 말이었다.

대한민국 영역 내에서 죄를 범한다면 내국인이든 외국인이든 형법이 적용되는 것은 의문의 여지가 없다.

허나 그 내용은 앞선 진수의 논리와 미묘하게 어긋나 있었다.

"여러분. 이 조문에서 주목하실 부분은 '대한민국 영역'이란 부분입니다."

배심원들은 귀를 기울였고, 유생은 빙긋 웃으며 말을 이었다.

"모두 아시겠지만 대한민국 영역이란, 영토, 영해, 영공을 모두 일컫는 말입니다."

그가 여기까지 말했을 때 진수의 눈이 동그래졌다.

동시에 유생의 논지를 깨달은 이들의 탄성이 배심원석 여기저기서 흘러나왔다.

유생은 그들을 보며 말을 이었다.

"선박이 어느나라 국적이건 상관없습니다. 일단 대한민국 영해 안으로 들어왔다면 그 선박에 적용되는 법은 우리 형법입니다.

따라서 외국 선박이므로 우리법이 적용되어선 안된다는 변호인의 주장은 옳지 못한 것입니다."

그때 진수가 자리에서 일어섰다.

그는 믿기지 않다는 듯한 표정으로 외쳤다.

"하지만 4조의 반대해석상 외국 선박에는 우리 법이 적용되지 않습니다!"

허나 유생은 고개를 저으며 말했다.

"반대해석을 하려면 제대로 하셔야지요. 4조는 정확히 이렇게 적고 있습니다. '대한민국 영역 외에 있는 대한민국의 선박 또는 항공기'."

그 말을 듣는 순간 진수는 자신의 실수를 깨달았다.

진수가 미처 무어라고 말하기도 전에 유생은 쐐기를 박았다.

"선박이 대한민국 영역 밖에 있을 때, 부수적으로 해당 선박의 국적을 따지는 것입니다.

이미 선박이 대한민국 영해 안으로 들어온 이상 선박의 국적따위는 우리 형법을 적용하는데 아무런 장애가 되지 않습니다!"

유생의 해석과 논리는 완벽했다.

진수는 섣부르게 '대한민국 영역 외' 라는 조건을 해석에서 빼 놓은 것이다.

'이, 이럴수가….'

진수는 자리에 계속 서 있었지만 말이 떠오르지 않았다.

완전히 허를 찔렸기에 잠시동안 아무런 생각도 하지 못했다.

그 때 재판장의 말 소리가 들려왔다.

"변호인 측, 반대변론 하시겠습니까?"

반대변론.

준비한 말이 있을 때는 기다려지는 순서였지만 상대방에게 이처럼 완벽하게 논박당한 이후에는 무척이나 꺼려졌다.

'차라리 국민참여재판이 아니었다면 연기신청이라도 할 수 있었을 텐데….'

진수는 유생을 상대로 국민참여재판을 신청했다는 사실을 방금 후회했다.

이런 식의 양상이 되리라곤 꿈에도 생각지 못했다.

'어, 어떻게 하지?'

진수는 고개를 푹 숙인채 준비서류를 들여다보았다.

딱히 더 나올 것도 없는 서류였지만 지금 그가 할 수 있는 것은 그것 밖에는 없었다.

그때 그의 눈에 서류 한 쪽 끝에 적힌 메모가 들어왔다.

'비장의 카드' 라 적혀 있는 메모를 본 순간, 그의 얼굴에는 화색이 돌기 시작했다.

정신 번쩍 든 진수는 고개를 들고 입을 열었다.

"재판장님, 반대변론 하겠습니다."

두 가지 논점이 모두 무너진 뒤에도 모든 것을 뒤집을 수 있는 히든 카드.

'역시 비장의 카드를 남겨두길 잘했어!'

그에게 그 전략을 가르쳐 준 것이 유생이란 사실도 까맣게 잊은 채 진수는 변론하기 시작했다.

모든 것을 뒤집을 수 있는 변론을.

◇

벌떡 일어선 진수는 성큼 걸음으로 배심원들 앞에 섰다.

그의 눈빛에서는 자신감이 내비쳤다. 방금 전까지 보였던 당황한 기색은 이제 전혀 찾아볼 수 없었다.

"어떤 국적의 선박이든 대한민국 영역 안에 들어온 이상 우리 형법이 적용된다는 검사님의 말씀은 분명 타당합니다."

진수는 회심의 미소를 지으며 말을 이었다. 준비해 온 비장의 카드를 꺼내드는 순간이었다.

"그렇다면 묻고 싶군요. 선실에서 있었던 두 피고인 사이의 거래가 정말로 대한민국 영역 안에 들어온 이후의 일인지를 말입니다!"

진수의 지적은 다시 거대한 파도처럼 유생을 공격해 들어갔다.

지금까지의 증거물들은 선박 안에서 거래가 있었고, 그 선박이 인천항에 정박했다는 내용 뿐이었다.

'하지만 우리 형법이 적용되는 것은 선박이 대한민국 영해 안으로 들어온 순간부터지.'

거래 당시 선박의 위치가 대한민국 영해 안이라는 추가 증거가 없다면 이번 사건에 우리 형법을 적용할 수는 없는 것이다.

배심원들은 다시 술렁거리기 시작했다.

그들은 진수의 의견에 완전히 기운 듯이 보였다.

– 변호사 말이 맞아. 지금까지 보여준 증거물들은 단지 배 안에서 거래가 있었다는 것과 배가 인천항에 정박했다는 사실 뿐이야.

– 이것만으로는 거래할 당시 그 배가 어디 있었는지 알 수 없잖아?

– 하긴, 당시 배가 공해 상에 있었다면 우리법을 적용할 수는 없어.

– 배의 위치에 대한 증거자료가 없으면… 여기에 우리 형법이 적용된다고 말하긴 힘들겠어.

입밖에 내진 않았지만 배심원들의 눈빛은 이제 무죄 쪽으로 기울고 있었다.

'후훗. 성공이야.'

진수는 회심의 미소를 지었다.

처음에 세웠던 모든 논지가 무너졌지만, 이번 카드로 전세를 완전히 뒤집었다.

그야말로 히든 카드라는 말이 꼭 맞는 상황이었다.

'역시 유생 형님의 전략은 쓸만 하다니까.'

진수는 여세를 몰아 유생을 공격했다.

“피고인들의 대마 거래 당시 선박이 대한민국 영해 안으로 들어왔는지에 대한 증거자료가 없다면, 우리 형법을 이번 사건에 적용시켜서는 안 될 것입니다!”

그의 또렷한 목소리는 거센 파도가 되어 법정 안을 휘몰아쳤다.

배심원들은 물론이고 방청객들, 심지어는 세명의 판사들 마저도 그 파도에 휩쓸려 갔다.

그들은 모두 수긍한 표정으고 고개를 끄덕이기 시작했다.

‘좋았어.’

진수는 자신의 승리를 의심치 않았다.

그는 여유로운 웃음을 지으며 검사석을 바라보았다. 당황한 유생의 얼굴을 기대하면서.

허나 그곳에 앉아있는 유생의 얼굴을 확인했을 때 진수의 표정은 딱딱하게 굳었다.

‘응? 뭐지?’

분명 당황하고 있어야 할 유생의 얼굴은 그렇지 않았다.

오히려 유생은 희미한 웃음을 짓고 있었다.

승리를 예고하는 웃음.

그 웃음의 의미를 아는 진수의 마음엔 다시 불안감이 고개를 쳐들었다.

'뭐야? 왜 저렇게 웃고 있는 거야?'

이미 증거조사가 끝난 이상 새로운 증거가 나올 리도 없었다.

'설마 빠진 건 없겠지?'

자리에 돌아와 앉은 진수는 혹시나 하는 마음에 서류를 검토해 보았다.

◇

승리의 문턱 앞에 선 그는 어느 때보다도 신중했다.

이미 비장의 카드를 꺼내 든 이상 다른 변수가 나와선 안되었다.

게다가 지금까지 이런 상황에서 유생이 뒤집는 것을 너무나도 많이 봐왔기 때문에 불안하기도 했다.

'혹시 몰라. 내가 빼놓은 게 있을지도.'

그는 지금까지 제출된 증거들과 공소장을 확인했다.

공소장에는 분명 마약류 관리법 3조 9호 위반과 그 벌칙규정이 적혀 있었다.

'이것도 분명해. 3조 9호는 정확히 대마 거래 및 알선만을 금지하고 있어. 따라서 거래 시점에 대한 증거가 없으면 우리 형법은 적용될 수 없어.'

수차례 검토해 봤지만 더 이상 그의 지적을 뒤집을 만한 것은 없어 보였다.

'이겼어. 분명히.'

자신의 첫번째 승리가 눈 앞에 다가온 순간이었다.

그것도 45승 무패의 수퍼 검사 유생을 상대로.

허나 유생은 여전히 희미한 미소를 지으며 자신을 보고 있었다.

그는 방금 전 진수가 만들어 놓은 거대한 파도 앞에서 홀로 서 있었지만, 전혀 위태로워 보이지 않았다.

마치 바다 전체를 갈라버릴 가공할 힘을 지니고 있는 절대고수처럼.

'뭐야? 왜 저렇게 웃고 있는 거야?'

다시 한번 모든 서류를 검토했지만 진수는 왜 유생이 웃음을 짓고 있는지 알지 못했다.

◇

다시 배심원들 앞으로 나온 유생은 부드러운 미소를 지으며 입을 열었다.

허나 그의 입에서 나온 말은 뜻밖이었다.

"검찰 측 증거자료는 이것이 전부입니다. 즉, 거래행위 자체가 일어난 시점에 대한 증거자료는 저희 측에서 가지고 있지 않습니다."

여기까지 나왔을 때 배심원들은 김 빠진 듯 한숨을 내쉬었다.

유생의 여유로운 표정을 보면서 그가 뭔가를 더 가지고 있는 것처럼 느꼈기에 실망감이 컸던 탓이다.

– 뭐야. 반대증거도 없으면서 왜 저렇게 여유로워?

– 그냥 포기한 건가?

– 에이. 김새네. 저 검사 지지 않기로 유명한 사람 아니었어?

– 지금까지 지지 않았으면 뭐해. 여기에선 증거가 없는데.

– 첫번째 패배가 확정되는 순간이겠구만.

배심원들은 이미 마음 속으로 결정을 내렸다.

거래 행위가 대한민국 영역 내에서 일어난 일이 아니기 때문에 우리 형법을 적용할 수 없음은 분명했다.

여기에 추가 증거가 없음을 선언한 것은 검사 측의 패배를 의미하는 것이었다.

허나 유생은 여전히 여유로운 표정으로 입을 열었다.

"우선 이 화면을 봐 주십시오."

유생은 빙긋 웃으며 화면을 가리켰다. 화면에는 문서 하나가 있었고, 그 맨 위에는 '공소장'이라 적혀 있었다.

유생은 그 일부분을 포인터로 가리키며 입을 열었다.

“여기에서 보시는 것과 같이 저는 마약류 관리법 3조 9호 위반을 이유로 공소를 제기했습니다. 그리고 마약류 관리법 3조 9호는 이렇게 규정되어 있습니다.”

제3조 일반행위의 금지

누구든지 다음 각 호의 어느 하나에 해당하는 행위를 하여서는 아니된다.

9. 대마를 매매하거나 매매를 알선하는 행위

여기까지는 그다지 새로울 것도 없었다.

‘그게 뭐?’ 라는 표정으로 보고 있는 배심원들을 향해 유생은 또 하나의 화면을 띄우며 입을 열었다.

“여기 보시다시피 본법 3조 9호 위반은 동법 59조 7호에서 처벌을 규정하고 있습니다.”

제59조 (벌칙)

① 다음 각 호의 어느 하나에 해당하는 자는 1년 이상의 유기징역에 처한다.

7. 제3조 제8호 또는 제9호를 위반하여 대마를 제조하거나 매매 · 매매의 알선을 한 자 또는 그러할 목적으로 대마를 소지 · 소유한 자

아직 잘 모르겠다는 표정의 배심원들 앞에서 유생은 포인터로 화면 한 곳을 가리키며 말을 이었다.

"여러분께서 주목하실 부분은 바로 이곳, 59조 1항 7호 후단 부분입니다."

붉은 색의 레이져 포인터는 분명하게 '그러할 목적으로 대마를 소지 · 소유한 자' 라고 적힌 곳을 둥글게 가리키고 있었다.

이를 확인한 배심원들의 표정이 달라지기 시작했다.

그 중 몇몇은 마치 못볼 것을 본 사람들처럼 눈이 휘둥그레졌다.

- 뭐, 뭐라는 거야?

- 거래 목적으로 소지하기만 해도 처벌한다고?

- 이게 원래 법조문이었어?

그것이 의미하는 바는 하나였다.

유생은 그들이 짐작하는 것을 분명한 목소리로 밝혀 주었다.

"3조는 분명 거래행위와 그 알선행위를 금지한다고 하고 있습니다. 하지만 3조 자체에는 형벌에 대한 규정이 없습니다. 여기 보시는 것처럼 3조 위반사실에 대한 벌칙은 59조에서 정하고 있습니다.

그리고 59조는 직접 거래행위를 한 경우 뿐만 아니라 거래목적으로 대마를 소지 · 소유한 경우도 함께 처벌하고 있습니다."

그리 크지 않은 목소리 였지만 유생의 말은 모두의 귀에 선명하게 들려왔다.

거래목적의 소지.

거래 자체가 없었다 하더라도 단지 이를 목적으로 소지하고 있었다는 사실만으로 처벌 받을 수 있다.

- 그, 그렇다면 거래 행위가 우리 영해상에서 일어날 필요가 없는 거잖아?

- 그냥 항구에서 적발되었다는 사실만으로 끝난 거네.

생각이 여기까지 미친 배심원들의 입이 벌어졌고, 유생은 쐐기를 박았다.

"두 피고인이 탄 배가 영해 안에 들어왔을때 거래행위가 이뤄졌는지는 전혀 고려할 사항이 아닙니다.

인천항에 정박되어 있는 선박에서 거래한 흔적이 있는 대마를 발견했다는 사실.

단지 이것만으로도 피고인의 범죄사실은 명백한 것입니다!"

유생의 목소리는 검기가 실린 검(劍)과 같았다.

그 검(劍)은 파도처럼 밀려들어오던 진수의 공격을 완전하게 갈라 놓았다.

법정의 분위기는 다시 바뀌었다. 배심원과 판사들 모두는 이제 유생의 주장에 완전히 기울어진 것이다.

'뭐, 뭣이!'

진수는 어디선가 날아온 돌덩이에 맞은 사람처럼 멍한 얼굴이 되었다.

'그, 그걸 확인 못하다니!'

소지하는 것만으로도 처벌한다는 벌칙규정을 제대로 검토하지 못한 탓이었다.

대개 벌칙규정에서 범죄구성요건을 추가하는 경우는 없었기에 확인하지 않고 넘어간게 실수였다.

'당했어… 완벽하게!'

진수에겐 더이상 판을 뒤집을 카드는 남아있지 않았다. 유생의 변론은 그만큼 완벽했고 빈틈이 없었다.

"변호인 측, 하실 말씀 있습니까?"

재판장이 물었으나 진수는 할 말을 찾지 못했다.

그러자 재판장은 양 옆의 배석판사들과 무어라 이야기를 주고 받았다.

이제 최후변론을 준비시킬 모양이었다.

그때 진수가 번쩍 손을 들었다.

"잠깐만요. 변론하겠습니다."

"그러도록 하세요."

재판장이 허락하자 진수는 가방 안에서 두툼한 서류 뭉치를 꺼냈다.

◇

'이것만큼은 안 하려고 했는데….'

혹시나 하는 마음에 준비해 온 자료였다.

유생을 상대로 하는 재판이기에 최후의 순간까지 생각해서 준비해 온 서류들.

잠시 심호흡을 하며 마음을 가다듬은 진수는 무거운 목소리로 입을 열었다.

"잠시 이것을 좀 보아 주십시오."

진수는 판사들과 배심원들에게 서류들을 나누어 주었고, 프로젝터를 이용해 그 서류를 화면에 띄웠다.

그 서류의 정체는 피고인들의 지인들과 선박의 선장이 적어서 낸 탄원서였다.

진수는 허리를 한 번 푸욱 숙인 다음 말을 이었다.

"피고인들이 마약관리법에 위반된다는 점 인정하겠습니다.

하지만 피고인들은 원래 대마가 합법적으로 이용되는

네덜란드 암스테르담에서 사용하기 위해 거래한 것입니다.

또한 이들이 탄 배는 원래 인천항에 정박하려던 것이 아니었습니다. 상하이에서 남쪽으로 항해하던 중, 북상하던 태풍으로 인해 부득이 하게 인천항에 정박했다가 단속에 적발된 것입니다.

게다가 피고인들은 국내는 물론 국제적으로도 전과가 없습니다.

배심원 및 재판관님 께서는 부디 이 점 참고하시어 선처 부탁드리겠습니다."

◇

재판이 끝난 후, 유생과 진수는 법원 문을 함께 나서고 있었다.

"하하하. 국민참여재판에서 배심원에게 탄원서를 내다니! 이거 내가 한 방 먹었는데?"

유생이 크게 웃으며 말했고, 진수는 머리를 긁적이면서 머쓱하게 웃었다.

"그, 그래도 어쩔 수 없잖아요. 이대로 가만히 있으면 완전히 지는 건데… 끝까지 할 수 있는 건 해봐야지요. 형님도 예전에 그러셨잖요."

진수의 말에 유생은 흐뭇하게 미소지었다.

예전 진수와 함께했던 모의재판과 강제징용 사건때가 떠올랐던 탓이다.

유생은 얼굴이 붉어진 채 아무말도 못하고 있는 진수의 어깨를 두드리며 말했다.

"잘했어. 그래도 탄원서, 효과가 있었어. 원래는 징역 5년 구형하려고 했는데 덕분에 3년만 구형했고, 결과적으로는 징역 1년에 집행유예 2년이 선고되었잖아."

"그렇죠? 저 잘한 거죠?"

진수가 씨익 웃으며 묻자 유생은 고개를 끄덕였다. 하지만 곧 진수의 볼을 꼬집으며 말했다.

"하지만 다음부턴 그러지 마라."

"아야, 아파요! 뭐 뭐를요!"

"탄원서에 거짓말 넣는 거."

"네?"

진수는 눈이 동그래졌고, 유생은 씨익 웃으면서 말을 이었다.

◇

"그놈들 전과자들이야. 한국에서 전과가 없을 뿐이지 국제 마약 전과 6범이라고. 그리고 태풍이야기도 거짓말

인 거 알지?"

"네? 그게 무슨…."

진수가 모르겠다는 듯이 말을 얼버무리자 유생은 기가 막히다는 표정으로 대답해 주었다.

"정말 몰랐던 거야? 태풍이 서해안에 영향을 미치기 시작한 건 단속 들어간 날 이후였어. 그리고 그 전 일주일 동안 날씨는 완전 맑았고."

유생의 말에도 진수는 믿기지 않는 듯한 표정이었다.

"마, 말도 안 돼. 선장 뿐만아니라 선원들까지 다 똑같이 말하길래 진짜 그런 줄 알았는데…."

"쯧쯧쯧…."

유생은 혀를 차며 사건 당시 날씨자료를 보여주었다.

그의 말대로 사건 당일을 기준으로 그 전 일주일 동안의 날씨는 '맑음' 이었다.

뒤늦게 속았음을 깨달은 진수는 분노한 목소리로 외쳤다.

"으악! 기껏 탄원서까지 내서 읽어줬는데 그게 다 거짓말이었다니!"

부끄러웠다. 속았다는 사실에 화가 나기까지 했다. 머리를 쥐어뜯는 진수에게 유생이 미소지으며 말했다.

"그러니까 무조건 의뢰인의 말을 들으면 안 돼. 완전 발등 찍힌다고. 수습기간동안 그거 못 느껴봤어?"

유생의 지적에 진수의 가슴 한 곳이 뜨끔했다.

그 역시도 수습기간 동안 그 사실을 뼈저리게 느낀 적이 있었기 때문이었다.

"그, 그치만, 이런게 거짓말이라는 걸 어떻게 알아내요? 다들 순진한 얼굴로 이야기 하는데."

"에휴…. 법공부만 했지 눈썰미가 없으니… 앞으로의 니 변호사 생활이 벌써부터 걱정되는 걸."

유생의 핀잔에 진수가 머리를 긁적였다. 유생은 한숨을 푸욱 내쉰 다음 말해 주었다.

"니가 오늘 말한 사실만으로도 앞뒤가 맞지 않잖아."

"뭐가요?"

"일단 상하이에서 출발한 배가 남쪽으로 이동하다가 태풍을 만났다는 거. 생각해 봐. 상하이 근처엔 다른 항구들이 많이 있어. 진짜 상하이에서 남쪽으로 항해를 하다가 태풍을 만났다면 왜 훨씬 북쪽에 있는 인천항에 정박하겠니?"

진수가 아직도 모르겠다는 표정이었다. 그런 그를 본 유생이 놀라며 말했다.

"너 혹시 상하이가 어디 있는지 모르는 거냐?"

"헤헤…."

진수가 씨익 웃으며 머리를 긁적이자 유생은 다시 한숨을 내쉬었다.

유생은 스마트폰을 꺼내 상하이 지도를 보여주었다. 유생은 최근에서야 스마트폰으로 바꾸었지만 아주 요긴하게 쓰고 있었다.

지도를 본 진수는 그제서야 입을 벌리며 고개를 끄덕였다.

"지, 진짜네요. 상하이에서 태풍을 만나 인천항으로 간다는 건 말이 안 되네요."

간단히 지도만 확인해 봐도 알 수 있는 일들이었다.

"네가 이 사건을 수임했다면 그 말을 들었을 때 거짓이라는 점을 알아챘어야 해. 그리고 날씨 같은 것도 정확한 사건 날짜가 나와 있으니까 조사해보면 바로 알 수 있는 거였잖아."

"하아. 그렇네요…."

그제서야 진수는 자신의 실수가 뭔지 정확히 알 수 있었다. 의뢰인들의 말이 사실인지 확인도 안해 본 것이 잘못이었다.

'맞아. 의뢰인들은 대부분 그들에게 유리한 것만을 말하지. 내가 너무 쉽게 믿었어.'

법원 수습기간 당시가 떠올랐다.

아무것도 모르고 민사조정위원을 맡았을 때, 양 당사자의 말에 휘둘려 갈팡질팡했던 자신의 모습이.

'다 끝나고 나서야 알았지. 둘 다 거짓말 하고 있었다

는 걸.'

다시 생각해보면 서로 거짓 근거와 거짓 주장으로 싸우던 당사자들이 어떻게 합의를 했는지 신기할 지경이었다.

'나는 그 때와 달라진 게 없구나.'

진수는 진심으로 뉘우쳤다.

사건을 맡기 전에 의뢰인의 진실을 확인했다면 거짓 탄원서를 내지는 않았을 터였다.

한참 자책하던 중, 진수의 머릿 속에 뭔가가 스쳐지나갔다.

"아, 형님."

그가 문득 생각난 표정으로 유생을 보았다.

"근데, 형님은 탄원서가 거짓이란 거 알고 있었으면서 왜 그렇게 구형하신 거에요?"

분명 이상한 일이었다.

탄원서가 거짓이란 걸 알면서도 형량을 내려준 것은.

유생은 빙긋 웃으며 대답했다.

"뭐랄까. 이건… 동기 감경이라고 해야 하나?"

"동기 감경이요?"

잠시 그 의미를 생각하는 진수에게 유생이 설명해 주었다.

"당연히 연수원 동기, 그것도 같은 조원이 상대인데 살살 해줘야 하지 않겠어? 그래야 로펌에서 니 체면도 설 테고."

뜻밖의 대답에 진수는 멍한 표정이 되었다.

"저, 정말요? 저 때문에 그냥 넘어간 거에요?"

유생은 빙긋 웃으며 진수를 보았다.

진수는 진심으로 감격한 듯이 유생을 바라보고 있었고, 곧 유생은 픽 하고 웃었다.

"그럴리가 있겠냐."

"네?"

진수가 다시 놀라자 유생이 웃으며 답했다.

"이번 사건. 운이 좋아 단속하긴 했는데 솔직히 너무 일찍 걸렸어."

"일찍 걸리다니요?"

"그러니까… 이걸 봐봐."

유생은 스마트폰에서 오늘 자료로 제출했던 사진들을 보여주었다.

돈이 담긴 가방과 대마가 담긴 가방.

이를 가리키며 유생은 말을 이었다.

"사실 이 정도 돈이면 대마를 이거 두 배 정도는 살 수 있거든."

그 말을 듣는 순간 진수의 머릿속에서 사건의 새로운 그림이 그려지기 시작했다.

의도적으로 인천항으로 들어와 정박해 있는 배와 돈, 그리고 사라진 대마 가방.

이들은 모두 한가지 사실을 가리키고 있었다.

"그럼 나머지 가방은… 빼돌린 거겠군요? 아님 버리거나."

유생은 고개를 끄덕였다.

"맞아. 그래서 우린 팀을 나눠서 한팀은 바다 쪽을 수색했고, 다른 팀은 선원들과 선장의 행적을 추적했어. 그런데… 이상하게도 바다 근처에선 어떤 것도 발견되지 않았고, 놈들도 움직이지 않는거야."

"그건 왜 그런거죠?"

진수의 물음에 유생도 턱을 매만지며 답했다.

"나도 확실한 이유를 모르겠더라고. 잡아다가 신문을 한다고 대답이 나올리는 없고… 그러다 얼마 전 피고인들과 이야기하던 중 한 가지 사실을 알게 되었지."

"뭔데요?"

진수가 궁금하다는 표정으로 묻자 유생이 웃으며 답했다.

"피고인 중에 중국인 있었잖아? 코 옆에 커다란 점이 있는."

"네. 있었어요."

"그 녀석이 한국말을 엄청 잘해."

"네?"

유생의 말을 듣는 순간 진수는 퍼즐의 마지막 한 조각이 맞춰지는 듯한 느낌을 받았다.

사라진 대마 가방.

한국말을 잘하는 중국인과 움직이지 않는 일당들.

"그럼… 이들이 지금까지 움직이지 않았던 이유는 그자를 기다리고 있었던 거에요?"

"진수 너. 이제야 머리가 돌아가는구나?"

유생은 빙긋 웃었다. 그때 잠시 생각하던 진수가 고개를 갸웃거리며 물었다.

"접선하려는 게 아닐 수도 있잖아요. 그냥 고향에 돌아가기 위해 기다리고만 있을 가능성도 있는 거잖아요?"

"그래서 한번 확인해 보려고 했던 거야. 그냥 고향에 돌아가기 위해서 기다리고 있었던 것인지. 아니면 연락책을 기다리고 있었던 것인지."

유생의 눈에서 살짝 푸른 기운이 비쳤다. 그는 쓰게 웃으며 말을 이었다.

"만약 고향에 돌아가기 위한 거라면 집행유예 2년은 정당한 형벌이겠지. 하지만 연락책을 기다리고 있었던 거라면…. 진짜로 정당한 형벌을 받게 될 거야."

이를 들은 진수는 온몸에 소름이 돋았다.

유생은 작은 단서 하나로 사건의 실체를 완벽하게 파악하고 있었다.

지금와서 이야기를 나눠보니 이 정도의 준비없이 그를 이기려했던 자신이 너무나도 무모하게 느껴졌다.

'처음부터 불가능한 거였어. 형님과 나 사이엔 너무나도 큰 차이가 있어.'

거대한 벽.

그것은 현재의 자신으로선 결코 넘을 수 없는 벽이었다.

그때 유생의 전화벨 소리가 울리기 시작했다.

"잠시만."

뒤돌아서서 전화를 받은 유생은 몇 번 고개를 끄덕이며 말을 나누었다.

"네. 계장님. 어떻게 되었죠? 아, 그래요. 수고하셨습니다. 저는 오늘 저녁 약속이 있어서요. 끝나고 들어가겠습니다."

그가 전화를 끊자 궁금해진 진수가 물었다.

"무슨 일이에요?"

유생은 빙긋 웃으면서 말했다.

"잡혔대."

"네?"

다시 놀란 눈으로 보고 있는 진수에게 유생은 말을 이었다.

"아까 그 놈들말야. 성질이 급했나 봐. 풀려나자마자 바로 명동으로 향했다는데? 거기 어떤 교회에서 조직과 접선하다가 현장에서 다시 검거 되었고."

아직 벙벙한 표정으로 있는 진수의 어깨를 두드리며 유생이 말했다.

"어쨌든 다행이야. 놈들을 한꺼번에 잡아넣을 증거가 부족했었는데, 네가 거짓 탄원서를 받아준 덕분에 현장에 없었던 일당들을 모조리 공범으로 잡아 넣을 수 있게 되었어."

유생은 웃으면서 걸어갔고, 그의 뒷모습을 보던 진수는 전율을 느꼈다.

'이게 진정한 형님의 모습이었나?'

지금까지 모든 일들은 치밀하게 계산되어 있었다.

집행유예로 나오는 것부터 해서 마지막 잠복수사까지.

진수는 자신도 모르게 유생이 세운 계획의 일부를 충실히 수행했을 뿐이었다.

'검사가 된 형님은… 진짜 무섭구나….'

항상 웃고 있는 모습만 보아서 몰랐었다.

옆에 있었을 때는 든든한 아군이었지만 그를 맞상대하는 순간 그 진면목을 알게 되었다.

'앞으로 실력을 쌓아야겠다. 저런 분이 내 상대라면… 난 아직 멀었어.'

아침까지만 해도 변론능력을 인정받으려던 진수였지만 그날 저녁 생각을 바꾸었다.

법정에서 이런 사람들을 상대하기 위해선 더욱 실력을 키워야 했다.

그때 앞서가던 유생이 진수를 보며 물었다.

"근데 어디서 보자고 했지?"

"네?"

얼이 빠져 있던 진수가 뒤늦게 생각난 듯 머리를 쳤다.

"아! 태수 형님이요. 사당으로 오라고 했어요. 사당역 13번 출구."

"그럼 택시 잡자. 여기서 가까우니까."

유생과 진수는 바로 택시를 잡아 탔다. 그 날은 태수와 저녁식사 약속을 한 날이었다.

임관한 지 6개월.

유생도 태수를 만나는 건 수료식 이후 처음이었다.

◇

30분 후.

사당역 13번 출구 앞에 내린 유생과 진수는 태수가 설명해 준 음식점을 금세 찾을 수 있었다.

"그냥 안쪽으로 난 골목길을 따라 들어오면 되는군."

그들이 향한 곳은 '주문진 횟집'.

평소 회를 즐겨먹지 않는 유생으로선 이번에도 별 기대하지 않고 가게 안으로 들어갔다.

가게 안은 조용했다.

태수의 이름을 대자 방으로 안내되었고, 곧 태수와 민수연이 그들을 반겼다.

"어서들 와. 오랜만이야."

"유생 오빠, 진수야! 반가워!"

함께 앉아 있는 둘은 여전히 사이가 좋아보였다. 특히 수연의 얼굴에선 빛이 나는 것 같았다.

유생은 자리에 앉으면서 물었다.

"웬일이에요, 형. 우리 여기 있어도 되는 거에요? 완전 둘이 데이트하는 분위긴데."

"그러게요. 형님, 누님. 오늘따라 더욱 좋아보이십니다."

진수가 은근히 부추기자 태수가 머뭇거리며 입을 열었다.

"그, 그렇지?"

태수가 얼굴을 붉히며 웃자, 수연이 그의 어깨를 살짝 밀었다. 마치 뭔가를 재촉하는 듯.

태수는 헛기침을 한번 하고는 무슨 일인지 궁금한 표정을 짓고 있는 유생과 진수를 향해 입을 열었다.

"우리 결혼해."

태수의 그 말 한마디를 듣는 순간, 유생은 그날 있었던 모든 일들이 아무것도 아닌 것처럼 느껴졌다.

◇

“수연이랑 같이 영화관에 갔는데, 거기서 장인, 장모님과 만난거야. 세상에 그게 말이나 될 법한 이야기냐? 대한민국에 영화관이 얼마나 많은데 하필 영등포 CGV에서 딱- 하고 만나냐.”

한달 전 수연의 부모님과 첫 대면을 하던 당시를 이야기하면서 태수는 아직도 믿기지 않는다는 표정이었다.

“그래서요. 어떻게 됐는데요.”

뒤가 궁금해진 진수가 재촉하자 태수가 말을 이었다.

“처음엔 서로 당황했지. 장모님도 눈이 동그래져서 얼떨결에 인사하시다가 내가 수연이랑 팔짱을 끼고 있는 걸 보시더니 방긋 웃으시는 거야. 너희도 알잖아. 내가 좀 잘 생겼잖냐?”

그 물음에 옆에 앉은 민수연이 픽 하고 웃었다. 태수는 아랑곳하지 않고 계속해서 말했다.

“여튼 그렇게 넘어가는가 싶더니… 영화보고 나서 그날 저녁 식사를 같이하게 되었어.”

“결국 그때 결혼 허락을 받고 날을 잡으신 건가요?”

유생이 묻자 태수는 얼굴이 붉어지며 입을 다물었고, 민수연이 대신 대답했다.

“아니요. 그날 우리 완전 위기였어요.”

태수도 고개를 끄덕이며 말했다.

"메뉴가 나오기도 전에 내 나이를 물으시는 거야. 솔직히 대답했지. 올해 마흔 여덟이라고. 그 순간 장모님 얼굴이 굳어지는데… 야… 진짜 나 완전 죄인 된 거 같더라."

눈치없이 진수가 덧붙였다.

"죄인 맞죠. 수연 누나랑 나이 차이가 얼마야… 헐, 16살 차이니까 띠동갑도 넘네. 도둑놈 중에서도 상도둑놈이죠."

"이 녀석이!"

태수의 외침에 모두들 웃음을 터트렸고, 유생이 다시 물었다.

"그래서 어떻게 되었어요. 설마 드라마에서 처럼 '이 결혼 나는 반댈세!' 뭐, 이렇게 말씀하신 건 아니겠죠?"

"아마 좀 더 있었으면 그런 말도 충분히 나올만한 분위기였지. 장모님이 싸늘한 시선으로 나를 노려보니까, 그때 장인 어른이 허허 웃으시면서 내 직업을 물으셨어. 그래서 내가 서울동부지방법원 판사라고 말씀을 드리니까 분위기가 그냥 확 바뀌는 거야."

그 뒤는 더이상 말하지 않아도 알만했다.

이 시대에 판사라는 직업은 나머지 모든 단점을 뒤엎고도 남을 만한 것이었으니.

게다가 태수의 학벌과 경력은 그리 쉽게 무시할 수 있는 것이 아니었다.

서울대 법대 졸업에 법무부장관상 수상.

판사라는 직업에 이같은 후광이 붙으면 나이라는 단점은 그리 큰게 아니다.

태수는 흐뭇한 미소를 지으며 말을 이었다.

"장모님 표정이 달라지길래 내가 큰 소리 한 번 쳤지. 우리 수연이 책임지겠다고. 비록 적지 않은 나이지만 더 오래살면 되는 거 아니냐고. 지금 평균 수명이 90세가 가까워지고, 아직 50년은 더 살아야 하는데, 16년 차이 별거 아니라고 말이지."

"우와 멋있다. 진짜 그렇게 말하셨어요?"

진수가 놀라운 표정으로 묻자 민수연이 피식 웃으면서 고개를 저었다.

"우리 아빠가 그렇게 말했어. 오빠는 동의했고."

"야, 그게 그거지. 그때 난 아주 격하게, 그것도 큰 소리로 동의했다고!"

태수의 외침에 다시 모두는 웃음을 터뜨렸다.

한참을 웃고 난 뒤 태수가 말했다.

"여튼, 그날 힘들었어. 내가 뭘 먹었는지 기억도 안난다니까."

"맞아요. 저도 조마조마해서 입에 뭐가 들어가는지도 몰랐어요."

태수와 수연은 당시를 회상하며 고개를 설레설레 흔들

었다.

미식가 커플이 맛을 기억하지 못할 정도면 당시의 긴장감이 어땠을지 짐작이 갔다.

태수는 힘빠진 목소리로 말을 이었다.

"그 다음은 일사천리였어. 상견례 약속 잡고, 부모님 서로 만나시니까 바로 결혼 날짜가 나오더라."

"그러니까…."

수연은 유생과 진수 앞에 청첩장을 하나씩 올려 놓고는 말을 이었다.

"12월 24일. 서울대학교 호암교수회관이에요. 크리스마스 이브니까 날짜 기억하기 쉬울꺼에요. 이날 꼭 오셔야 해요? 은지도 데려오시구요. 진수, 너도 꼭 와?"

"그래. 꼭 갈께."

"당근이죠. 이날 메모해 놓을께요."

유생과 진수는 빙긋 웃으면서 고개를 끄덕였다.

그때 방문이 열리고 음식이 들어왔다.

상 가운데 놓인 커다란 접시 위에는 여러가지 색상의 생선회가 정갈하게 놓여 있었다.

"너희들, 선어(鮮魚)회는 처음이지?"

"선어회요?"

유생의 물음에 태수가 회 한 점을 집어올리며 말했다.

"생선을 잡은 다음 어느 정도 숙성을 시킨 거야. 방금 잡은 생선을 뜬 활어회와는 다르지."

"숙성이요? 그럼 뭐가 달라요?"

"그야 먹어보면 알지."

진수의 물음에 태수는 회 한 점을 앞접시에 놓고 그 위에 와사비 약간에 무순을 올려 놓았다.

"지난 번에 참치회 먹을 때 기억하지? 참치회도 기본적으로 선어회니까 그때와 같은 방식으로 먹으면 맛있어. 이렇게 해서 간장에 찍어서 먹으면… 으음…."

태수는 눈을 감고 회의 맛을 음미했다.

오랜만에 먹는 회라 그런지 그는 평소보다 오래 씹으며 맛을 즐기는 것 같았다.

그 표정을 보고 있으니 입 안에 침이 절로 고였다.

참다못한 유생과 진수도 똑같이 무순과 와사비 올린 회 한점을 간장에 찍어 먹어보았다.

'선어회? 활어회랑 차이가 있나?'

지금껏 와사비와 고추장 맛으로 회를 먹었던 유생이었기에 별 기대는 하지 않았다.

허나 입에 넣은 회를 한 입 씹는 순간 그의 생각은 확 바뀌었다.

'시, 식감이 달라. 이렇게 부드러울 수가!'

그 뿐만이 아니었다. 간장의 짠 맛과 무순의 쌉싸름한 맛 이외에 다른 맛이 느껴졌다. 그 묘한 맛은 회를 씹으면 씹을수록 강하게 느껴졌다.

'이건…. 단맛?'

유생이 오래도록 씹으며 맛을 음미하자, 그의 표정을 읽은 태수가 입을 열었다.

"맛은 회 마다 달라. 방금 유생이 먹은 건 광어회야. 숙성이 잘 된 광어회는 씹을 때마다 단맛이 흘러 나오지. 연어회는 고소한 맛이 나고. 우럭도 맛을 잘 보면 시원한 단맛을 느낄 수 있지."

태수의 말대로 였다. 접시에 있는 회를 한 점씩 먹어보니 어종별로 독특한 맛이 느껴졌다.

"진짜네요. 맛이 다 달라."

연어회와 우럭회를 차례로 맛본 수연이 놀란 표정으로 말했다. 진수도 한 점씩 맛보며 감탄했다.

"맛도 맛이지만, 이 식감은 너무나도 좋네요. 활어회 먹을 때와는 완전히 달라요."

"그치?"

태수는 빙긋 한번 웃고는 거침없이 젓가락을 움직였다.

한 번에 세 점을 집은 그의 눈빛에는 양보의 기색이라곤 전혀 찾아볼 수 없었다.

"형, 뭐 하시려고…."

유생의 물음이 채 끝나지고 전에 태수는 회 세 점을 모두 입에 집어 넣었고, 민수연이 동그란 눈이 되어 외쳤다.

"오빠! 그러는게 어딨어요!"

"어딨긴. 여기 있지. 먼저 먹는 사람이 임자야."

"헛!"

그제서야 분위기를 알아챈 진수와 유생은 눈 앞의 접시로 젓가락을 날렸다.

태수의 한 젓가락으로 이미 4분의 1은 사라진 상태.

조금이라도 늦는다면 몇 점 먹지도 못할게 뻔했다.

모듬회 대자.

대자(大字)라는 말이 무색하게 그들은 단 오분도 되지 않아 접시를 비웠다.

너무도 맛있는 나머지 세 접시를 비우고, 매운탕까지 먹은 후에야 포만감을 느낄 수 있었다.

배불리 먹고 난 뒤에야 유생의 머릿 속에 한가지 기억이 스쳐갔다.

'아차! 계장님께 저녁 빨리 먹고 간다고 했는데.'

시계를 보니 벌써 10시였다.

"형. 저 이제 가봐야겠어요."

"어, 벌써가니?"

"일이 아직 남아 있어서요. 결혼식은 꼭 갈께요."

유생은 황급히 인사하고는 밖으로 나왔다. 그의 귓가를 스치는 늦은 10월의 바람은 어느덧 차가워져 있었다.

◇

검찰청으로 향하는 택시 안에서 유생은 생각에 잠겼다.

'결혼이라….'

태수의 결혼은 유생에게 큰 충격을 주었다.

항상 변하지 않을 것만 같던 태수였기에 충격은 더욱 컸다. 동시에 자신을 돌아보는 계기도 되었다.

'나도 언젠가는 결혼을 해야겠지?'

올해 나이 서른 여덟.

평균적인 결혼 연령을 생각할 때 분명 늦은 나이다. 허나 유생은 결혼이란 것이 내키지 않았다.

'이상해. 은지가 싫은 것도 아닌데.'

은지와의 관계는 별 문제 없었다. 매주 얼굴을 보는데다 만나면 가슴이 설레인다.

하지만 그녀와 결혼을 한다고 생각하면 왠지 비현실적으로 느껴졌다.

'왜일까?'

검사라는 번듯한 직업. 사랑스러운 연인과의 설레이는 만남.

이 모든 것들은 누구나 바라는 이상적인 결혼의 조건들이다.

허나 유생의 마음 속에는 왠지 모를 거부감이 있었다. 정체를 알 수 없는 불안감이.

그리고 그 정체를 파고들 때면 항상 벽에 부딪치곤 했다.

'왜 나는 불안한 걸까?'

최근 몇 달동안 던졌던 질문이었지만 아직까지도 유생은 이에 대답할 수 없었다.

◇

'너무 늦었다. 다들 기다리겠는걸?'

벌써 10시 반.

택시에서 내린 유생은 걸음을 빨리했다.

막 정문으로 들어가던 순간에 문 옆에서 서 있던 누군가가 그를 불렀다.

"혹시 신유생 검사님 아니십니까?"

끈적하고 느끼한 목소리.

고개를 돌려보니 처음 보는 사람이었다.

양 눈 옆이 축 쳐져 있어 순한 인상이었지만 작은 눈이 내뿜는 빛은 어딘지 음험한 느낌을 주었다.

"맞는데 누구… 시죠?"

유생이 묻자 그는 지갑에서 명함을 한 장 꺼내어 내밀었다.

"저는 김상훈이라고 합니다."

명함을 받아본 유생의 눈이 커졌다.

'국가정보원?'

유생은 상대를 바라보며 물었다.

"국정원에서 무슨 일이십니까?"

'혹시 이번 마약 사건 때문인가?'

관할 문제라도 생기면 골치 아팠기에 유생은 날카로운 눈빛으로 상대를 경계했다.

'우리가 거의 다 끝내 놓은 건데 놓칠 수는 없지.'

허나 김상훈은 답하지 않았다. 잠시 침묵이 흘렀고, 둘의 눈이 마주쳤다.

작고 검은 눈동자.

그 눈동자가 반짝 하고 빛났다고 느꼈을 때 김상훈은 고개를 한번 숙인 다음 말했다.

"아무것도 아닙니다. 그럼."

"네?"

그는 바로 등을 돌려 밖으로 나갔다. 워낙 빠른 걸음이라 다시 불러세울 틈도 없었다.

"뭐야? 저 녀석."

유생은 그 이상한 사내의 뒷모습을 바라보았다.

그는 주차장 구석에 세워진 검은색 승용차에 타고는 검찰청 밖으로 나갔다.

차가 시야에서 사라지자 유생은 고개를 갸웃거리며 뒤돌아섰다.

"이상한 놈 다보겠네."

다시 사무실을 향해 한 발자국 옮겼을 때 유생은 걸음을 멈추었다.

'가만.'

작은 눈에서 흘러나오던 음험한 기운과 그 끈적하고 느끼한 목소리.

그자는 분명 유생의 기억에 있던 자였다.

'누구였더라?'

유생은 선 채로 생각에 잠겼고, 잠시 후 머릿속에서 익숙한 기억이 스쳐갔다.

'기억났어. 그자가 누군지.'

유생은 기억해냈다.

과거 고시원 총무시절, 매일 꾸었던 꿈을.

그 꿈 속에서 장태현은 어떤 남자와 만나 가방을 건넸고, 그 남자는 작은 봉투 하나를 건네 주며 말했다.

– 감사합니다, 변호사님. 그럼 나중에 뵙겠습니다.

그 목소리가 기억난 순간, 유생의 머리털이 쭈뼛 곤두섰다.

'그자였어. 분명히 그자였다고!'

유생은 더이상 가만히 있을 수 없었다. 그는 검찰청 정문 밖으로 달려나갔다.

허나 그의 앞을 지나는 수많은 차들 속에서 김상훈이 타고 갔던 검은색 승용차는 찾을 수 없었다.

'벌써 사라진 건가?'

불과 5분도 되지 않은 사이였지만 김상훈이 타고 갔던 승용차는 이미 모습을 감추었다.

'놈은 분명 알고 있어. 장태현뿐만 아니라 장태현이 세웠던 계획까지도.'

유생은 주먹을 불끈 쥐었다.

이제 그의 머릿속에는 김상훈이란 이름이 깊이 새겨졌다. 하늘에서는 차가운 비가 후두둑 떨어지기 시작했다.

제 21 장

: 변하지 않는 것들(전편)

NEO MODERN FATASY STORY & ADVENTURE

변호사

다음 날 아침 7시.

지난밤 수사를 마무리 하느라 하얗게 밤을 지샌 유생은 근처 사우나에서 간단히 몸을 씻고 다시 출근했다.

서울중앙지검 강력부 마약수사과.

그곳이 현재 유생의 소속이었다.

유생은 사무실의 푹신한 의자에 앉아 눈을 감았다.

수사관들의 노력 덕분에 마약 사건은 쉽게 마무리할 수 있었지만 그의 얼굴은 어두웠다.

어제 밤의 일이 마음에 걸린 탓이다.

'아무리 검찰이라도 국정원 데이터엔 접근할 수 없다는

건가?'

국정원 김상훈.

지난 밤 유생은 그의 신원을 파악하기 위해 노력했지만 헛수고였다.

'김상훈이란 이름은 너무 흔해. 게다가 국정원 내부 직원은 직위나 이름조차도 확인할 수 없으니….'

김상훈은 분명 장태현과 연관된 인물이었다.

아무리 생각해봐도 예전의 꿈에서 보았던 인물은 김상훈이 맞았다.

허나 아는 것은 그의 이름뿐.

나이나 주소조차도 모른 상태에서 이름만 가지고 신원정보를 찾아내는 건 모래사장에서 바늘찾기나 마찬가지였다.

'불쾌하군. 그들은 우리를 볼 수 있는데, 우린 그들을 볼 수 없다니….'

마치 특수유리 뒤편에 서서 취조실을 들여다보는 것처럼, 김상훈은 유생을 지켜보고 있었다는 생각을 지울 수가 없었다.

그 순간 유생의 머릿속에는 한가지 의문이 스쳤다.

'왜지? 왜 그는 나를 만나러 왔을까?'

공적인 일이라면 공문을 통해서 접촉하면 될 일인데, 굳이 자신을 찾아왔다는 사실이 못내 마음에 걸렸다.

'그리고 보자마자 왜 다시 돌아간 거지? 그냥 착각인가?'

착각이라고 하기엔 너무도 침착한 태도였다.

그는 똑바로 유생의 눈을 보았고, 그후 다시 인사만 하고 돌아갔다.

그런 그의 행동이 유생의 머릿속에 '왜?' 라는 의문을 남겼다.

'그냥 만나서 물어보면 되는 건데.'

다시 만날 수만 있다면 묻고 싶은 게 산더미 같았다.

장태현을 아는지. 그에게 무엇을 받고 무엇을 주었는지.

장태현이 꾸미는 것이 무엇인지.

분명 김상훈은 이에 대한 해답을 가지고 있을 터였다.

'문제는 놈을 만날 방법이 없다는 것이지.'

유생은 다시 명함을 들여다 보았다.

국가정보원 김상훈 팀장.

어느 팀 소속인지 명확히 쓰여 있지도 않고, 전화번호조차도 없다.

'그저 이름과 소속만 적힌 명함이라….'

이상한 점이 너무 많았다.

꿈속의 장태현이 현실과 맞닿아 있다고 생각하니 가만히 있을 수가 없었다.

'이대로 뭔가 터지기만을 기다리는 건 그만해야겠어.'

유생은 그동안 미뤄두었던 장태현에 대한 조사를 시작하기로 결심했다.

지금까지 꿈속의 내용이 사실이라면 그 계획은 어딘가에서 차근차근 실행되고 있음이 분명할테니.

그때 전화벨이 울렸다.

"네. 검사 신유생입니다."

전화를 받아보니 익숙한 목소리가 흘러나왔다.

"역시 자네, 있었구만. 잘 됐네. 지금 내 방으로 와 보게."

부장 검사 이경찬의 호출.

시계는 여덟 시 오분 전을 가리키고 있었다.

'무슨 일이지?'

이경찬은 결코 무리하지 않는 인물이었다.

그가 출근 시간에 비해 한 시간이나 이른 시간에 평검사를 호출하는 것은 그리 흔한 일은 아니다.

'어제 마약 사건 때문인가?'

유생은 혹시나 하는 생각에 간밤에 정리한 보고서를 들고 자리에서 일어섰다.

접선 장소를 현장에서 덮쳤기에 외국인들을 포함해 국내 마약 조직을 일망타진 하면서 마무리 지은 이번 사건.

혹시 포상이라도 있을까하는 생각에 유생은 미소지으며 문을 나섰다.

◇

서울중앙지검 강력부 부장 검사 이경찬.

40대 중반이었지만 반쯤 벗겨진 머리 덕에 중후한 분위기를 풍겼다. 게다가 결코 무리하지 않는 성격만큼이나 인상도 온화했다.

사무실 문을 열자 그는 부드럽게 웃으면서 유생에게 커피 한 잔을 타 주었다.

"자네는 아주 운이 좋아."

"네?"

유생이 놀란 기색을 보이자 이경찬은 너털 웃음을 지으며 말했다.

"허허허. 이렇게 부장이 모닝 커피까지 대접하니 말이야. 나한테 커피 대접받는 거, 쉬운 일 아니야."

"하하하. 그렇군요."

그의 농담에 굳어있던 유생의 얼굴이 풀어졌다.

커피를 한모금 마시고 내려놓자 그는 유생이 들고온 서류를 가리키며 물었다.

"그건 뭔가?"

"외국인 마약 사건 보고섭니다. 어제 명동에서 국내 조직과 접선하려던 것을 현장에서 덮쳤습니다. 해서 조직원 대부분을 검거했고, 그동안의 거래 내역이 적힌 장부도 찾

았습니다."

보고서를 받아든 이경찬은 슬쩍 몇 장 훑어보고 내려놓으며 말했다.

"역시… 대단하구만. 수퍼 검사라는 별명이 괜히 붙은 게 아니야. 인천항에서 단속된 게 불과 4주 전이었는데 벌써 마무리라니. 저기 한 수석에게 맡긴 건은 반년이 다되도록 무소식인데 말이지."

한 수석은 같은 과 선배인 한지연 수석검사를 말한다.

그녀는 유생보다 다섯 살 연상에 10년 선배였지만 좀처럼 승진하지 못하고 있었다.

그것은 실력과 무관하다는 것도 유생은 익히 들어서 잘 알고 있었다.

이경찬은 다시 커피 한 모금을 마시고는 입을 열었다.

"잘 알아두게. 대한민국 검사는 경검(京檢)과 향검(鄕檢), 둘 뿐이라는 것을."

"경검, 향검이요?"

유생이 묻자 이경찬은 고개를 끄덕이며 대답했다.

"임기가 끝날때까지 서울 안에서만 도는 검사를 경검. 지방에서만 도는 검사를 향검이라 하네. 못들어봤나?"

"들어봤습니다."

경검과 향검.

연수생 시절, 검사를 지망하는 이들에겐 공공연히 알려

진 사실이었다.

첫 부임지에 따라 경검과 향검이 갈린다는 사실도.

유생의 대답에 이경찬은 따뜻한 눈으로 바라보며 입을 열었다.

"자네가 운이 좋다는 말, 진심이네. 서른 여덟이란 나이에 검사 되는 거 쉽지 않아. 그 뿐인가? 첫 부임지가 여기 서울중앙지검 강력부야. 이게 뭘 의미하는지 알고 있나?"

유생이 잠자코 있자 이경찬은 빙긋 웃으며 말을 이었다.

"자네는 명실공히 경검이란 말이네. 그것도 서울 중심부에서만 활동하는 핵심 중의 핵심."

잠시 말을 멈춘 그는 유생의 눈을 보며 말했다.

이제 그의 눈에서는 빛이 나고 있었다.

"이제부터가 중요해. 여기서 한 발짝만 더 나아가면 바로 대검 입성이네."

'대검찰청!'

그 말을 듣는 순간 유생의 가슴은 뛰기 시작했다.

유생에게 대검은 결코 닿을 수 없는 신기루 같은 존재였다.

나이가 너무 많은 탓에 어느 정도 마음 속으로는 접고 있기도 했다.

'내가 대검에 갈 수 있다고?'

마치 유생의 속마음을 들여다보고 있기라도 하듯 이경찬은 천천히 입을 열었다.

“경검 중에서도 아주 특별한 이들에게는 기회가 찾아온다네. 남들보다 훨씬 빠른 지름길을 갈 수 있는 기회가.”

그는 탁자 한 쪽에 올려져 있던 뭔가를 유생에게 내밀었다.

두 개의 두툼한 사건 파일.

그리고는 낮은 목소리로 말했다.

“이게 그 기회네. 부디 잘 잡기를 바라겠네.”

유생은 망설였다.

파일을 보는 순간 기회라는 말의 의미를 어렴풋이 알아차렸기 때문이었다.

‘청탁인가?’

이런 일이 있을지도 모른다고 생각했지만, 자신에게 들어올 거라곤 상상치도 못했다.

서른 여덟이란 나이는 임관하기에도 늦은 나이.

어렵게 들어오긴 했지만 이제와서 출세를 꿈꿀 정도로 어리석지는 않았다.

허나 눈 앞의 상대는 그에게 출세를 말하고 있었다.

‘대검으로 가는 지름길… 이라고?’

그 순간 유생은 가슴이 서늘해졌다. 그와 동시에 온 몸이 떨려왔다.

지금까지 한번도 자신에게 그런 욕망이 있는 줄 몰랐었다.

방금 전 이경찬의 입에서 흘러나온 대검이라는 말은 유생의 모든 것을 뒤흔들기 시작했다.

'이건…. 기회야.'

유생은 그 파일들을 집어들었고, 그의 손은 눈에 띄게 떨리고 있었다.

이를 눈여겨 본 이경찬이 빙긋 웃으며 덧붙였다

"부담가질 필요 없어. 정석대로만 하면 되네. 사건 조사며 결재, 이런 건 전부 끝내놓았으니까. 그대로 기소해서 처리하도록 해. 변론은 자네 특기 아닌가?"

유생은 아무 말도 하지 못하고 자리에서 일어났다. 그가 사무실 밖으로 나갈 때 다시 이경찬의 목소리가 들려왔다.

"똑똑한 친구니까 어떻게 해야 하는지 잘 알거라 믿네. 행운을 비네."

유생은 그에게 고개를 숙이고는 밖으로 나갔다.

그의 뒷모습이 문 밖으로 사라지자 이를 보고 있던 이경찬이 씨익 웃으면서 중얼거렸다.

"정말 운이 좋군. 임관한지 6개월만에 바로 하늘에서 동앗줄이 내려오다니…."

아무리 빠른 승진 사례도 이 정도는 아니었다.

소위 동앗줄을 내려받기 위해선 좀 더 오랜 기간 윗사람들의 신뢰를 쌓을 기간이 필요했다.

곧 이경찬은 누군가에게 전화를 했고, 예의 부드러운 말투로 보고했다.

“지시하신대로 물건은 전달했습니다. 눈빛을 보니 역시 풋내기 같던데요. 네. 항상 그렇듯이 덥썩 물었습니다. 결과는 물론 지켜봐야 알겠지요. 네…….”

통화가 끝난 후 이경찬은 흐뭇한 표정이 되어 전화를 끊었다. 그는 앞으로의 일들을 어느 정도 예견하고 있었다.

‘당연히 그런 제안을 거절할 수는 없겠지. 기대되는군. 녀석이 어디까지 갈 수 있을지.’

그는 빙긋 웃으면서 커피잔을 집어들었다. 커피잔에 입을 댔을 때 커피는 모두 식어 있었다.

‘기회라….’

사무실로 돌아온 유생은 방금 전 들고 온 파일을 노려보고 있었다.

부장검사가 풍기는 뉘앙스나 말투로 보았을 때 이는 분명한 사건 청탁이었다.

'이렇게 난 부정을 저지르는 것인가….'

부정이라는 생각이 떠오르자 6개월 전 임관하던 당시가 떠올랐다.

임관 당시 동기들 모두 함께 복창했던 검사 선서가 귓가에 울려퍼졌다.

…나는 불의의 어둠을 걷어내는 용기 있는 검사,

힘없고 소외된 사람들을 돌보는 따뜻한 검사,

오로지 진실만을 따라가는 공평한 검사,

스스로에게 더 엄격한 바른 검사로서…

'이 모든 맹세를 저버릴 만큼 나는 정말 대검에 가고 싶은 것일까?'

양심의 소리와는 달리 대검찰청이 떠오르자 유생의 마음은 걷잡을 수 없이 타올랐다.

아까는 부장 검사 앞이라 참고 있었지만 지금 그를 통제할 수 있는 것은 아무 것도 없었다.

벅차오르는 마음을 참지 못한 유생이 벌떡 일어나 주먹을 불끈 쥐며 외쳤다.

"난 진짜로 가고 싶어. 가고 싶다고!"

그때 옆에서 누군가의 목소리가 들려왔다.

"어, 어디를요. 검사님?"

뜻밖의 목소리에 유생은 화들짝 놀라 옆을 보았고, 그곳엔 김영진 수사관이 동그란 눈으로 그를 보고 있었다.

'아차, 수사관이 있었구나.'

생각에 골몰한 나머지, 그가 방금 출근해 옆자리에 앉아 있다는 사실도 잊고 있었다.

"아, 아무것도 아닙니다. 올 겨울엔 꼭 스키장에 가고 싶다구요."

유생이 빙긋 웃으며 얼버무리자 김 수사관도 웃으며 대꾸했다.

"검사님. 스키 좋아하시나봐요."

"어, 네. 뭐 좀… 그렇죠."

유생은 멋적게 웃으며 다시 자리에 앉았다. 그리고 신중한 표정으로 파일을 들여다 보았다.

◇

사건은 총 두 개.

겉으로 보기엔 평범한 사건들이었다.

'이건 강간살해 사건이군.'

첫번째 파일은 강남의 한 나이트클럽에서 일어난 강간살해 사건이었다.

피해자는 22세 여성으로 강간당한 흔적과 온몸에 칼로

찔린 자상(刺傷)이 다섯 군데 나 있었다.

범인은 현장에서 잡힌 28세 남자였고, 살해 도구로 쓰인 칼에는 그의 지문이 묻어 있었다.

'너무 쉬운데? 이런 걸 왜 청탁하려는 거지?'

명백한 증거에 목격자도 여러 명 있는 사건이었다.

이런 사건을 굳이 부장 검사가 은밀하게 배당한다는 것 자체가 이상했다.

누구에게 배당하건 충분히 이길 수 있는데다 별다른 문제도 없어 보였다.

'다음 사건은 선거범죄군.'

피의자는 현직 국회의원.

관악 갑구에서 당선된 야당 국회의원인데 2008년 있었던 총선에서 불법 선거자금을 받았다는 혐의였다.

얼마 전에 터진 기업 비리 사건에서 자금을 빼돌린 장부가 발견되면서 기소되었다.

'임기가 1년도 채 남지 않은 상황에서 걸렸다는게 그나마 다행인가?'

34세의 여성 국회의원. 사진을 보니 낯이 익었다.

'가끔 TV에서 봤던 분이네.'

간혹 TV에 나와 법인세 증세를 주장하던 인물이었다. 그런 자가 기업으로부터 뒷돈을 받다니 세상 참 모를 일이었다.

‘이걸 무죄로 만들어달라는 건가?’

유생의 예상은 빗나갔다.

공소장에 붙어있는 작은 포스트잇에는 ‘징역 2년 구형’이라 적혀 있었다.

“허허… 이것 참….”

서류를 보고 나니 기가 막혔다.

나이트에서 한 여성을 강간하고 살해한 범인을 처벌하고, 기업의 검은 돈을 받은 국회의원에게 징역 2년을 구형하는 것.

몰래 부장검사가 배당한 사건치고는 너무나도 단순했다.

‘도대체 뭐지?’

부정을 저지르고 출세길을 달리느냐 마느냐의 기로에 놓인 문제는 예상 외였다.

과연 이것이 부정인가라는 의심이 들 정도였으니.

그때 유생의 휴대폰이 울리기 시작했다. 그리고 그 전화를 받는 순간 유생의 생각은 완전히 바뀌었다.

전화는 태수로부터 온 것이었다.

– 유생아, 나야. 태수.

“어? 형, 웬일이세요?”

유생의 물음에 태수는 다급한 목소리로 말했다.

– 큰일이야.

"네? 뭔데요? 어디 좋은 맛집이라도 발견했어요?"

여느 때처럼 유생은 농담으로 받았으나 태수는 아니었다. 그는 진지한 목소리로 말을 이었다.

– 나 농담하는거 아냐. 진짜 큰일이라고. 예전에 고시원 나올 때 봤던 애 기억하지? 마동석이라고.

'마동석?'

어딘가에서 들어본 이름.

잠시 생각해보니 예전에 고시원에서 나올 때 주인아저씨를 곤란하게 했던 녀석이었다.

아저씨가 부채로 머리 한 대 친 것을 가지고 특수폭행이니 뭐니 하면서 고소하겠다던 녀석.

"아, 기억나요. 열 다섯 살 때 신림동 들어왔다는 그 버릇없는 녀석이요?"

– 그래, 맞아. 그때 우리한테 혼났었잖아.

"네. 그랬죠."

벌써 3년 전의 일이었다. 그 때 녀석을 혼내줬던 것을 떠올리니 웃음이 절로 나왔다.

– 이후로 그 녀석, 아저씨께 사과드리고 고시원 총무로 들어갔대. 그리고 열심히 공부해서 올해 사법시험 2차 합격했고.

좋은 소식이었다. 첫인상은 안좋은 녀석이었지만 마음을 다시 잡고 공부해서 결실을 냈다는 것은 축하할 만한 일이었다.

"오호! 정말 잘됐네요. 언제 축하주나 사주러 가야겠네. 그게 큰일이었어요?"

다시 유생이 웃으며 대꾸하자 태수는 잠시 말을 멈추었다. 그는 심호흡을 크게 하고는 입을 열었다.

– 그게 아니야. 며칠 전이 2차 시험 발표날이었잖아? 그 날 마동석이 친구들이랑 같이 나이트에 갔는데….

태수는 잠시 말을 잇지 못했고, 궁금해진 유생이 물었다.

"그런데요? 나이트에 가서 어떻게 되었는데요?"

잠시 후 태수는 떨리는 목소리로 말을 이었다.

– 그 녀석이 거기서 사람을 죽였대.

"네?"

기가 막힌 나머지 유생은 할 말을 잃었고, 태수는 말을 계속 했다.

– 주인아저씨 말씀으로는 그 녀석이 죽인 게 아니라고 하시는데… 여튼 지금은 범인으로 몰려서 구속되었다더라.

'뭐? 구속?'

잠시동안이었지만 유생의 머릿 속으로 많은 생각들이

스쳐지나갔다.

아무리 술을 먹고 이성을 잃었다고 해도 사법시험 2차까지 합격한 녀석이 사람을 죽였다고 생각하긴 힘들었다.

뭔가 이상하다고 생각한 순간 태수의 목소리가 들려왔다.

– 범행장소가 강남 나이트 클럽이래. 그러면 이 사건 너희 관할이잖아. 어떻게 된 건지 알아봐 줄 수 있어?

그 순간 유생의 귀에서 뎅– 하는 소리가 들렸다.

'나이트에서 일어난 살인사건이라고?'

유생은 방금 검토했던 파일을 다시 보았다.

강남 나이트클럽 강간살인 사건.

파일 맨 앞 공소장의 피고인란에는 '마동석'이라 적혀 있었다.

◇

두 평 남짓한 방안.

미결수임을 뜻하는 황토색 죄수복을 입은 한 청년이 바닥에 대고 깊은 한숨을 내쉬었다.

"후우…."

그는 마동석이었다.

마동석은 여덟 명의 남자들과 함께 구치소 안에서 생활하고 있었다.

두 평 남짓한 길쭉한 방.

큰 키는 아니었지만 자리에 누우면 벽에 머리와 발이 닿는다.

슬슬 바람도 차가워져 밤에는 웅크리고 새우잠을 자야 했다.

'제기랄….'

들어온지 벌써 일주일이 넘었지만 동석은 이곳에 적응하기 힘들었다.

대체로 군대와 비슷했지만, 군생활을 힘들게 보냈던 그에겐 구치소 생활은 지옥과도 같았다.

시간이 되면 어김없이 하는 인원점검과 맛없는 밥.

무엇보다도 견디기 힘든 것은 길고 무료한 시간이었다.

"이봐, 학생. 심심하면 이리 와서 같이 장기나 둬."

옆에 있던 중년의 아저씨가 그를 불렀다.

수번 3546번 신일평.

신입방(미결수들이 처음 머무는 방)에서 만난 자였다. 일주일 후 본방(미결수 신분으로 머무는 방)으로 배정될 때 우연히 같은 방으로 오게 되었다.

가장 오랜 시간을 함께한 탓에 그나마 방 안에서는 가장 가까운 사이라고 할 수 있었다.

"그럴까요."

동석은 힘없이 웃으며 신일평 맞은 편에 앉았다.

어제 물품 구입 시간에 산 장기판.

사회에 있을 땐 거들떠 보지도 않던 물건이었지만 이 안에서는 최고의 오락도구였다.

그들은 장기판을 펼친 다음 바닥에 쏟은 장기알들을 집어들어 포진을 시작했다.

포진을 마친 후, 동석이 첫번째 졸(卒)을 옮길 때 신일평이 입을 열었다.

"넌 뭔 죄를 졌길래 그렇게 죽상이야?"

마동석은 씁쓸하게 웃다가 그에게 물었다.

"그러는 아저씨는요? 아저씨는 뭔 죄를 졌길래 그렇게 희희낙낙이세요?"

"나?"

신일평은 빙긋 웃더니 상(象)을 밀어 올리며 입을 열었다.

"난 약장사를 했지."

"약장사요? 그게 죄가 되나요?"

동석의 눈이 동그래지자 아저씨가 대답했다.

"먹으면 기분이 좋아지는 약이 있어. 그냥 뿅~ 하고 가는 거."

동석은 피식 웃었다. 그가 말하는 것이 어떤 것인지 눈치챘기 때문이었다.

"마약 거래를 하셨군요?"

허나 그는 고개를 저었다.

"마약이 아니라 대마초야 대마초."

"그게 그거죠."

동석의 대꾸에 신일평은 펄쩍 뛰며 말했다.

"솔직히 같은 마약 취급하면 섭해. 사실 대마는 인체에 해가 없어."

"에이. 그 말을 누가 믿어요. 대마는 국가에서 금지하는 마약이잖아요."

"그러니까 그게 문제라니까."

그는 인상을 푸욱 쓰더니 적진 깊숙이 자리잡은 상(象) 집어 들어서 한쪽 구석에 움직이지 않고 있는 차(車)을 따먹었다.

"앗!"

불의의 일격에 당한 동석이 다시 장기판을 뚫어져라 쳐다보고 있을 때, 그는 말을 이었다.

"담배에는 니코틴이라든지 타르 같은 유해물질이 많다고. 이렇게 인체에 해가 많은 담배는 합법인데, 그보다 유해하지도 않고 효과는 더 좋은 대마초는 불법이라는게 말이 되냐고!"

"대마초가 담배보다 해가 없다… 그거 진짜에요?"

장기판을 바라보며 동석은 건성으로 물었고, 신일평은 기세를 올리며 말을 이었다.

"내 말이 맞다니까 그러네. 벌써 수많은 연구 결과가 그렇게 나왔어. 오죽하면 미국 콜롬비아 주나 네덜란드 암스테르담 같은 도시에서 대마를 합법화 시켰겠어?"

그의 말에 주변에 있는 이들이 맞장구쳤다.

"말이야 맞는 말이지. 담배보다야 대마가 낫지. 약효도 금방 오고 중독성도 없어. 몸도 안망가진다고."

"나도 한번 해 봤는데 정말 깔끔하더라."

"머리도 안아프고, 효과는 더 좋아."

"나도 소싯적에 지리산 종주할 때 피워봤는데, 딱 그거 세 대만 있으면 끝까지 힘든 줄 모른다니까. 덕분에 그때 살이 쫙 빠졌어."

"다이어트 보조제로 홍보하면 진짜 대박일 텐데…."

이구동성으로 대마를 찬양하는 이들을 보니 동석의 마음도 슬몃 움직였다.

'대마가 그렇게 좋아?'

마치 그의 표정을 읽은 듯 신일평은 빙긋 웃으며 입을 열었다.

"이것 봐. 벌써 아는 사람들은 다 알잖아. 이 나라가 문제라니까. 대마를 파는 내가 문제가 아니라."

그 말을 들은 동석이 피식 웃었다. 그는 모두 알겠다는 표정으로 입을 열었다.

"아저씨들 다 한패죠?"

한명 한명 둘러보자 그들은 눈을 마주치지 못했다. 동석은 빙긋 웃으며 말을 이었다.

"에이. 난 또. 진짜 속을 뻔했잖아요. 옆에서 그렇게 광고를 해대면 누구라도 사겠네."

"야. 대마가 좋은 건 진짜라고!"

"약장수는 당연히 좋다고 그러지 나쁘다고 그러겠어요?"

동석의 대꾸에 모두들 꿀먹은 벙어리가 되었다. 머쓱해진 신일평이 한숨을 푸욱 쉬고는 동석을 보며 말했다.

"그래. 니 말이 맞다. 우리 다 한솥밥 먹던 식구들이야. 지난주에 물건 들여오던 그 중국놈이 꼬리를 잡혀서 들어오는 바람에 그냥… 에휴."

그의 말에 동석은 대체적인 줄거리를 눈치챘다. 외국의 수입책이 경찰에 미행당해 조직 전체가 잡힌 것이 분명했다.

"현행범으로 모조리 다 잡힌 거에요?"

"뭐 그렇지."

그의 말에 고개를 끄덕이던 동석은 잠시 후 이상하다는 듯 물었다.

“현행범으로 잡혔으면 큰일난 거 아닌가요? 범행을 부인하면 형량이 더 늘어날텐데.”

“뭐 그렇긴 하지. 근데….”

그는 음산하게 웃으며 말을 이었다.

“우리 비싼 변호사 샀어. 착수금을 1억이나 줬지. 거기다 성공보수는 무려….”

그 액수를 들은 마동석의 눈이 다시 커졌다. 수임료가 그정도로 클 줄은 몰랐던 탓이다.

“그렇게 해서 이길 수 있대요?‘

“아무래도 이기는 건 무리겠지. 하지만 변호사가 징역 1년 정도로 형량을 줄여줄 수는 있다고 장담했으니까.”

징역 1년 정도는 아무것도 아니라는 듯 그들은 모두 여유로운 표정이었다.

신일평은 빙긋 웃으며 동석에게 물었다.

“이제 니 이야기 한번 들어보자. 넌 여기 왜 들어온 거냐? 보아하니 험한 곳에서 온 거 같진 않은데….”

지금껏 이야기를 주고 받으며 마음이 풀어진 동석은 힘없이 웃으며 입을 열었다.

“사실 저는….”

동석은 이야기하기 시작했다.

일주일 전 자신에게 어떤 일이 벌어졌는지를.

나이트의 한 룸 안에서 어떤 여자가 죽은 채 발견되었고

그 앞 테이블에 앉아 있던 자신이 참고인으로 불려갔던 일들과,

그곳에서 소지품 검사를 하던 중 주머니에서 피묻은 칼이 나왔고 그로 인해 체포된 일들을.

◇

"정말 자신이 안 죽였다고 했습니까?"

"아, 그렇대두요. 심지어 죽은 여자는 본 적도 없는 사람이라는데요?"

유생의 사무실에서 신문받고 있는 자는 신일평이었다.

아침 일찍 피의자 신문을 위해 출석한 그는 지금까지 자신의 범행에 대한 이야기는 한 마디도 안하고 있었다.

눈 앞의 검사는 그의 범행보다도 다른 자에게 더 관심이 있는 것 같았다.

"그러면 그 칼에 대해서는 뭐라고 하던가요?"

"모르는 물건이래요. 경찰서에서 소지품 검사를 하다가 어떤 경찰관이 자기 주머니에서 꺼내더래요."

유생은 심각한 표정이 되어서는 다시 물었다.

"칼에 지문이 묻어있다고 하는데 거기에 대해선 별 말 못들었습니까?"

"거기까지는 잘…."

신일평의 말에 유생은 고개를 끄덕였다.

그는 잠시 생각하더니 뒤에서 대기하고 있는 사법경찰관들에게 말했다.

"신문 끝났으니까 데리고 나가세요."

"저, 검사님. 제 범행에 대해선 하나도 안 물으셨잖아요?"

신일평의 물음에 유생은 빙긋 웃으며 대답했다.

"충분히 잘 들었습니다."

유생이 눈짓하자 경찰관들은 그들 데리고 나갔다. 그들이 나가자 마자 유생은 자리에서 일어나 코트를 걸쳤다.

"김영진 수사관님, 갈 곳이 있습니다."

"네? 어디를요?"

"현장에 가봐야 할 것 같습니다."

외투를 주섬주섬 챙기며 김영진 수사관이 궁금한 표정으로 물었다.

"그. 마동석씨 신문은 안해 봐도 되겠습니까?"

"아까 그걸로 충분합니다."

아직 모르겠다는 표정으로 서 있는 그에게 유생은 말을 이었다.

"아시다시피 대개 본방에 들어가면 자신의 범죄를 솔직히 털어놓잖아요. 그래서 같은 방 죄수들끼리는 서로 각자의 범죄를 소상히 알고 있구요."

경력이 얼마 되지 않은 김 수사관은 이제서야 알겠다는 듯 고개를 끄덕였다.

"아, 그럼 아까 그를 불렀던 것도 그런 이유에서 그러셨던 거군요?"

김 수사관의 말에 유생은 고개를 끄덕이며 말을 이었다.

"맞습니다. 아까 신일평의 입을 통해 우린 이미 마동석의 보다 솔직한 이야기를 들은 셈입니다."

"하지만 거기서 마동석이 거짓말을 했을 수도 있잖아요?"

"물론 그럴 수도 있죠."

유생은 빙긋 웃으면서 말을 이었다.

"하지만 그 말이 거짓이라면 여기에 불러서 신문을 한다고 진실을 털어놓을 리는 없습니다."

"그렇군요. 그래서 직접 신문하지 않고 같은 방을 쓰는 미결수를 불렀군요. 이거 정말 좋은 방법인데요?"

김 수사관은 감탄하며 고개를 끄덕였고 유생은 말을 이었다.

"마동석의 말을 정리하면 이렇습니다. '자신은 범행을 저지르지 않았다.'"

"어쩌실 셈이세요?"

유생은 빙긋 웃으며 대답했다.

"수사를 다시 해야지요. 그 말이 진짜인지 거짓인지 밝혀내기 위해서요."

유생은 이미 느끼고 있었다.

이번 사건은 결코 마동석의 짓이 아니라는 것을.

이를 확인하기 위해서 먼저 그가 들른 곳은 강남의 나이트클럽.

바로 사건이 일어난 현장이었다.

◇

나이트클럽에 도착하니 경찰들 몇명이 보였다.

그들은 입구에 쳐 놓은 노란색 현장 보존용 테이프를 걷어내고 있었다.

"잠깐만요."

유생은 그들에게 다가가 신분증을 보여준 뒤 물었다.

"벌써 철수하는 겁니까? 사건 일어난지 일주일 밖에 되지 않았잖아요?"

그들 중 한 명이 유생의 신분증을 보더니 경례를 붙이며 대답했다. 그의 어깨에는 무궁화 봉오리 세 개가 붙어 있었다.

"철수 명령이 떨어졌습니다. 범인도 잡았고, 공식 수사도 다 끝난 상태라서요."

"그래도 아직 검찰 수사가 남았을 텐데요?"

유생의 물음에 경찰관은 머쓱하게 웃으며 말했다.

"오늘 아침 검찰에서 기소 일정도 잡혔다고 들었습니다. 그래서 위에서 바로 철거하라는 명령이 떨어진 것 같습니다."

'역시 이상해.'

설사 그렇다 하더라도 일주일만에 현장 보존을 철수한다는 것은 이해가 되지 않았다.

잠시 생각하고 있는 유생에게 경찰관이 슬며시 물었다.

"혹시 이 사건 담당 검사님이신가요?"

"그렇습니다."

유생이 고개를 끄덕이자 그는 반갑게 웃으며 허리를 숙였다.

"역시 그러셨군요. 제발 잘 부탁드립니다. 그 녀석 잡느라고 우리가 애를 많이 먹었거든요."

"뭐가… 그렇게 힘들었죠?"

유생의 물음에 경찰관은 고개를 설레설레 저으며 말을 이었다.

"말도 마세요. 사건 당일날 새벽 순찰조가 화장실에서 그 놈을 잡았는데, 증거가 명백한데도 자기가 안 그랬다고 바락바락 우기잖아요."

"증거라면 어떤…."

유생은 모르는 척 물어보았다. 그러자 경찰관은 눈을 번

찍 뜨며 말했다.

"기록 못 보셨어요? 흉기 있잖아요, 흉기. 그… 뭐였더라…. 아! 피가 묻은 끈이요."

'끈?'

사건 기록에서 보았을 때 흉기는 분명 칼이었다. 하지만 유생은 내색하지 않고 차분한 목소리로 다시 물었다.

"아, 그 끈에 녀석의 지문이 묻어 있었던 건가요?"

"그렇죠. 흉기 뿐만 아니에요. 룸 안에 있었던 잔이라든지 포크, 테이블에 묻은 지문도 함께 국과수에 보냈거든요. 다음날 회신이 오길 거기에 있는 지문들이 모두 그 녀석 지문이라고 하더라구요."

"그렇군요."

유생의 미간에 주름이 잡혔다.

흉기는 칼이 아닌 피묻은 끈.

거기다 그 끈과 룸 내부에 있는 집기에서 모두 마동석의 지문이 나왔다.

그 사실들은 지금까지 유생이 그리고 있는 진실을 정면으로 반박하고 있었다.

유생은 고개를 끄덕이며 다시 확인하듯 물었다.

"그러니까 그 범인 녀석이 룸을 잡았던 사람이고, 그가 피 묻은 끈으로 피해자를 목을 졸라 살해했다 이거군요?"

"맞습니다. 제가 바로 그렇게 써서 보고 드렸죠."

경찰관은 뿌듯한 표정으로 씨익 웃어보였다. 그의 눈빛에서는 불안감이나 떨리는 기색같은 건 보이지 않았다.

'그렇군.'

유생은 고개를 끄덕이며 그에게 물었다.

"혹시 이름이 어떻게 되죠?"

"넵. 저는 강남경찰서 경장 김순철입니다."

'김순철이라….'

유생은 그 이름을 기억해 두고는 다시 물었다.

"현장 좀 봐도 되겠죠?"

"물론입니다, 검사님. 앞으로는 제게 묻지 않으셔도 됩니다. 이제 저희도 철수하니까요. 증거자료는 검찰 쪽으로 다 넘겼으니까 그거 보시면 되겠고…

아! 밑에 지배인 있을겁니다. 궁금하신거 있으시면 그 사람에게 물어보시면 될 겁니다. 물론 기록에 다 적혀있는 것일 테지만요."

말을 마친 김순철은 빙긋 웃으며 잘 부탁한다고 다시 한 번 인사하고는 다른 경찰관들과 함께 순찰차에 탔다.

그들이 떠나는 것을 지켜본 김영진 수사관은 이상하다는 듯 입을 열었다.

"참 이상하네요. 대개는 검찰 수사가 끝날 때까지는 현장을 보존해야 할텐데…. 일주일만에 현장철수하는 건 너무 이른데요? 아무리 기소일정이 잡혔다고 해도…."

"맞습니다."

천천히 고개를 끄덕이는 유생의 눈빛이 깊어졌다.

'이상한 건 단지 그것뿐만이 아니지.'

그는 방금 전 김순철 경장과 대화하면서 느꼈다. 이번 사건은 생각했던 것보다 훨씬 복잡하다는 것을.

아직까지도 그 실체가 감이 오지 않았다.

"일단 내려가 보죠."

둘은 나이트 내부로 내려갔고, 곧 사건이 일어났던 룸을 찾을 수 있었다.

◇

막 청소를 시작하려던 지배인을 제지한 후 유생은 룸 내부를 둘러보았다.

반듯하게 놓인 흰색 테이블 위에는 아무것도 놓여있지 않았다. 그 위에 놓인 것들은 감식반이 모두 가져간 듯했다.

'현장 사진은 여기 있으려나?'

혹시나 하는 생각에 사건 기록을 펼쳐보니 현장을 찍어 놓은 사진이 첨부되어 있었다.

현장 사진에는 먹었던 안주들과 양주 한 병이 놓여 있었다.

'과일 안주는 거의 다 먹었는데… 양주는 절반 정도만 비웠군.'

술잔은 모두 네 개.

그 중 두 개의 잔에는 립스틱이 묻어 있었다.

'남자 둘에 여자 둘. 여자는 아마도 부킹으로 방에 들어왔겠지.'

유생은 당시의 상황을 그려 보았다.

남자 둘이 룸을 잡고 부킹녀들과 함께 있는 상황을.

'술을 마시던 중 간음할 생각이 들어 실행에 옮겼을 테고, 그 이후엔….'

유생은 왼편의 바닥으로 시선을 옮겼다.

주황색 타일이 깔린 바닥에는 당시의 시체가 쓰러진 모습을 본 뜬 흰색 선이 그려져 있었다.

힘없이 늘어진 시신의 모습.

허나 사건 기록에는 그 시신을 찍은 현장 사진은 없었다.

현장 사진과 현장.

둘을 비교해가며 찬찬히 뜯어보던 유생이 지배인에게 물었다.

"혹시 이 방, 사건 발생 이후에 물청소를 한다거나 한 적이 있습니까?"

지배인은 펄쩍 뛰며 대답했다.

"그럴리가요. 경찰 온 다음부턴 전혀 건드리지도 않았어요. 아니, 건드릴 수도 없었죠. 여기 다 테이프 쳐놓고 해서 들어올 수도 없었거든요."

그 말은 아까 전 김순철 경장의 진술과 일치했다.

'바닥에 흘린 피 같은 건 없어. 처음부터 칼 같은 것은 없었다는 것이군.'

유생은 고개를 끄덕이며 다시 물었다.

"당시 상황 다시 말씀해주실 수 있으신가요?"

"물론이죠."

지배인은 당시 있었던 일들을 이야기하기 시작했다.

[저는 여느때처럼 담당 웨이터를 시켜서 룸을 확인 시켰어요. 가끔 룸에서 돈 안내고 내빼는 놈들이 있어서 삼십분에 한번씩은 순찰을 시키거든요.

여튼 그날 9시 반에 담당 웨이터를 시켜 룸을 확인시켰더니 이 룸이 비어있었던 거에요.

웨이터 말로는 노크를 한 뒤 반응이 없자 혹시나 하는 생각에 문을 열어봤대요. 그리고는 그 사단이 난 거죠.

그 안에서 여자가 눈을 까뒤집고 쓰러져 있었고… 어휴… 그때 웨이터가 뛰쳐나오면서 문을 열어두지만 않았어도 조용히 해결할 수 있었는데…]

더이상 이야기하지 않아도 알만했다.

결국 열린 문으로 시신을 본 손님들이 비명을 질렀고 나이트클럽 안에는 한바탕 소동이 벌어졌을 터였다.

"그래서 저는 바로 경찰에 신고했습니다."

아직 충격이 가시지 않은 듯 지배인은 얼굴을 찡그리며 고개를 설레설레 저었다.

유생은 주위를 둘러보며 물었다.

"여기 CCTV같은 건 있나요?"

"룸에는 없고, 홀에는 세 개 정도 달아 뒀습니다. 그렇지만… 조명도 어지럽고 워낙 어두워서 그렇게 잘 보이지는 않아요. 지난 번에 경찰들도 복사해 가긴 했는데…."

"상관없습니다."

유생은 옆에 서 있던 김 수사관을 불러서 지시했다.

"일단 CCTV 영상 복사하세요."

"네."

증거는 대부분 경찰에 넘어간 상황.

넘겨받은 사건 기록을 볼 때 그 증거 대부분은 못쓰게 되었다고 생각해야 한다.

'마동석에게 뒤집어 씌울 수 있는 증거들만 채택해서 보관했겠지. 지금이라도 수집할 수 있는 건 최대한 확보해야 해.'

유생은 마지막으로 룸 내부 곳곳을 스마트폰을 이용해

사진 찍고는 지배인에게 물었다.

“이 방에서 주문한 메뉴들… 혹시 계산은 되었나요?”

“아, 아니요. 경찰도 물어보길래 확인해 보니까 아직 계산은 되어 있지 않았습니다.”

“그렇군요.”

유생은 고개를 끄덕이고는 다시 한번 룸 안을 둘러 보았다.

그리고 밖으로 나와 홀을 둘러 보았고, 화장실 안에도 들어가 보았다.

‘여기서 범인이 잡혔다고 했지?’

화장실 안에는 별다른 게 없었다. 한동안 청소하지 않아 지저분한 바닥을 제외하고는.

유생은 화장실 바닥을 중심으로 사진을 몇장 찍고는 밖으로 나왔다.

곧 CCTV 기록을 복사한 김영진 수사관이 들어오는 것이 보였고, 유생은 지배인의 명함을 받고는 밖으로 나왔다.

◇

“뭐 좀 건지셨나요? 제가 보기엔 도통 모르겠던데….”

김 수사관의 물음에 유생은 빙긋 웃기만 했다.

함께 차에 탄 뒤에야 유생은 한숨을 쉬며 입을 열었다.

"힘드네요. 이 사건."

유생은 진심이었다.

지금까지 이토록 머리가 복잡했던 사건은 없었다. 그 마음을 아는지 모르는지 김 수사관은 빙긋 웃으며 대꾸했다.

"그래도 해결하시겠죠. 지금까지 그러셨던 것처럼요."

그는 유생을 믿고 있었다.

수사관 생활을 시작한지 이제 2년 밖엔 되지 않았지만 유생 같은 수사력을 가진 검사는 매우 드물다는 것쯤은 알고 있었다.

'이 사람이 해결하지 못하는 사건이라면 세상 그 누구도 못하는 것이겠지.'

지금까지 유생을 보아온 그로선 유생이 사건을 해결하지 못하는 모습은 상상하기 힘들었다.

"이제 어디로 갈까요? 일단 사무실로 돌아갈까요?"

"흠…. 글쎄요."

유생은 잠시 생각했다. 방금 전 현장에서 확인한 사실만으로도 머리는 복잡했다.

증거와 증언들은 미묘하게 어긋나 있었고, 그것들이 가리키는 진실은 하나가 아니었다.

'어떻게 해야 할까? 이대로 돌아가야 할까. 아니면 수사를 더 해야 할까.'

그때 아침에 있었던 부장 검사와의 대화가 유생의 뇌리를 스쳐 지나갔다.

- 부담가질 필요 없어. 정석대로만 하면 되네. 사건 조사며 결재, 이런 건 전부 끝내놓았으니까. 그대로 기소해서 처리하도록.

그 말의 의미는 분명했다.

'최대한 신속하게 처리하라는 뜻이겠지.'

부장검사 이경찬.

그는 결코 일을 서두르지 않는 자였지만, 결코 미루지 않는 자이기도 했다.

'내일이면 처리여부를 확인하겠지. 그때까지 답을 못낸다면 그는 눈치 챌거야.'

기회 앞에서 머뭇거리는 자는 의심을 받아도 할말이 없다.

게다가 상대는 속에 능구렁이 몇마리를 품었는지도 모를 부장 검사.

'그렇다면 진실을 확인할 시간은 지금 밖엔 없어.'

유생은 결심했다. 우선은 사건의 실체를 파악하기로.

모든 것을 파악하기엔 시간이 모자란 것은 분명했지만 그렇다고 기회를 그냥 흘려보낼 수는 없었다.

“이제 국과수로 가죠.”

“넵.”

김영진 수사관은 빙긋 웃으며 시동을 걸고는 액셀을 밟았다.

그들이 탄 차는 빠른 속도로 거리를 질주했고, 유생은 창밖을 보며 생각을 곱씹었다.

‘먼저 진실을 확인하자. 지시를 따를지 말지는 그때가서 판단해도 늦지 않으니까.’

유생은 아직도 갈등하고 있었다.

그의 마음 속 저울은 아직 진실보다는 대검 쪽으로 기울어 있었다.

신월동에 위치한 서울국립과학수사 연구소.

그곳에 도착하자 김 수사관이 불안한 표정으로 물었다.

“혹시 저희 부검실에 가는 겁니까?”

“네, 맞습니다.”

유생이 아무렇지도 않게 답하자 그는 사색이 되어서 말했다.

“저… 는 여기서 기다리면 안될까요?”

유생이 물끄러미 바라보자 김수사관의 얼굴이 벌게 졌

다. 그는 기어가는 목소리로 말을 이었다.

"제, 제가 비위가 약해서요. 아직 익숙치가 않아서…."

그 모습을 본 유생은 픽 웃으며 말했다.

"알겠습니다. 그럼 여기서 기다리세요."

차에서 내린 유생은 바로 부검실로 향했다.

◇

"그러니까… 부검된 시신을 보고 싶으시다고요?"

이채영 부검의.

어딘지 차가운 인상의 그녀는 안경을 치켜올리며 눈앞의 검사를 바라보았다.

검사는 빙긋 웃으며 고개를 끄덕였다.

"네. 오늘 아침 이 사건을 배당받았는데… 아무래도 직접 확인해봐야 할 것 같아서요."

"흐음…."

그녀는 못마땅한 표정으로 그가 내민 서류를 훑어 보았다.

서류에는 일주일 전에 발부된 검증 영장과 검시기록이 첨부되어 있었다.

'이거 과장님께서 하신 건데… 게다가 책임자는 부장검사고….'

부장 검사가 직접 입회하는 경우는 드물었지만 아주 없는 것은 아니다.

사건이 중요하거나 긴박한 경우엔 종종 있는 일이었다.

게다가 이런 사람들이 실행한 부검에서 오류 같은게 있었던 적은 거의 없었다.

그렇기에 그녀는 영 못마땅했다.

'어차피 헛수고일 텐데….'

이렇게 부검 기록을 믿지 못하고 다시 확인하러 온 부류는 대개 둘 중 하나다.

'풋내기이거나 의심 많은 변태거나.'

그녀가 보기에 눈 앞의 검사는 둘 다인 것 같았다.

주변을 힐끔거리는 모습이나 조심스러운 말투. 이런 모습만 봐도 국과수에 많이 와 본 이는 아닐 터.

"이 건, 그쪽 부장 검사님이 직접 입회하신 거 아시죠?"

"네. 알고 있습니다."

순박하게 웃음짓는 검사를 보자 이채영은 한숨이 절로 나왔다.

그녀가 부장 검사를 언급한 건 '더 캐 봐야 기록한 거 이상으로 나올 건 없으니 시간낭비하지 말고 그냥 가라.' 는 의미였다.

허나 상대는 말 속의 깊은 의미는 전혀 알아차리지 못한 듯 실실 웃고만 있다.

'에휴, 귀찮지만 별 수 없군.'

담당 부검의였던 과장님은 출장 중이라 확인시켜 줄 사람은 자신 밖엔 없었다.

"이리 오세요."

그녀는 최대한 빨리 끝내겠다는 생각으로 보관실로 향했다.

그에게 기록과 다름없음을 확인시켜 준 후에는 '다음엔 이런 일로 올 필요 없다.' 고 단단히 주의를 줄 생각이었다.

◇

"피해자의 시신입니다."

이채영은 무표정한 얼굴로 보관함을 열어 시신을 꺼내 보여주었다.

눈을 감고 있는 20대의 여성.

오똑한 코에 뚜렷한 이목구비, 살아있다면 미모가 상당했을 법했다.

"22세. 한유나. 사인은 다섯 군데의 자상(刺傷). 강간의 흔적 있음."

몸을 덮은 천을 걷어내자 참혹한 부검 흔적이 드러났다.

가슴 한가운데를 지나 목까지 이어진 칼자국과 이를 촘촘하게 꿰매놓은 붉은 실.

그리고 신체 곳곳에 보이는 다섯 개의 상처.

동시에 시큼하면서도 묘한 냄새가 마스크를 뚫고 콧속으로 흘러들어왔다.

'크흐… 이 냄새는 아직도 적응이 안 되는군.'

유생은 애써 냄새를 참으며 부검의의 설명을 기다렸다.

이채영 부검의는 수사기록을 보면서 온 몸에 있는 다섯 개의 자상(刺傷)들을 하나하나 짚어가며 그 깊이와 의미를 설명해 주었다.

기계처럼 이어지는 일정한 톤의 목소리.

그녀는 시체에서 풍겨나오는 오묘한 악취에 전혀 영향을 받지 않는 듯 했다.

모든 설명을 끝낸 그녀는 처음과 똑같은 톤으로 마무리했다.

"이상의 상처들로 피해자는 사망한 것으로 추정됩니다… 라고 여기 기록에 쓰여 있군요."

설명을 마친 이채영 부검의는 '여봐. 아무 이상 없지?' 라는 표정으로 유생을 바라보았다.

"부검을 직접하신 건 아닌가 보군요?"

유생이 묻자 그녀는 고개를 끄덕였다.

"네. 여기 결제란 보시면 아시겠지만, 이번 건은 이범석 과장님께서 직접 하신 것 같네요."

"그럼 이범석 과장님은 지금 안계신가요?"

"네. 스위스에서 열리는 학술대회에 참석하기로 하셔서요. 이번 주말까지는 자리에 없으실 겁니다."

'그렇군.'

집도한 부검의가 자리에 없다는 것은 조금 아쉽긴 했다. 그에게 묻는다면 조사는 더욱 빠르게 진행될 터였으니.

'하지만 그가 이번 사건을 전면적으로 은폐하려고 했다면… 오히려 지금이 기회일지도 몰라.'

유생은 시신을 다시 보관함으로 밀어 넣으려는 부검의를 제지하고는 다시 한번 꼼꼼히 관찰했다.

사건 기록에서는 부검 기록과 부검의의 소견을 근거로 칼에 찔린 상처를 직접적인 사인(死因)으로 보았다.

'하지만 현장을 봤을땐 그렇지 않았어. 만약 피해자가 칼에 찔려 죽었다면 바닥엔 핏자국이 있어야 할 거야. 그것도 상당한 양의 피가.'

사건이 있었던 룸 바닥은 말끔했다. 게다가 지배인은 분명하게 말했다.

– 혹시 이 방, 사건 발생 이후에 물청소를 한다거나 한 적이 있습니까?

– 그럴리가요. 경찰 온 다음부턴 전혀 건드리지도 않았어요. 아니, 건드릴 수도 없었죠. 여기 다 테이프 쳐놓고 해서 들어올 수도 없었거든요.

경찰의 증언과 현장의 바닥. 이 사실들은 흉기가 칼이 아닌 끈이라는 것을 뒷받침하고 있었다.

'분명 시신에도 증거가 남아 있을 거야. 흉기가 끈이라는 증거가.'

유생은 목 주변을 유심히 관찰했고, 곧 이상한 흔적을 발견할 수 있었다. 유생은 그곳을 가리키며 물었다.

"저것은 뭐죠? 수사 기록엔 없는 상처 같은데."

"네?"

이채영은 건조한 표정으로 유생이 가리킨 부위를 보았다.

목 주변.

부검 흔적 양 옆으로 검푸른 자국이 길게 나 있었고, 그 위로는 작은 반점 같은 것이 보였다.

이를 본 이채영은 마치 잠에서 깬 듯 화들짝 놀랐다.

"뭐지, 이건?"

그녀는 서둘러 시신의 눈꺼풀을 벗겨 보았다.

촛점없는 흐릿한 눈동자. 그 주변에는 거미줄 같은 충혈 흔적이 남아 있었다.

그것은 부검의로선 결코 빼놓을 수 없는 흔적이었다. 그녀는 믿기지 않는 듯한 표정으로 중얼거렸다.

"이럴 수가 있나?"

그녀는 뒤이어 자신이 기계적으로 설명했던 상처들을

돋보기로 자세히 살펴 보았다.

상처들을 다시 모두 살펴본 그녀는 기록과 시신을 번갈아보면서 입을 열었다.

“자, 잠시만요.”

잠시 후 이채영은 당황한 표정을 감출 수가 없었다. 지금까지 단 한 번도 이런 적은 없었다.

‘과장님이 직접 부검한 시신인데… 이런 걸 놓치다니….’

그녀는 결국 유생 앞에서 부검을 다시 해야했다. 또한 부검이 진행되어 갈수록 그녀는 경악할 수밖에 없었다.

눈 앞의 시신은 분명하게 말하고 있었다.

피해자 한유나가 죽은 이유는 검시 기록과는 전혀 다를 수도 있다는 것을.

어쩌면 기록은 은폐되거나 조작되었을지도 모른다는 것까지도.

◇

밤 10시.

사무실에 돌아온 유생은 홀로 자리에 앉아 생각에 잠겼다.

김영진 수사관은 미리 돌려보낸 상태.

'아무것도 모르는 그가 굳이 여기 있을 필요는 없겠지.'

이 사건은 부장 검사 이경찬과 유생 자신의 문제였다. 따라서 그 결과는 오로지 자신이 감당해야 한다.

'어떻게 해야 할까? 나는….'

대검으로 갈 수 있는 기회와 진실.

유생은 아직 갈피를 잡지 못하고 있었다.

단 하루 동안의 수사였지만 조사하면 할수록 누군가가 사건을 은폐하고 조작하려는 음모가 드러났다.

부검장에서 이채영 부검의는 피해자의 사인이 사건 기록과는 전혀 다를 수 있다는 사실을 확인시켜 주었다.

– 목에 난 흔적은 분명한 교살흔적이에요. 끈 같은 걸로 목을 조이면 이런 상처가 나죠.

– 그럼 이 다섯 개의 상처들은 어떻게 된 겁니까? 죽은 다음에 생긴 건가요?

– 부검만으로는 분명치 않아요.

– 서로 비슷한 시기에 발생했기 때문인가요?

– 네. 확실하게 말씀드릴 수 있는 것은 이 상처들은 시강(시체경직)이 일어나기 전에 생긴 것들이라는 거에요.

– 교살흔적과 상처들이 동시에 났다고 할 수도 있는 겁니까?

– 충분히 가능성 있어요.

– 그렇다면 만약 교살이 먼저 있었고 나중에 상처가 생긴 것이라면, 최대 몇 시간 이내에 칼로 찔러야 이런 상처가 날 수 있지요?

– 아마… 지금 날씨라면… 아무리 길어도 두 시간 이내로 봐야 할 것 같네요.

'두 시간이라….'

CCTV와 사건 기록을 확인했을 때 시체가 발견된 후 국과수로 옮겨진 사이의 시간은 대략 1시간 정도였다.

'그렇다면 사건을 조작할 시간은 충분했겠어.'

유생의 머릿속에는 두 사람이 떠올랐다.

담당 부검의 이범석과 부장검사 이경찬.

살인범은 아직 알 수 없었지만, 이 둘에 의해 기록이 조작되었다는 사실은 분명해 보였다.

범행 도구가 바뀌고 시신의 사인이 바뀌었다는 사실은 진범을 은폐하려는 의도가 아니면 있을 수가 없는 일이다.

'마동석은 범인이 아니야. 그들은 누군가를 지키기 위해 마동석을 희생시키려 하고 있어.'

이를 못본 체 한다는 것은 그의 양심을 자극했다. 하지만, 그 반대편에선 다른 목소리도 들려왔다.

– 이건 네가 대검에 갈 수 있는 마지막 기회야. 사건 하나만 덮으면 돼. 그 정도 대가로 출세할 수 있으면 매우 싼 편이지. 안그래?

그 속삭임의 유혹은 강력했다.

분명 이 사건을 모른척 처리한다면 무고한 한 사람의 삶을 망치는 것이 되겠지만, 그것은 그가 지금까지 맡아온 수 많은 사건들 중 단 한 건에 불과했다.

속삭임은 그 점을 짚으면서 더욱 강력하게 유혹해 왔다.

– 마동석. 따지고 보면 그 녀석은 네 가족도 아니고, 너와는 아무런 관련없는 녀석이야. 니가 도와준다고 고맙다는 말 한 마디라도 하면 그나마 된놈이겠지.

하지만 그 반대를 생각해 봐. 이 사건을 그들이 원하는 대로 처리한다면 그들은 너를 앞으로 남은 시간동안 중요하게 쓸 거야. 그리고 그건 네게는 둘도 없는 기회가 될 테고.

'둘도 없는 기회….'

기회라는 말 끝에 남는 여운은 너무나도 달콤했다.

보다 더 중요한 사건을 맡고, 더 큰 사건에서 이길 수 있는 기회.

시작 자체가 늦은 유생으로선 두 번 다시 오지 않을 기회였다.

– 이번 한 사건만 덮으면 네 등급은 한 차원 올라가는 것이지. 이런 자잘한 사건을 맡는 평검사가 아니라 대검에서 지휘하는 검사로 말이야.

'대검에서 지휘하는 검사.'

검사 지망을 결심했을 때, 유생이 꿈꾸었던 모습이었다.

아니, 그것은 검사가 되기를 결심한 자라면 누구든 한번쯤 꿈꾸었던 모습이었다.

– 교통사고, 마약, 살인. 언제까지 이런 잡일들만 하고 있을거냐? 이런 걸 잘 한다고 너를 인정해주지 않아.

속삭임은 날카롭게 유생을 다그쳤다.

그 한마디 한마디는 그를 어둠 속으로 이끌어 갔지만, 슬프게도 그 말들은 모두 진실이었다.

'내가 아무리 공정한 재판을 유도한다고 해도, 죄인들은 죄를 지우는 나를 원망할 테지. 피해자들은 처벌이 가볍다고 나를 원망할 테고.'

지금까지 검사로서 적지 않은 사건을 해결해 왔지만, 피

해자든 범죄자든 그에게 수고했다는 말 한마디 건넨 적 없었다.

오히려 냉철하다는 둥, 피도 눈물도 없는 사람이라는 둥 뒤에서 손가락질 할 뿐.

'아무도 나를 인정하지 않아.'

그것은 씁쓸한 진실. 검사의 길을 가는 이들에겐 숙명과도 같은 것이었다.

'하지만….'

유생은 이를 악물었다.

'남들에게 인정받으려고 이 일을 시작했던 것도 아니지.'

유생은 맨 처음 검사가 되려고 결심했던 때를 돌이켜보았다.

태수와 함께 고시원 옥상에서 별을 보며 술잔을 기울이던 그 때를.

〈4권에서 계속〉

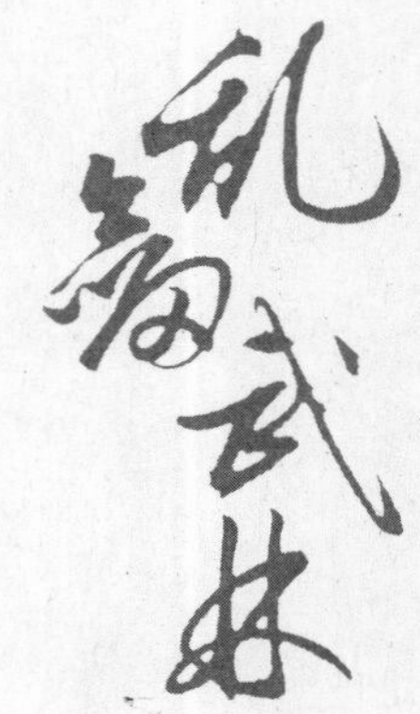

난검무림 4

초판 1쇄 인쇄일 2015년 6월 5일 | **초판 1쇄 발행일** 2015년 6월 9일

지은이 용우 | **펴낸이** 곽중열 | **담당편집 팀장** 이범수
편집부 신연제 이윤아 김호성 김은경

펴낸곳 (주) 조은세상 | 출판등록 제 2002-23호
주소 경기도 연천군 미산면 청정로 1355
TEL 편집부 02)587-2966 | FAX 02)587-2922
e-mail bukdu@comics21c.co.kr

ISBN 979-11-5832-087-4 | ISBN 979-11-5512-995-1(set) | 값 8,000원

亂劍武林

난검무림

용우 신무협 장편소설

4

NEO ORIENTAL FANTASY STORY

(주)조은세상

NEO ORIENTAL FANTASY STORY

난검무림

NEO ORIENTAL FANTASY STORY

第1章.

亂劍武林 난검무림

第1章.

"악양제일루(岳陽第一樓)라… 재미있는 곳을 골랐군."

"그곳보다 좋은 장소도 없을 거네."

"그렇게 생각하나, 자네는?"

천마(天魔) 단리헌의 물음에 천마신교의 군사 마뇌(魔腦) 사마강건은 빙긋 웃으며 고개를 끄덕인다.

건장한 중년인 그 이상으로 보이지 않는 천마에 반해 마뇌는 백발이 성성한 노인처럼 보인다.

하지만 실상 두 사람은 동갑으로 막대한 내공으로 인해 천마가 젊게 보일 뿐이지, 둘 모두 올해로 일흔을 넘기고 있었다.

"본교에서 거리는 멀지만 오랜 시간 그곳에서 만남을 가져왔으니 그 전통성을 생각해서라도 정파 무림맹이 나쁜 생각을 할 수 없겠지. 게다가 사건의 중요성을 생각한다면 광혈도가 제법 머리를 잘 굴렸다 볼 수 있겠지."

"후후, 나 역시 그리 생각하네. 별호와 달리 머리를 굴릴 줄 아는 것이 그의 장점이니까."

마뇌의 말에 흡족한 듯 웃으며 천마가 고개를 끄덕인다. 어린 시절부터 함께 자란 두 사람이기에 주변에 아무도 없을 때만큼은 편안하게 말을 주고받는 사이였다.

아무리 천마신교가 힘의 논리에 의해 수직적인 관계를 가진다곤 하지만 사석에선 이런 모습을 얼마든지 보일 수 있는 곳이다.

이곳 역시 사람이 살아가는 곳이기에.

달칵.

식은 찻잔을 드는 천마.

약간의 내공을 가하자 마치 처음처럼 따뜻해지는 차.

"이번 일의 적합자는 누구라 생각하나? 일의 경중을 따진다면 제법 높은 자리의 사람이 움직이는 것이 좋을 듯한데."

"후후, 날 시험하는 겐가?"

"나보다 똑똑한 친구에게 묻는 의견이라 생각해주게."

능청스러운 천마의 대답에 마뇌는 웃으며 입을 열었다.

"자네가 움직이게."

"내가?"

"이번 기회에 자네도 좀 움직이는 것이 좋을 것 같네. 게다가 구린내를 풍기는 놈들에게 경고도 하고 말이야. 오랜 평화에 머리나사가 빠진 놈들이 많아 보이니."

"하하하! 자네가 그렇게까지 말을 하는 것은 참 오랜만이로군."

웃는 천마.

하지만 그의 눈은 절대 웃지 않고 있었는데, 마뇌가 말을 꺼내기 전 이미 자신이 움직이기로 마음먹고 있었기 때문이었다.

아니, 이번 일의 경중을 생각한다면 당연히 그가 움직여야 했다.

천마신교의 방대한 정보력으로도 정체를 알아내지 못한 놈들이 뒤에서 알짱거리는 모습이 보기 싫기도 하지만, 근래 정파의 움직임 역시 결코 마음에 들지 않았기 때문이다.

"때론 별일 아닌 것에도 왕이 움직여야 하는 법이네.

이번엔 일의 사안도 있으니 지존인 자네가 움직이는 것이 좋겠지. 덤으로 상황을 파악하러 나도 움직이고 말이야.”

“하! 그 말은 다 늙은 나는 일하고 자넨 놀겠다는 소리로 밖에 들리지 않네만?”

“허허, 무공을 익히지 않은 나보단 자네가 좀 빠르게 움직이지 않나? 머리만 굴릴 줄 아는 나는 이번 기회에 좀 쉬어 볼 생각이네. 내 뒤를 이을 놈들에게도 기회를 줘야지.”

마뇌의 말에 천마는 동의 한다는 듯 고개를 끄덕였다.

지금의 마뇌는 무척이나 늙었다.

무공을 익히지 않은 그이기에 벌써 은퇴하고 편안한 휴식을 취해야 하건만 그러지 못하고 있는 것은 마뇌가 너무 뛰어났기 때문이었다.

도무지 그의 뒤를 이을 인재가 보이질 않았다.

그마나 근래 두각을 드러내는 자들이 있음이니 부족하더라도 이젠 조금씩 일거리를 넘겨야 할 때다.

이번 기회에 마뇌는 여러 가지 사안들을 처리하려 하는 것이다.

“후… 오랜만의 중원행이 되겠군. 재미있는 일이라도 벌어지면 좋겠는데 말이야.”

“후후후. 자넨 여전하군.”

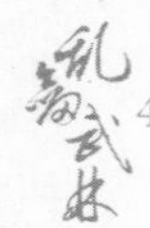

중원으로 간다는 생각에 설레 하는 천마를 보며 마뇌는 웃는다.

다음날 천마신교의 거대한 정문이 활짝 열리고 검붉은 팔두마차를 중심으로 일단의 무리가 움직이기 시작했다.

†

오랜 진통 끝에 마침내 무림맹의 체계가 정비되기 시작했다.

가장 큰 화두가 되었던 무림맹주의 자리는 천마와 유일하게 맞설 수 있는 무인인 무신(武神) 곽태환이 맡았다.

이신(二神)의 일인인 그이기에 오히려 발표가 나자 누구도 반대하지 않았다.

마신이라 불리는 천마에게 유일하게 무림에서 밀리지 않을 실력을 가진 자는 그 하나 밖에 없기 때문이기도 했지만, 결정적으로 그는 어떤 세력에도 속하지 않은 자이기 때문이었다.

스스로 무림 최고의 자리에 올랐음에도 불구하고 어떤 세력도 만들지 않았다.

지금도 유유히 무림을 떠돌고 있는 것이 바로 그였다.

어디에 있는 지도 모르는 그를 맹주의 자리에 앉힌 것은 속이 뻔히 보이는 일이지만 어쩔 수 없는 선택일 것이다.

맹주인 그의 아래로 두 사람의 부 맹주가 있음이니 오제의 일인인 무당의 현천검제(玄天劍帝)와 하북팽가의 오호창제(五虎槍帝)가 맡은 것이다.

현천검제야 무당을 대표하는 인물인데다 활동 역시 활발하니 그렇다 치더라도, 오호창제의 등장은 많은 이들을 깜짝 놀라게 만들었다.

오호창제가 마지막으로 모습을 나타내었던 것이 무려 십년도 전의 일이었기 때문이었다.

무림에서도 대표적으로 도(刀)를 사용하는 하북팽가에서 도를 버리고 창(槍)을 사용하는 괴짜 중의 괴짜였지만 그 실력만큼은 오제의 한 자리에 오를 만큼 진짜였다.

그렇게 두 사람을 축으로 하여 빠르게 정비를 마친 무림맹에 날아든 비보가 있었으니.

"천마가 직접?"

"허…! 대체 무슨 꿍꿍이를 가지고?"

소란스러워지는 회의실.

이 모든 소란의 원인은 단 하나.

천마가 직접 이번 일의 경과를 듣기 위해 악양제일루로 움직이고 있다는 보고 때문이었다.

좋은 싫든 정식적으로 마주하는 자리이기에 어떤 사람이 나오는 지 미리 통보를 하게 되는데, 그 통보된 인물이 거물 중에서도 최고의 거물인 것이다.

"기만술… 일리는 없겠지요?"

현천검제가 마주 앉은 오호창제를 보며 묻는다.

강인한 인상에 가만히 있어도 몸에서 흐르는 패기를 지닌 중년인. 잘 만들어진 근육을 한 것 소유한 오호창제가 고개를 끄덕이며 중저음의 목소리를 뱉어낸다.

"다른 것은 몰라도. 천마와 관련된 일이라면 이제 것 허언을 하지 않았던 놈들이지 않소. 이번 역시 마찬가지라 생각하오."

"하긴, 적어도 천마의 이름으로 이제까지 거짓을 말한 적이 없었기는 하지요."

"다른 사람도 아닌 천마가 나온다면 우리 역시 그에 맞는 격식을 맞출 필요가 있소이다. 뿐만 아니라 이번 기회에 천마의 실력을 알아볼 기회가 될 수도 있소."

오호창제의 말에 회의실에 앉은 모두가 고개를 끄덕인다.

이번만큼은 서로에 대한 의견차이가 없는 듯했다.

하지만 정작 문제는 따로 있었다.

"천마가 나온다면 의당 이쪽에선 맹주께서 나서야 하나…."

오호창제의 시선이 비어있는 맹주의 태사의로 향하자 모두의 시선이 그를 따른다.

무림맹에선 맹주를 추대하고 자리에 앉혔으나 정작 당사자가 아직도 무림맹에 들어오지 않고 있었다.

워낙 바람 같은 사람이기에 쉬이 그 행적을 찾을 수 없다는 문제가 있지만 무림에 조금만 귀를 열어둔다면 이번 소식에 대해 듣고 찾아오고도 남음이 있는 사람이었다.

그 내용이 맹주의 자리를 받아들이든 받아들이지 않든 말이다.

헌데도 불구하고 아직까지도 기척이 없다는 것은 문제가 아닐 수 없었다.

"정보부에선 아직도 맹주님의 흔적을 찾지 못한 것이오?"

현천검제의 시선이 한쪽에 자리를 차지하고 앉은 제갈세가주 신묘(神妙) 제갈량을 향한다.

"최선을 다하고 있으나 아쉽게도 아직 좋은 소식이 없습니다."

무림맹에 소속된 모든 문파의 정보력을 집결시켜 찾고 있음에도 불구하고 쉽게 발견되지 않는 무황.

어마어마한 정보력을 가지고서도 찾을 수 없다는 것이 쉬이 믿을 수 없는 일이지만, 어쩔 수 없는 일이었다.

그야 말로 바람 같은 사람이니.

"후… 그분의 성격은 예나 지금이나."

고개를 내젓는 현천검제.

이 자리에 앉은 사람들 치고 무황을 만나보지 않은 사람은 극히 드물었고, 만나본 자들의 대부분의 평가는 엇비슷했다.

"그분의 일은 뒤로하고. 결국 천마와 격을 맞추려면 우리가 움직이는 수밖에 없을 것이오."

"아무래도 어쩔 수 없는 일이겠지요. 기왕 움직인다면 우리 둘 모두가 움직여야 할 것이오. 그래야… 뒷이야기도 나오지 않을 것이고."

스윽.

말을 하며 좌중을 둘러보는 현천검제를 보며 오호창제가 고개를 끄덕이며 동의한다.

어느 쪽이 움직여도 결국 이야기가 나올 수밖에 없다.

그럴바에는 처음부터 그런 이야기가 나오지 않도록 하는 것이 최선인 것이다.

게다가 수십 년 만에 모습을 드러내는 천마이니 두 눈으로 직접 보고 확인하고 싶은 욕심이 없는 것도 아니고 말이다.

그렇게 무림맹에선 부 맹주 두 사람이 움직이기로 결정하고 빠른 속도로 채비를 갖추기 시작했다.

†

'놈들의 다음 목표는 뭐가 될 까…?'

밤하늘의 둥근 달을 보며 생각에 잠기는 태현.

악양제일루에 도착하고 머물기 시작한지도 벌써 칠일.

앞으로도 이틀은 족히 더 있어야 이곳을 벗어 날 수 있을 것이었지만, 태현은 딱히 걱정하지 않았다.

오히려 이번 기회를 통해 충분한 휴식을 가지고 그동안 얻은 심득들을 차분히 정리했다.

뿐만 아니라 놈들의 목적과 앞으로의 목표가 될 것까지도 깊이 고민을 하고 있었다.

이미 놈들과는 척을 진 상황이다.

길고 긴 끈질긴 악연.

'사혈검선을 이용해서 교묘한 함정을 파놓고도 의외로 큰 사건을 발어지지 않았지. 여러 가지 이유가 있을 수 있

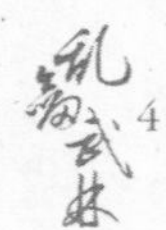

겠지만 역시 제일 큰 가능성은… 본래 계획이 틀어졌거나, 실수였겠지.'

턱을 쓰다듬으며 차갑게 식은 차로 목을 축인다.

'그나마 확신을 가질 수 있는 것은 놈들이 무림을 손에 넣으려는 것이겠지. 그렇지 않고서야….'

지금까지 놈들이 벌인 일들을 차근히 돌아보면 결론은 정해진 것이나 마찬가지였다.

사부들과의 관계.

자신의 가문의 일.

그 모든 것이 오랜 시간 걸려서 만들어진 것들이었으니… 놈들의 숫자나 전력은 쉬이 파악하기 어렵다.

그에 반해 태현 자신이 가진 전력. 아니, 전력이라고 부르기도 민망한 수준이다.

사실상 가장 중요한 싸움이 벌어질 때 움직일 수 있는 사람이 자신 밖에 없었으니까.

충분한 시간이 있다면 마룡도제가 한팔 거들어 줄 수도 있겠지만 당장으로선 어려운 일이다.

"결국 이곳에서 얻을 수 있는 것은 얻어야 한다는 소리군."

태현의 눈이 빛난다.

†

"호… 오래전의 애송이들이 이젠 제법 컸군, 그래?"

천마의 도발적인 말투와 웃음에도 불구하고 현천검제와 오호창제는 얼굴을 굳힐 뿐 아무런 말을 할 수 없었다.

단순 연배만 따지자면 그들이 막 무림에 출도 했을 때부터 천마는 천마의 자리에 있었으니 이런 말이 당연할지도 모른다.

하지만 정작 두 사람의 얼굴이 굳어진 이유는 천마의 몸에서 느껴지는 힘 때문이었다.

그 깊이를 알 수 없는 강대한 힘과 수십 년이 흘렀음에도 불구하고 주름살 하나 바뀌지 않은 얼굴까지.

오히려 현천검제가 더 늙어 보일 지경이다.

'이건 생각했던 것보다 더 강하다. 허허! 큰일이로고.'

'괴물 같은 늙으니. 예전보다 더 강해졌군. 이대로 대규모 싸움이라도 벌어진다면….'

두 사람의 속이 까맣게 타들어간다.

어떻게든 기선을 잡아야 하는 첫 대면에서 두 사람은 맥없이 밀린 것이다.

"자… 서로 잘 알고 있는 처지에서 이런 저런 이야기를 할 것도 없고. 곧장 본론으로 들어 가보지. 마뇌."

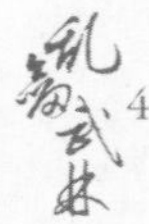

천마의 불음에 그의 곁에 서 있던 마뇌가 눈짓으로 문을 지키고 선 무인에게 신호를 주었고 곧 문이 열리며 태현이 안으로 들어온다.

"호?"

태현을 처음 본 천마는 놀란 듯 감탄성을 뱉어내며 위아래로 훑어본다.

옷을 입고 있음에도 마치 그 안이 보이기라도 하는 냥 샅샅이 훑어본 그가 입을 연다.

"어린 나이에 대단한 성취로고. 이대로라면 몇 년 안으로 무림에 큰 변동이 올 수도 있겠어. 허허허."

눈을 빛내며 말하는 천마를 보며 태현은 조용히 고개를 숙였지만 속으로는 깜짝 놀라고 있었다.

도저히 끝이 보이지 않는 절벽이 코앞에 서 있는 듯한 착각.

천마와 자신의 역량 차이를 절감하며 태현은 조심스레 한쪽에 자리를 잡았다.

한편 태현을 보던 현천검제와 오호창제 역시 태현의 몸에서 풍기는 기세 등을 살피고 감탄한 것은 사실이지만 천마의 속까진 읽지 못했다.

천마가 말한 큰 변동이라는 것은 단순한 신진고수의 등장이 아닌 자신들의 위치까지 뒤흔들 강자의 출현이란 사실을 말이다.

이 자리에서 천마의 속을 읽어낸 것은 오직 마뇌 밖에 없었고, 평생 천마의 모습을 보아온 그는 이제 것 본적 없는 그의 칭찬에 놀라며 태현을 살핀다.

그러면서도 이 자리에 자신이 서 있는 이유를 잊지 않았다.

"그날 본 것을 사실대로 빠짐없이 이야기해주게. 우선은 그것부터 시작하는 것이 좋을 것 같으니."

마뇌의 이야기에 태현은 천천히 그날에 있었던 일들을 풀어내기 시작했다.

태현의 이야기와 수하들이 올린 보고서와의 내용을 비교하는 그들. 보고서의 내용과 태현의 이야기는 크게 다를 것이 없었고, 본격적인 이야기가 시작되었다.

"허… 쉽게 믿을 수 없는 이야기로군."

놀란 천마의 말.

그 뿐만 아니라 이 자리에 앉은 모두가 태현의 말에 놀라고 있었다.

무림을 도모하는 자들이 있고, 자신들도 그 정체를 이제 것 모르고 있었다는 사실이 말이다.

당연히 쉽게 믿을 수 있는 이야기가 아니었다.

“증거는 있는가? 이대로 자네의 이야기를 믿기는 어렵군.”

오호창제의 말에 현천검제가 고개를 끄덕인다.

천마신교나 무림맹 모두의 정보에 걸리지 않은 대규모 세력이 있다는 것은 쉬이 믿을 수 없는 이야기다.

문제는 근래 일어나는 사건들에 수상한 점들이 하나 둘이 아니었고, 지금의 이야기를 대입하면 어느 정도 납득이 된다는 것이다.

“증거는 없습니다.”

“그렇다면 우리가 자네를 뭘 보고 믿어야 하나?”

“사부님들의 명예를 걸고 진실만을 이야기 했습니다.”

“사부?”

호기심을 드러내며 묻는 천마.

그렇지 않아도 태현의 몸에서 흐르는 기운이 어디에서 본 것 같다는 느낌을 강하게 받고 있던 천마였다.

평상시라면 곧장 물었겠지만 자리가 자리이니 잠시 참고 있었던 것인데 이야기가 나온 김에 물어본 것이다.

“제 사부님들은 과거 칠성좌라 불리셨던 분들 중 육인이십니다.”

“칠성좌!”

벌떡!

천마가 깜짝 놀라며 자리에서 일어서고 현천검제와 오호창제의 눈이 커진다.

그만큼 칠성좌란 이름이 가져다주는 파급력은 어마어마한 것이었다.

"허…! 허허허! 그렇군! 그래서 이렇게 익숙한 것이었어!"

잠시간의 침묵을 깨고 천마가 크게 웃으며 자리에 앉는다. 여전히 흥분된 얼굴의 그가 물었다.

"칠성좌의 공동전인이 나올 것이라곤 생각지도 못했군, 그래. 그들의 제자라면 지금까지의 말을 충분히 믿을 수 있지. 암!"

"육인입니다."

"응?"

"과거 칠성좌라 불렸던 사부님들이 무림에서 급작스럽게 모습을 감춘 것은 한 사람의 배신 때문이었고, 덕분에 사부님들께서 많은 상처를 안고 숨어야 했습니다."

"……!"

깜짝 놀라는 사람들을 보며 태현은 계속해서 입을 열었다.

"배신자의 이름은 일권무적(一拳無敵) 황여의. 그것이 진짜 그의 이름인지는 아직도 알 수 없으나 확실한 것은

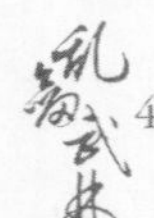

이 모든 사건의 배후에 바로 그가 있다는 것입니다."

"일권무적? 그라면 나도 본적이 있지만… 그럴만한 그릇은 아니었던 것 같은데?"

"천기자 사부님께서도 그리 생각하셨지만 돌아온 것은 배신이었습니다. 사부님께서 말씀하시길 그는 처음부터 모든 것을 감추었으며 그 진정한 모습을 한 순간도 보인 적이 없기에 모두가 속아 넘어가셨다 했습니다."

"자기 스스로도 속였단 소리로군."

"사부님도 그리 말씀하시더군요. 무서운 것은 그들이 언제부터 움직인 것인지, 그 세력이 얼마나 되는 것인지 조금도 알지 못한다는 것입니다. 겪어본바. 그들이 움직이면 무림은 결코 혈난(血亂)을 피해갈 수 없을 것입니다."

"혈난이라… 허허허. 재미있군."

웃으며 찻잔을 집어 드는 천마.

그 모습에선 일말의 흔들림도 없다.

태현의 말을 믿지 못해서가 아니었다.

어떤 적이라 하더라도 막아 낼 수 있다는 절대적인 자신감! 그 자신감이 천마의 지금을 만들어 내고 있었다.

"그것이 하늘의 뜻이라면 그리 되겠지. 하지만… 본교의 힘은 그리 만만한 것이 아니야. 상대가 누가 되었든 간에 말이지."

"으음…!"

천마의 강렬한 눈빛에 현천검제와 오호창제가 신음을 흘린다.

무림오제라 불릴 정도로 최고의 자리에 올랐음에도 불구하고 마신이라 불리는 괴물은 쉬이 볼 수 없는 상대였다.

서로 힘을 합쳐 덤벼도 승리를 장담하기 어려울 정도.

"그리 긴장할 필요 없네. 적어도 아직까진 무림에 큰 흥미를 두고 있지 않음이니."

많은 것을 내포하고 있는 말이지만 두 사람은 뭐라 말을 할 수 없었다.

그런 세 사람을 보고만 있던 마뇌가 조용히 입을 열었다.

"하나 묻도록 하지요. 그들이 언제 움직일 것이라 생각합니까?"

그 물음에 모두의 시선이 태현을 향한다.

"곧 움직일 겁니다."

"그리 생각하는 이유는 무엇입니까?"

"무림을 도모하고자 한다면 결국 밖으로 나와야 하기 때문입니다. 그동안 놈들의 움직임을 생각하면 이젠 나올 때가 되었다고 생각합니다. 그렇지 않고서야 이번 사건과 같은 대규모 계획을 획책했을 리 없으니까요."

"흠… 알겠습니다."

순순히 고개를 끄덕이며 물러서는 마뇌.

그와 함께 잠시 자리를 파했다가 한 시진 뒤 다시 이곳에 모이는 것으로 합의하고 모두들 자리를 뜬다.

"어찌 생각하나?"

용정차의 향이 그득 풍기는 방에 마주 앉은 천마가 마뇌를 향해 묻는다.

"눈이 총명한 것이 상당히 훌륭한 인재 같더군요. 머리 회전도 빠른 것 같고… 솔직히 제법 탐나는 인재입니다."

"그건 나도 마찬가질세. 녀석이 제자하나는 제대로 고른 모양이야."

쓰게 웃는 천마.

과거 천마가 무림을 향한 검을 거둔 가장 큰 원인은 바로 칠성좌의 수장이었던 천기자와의 인연 때문이었다.

당시 그가 막아서지 않았다면 천마는 자신의 힘이 다할 때까지 무림을 향해 칼을 휘둘렀을 것이다.

"이번 일의 핵심은 우리도 알지 못하는 놈들이 무림에 숨어 있다는 것이겠지. 쥐새끼처럼 말이야."

"본래 어둠에서 숨어 움직이는 자들은 확신이 서기 전까지는 그 모습을 드러내길 꺼려하는 법이지요. 그의 말처럼 놈들이 흔적을 남기기 시작했다는 것은 그 확신이라는 것이 섰다는 반증일 것입니다."

"허면 놈들이 곧 움직이겠군."

"예. 무대를 준비했으면 거기에 어울려 춤을 출 사람도 필요한 법인데… 어떠신지요?"

"후후후, 아직 자네를 걱정시킬 정도로 늙지는 않았다네. 난 오히려 자네가 걱정되는군 그래."

천마의 농에 마뇌는 웃으며 찻잔을 든다.

"남은 것은 무림맹이겠군요."

"지들끼리도 이야기가 통하지 않는데, 춤을 제대로 출 것이라 생각되질 않는군. 하다못해 무황 그놈이라도 이 자리에 나왔다면 모르겠지만 그러질 않는 것을 보니… 무림맹에 뭔가를 바라는 것은 어렵겠어."

"뭐, 다른 손을 빌리는 것도 어색하니 처음부터 없는 것으로 생각하는 것이 편하겠지요."

웃으며 말하는 마뇌.

그 얼굴엔 자신감이 가득 서려 있었다.

천마와 마뇌가 유유자적한 시간을 보내는 것과 달리 무림맹의 상황은 결코 좋지 않았다.

천마의 실력을 알아보기 위해 부 맹주인 두 사람이 직접 행차까지 했건만 느낀 것은 아득한 절망감이다.

결코 자신들로선 상대 할 수 없다는 거대한 벽 말이다.

"아무래도… 그분을 빨리 찾아야 할 것 같소."

"동감합니다."

오호창제의 말에 현천검제가 쓰게 웃으며 동의한다.

두 사람 사이에 놓인 용정차가 차갑게 식어간다.

"그보다 그의 말을 어떻게 생각하시오? 만약 사실이라면 나름의 준비가 필요하지 않겠소?"

"흥! 일말의 재고도 필요 없소. 우리뿐만 아니라 마교에서도 알지 못하고 있었소. 실력은 제법 있는 것처럼 보였으나 허황되기 그지없는 자요. 설령 어떤 자들이 있다고 한들 맹의 상대가 될 것이라 생각하진 않소."

단호한 오호창제의 말에 현천검제는 얼굴을 찡그리다가도 곧 고개를 끄덕인다.

분명 태현의 말에는 확실한 증거가 없었다.

맹을 움직일 명분이 부족한 것이다.

게다가 제 아무리 칠성좌의 공동전인이라 할지라도 태현은 아직 어렸다. 그렇기에 무림의 생리를 잘 모른다 판단한 것이다.

"허면 앞으로 저들이 어떻게 나올 것이라 생각하시오?"

"크게 신경 쓸 일은 없는 것 같으니 오늘 중으로 회의는 파하지 않겠소이까?"

"나 역시 그리 생각하외다."

결국 두 사람의 생각처럼 뒤의 회의도 길게 끌지 않고 금방 끝이 났다.

태현으로선 이번 기회를 통해 얻으려고 했던 것들을 하나도 얻을 수 없었던, 아쉬운 자리가 되었지만 이는 어쩔 수 없는 일이었다.

놈들에 대한 확실한 증거도 없이 그들의 협조를 바란다는 것 자체가 말도 안되는 일이었으니.

하지만 의외의 일은 그날 저녁에 마뇌가 태현의 방을 찾으며 벌어졌다.

"신교를 방문해 달라는 말씀이십니까?"

"그렇습니다. 저희에 대한 편견이 없을 것이라 생각합니다만?"

"아…! 물론입니다. 사부님께서 말씀하시길 정사마의 차이는 무공의 기원에서 비롯하는 것일 뿐. 결국 사용하는 사람에 따라 악인과 선인으로 나누어야 할 것이라 하셨습니다."

"후후후, 오랜만에 듣는 이야기로군요. 천마께서 이르시길 이번 기회에 본교에 들리는 것도 앞으로의 인생을 위해서라도 큰 도움이 되실 것이라 하셨습니다."

정중한 마뇌의 초대에 태현은 자리에서 일어나 고개를 숙였다.

"감사합니다. 당분간 신세를 지도록 하겠습니다."

태현에게도 이번 초대는 기회였다.

천하에서 강한 사람들이 가장 많이 모인 곳을 꼽으라면 단연 천마신교가 최고다.

보는 것만으로도 큰 도움이 될 것이고, 작은 도움을 얻어 비무를 할 수만 있다면 그야 말로 금상첨화일 것이다.

그렇지 않아도 근래 강자들과의 싸움이 절실한 태현이다.

자신이 가진 것에 반해 그것을 다루고 사용할 기회가 극히 드문 것이다.

신교의 수많은 고수들이라면 충분히 도움이 되고도 남음이리라.

"아! 일행이 있는 것으로 알고 있습니다. 함께 오셔도 괜찮다는 전갈이 있었습니다."

"배려에 감사드립니다. 좋은 기회가 되었으면 합니다."

"후후, 충분히 좋은 시간이 될 것입니다."

웃으며 방을 빠져나간 마뇌가 웃었다.

짧은 대화였지만 어딘지 모르게 천기자와의 첫 대면이 떠올랐던 것이다.

"한 번 더 봤으면 했는데…."

저물어가는 해를 보며 아쉬운 듯 한숨을 내쉰다.

태어나 천마 이외에 가장 잘 통했던 사람이 바로 천기자였다. 어디 하나 막히는 곳이 없었으며 자신의 모든 것을 이야기해도 받아 줄 수 있었던 남자.

무공이 아닌 머리를 쓰는 마뇌였기에 자신과 어울릴 수 있는 사내를 더 이상 볼 수 없다는 사실이 안타깝기만 하다.

第2章.

N.E.O ORIENTAL FANTASY STORY

亂劍武林 난검무림

第2章.

천마신교(天魔神教).

글자 그대로 천마를 믿고 따르는 거대한 무림 방파이다.

마도(魔道)의 중심이며 단일문파로는 최강의 전력을 갖추고 있는 곳이 바로 그들이다.

천마신교는 본래 천마성(天魔城)이란 이름으로 초대 천마가 개파를 했으나 천마신교로 이름을 바꾼 것은 육대 천마의 대에 이르러서였다.

천년이 넘는 세월을 간직해온 천마신교이고, 그 역사는 곧 중원 무림과의 치열한 싸움으로 점철되어 있었다.

그럼에도 불구하고 천마신교의 본단은 단 한 번도 침략을 받은 적이 없었는데, 가장 큰 이유는 그 본단이 들어서 있는 십만대산(十萬大山)의 험준함에 있었다.

길을 모르는 자라면 결코 본단의 위치를 찾을 수 없다.

십만대산 곳곳에 자리를 잡은 신교 무인들의 시선을 피해 갈 방법이 없어 본격적으로 움직이기도 전에 먼저 길목을 차단당하기도 한다.

그야 말로 난공불락의 요새 안에 자리를 잡은 것이나 마찬가지인 것이다.

정해진 길을 따라 십만대산을 관통하고 있으면 기운이 조금씩 바뀌는 것을 느낄 수 있는데, 본단을 감싸고 있는 초대형 진법들의 흔적이었다.

평상시엔 큰 역할을 하지 않지만 적이 나타나면 세상에 둘 없을 절진으로 변하는 것이었다.

신교의 오랜 역사 속에서도 이 절진들이 작동 된 것은 손에 꼽을 정도였다.

그렇게 한참을 더 들어가면 마침내 거대한 성이 눈에 들어온다.

깨끗한 성벽.

성을 쌓은 이래 적의 침입을 받지 않았기에 깨끗하기

만 한 성벽은 오랜 세월을 반증하기라도 하듯 보는 것만으로도 압도하는 뭔가가 있었다.

“뭔가… 있는 것만으로도 긴장되네요.”

선휘의 말에 설경이 고개를 끄덕인다.

신교에 들어온 지 하루가 지났음에도 불구하도 두 사람의 얼굴에는 불편함이 고스란히 드러난다.

“마기(魔氣) 때문에 그렇겠지. 중원에서 이렇게까지 마기를 접할 기회는 없었으니까. 하루라도 빨리 익숙해지는 것이 좋을 거야. 하루 이틀 있을 것도 아니니.”

“알고는 있지만… 쉽지는 않네요.”

“귀신이라도 올라탄 것 같이 몸이 무겁단 말이지. 도저히 익숙해질 것 같지 않은데, 정말 익숙해지는 것 맞아?”

“천력신공을 항시 운용해라. 익숙해지면 될 일이니.”

“그게 어디 쉽나?”

입을 삐죽이면서도 태현의 조언에 따라 내공을 움직이자 한결 살겠다는 표정을 짓는 그녀였다.

천력신공과 완벽한 조화를 이루며 빠른 속도로 성장을 해가고 있는 그녀지만 여전히 부족한 것이 많았다. 그것은 실력적으로 뛰어난 선휘나 태현 본인도 마찬가지였다.

똑똑.

문을 두드리는 소리와 함께 시녀의 목소리가 들려온다.

"지존께서 자리를 청하셨습니다."

"지금 바로 움직이지요."

"준비하도록 하겠습니다."

멀어지는 인기척.

"이곳은 시녀들도 무공을 익히고 있나 보네요."

"그 편이 여러 가지로 나을 테니까. 움직일 준비들 하자."

신교에 들어온 것은 어제였지만 본격적인 만남은 이번이 처음이었다.

마뇌에게서 오늘 천마대전(天魔大殿)에서 만남을 가질 것이란 언질을 미리 들었던 태현들이기에 준비는 금세 끝났다.

시녀의 뒤를 따라 한참을 움직이자 마침내 목적지인 천마대전이 모습을 드러내었는데, 그 어마어마한 위용에 태현도 깜짝 놀랄 정도였다.

팔층 높이의 전각은 신교에서 가장 높은 곳에 자리를 잡고 있어서 아직 들어가기 전임에도 불구하고 신교 전체의 광경이 모습에 들어올 정도였다.

이 정도라면 가장 높음 곳에선 신교 구석구석을 내려

다 볼 수 있을 터였다.

'이곳까지 오는 동안 진법이 열두 개에 숨어서 지켜보는 자들이 수백. 본거지 안에서도 철저하게 지켜지고 있는 곳이로구나.'

고개를 절래절래 내젓는다.

삼엄하다 못해 무서울 정도의 경계가 천마대전 인근으로 펼쳐져 있는 것이다.

그렇게 건물 안으로 들어서자 밖과 달리 평온하기 그지없다. 화려한 치장과 용도를 알 수 없는 방들이 그득하다.

하지만 정작 태현은 건물 안에 들어서는 순간 요동치는 내공을 억누르라 온 힘을 다해야 했다.

곤두서는 신경.

평온해 보이는 겉모습과 달리 이곳은 용담호혈(龍潭虎穴) 그 자체였다.

보이지 않은 눈 수십이 철저히 자리를 지키고 있고, 그들 하나하나의 실력은 태현으로서도 쉽게 생각하지 못할 정도.

사실 태현은 몰랐지만 이곳 천마대전 안쪽을 지키는 호위들의 실력은 신교 안에서도 손에 꼽히는 자들이었다.

그야 말로 최강의 무인들.

천마신교 최강의 무력부대인 천마호검대(天魔護劍隊)였다.

그렇게 방을 하나하나 거쳐 도착한 팔층.

계단을 오르자 나타나는 거대한 철문하나.

당장이라도 비상할 것 같은 흑룡이 수놓아진 그곳에 도착하자 시녀는 자신의 일이 끝났다는 듯 고개를 숙이고 선 밑으로 사라진다.

그와 동시 열릴 것 같지 않던 문이 부드럽게 열리며 마뇌가 모습을 드러낸다.

"온다고 수고 했네. 이쪽으로 오게나."

웃으며 세 사람을 안내는 마뇌.

이곳 팔층은 허락 받은 이들만이 출입할 수 있는 곳으로 설령 시녀라 하더라도 허락받지 않은 자는 결코 출입할 수 없는 곳이었다.

그런 사실을 모르는 세 사람은 문 안쪽에 펼쳐진 세계에 놀라며 감탄하고 있었다.

올라오면서도 화려하다 생각했거늘 이곳 팔층의 모습은 그 모든 것을 뛰어넘고 있었다. 각 방의 문하나 까지도 예술이라 불러도 부족함이 없을 정도.

"천마께선 번거로운 것을 싫어하시는데, 워낙 밑의 아이들이 난리여서 말일세. 치장만 해두었지 실제로 쓰는

 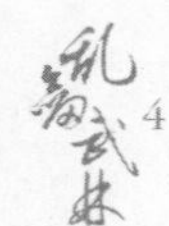

것은 거의 없다고 봐도 되네. 이 넓은 팔층에서 사용되고 있는 방이 두 셋에 지나지 않으니… 자, 이곳이네."

그 말과 함께 문을 열자 천마가 기다린 듯 자리에서 일어나 일행을 반긴다.

"어서들 오게나. 이쪽으로 앉지."

천마신교의 절대자임에도 불구하고 옆집 할아버지 마냥 편안한 인상을 풍기는 그의 모습을 보며 태현들은 한결 편안한 모습으로 자리에 앉을 수 있었다.

"그래 잠은 잘 잤는가? 낯선 마기 때문에 고생을 했을 것 같은데 말이야."

"저는 편안하게 잤습니다만, 이 두 사람은 불편했던 모양입니다. 하지만 금방 익숙해질 테니 괜찮겠지요."

"허허, 그렇다면 다행이군."

웃으며 도구를 꺼내와 직접 차를 우려내는 천마.

"철관음이라네. 직접 길러서 만든 것이라 꽤 맛이 괜찮다네."

웃으며 차를 내는 천마.

과연 그의 말처럼 풍부한 향과 독특한 맛이 어디에서도 볼 수 없었던 것이었다.

잠시간 이런저런 이야기가 오가며 분위기가 풀리자 찻잔을 내려놓으며 천마가 물었다.

"자네를 이곳까지 데리고 온 이유에 대해서 생각하고 있는 것이 있는가?"

"놈들 때문이지 않을까… 하고 있습니다."

"맞네. 그곳에선 깊은 이야기를 나누기 어려워서 말이야. 어차피 말이 통하지 않을 놈들이기도 하고."

피식 웃으며 말을 끊은 천마가 태현과 시선을 마주하며 진지한 얼굴로 물었다.

"자네가 경험한 놈들은 어떤 자들인가?"

"강하고. 치밀하며. 은밀합니다."

정확히 세 마디로 단축시킨 태현의 대답에 천마가 신음을 흘리며 곁에 앉은 마뇌를 바라본다.

마뇌 역시 태현의 대답에 얼굴을 찡그리고 있었다.

"자네 혼자만의 힘으로 감당되지 않으니… 이번 기회에 본교나 무림맹의 도움을 얻으려 했었겠지. 양쪽 모두의 도움을 받지 못한다면 어떻게 할 생각이었나?"

"거기까진 생각해보지 않습니다만… 이곳에 불려오지 않았다면 우선 주변의 사람들부터 챙겼을 겁니다. 한 사람의 힘이 아쉬울 때이니까요."

"흠. 솔직한 말로 모르는 척하면 자네의 실력이라면 제법 큰소리치며 살 수 있을 것이네. 그럼에도 불구하고 놈들을 막아서려는 것은 사부들의 원한 때문인가?"

마뇌의 물음에 태현은 그와 천마의 얼굴을 번갈아보다 고개를 끄덕였다.

"사부님들께선 복수를 원하시지 않으셨지만 제가 사부님들께 받은 은혜를 갚을 수 있는 방법은 그것뿐이라 생각합니다."

"자네가 행복하게 사는 것이 사부들이 바라는 것이라 생각지는 않는가?"

"그럴 수도 있습니다. 하지만 결국 그들과는 척을 질 수밖에 없습니다."

단호한 말에 두 사람의 시선이 태현에게 집중된다.

"가문의 원수입니다."

"어찌 생각하나?"

모두가 가고 두 사람만이 남은 방에서 천마가 묻자 마뇌가 고개를 흔든다.

"아직은 어린 것 같습니다. 머리도 좋고, 실력도 있지만 역시 경험은 어쩔 수 없는 것이겠지요."

"그렇겠지. 하지만… 확실히 물건은 물건이야."

"허면 앞으로 어찌하실 생각이십니까? 단순히 본교를 보여주기 위해 데려온 것은 아니지 않습니까?"

마뇌의 물음에 천마는 당연하다는 듯 식은 차를 들어

올리며 이야기했다.

"당분간은 지켜보는 것이 좋겠지. 본교 무인들과 비무를 통해 경험을 쌓는 것도 좋은 기회가 될 테고 말이야."

"제일 중요한 것은 그를 통해 그분을 자극시키실 생각이시로군요."

"후후후, 남 좋은 일만 시킬 순 없지 않나. 나도 얻는 것이 있어야지."

웃으며 말하는 천마에게 마뇌 역시 마주 웃었다.

"그라면 그분의 좋은 자극제가 될 수 있을 겁니다. 허면 당분간은 주변을 들볶는 것이 좋겠군요."

"될 수 있으면 실력이 되는 녀석들이 괜찮을 거야. 흑기사령대(黑旗死靈隊) 이상은 되어야 하겠지."

"그렇게나 말입니까?"

"후후, 지켜보게. 그것은 시작일 뿐일 테니. 큰 싸움이 없었던 탓에 자존심이 하늘을 찌르는 본교 무인들에게 큰 도움이 될 것이야."

여유롭게 말하는 천마였지만 듣고 있는 마뇌는 놀라지 않을 수 없었다.

어느 정도 그의 실력에 대해 귀뜸을 듣긴 했지만 설마 하니 서열 삼위의 흑기사령대 이상의 실력자들을 내보내야 할 것이라곤 예상치 못했던 것이다.

하지만 주저함도 잠시.

“그리 준비하도록 하겠습니다. 기왕이면 수라혈선대(修羅血腺隊)로 하여금 움직이는 것이 좋겠군요. 서열 백위 안으로도 움직여 보도록 하겠습니다.”

“알아서하게. 그리고 적절히 소문 흘리는 것도 잊지 말고.”

“예.”

고개를 숙이고 밖으로 나가는 마뇌.

어느새 그의 머릿속엔 이번 일을 어떻게 처리할 것인지 로만 가득 들어차 있었다.

모두가 나가고 홀로 남은 방에서 마저 찻잔을 비운 천마가 조용히 자리에서 일어나 창가로 움직인다.

시원하게 불어오는 바람이 옷깃을 펄럭인다.

“오랜만에 시원한 바람이 불겠구나.”

많은 것을 포함한 미소가 그의 입가에 가득 걸린다.

†

챙!

귀를 찢는 날카로운 소리와 함께 날아가는 검.

도도하게 서서 검 끝을 상대의 목에 정확히 겨누고 있

는 선휘의 강렬한 눈빛에 덤벼들었던 상대가 결국 항복을 선언한다.

"졌습니다."

"우와아아-! 벌써 몇 연승이야?"

"한 이십 연승?"

"어허! 벌서 이십칠 연승이라고. 이대로 가면 어디 가서 얼굴도 못 들게 생겼다고."

연무장을 둘러싼 구경꾼들이 왁자지걸하게 웃는다.

그 틈을 타 선휘는 안도의 한숨을 내쉬며 밖으로 내려선다.

"수고했어. 대단한데?"

"아직 멀었어, 난."

파설경이 건네는 수건으로 땀을 닦으며 뒤를 돌아보는 선휘.

땀으로 흠뻑 젖었지만 피곤한 기색하나 없는 그녀의 얼굴.

신교 무인들과 비무를 시작한지 벌써 열흘도 넘었지만 그때마다 아직도 자신이 자신의 무공을 완벽하게 사용하지 못하고 있음을 깨닫고 있었다.

하지만 동시 비무를 통해 자신이 성장하고 있다는 것이 확실하게 느껴지고 있기도 했다.

이제까지 태현을 따라다니며 그녀도 나름의 경험을 쌓기는 했었지만 마공을 익힌 무인들과 부딪친 적이 거의 없었기에 저들과의 비무는 큰 소득이나 마찬가지였다.

"그보다 사형은?"

"아, 그렇지 않아도 저기 오네."

파설경이 한쪽을 보며 말하자 때마침 태현이 모습을 드러내고 있었다.

방금 전까지만 해도 시끄럽던 연무장이 순식간에 조용해진다.

우우―.

강한 적개심이 연무장 전체에 가득 들어차지만 정작 태현은 개의치 않는 듯 움직이더니 두 사람의 앞에 섰다.

"좀 늦었군. 하긴 지금으로선 네게 딱히 해줄 말도 없으니. 앞으로도 비무를 통해서 경험을 쌓는 것이 중요하겠지. 넌… 일단 준비해라. 어디부터 손을 대야 할 지 아직도 잘 모르겠으니까."

"흥!"

콧방귀를 날리며 연무장으로 올라가는 파설경.

"괜찮을까요?"

"천력신공이라면 충분하고도 남지. 그 증거로 비무에서 진적은 많지만 크게 다친 적은 없잖아. 천력신공을 완벽하게 익힐 수만 있다면… 육체 그 자체가 큰 무기가 된다. 다른 것은 보조수단에 불과할 뿐.”

태현의 설명에 선휘는 고개를 끄덕인다.

이미 몇 번이고 그에게서 같은 설명을 들었지만 파설경의 비무를 보고 있으면 정말 이것이 맞는 것인지 의문이 들 정도였다.

“캬하하하! 덤벼!”

웃으며 상대를 향해 달려드는 그녀의 모습은… 시장의 파락호들과 크게 다를 것 없어 보인다.

“저 말투는 고쳐야 할 필요가 있겠군.”

쩌억-!

태현의 말이 끝나기 무섭게 그녀의 주먹이 완벽하게 상대의 얼굴을 후려친다.

“선빵필승!”

강하게 외치는 파설경을 보며 선휘가 조심스레 입을 연다.

“…될까요?”

뭐가 말을 할 수 없는 태현이었다.

그녀가 살아온 환경이 환경이다 보니 쉽게 고쳐 질 것 같지 않을 것 같았다.

저벅, 저벅.

태현이 연무장 위로 올라서자 기묘한 분위기가 주변을 감싸고 돈다.

선휘나 파설경이 그러했듯 태현 역시 이곳에서 규칙적으로 신교 무인들과 비무를 벌이고 있었는데, 그 수준이 점차 높아져선 이제 와선 쉽게 싸움을 걸지 못하고 있었다.

싸움이라면 자다가도 일어나는 신교 무인들이지만 애초에 상대가 되지 않는 사람에게까지 덤벼들 정도는 아니었다.

그것도 비무 정도에 말이다.

하지만 소문이라는 것은 무서워서 태현에게 비무를 신청하는 자가 없는 것은 아니었다.

"드디어 내 차례로군."

"사검(蛇劍)이다!"

"이제야 볼만 하겠군!"

호리호리한 체격의 중년 사내의 등장에 여기저기서 시끄러워진다.

수많은 무인들이 존재하는 신교에서도 서열 백 위권에 드는 강자 중의 강자였다.

바로 어제까지만 하더라도 이백 위권의 무인들과 겨루었다는 것을 생각하면 어마어마한 상승이었다.

그것을 반증이라도 하듯 사검의 몸에서 뿜어져 나오는 마기의 진득함은 이제까지의 비무 상대들과 전혀 달랐다.

"잘 부탁합니다."

"어느 한 번 놀아보자고."

태현의 인사에 대충 고개를 끄덕이며 검을 뽑아드는 그.

그 별호처럼 뱀이 기어가는 것 같은 기형검을 손에 든 그에게서 느껴지는 압박감은 대단한 것이었다.

쉬쉭!

먼저 움직인 것은 사검이었다.

좌우로 부드럽게 움직인다 싶더니 눈 깜짝할 사이에 태현의 품으로 파고든다.

태현이라고 보고만 있던 것은 아니었다.

곧장 반발 앞으로 내딛음으로서 상대와의 간격을 급속도로 줄인다.

위험해 보이는 행동이지만 오히려 앞으로 움직임으로서 상대의 움직임을 방해하고 준비만 되어 있다면 반격까지 가능한.

찰나의 순간에 내린 결정이라곤 믿을 수 없을 정도의 반응속도에 사검은 혀를 차면서도 검을 휘두른다.

쉬쉭!

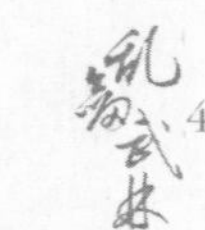

기묘한 소리가 귀를 어지럽히며 날카롭게 날아든다.

침착하게 청홍검을 들어 막으려 했으나 부딪치려는 순간 묘한 움직임을 보이며 반대로 청홍검을 타고 솟아오르며 태현의 팔목을 노리는 사검!

"헛!"

깜짝 놀라며 재빨리 발을 놀려 뒤로 물러선다.

하지만 한 번 문 약점을 놓치지 않겠다는 듯 집요하게 따라붙는 사검.

카캉! 캉!

끊임없이 쏟아지는 공격.

노리는 곳이 어딘지 알 수 없는 움직임.

마지막으로 귀를 어지럽히는 소리까지.

그 모든 것을 복합적으로 어우러지며 태현의 눈과 손을 속인다.

'조금만… 조금만 더.'

검을 휘두르던 사검의 눈이 순간 빛을 뿌리고.

태현의 눈과 손이 자신의 검에 집중되는 순간.

왼손을 휘두른다.

퍼펑!

"크학!"

고통에 가득찬 기침을 뱉으며 물러서는 태현!

신경 쓰지 않고 있던 상대의 왼손이 어느새 자신의 복부를 향해 장력을 발출한 것이다.

마지막 순간 그것을 깨닫고 내공을 집중시켰으니 망정이지 자칫하면 한 방에 비무가 끝날 뻔했다.

"그걸… 막아내?"

허탈하다는 듯 자신의 왼손을 내려다보며 고개를 흔드는 사검.

이제까지 수많은 싸움을 경험한 그였다.

자신에 대해 잘 알고 있다면 몰라도 잘 모르는 상대에겐 거의 십 할의 승률로 잘 들어 먹혔던 공격이다.

그랬던 것이 막히니 허탈하기 그지없었다.

허나 그것도 잠시.

곧 정신을 차린 그가 다시 검을 흔들기 시작했다.

쉬쉭, 쉭.

귀를 어지럽히는 소리가 사방에 울려 퍼진다.

아직도 통증이 올라오는 배를 쓰다듬으며 자세를 바로 잡은 태현은 짧게 호흡을 가다듬은 뒤 먼저 달려들었다.

"어떻던가?"

"무섭더군요. 시간이 지날수록 강해지고 있습니다."

사검의 말에 마뇌의 얼굴이 찡그려진다.

천마의 지시에 따라 일부러 그에게 자극이 될 만한 상대를 보내고는 있었지만 생각했던 것보다 더 빠르게 그는 성장하고 있었다.

"괜찮을지 모르겠군."

"예?"

"아니네. 그보다 바쁠 텐데 가보게."

"예, 그럼."

고개를 숙이고 방을 빠져나가는 사검.

혼자 방에 남자 창밖으로 시선을 돌리는 마뇌.

천마신교의 전경이 제법 멋들어지게 들어온다.

"그들로 인해 공기가 바뀐 것 같긴 한데…."

마뇌가 걱정하고 있는 것은 생각보다 빠른 그들의 성장 때문이었다.

신교 무인들에게 자극을 주는 것은 좋지만 이대로라면 적당한 자극이 아닌, 자칫 큰 타격을 입힐 수도 있겠다 싶었다.

오늘만 해도 그랬다.

사검을 보내며 그라면 충분히 태현을 제압 할 수 있을 것이라 생각했거늘, 결국 승리를 챙긴 것은 태현이었다.

초반에 사검이 잘 밀어 붙였지만 끝내 태현에게 밀린 것이다.

서열 백 위권.

그 중에서 말석에 가깝다곤 하지만 그 자리가 결코 쉬운 것은 아니다.

"무엇보다 이제 슬슬 밖으로 나오실 때가 되었는데… 어찌 하실지 모르겠군. 허허, 하긴 시간만 있다면 충분히 모든 것을 이겨내실 분이긴 하지만."

한 사람의 얼굴을 떠올리며 마뇌가 웃는다.

†

천마에겐 자식이 둘 있었다.

아들과 딸 하나씩.

뛰어난 재능과 미색을 타고 났던 두 사람.

하지만 그 시간은 그리 길지 않았다.

너무 뛰어난 재능을 보였던 아들은 욕심을 부리다 결국 주화입마에 걸려 목숨을 잃어야 했고, 이른 나이에 시집을 갔었던 딸은 아이를 낳다가 죽었다.

사위 역시 오래 전 싸움에서 죽었다.

지금 천마의 혈육이라 함은 딸이 낳은 자식 하나가 유일했는데, 그 재능은 신교 제일이라 불리며 어린 시절부터 수많은 이들의 기대를 받으며 자랐다.

이대로라면 역대 최초로 여성 천마가 탄생 할 수 있다는 소리를 들을 정도로 말이다.

"그런 재미있는 일이 있었던 말이지?"

폐관수련실에 틀어 박혀 수련만 하던 그녀가 식량을 보급하기 위해 왔던 수하가 떠벌이는 밖의 이야기에 큰 관심을 드러낸다.

철문에 난 작은 창으로 보이는 폐관실 안쪽.

횃불 하나 없어 어둡기만 한 그곳에 그녀는 분명 존재하고 있었다.

화륵!

불이 붙는 소리와 함께 급속도로 밝아지는 폐관실.

넓은 폐관실 곳곳에 멀쩡한 곳이 거의 없을 정도로 엉망이었는데, 그 모든 것이 그녀가 수련을 하는 과정에서 생겨난 것들이었다.

붉은 머리카락에 아름다운 얼굴을 지닌 그녀.

특히, 적발과 한 쌍이라도 되는 듯 붉은 두 눈은 보석처럼 아름답기만 하다.

적절히 균형 잡힌 몸과 어지간한 남자들에 뒤지지 않을 키를 가진 그녀.

천마의 유일한 혈육인 단리비였다.

"오랜만에 나가볼까?"

수련에만 빠져있던 그녀가 밖으로 나오는 것은 무척이나 오랜만의 일이었다.

여인으로서 관심을 가져야 할 것에 그녀는 큰 관심이 없다.

오직 무공에만 관심이 있을 뿐.

덕분에 또래들 중에서도 최강이라 불리지만 의외로 외부 활동은 그리 많지 않았는데, 이번의 일은 그녀가 수련을 멈출 정도로 흥미를 끌고 있었다.

끼이익-.

두터운 철문이 열리고 그녀가 밖으로 나선다.

태현들은 모르고 있지만 그들이 머물고 있는 전각쪽으로 무인들의 출입이 금지된 상태였다.

워낙 호전적인 무인들이 많은 곳이다 보니 자신의 순서를 기다리지 못하고 밤낮으로 이곳을 찾으며 비무를 청하는 자들이 있을 것이라 생각한 마뇌의 명령이었다.

그것은 정확해서 그의 명령이 없었다면 매일 같이 이곳을 찾는 이들이 그득했을 것이 분명했다.

특히 시간이 흐를수록 태현들이 보이는 모습에서 호기심을 일으킨 사람들이 대거 움직이고 있었다.

어쩌면 당연한 일이었을 지도 모른다.

서열을 결정하는 대규모 비무대회가 열리려면 아직도 한참이 남았고, 중원 무림과는 잠잠하니 자신의 실력을 발휘할 무대가 거의 없는 것이다.

비무를 한다 하더라도 매번 비슷한 사람들이다보니 외부에서 들어와 천마의 허락아래 비무를 펼치는 태현들에게 관심이 집중되는 것은 당연한 일이었다.

"월영각을 내줬을 줄은 몰랐네?"

단리비가 월영각의 건물을 보며 의외라는 듯 입을 연다.

월영각은 신교 내에 있는 손님들을 위한 전각들 중에서도 가장 윗줄에 놓여 있는 전각이기 때문이다.

특히 천마의 허락이 없으면 사용할 수 없는 곳이기에 태현들에 대해 천마가 얼마나 신경을 쓰고 있는 것인지 보여주고 있었다.

스스슥.

그때 작은 인기척과 함께 그녀의 앞으로 월영각을 호위하고 있는 무인이 모습을 드러낸다.

"아가씨를 뵙습니다."

"오랜만이네요. 소문 듣고 왔는데 괜찮겠죠?"

"…죄송합니다. 밤이 되면 누구도 들이지 말라는 명이 계셨습니다."

고개를 숙이며 거절하는 그를 바라보던 단리비가 순간 월영각을 향해 몸을 날린다.

팟!

"아, 아가씨!"

깜짝 놀란 그가 외치는 사이 이미 그녀의 신형은 월영각을 향해 가고 있었다.

마지막으로 담을 넘으려는 그 순간.

스스슥.

스슥!

담 위로 모습을 보이는 수십의 무인들.

그들의 등장에 혀를 차며 단리비가 자리에 멈춰 선다.

"그 누구라 할지라도 안으로 들일 수 없습니다. 비무를 원하신다면 군사께 찾아가시는 것이 좋을 것 같습니다."

어느새 그녀의 뒤로 따라온 그의 목소리에 단리비는 어쩔 수 없다는 듯 고개를 끄덕이곤 뒤돌아선다.

완전히 그녀가 사라지고 나서야 그들은 안도하며 다시 본래의 자리로 돌아간다.

월영각을 나온 그녀가 향한 곳은 마뇌의 집무실이었다.

항상 늦게까지 집무실에서 머무는 그이기에 당연히 있을 것이라 생각한 것이다.

"허허, 녀석 밖에 나왔으면 할애비부터 찾지 않고 어딜 다녀오는 것이냐."

"할아버지!"

인자한 웃음을 보이며 그녀를 맞은 것은 천마였다.

천마의 등장에 깜짝 놀라는 단리비.

이 늦은 시간에 마뇌의 집무실에 천마가 있을 것이라곤 조금도 예상치 못했던 것이다.

"오랜만에 뵙습니다. 이쪽으로 앉으시지요."

마뇌가 웃으며 그녀를 천마의 맞은편으로 안내했고, 곧 간단한 다과를 직접 가져왔다.

"그래, 무슨 바람이 불어서 폐관실을 벗어났는고?"

은근히 폐관실에서 벗어지 않는 손녀를 탓하며 묻는 천마. 하지만 단리비는 그런 천마에 넘어가지 않았다.

"재미있는 일이 벌어지고 있다고 해서 나왔어요. 내일 그와 비무를 해보고 싶어요."

"순서가 꽤 밀려있다만? 그렇지 않은가 마뇌?"

"예. 지금 기다리고 있는 사람만 해도 열은 넘어가는 것 같군요."

웃으며 이야기를 주고받는 둘을 보며 단리비는 얼굴색 하나 바뀌지 않은 채 물었다.

"원하시는 게 뭐예요?"

"응? 원하는 것이라니?"

"할아버지가 그렇게 말씀하실 때는 항상 요구하시는 것이 있잖아요. 중원 무인과의 비무가 흔하지 않은 기회이니 만큼 그걸 가지고 제게 뭘 시키실 거예요?"

"허허허."

웃으며 천마가 입을 열었다.

"한 달에 한 번은 얼굴을 비추거라. 최소 하루다."

"지금도 시간이 부족해요!"

깜짝 놀라며 자리에서 일어서는 그녀.

눈을 크게 뜬 모습이 예쁘기도 하고 귀엽기도 하지만 천마의 얼굴은 변하지 않는다.

"싫으면 그만두고 폐관실로 들어가거라."

"으윽…!"

단리비로서도 이번 기회는 놓치지 어려웠다.

외부 활동이 거의 없는 신교에서 외부 무인과 교류를 가질 수 있는 기회란 거의 없다.

거기에 들리는 소문만 들어도 제법 강한 사람이지 않은가.

자신에 대해 조금도 모르는 외부인과의 비무를 통해 자신의 실력을 알아 볼 수 있는 최고의 기회였다.

무공에 자신의 모든 것을 내건 그녀였기에 천마의 조

건을 쉬이 거부 할 수 없었다.

한편 천마로서도 이런 조건을 내거는 것이 마음에 들지는 않지만 어쩔 수 없는 일이었다. 이렇게라도 하지 않으면 무공에 푹 빠진 손녀는 폐관실에서 잘 나오지도 않을 테니.

이렇게 얼굴을 마주하고 앉은 것도 벌써 반년만의 일이었다.

하나 밖에 남지 않은 혈육의 얼굴을 조금이라도 자주 보고 싶은 것은 당연한 일이지 않은가.

그렇기에 천마로선 조금도 물러설 생각이 없었다.

"으으… 알겠어요."

결국 항복을 한 것은 그녀였다.

처음부터 이길 수 없는 싸움이기도 했다.

"후후, 잘 선택하셨습니다. 내일은 아가씨와 단독으로 비무를 할 수 있도록 준비해놓겠습니다."

"하루 종일이에요!"

"물론입니다."

마뇌가 웃으며 이야기하자 단리비가 이글거리는 눈으로 외친다.

약속을 확답 받은 단리비는 곧장 자신의 거처로 돌아갔고 그제야 천마는 한숨을 내쉰다.

"저 천방지축을 대체 어찌하면 좋겠나?"

"저라고 해서 딱히 방법이 있겠습니까?"

"후… 저래서 시집은 가겠는가?"

"언젠가 가능하지 않겠습니까. 지금이야 무공에 심취해 계서서 그렇지만 마음에 드는 사람이 나타난다면 스스로 변하시겠지요."

"그래서 그게 언제가 될 것 같은가?"

"차가 좋습니다. 드시지요."

말을 돌리는 마뇌를 보며 고뇌가 깊어지는 천마였다.

아침이 되자 기다렸다는 듯 태현들은 연무장으로 향했다. 평소처음 구경꾼들로 가득 찬 연무장.

태현이야 마뇌가 허락한 사람들과 비무를 한다고 하지만 선휘나 파설경은 다르다. 괜찮다 싶으면 얼마든지 비무를 할 수 있는 것이다.

그렇기에 두 사람을 상대하기 위해 몰리는 인원도 보통이 아니었다.

"이건… 좀 다른데요?"

"으음."

선휘의 말에 동의하며 주변을 살피는 태현.

평소처럼 많은 사람들이 들어차 있기는 하지만 평소

보던 얼굴들이 아니었다.

하나 같이 강렬한 마기를 풍기는 실력자들이다.

게다가 단순히 비무를 구경하러 온 것 같지 않은 모습들에 태현은 조금 긴장했다.

천마의 배려로 안전한 상황에서 비무를 펼치고 있다곤 하지만 이곳은 천마신교.

어떤 상황이 벌어질지 모르는 것이다.

물론 이는 태현이 천마신교의 특성에 대해 완벽하게 이해하지 못했기 때문에 일어난 오해였다.

철저한 상명하복을 기본으로 삼는 신교에서 천마의 명이라 함은 그것이 죽음이라 하더라도 받아들이는 곳이다.

그런 곳에서 천마의 보호 아래 있는 태현들에게 못된 짓을 할 사람은 존재하지 않는 다 봐도 무방한 것이다.

철저한 강자존과 상명하복.

그것이 천마신교가 천년을 내려온 근간이자 근본이다.

기이한 분위기 속에 먼저 선휘가 연무장에 올라섰음에도 누구도 위로 올라가지 않는다.

그것은 파설경이라고 해서 다르지 않았다.

'노리는 건… 나인가?'

단단히 각오를 하고 연무장에 오르는 태현.

그러자 사람들의 시선이 태현에게 집중된다.

하지만 시간이 흘러도 누구도 연무장 위로 오를 생각을 하지 않았고, 결국 연무장 밑으로 내려가려고 할 때였다.

“미안, 좀 늦었네.”

태평한 목소리와 함께 한 사람이 들어선다.

적발, 적안의 미녀.

단숨에 연무장에 올라온 그녀, 단리비가 태현을 보며 말했다.

“오늘 비무를 벌일 사람은 나뿐이야. 그러기 위해서 제법 큰 희생을 치렀으니… 날 만족시켜줘야 할 거야.”

우웅—.

말이 끝나기 무섭게 그녀의 몸에서 솟구치는 마기!

한 순간 주변을 집어 삼키며 진득하게 퍼져 나오는 강렬한 마기는 이제까지 보지 못한 종류의 것이었다.

게다가 주변 사람들의 반응을 보고 있으니 다들 눈앞의 여인의 모습을 보기 위해 몰려든 것 같았다.

“뭐해? 준비 안 해?”

“…시작하지요.”

딱히 거절할 이유가 없기에 태현은 고개를 끄덕이며 자세를 낮추었고, 그 순간.

단리비가 달려들었다.

경쾌한 발놀림으로 단숨에 태현의 지척까지 달려든 그녀의 날카로운 발차기가 무릎을 노리고 날아든다.

갑작스런 상황이지만 태현은 침착하게 뒤로 슬쩍 물러나며 반격을 하려 했지만, 놀랍게도 무릎을 향해 날아들던 그녀의 발이 급작스럽게 궤적을 바꾸더니 그대로 찔러 들어온다.

어느새 그녀의 몸이 허공에 떠 있었다.

콰악!

가까스로 몸을 회전시키며 공격을 피해내는 태현.

"제법이네? 하지만!"

눈에서 이채를 뿌리며 그녀가 다시 움직인다.

경쾌하면서도 힘이 있는 공격.

튼튼한 기초를 바탕으로 정석적이면서도 변칙적인 공격이 쉴 틈 없이 쏟아져 나온다.

처음엔 그녀의 공격에 당황하던 태현도 시간이 지날수록 조금씩 익숙해지고 있었다.

스컥!

눈앞을 스쳐지나가는 그녀의 발끝.

반쯤 드러나는 그녀의 등을 태현은 놓치지 않고 공격하려 했지만 어느새 축이 되는 발을 회전시키며 공격을 쏟아내는 단리비!

그녀의 손발이 소나기를 연상시킬 정도로 빠르고 막대하게 쏟아져나온다.

하지만 그보다 무서운 것은 그녀의 몸에서 뿜어져 나오는 마기였다.

끊임없이 움직이며 몸의 움직임을 방해 할 뿐만 아니라 기감을 계속해서 건드리며 제대로 된 탐색을 못하도록 방해하고 있었다.

그렇게 이어지는 공격이 일각이 넘어 갈 때쯤 단리비가 뒤로 물러섰다.

"흐응, 괜찮네. 소문이 단순히 헛소문은 아니었네."

"당신은 대체…."

"그걸 알고 싶으면 날 이기면 될 거야. 그나저나 구경꾼들이 많네? 익숙한 얼굴도 많고."

그녀가 시선을 돌리자 눈을 마주치지 않으려는 자들이 대부분이다.

그럴 수밖에 없었다.

태현은 모르겠지만 이 자리에 있는 사람들은 모두들 그녀에게 호되게 당한 사람들이었다.

공식적인 서열은 존재치 않지만 그녀의 실력은 신교 안에서도 알아주고 있었고, 이미 후기지수들과도 큰 격차를 보이고 있었다.

몇 년 전까지만 하더라도 자신의 실력을 확인하기 위해 수많은 이들과 비무를 벌였던 것이 바로 그녀였다.

오죽하면 그녀에게 붙은 별명이 무광(武狂)이겠는가.

여인에게 붙은 별명치고는 안 어울린다 싶지만, 그녀를 아는 모든 사람들은 그보다 어울릴 수 없는 별명이라 생각했다.

그러면서도 동시 그 뛰어난 미모로 인해 마도제일화(魔道第一花)라 불리는 것이 또 재미있다.

어쨌건 여러가지 이유로 이 자리를 찾은 사람들이었다.

그녀의 얼굴을 보기 위해, 그녀의 실력을 확인하기 위해, 그녀의 패배를 기대하고서 찾은 이까지.

수많은 감정들이 뒤섞인 그들의 얼굴을 보며 단리비는 피식 웃어주곤 다시 태현에게 시선을 돌린다.

"제대로 해보자고."

태현에게 실력이 있다는 것을 확인했으니 이젠 진짜로 해볼 참이었다. 어차피 지금까지는 서로 몸 풀기에 불과하다는 것을 알고 있으니 말이다.

스릉-.

천천히 청홍을 뽑아드는 태현.

그 모습에 고개를 끄덕이는 단리비의 두 손이 투명해지기 시작했다.

"소수마공(素手魔功)이다!"

"저 정도라면 벌써 대성한 건가?"

"후… 따라잡기는 글렀군."

투명해진 그녀의 손을 보며 많은 이들이 놀란다.

소수마공의 화후가 높아지면 높아질수록 손이 투명해지는데 지금 그녀가 보이는 수준이라면 소수마공을 완벽하게 자신의 것으로 만들었다는 이야기였다.

천마신교에 있는 수많은 무공들 중에서도 여인이 익힐 수 있는 최강의 무공 중 하나가 바로 소수마공이었다.

소수마공은 대단히 뛰어난 무공이지만 약점이 하나 있었으니 자칫 주화입마에 빠지기 너무나 쉽다는 것이었다.

적어도 팔성의 경지에 이르기 전까지는 결코 안심할 수 없는 무공이 소수마공이었다.

"소수마공이라니… 대단하군요."

"알고 있다면, 최선을 다하는 것이 좋을 겁니다!"

팟!

다시 달려드는 그녀.

복잡한 기교 따윈 필요 없다는 듯 단순하면서도 경쾌한 몸놀림으로 빠르게 다가선 그녀의 손이 움직인다.

위이잉- 퍼펑!

허공을 후려쳤을 뿐임에도 어마어마한 소리와 함께 진

동이 사방으로 퍼져나간다.

소수마공은 극한에 이른 음공(陰功)이다.

그 증거로 허공의 수분이 순간 얼어붙으며 하얗게 꽃을 피웠다가 사라진다.

하지만 그것을 감상할 틈도 없이 태현의 검이 날카롭게 그녀의 목을 노리고 날아든다.

쩌엉-!

어느새 막아선 그녀의 왼손.

두 사람의 신형이 얽혀 들어간다.

第3章.

第3章.

철혈성(鐵血城)이란 이름을 얻은 뒤 그들이 가장 먼저 한 것은 외부에서 진행하고 있던 모든 계획을 취소하는 것이었다.

하지만 명령을 받고서도 끝내 조용히 계획을 취소시키지 않은 자가 있었으니 바로 적영이었다.

본래 잔인하고 싸움을 좋아하는 그이지만 조직의 계획만큼은 철저하게 따르던 자였지만 이번에 사고를 쳐도 아주 크게 쳐버린 것이다.

그 결과 철혈성 본거지로 돌아오자마자 다른 팔영들에 의해 체포되어 철무진의 앞에 무릎 꿇어야 했다.

"적영."

"예, 예!"

철무진의 부름에 적영이 재빨리 고개를 숙이며 대답한다.

어느새 그의 온 몸에선 식은땀이 한 가득 흘러내리고 있었다.

당연한 이야기였다.

자신들의 주인인 그의 몸에서 흉흉한 기운이 연신 흘러나오고 있었으니까.

"왜 명령을 무시했지?"

"그, 그것이…."

"왜지?"

차갑기만 한 그의 물음에 적영은 제대로 대답 할 수 없었다.

온 몸을 죄여오는 기운에 입을 열기도 어려울 정도였다.

덜덜덜.

"쯧! 쓰레기 같은 놈."

결국 혀를 차며 철무진이 가볍게 손을 휘두른다.

그 순간.

그의 곁에 있던 검이 떠오르더니 곧장 적영의 몸을 꿰뚫어버렸다.

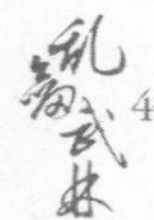

일말의 망설임도 없이.

"사… 살…."

"쓰레기는 쓸데도 없는 법이지."

끝까지 차가운 그를 보며 적영이 쓰러진다.

정확히 심장에 박혀 들었던 검이 스스로 뽑혀 나오더니 다시 본래의 자리로 돌아가고… 모든 것을 지켜보던 팔영의 얼굴은 굳어져 있었다.

수많은 대소사를 처리하며 그의 후계가 되기 위해 노력했던 자들이었다.

그런데 실수가 있었다고 해서 이렇게까지 할 줄은 조금도 예상하지 못했던 것이다.

물론 다른 수하들이 죽는 것은 여럿 보았지만 후계 예비자라 할 수 있는 자신들도 다를 바가 없다는 것은 충격이지 않을 수 없었다.

그런 분위기를 쇄신하고 나선 것은 자영이었다.

"실수를 한 자에겐 그에 마땅한 벌이 필요한 법이지요. 게다가 스스로의 감정도 조절하지 못하는 자라면… 후후, 이번 기회에 없어져 주는 것이 저희 철혈성을 위해선 더 나을 지도 모르는 일입니다."

"본성은 곧 무림으로 진출할 것이다. 그러기 위해선 본거지를 필요로 하는 바. 괜찮은 곳은?"

철무진의 물음에 자영이 고개를 숙인다.

이미 이에 대해 맡아서 일을 처리했던 그이기에 멈추지 않고 이야기를 풀어 놓는다.

"앞으로 무림을 일통했을 때 최고의 위치는 역시 중원의 중심이라 할 수 있는 무한이 최고의 위치라 할 수 있습니다. 허나, 당장 그곳을 가지게 되면 여러 가지로 곤란한 것들이 많으니 임시로 괜찮을 곳을 둘러보았습니다. 그리고 최종적으로 가장 괜찮을 것이라 생각한 곳은…."

잠시 말을 멈춘 자영이 철무진의 얼굴을 살피며 입을 연다.

"사천입니다. 무림에서도 가장 치열한 곳인 사천을 손에 넣는다는 것은 곧 무림의 3할을 손에 넣었다 해도 과언이 아닐 것입니다."

"사천이라니…!"

자영의 말에 깜짝 놀라는 팔영들.

사천무림은 무림에서도 가장 치열한 곳으로 인정받고 있었다.

정파의 거성이라 할 수 있는 아미, 청성, 당문이 빼곡히 자리를 잡고 있을 뿐만 아니라 그 외의 문파들도 꽤나 많이 존재하고 있는 것이다.

얼마나 치열한 곳인지 사천에서 인정을 받은 자는 곧

무림에서 인정을 받은 것이나 마찬가지일 정도였다.

하지만 그의 말처럼 만약 사천을 손에 넣을 수 있다면 정파, 아니 무림 세력의 3할을 집어 삼킨 것이나 마찬가지이게 된다.

말이 3할이지 실제로는 그 이상의 여파를 남기기에 충분할 것이었다.

"좋군. 실행에 옮기도록."

"명을 받듭니다."

만족스런 미소와 함께 철무진이 명을 내리자 자영이 무릎을 꿇으며 명을 받든다.

마침내 철혈성이 세상에 모습을 드러내려는 것이다.

†

"여기선 이렇게 움직여서 여기를 노리는 척 하다가, 빈손으로 이곳을 때리는 것이 낫지 않을까?"

"아니지. 굳이 힘이 실린 상태에서 다른 공격을 할 필욘 없지. 차라리 막히더라도 힘을 실어서 때리고 그 뒤를 노리는 편이 나을 수도 있어."

자리에 서서 몸을 천천히 움직여가며 토론을 나누는 태현과 단리비.

첫날의 비무에 이어 근 삼일을 연속으로 하루 종일 비무만 나누더니 어느 순간 가까워져선 이젠 거의 매일을 붙어 무공에 대한 의견을 나누고 있었다.

평소라면 벌써 폐관실로 직행했을 그녀가 돌아가지 않고 태현의 곁에 머무는 것은 신교 안에서도 큰 화재가 되었지만 정작 당사자는 크게 신경 쓰지 않았다.

태현 역시 그날 이후 다른 사람과의 비무는 그만두고 그녀와 의견을 나누는 것에 집중하고 있었다.

뛰어난 실력을 갖춘 그녀를 두고 다른 사람과 비무를 할 필요가 없어보였던 것이다. 게다가 충분한 비무를 통해 얻었던 것들을 완벽하게 자신의 것으로 만들었기에 더 이상 비무가 필요 없기도 했다.

사실 실력만 놓고 본다면 단리비도 대단하긴 했지만 태현에게는 미치지 못했다.

내공과 무공에 모자라던 경험까지 쌓으니 태현의 실력은 빠른 속도로 늘어 이제와선 어지간해선 상대하기 어려울 정도가 되어버린 것이다.

"그러니까 이렇게 움직이는 것이 더 낫다는 거지?"

"그렇지. 그리고 여기 이 축이 되는 발을 살짝 비틀면서 회전력을 더하면 더 큰 파괴력을 낼 수 있지."

"흐응… 생각보다 어려운데?"

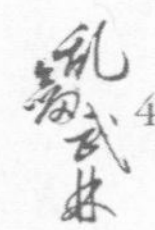

"처음엔 그렇겠지만 계속해서 반복하다보면 굳이 신경 쓰지 않아도 몸이 알아서 움직이게 될 거야."

"하긴 그거야 그렇지."

태현의 조언에 고개를 끄덕이며 받아들인 그녀가 연신 같은 동작을 반복적으로 하고 있을 때 태현의 시선이 뒤편에서 멀뚱히 자신들을 쳐다보고 있는 선휘와 파설경에게 향한다.

"왜? 수련들 안 해?"

"…해요."

"예, 하고말고요. 예, 예."

어딘지 모르게 싸늘한 두 사람의 말투에 태현은 고개를 갸웃거리지만 곧 단리비의 질문에 다시 고개를 돌린다.

그 모습에 두 사람이 한숨을 내쉰다.

"그 녀석… 어지간히 마음에 든 모양이로군."

단리비에 대한 보고를 들은 천마가 웃으며 이야기하자 보고를 올리던 마뇌가 고개를 흔든다.

"꼭 좋은 이야기만은 아닙니다. 아가씨야 크게 신경 쓰지 않는 분위기니 괜찮기야 합니다만, 좋지 않은 소문이 교내에 돌고 있습니다."

"좋지 않은 소문이라니?"

"…그에게 마음이 있는 것이 아닐까라는…."

"푸하하핫! 그거 농인가?"

마뇌의 말이 끝나기도 전에 박장대소를 하며 크게 웃으며 묻는 천마지만 마뇌가 대답 없이 고개를 돌리자 얼굴이 굳어진다.

"진짜인가?"

"소문은 그렇습니다."

"네 이놈을!"

벌떡!

분기탱천해 자리에서 일어서는 천마를 보며 마뇌가 긴 한숨과 함께 그의 앞에 막대한 양의 서류를 내려놓았다.

"오늘의 일입니다."

"지금 이런 일이 중요한 것이…!"

"아주 중요합니다. 놈들에게 대비할 준비를 하라고 시키신 것은 교주님이시지 않습니까. 결제가 늦어질 때마다 그만큼 준비가 늦어지는 겁니다. 자자, 일하십시오."

"하지만!"

끝까지 물고 늘어지는 천마.

하나 밖에 남지 않은 혈족이라 그런지 천마가 손녀 단리비를 대하는 모습은 보물이라도 다루는 듯하다.

천마 스스로는 인지하지 못하고 있지만 단리비의 곁에

남자들이 다가가지 않는 이유의 오 할은 천마의 지나친 참견 때문이었다.

그런 사실을 누구보다 잘 아는 마뇌이기에 일부러 서류를 가지고 온 것이었다.

적어도 일을 내팽겨 치고 움직이는 사람은 아니니까.

'이번에도 놓치시면 평생 혼자 사시게 될 겁니다.'

끝내 그 말은 하지 않는 마뇌.

보고를 올리진 않았지만 이미 그는 알고 있었다.

신교 안에서 단리비를 감당 할 수 있는 남자가 없다는 것을 말이다.

'잘해 보십시오, 아가씨.'

마음으로 빌었지만 한 구석에선 가능할까라는 의문이 드는 것도 사실이다.

이제까지 지켜본 그녀는 그야말로 무공에 자신의 인생을 건 사람이었고, 다른 사람과의 대화와 감정에 대해선 무척이나 서툰 사람이었으니까.

†

신교의 수많은 후기지수들 중에서도 주목받고 있는 세 사람이 있었다.

단리비야 워낙 규격외의 인물이다 보니 애초부터 포함이 되지 않았음이니 실제로 이 세 사람이야 말로 미래 신교를 이끌어가게 될 기대주인 것이다.

강인한 인상과 달리 부드러운 검법을 사용하며 마운검(魔雲劍)이라 불리는 기태허.

잘생긴 얼굴과 뛰어난 재능으로 뭇 여인들의 시선을 한 눈에 받는 옥면랑(玉面狼) 구자환.

강인한 체력과 육체를 바탕으로 압도적인 힘으로 상대를 제압하는 파군(破君) 배도영.

이 세 사람을 일컬어 마도삼룡(魔道三龍)이라 부른다.

세 사람을 엮어 마도삼룡이라 부르고 있지만 실지 한 자리에 모이는 것이 극히 드문 세 사람이었는데, 오늘 한 자리에 모여 앉았다.

"오랜만이군."

"그날 이후 우리가 한 자리에 앉을 것이라 생각도 안했는데 말이야."

"어지간하면 그날 이야기는 안했으면 좋겠는데?"

옥면랑의 말에 두 사람이 어깨를 으쓱이며 더 이상 입을 열지 않았다.

어차피 그날의 기억은 세 사람에게도 좋지 않은 일이니까.

"그보다 그 소문 진짜야? 무광이 외부인에게 들러붙어 있다는 것이?"

"음… 직접 본 사람들이 많으니 사실이겠지."

"설마하니 그녀를 만족시킬 수 있는 사람이 나올 것이라고 생각지 못했는데 말이야."

파군의 말에 맹열하게 고개를 끄덕이는 두 사람.

오래 전 세 사람은 같은 날 호기롭게 단리비에게 덤벼들었다가 죽기 직전까지 몰린 적이 있었다.

그날 이후 철지부심 그녀를 뛰어넘기 위해 노력을 했고 결국 마도삼룡이라 불릴 정도의 실력을 얻었지만 여전히 그녀를 이긴다는 것은 요원한 일이었다.

헌데, 외부에선 온 무인이.

그것도 자신들의 또래가 그녀를 꺾었을 뿐만 아니라 무공에 미쳐있는 그녀가 그를 따라다닌다고 하니 그 놀라운 소식에 이렇게 한 자리에 모이게 된 것이다.

"그런데 그런 소문에 우리가 모일 필요가 뭐지?"

파군의 물음에 옥면랑과 마운검이 잠시 머뭇거리다 입을 열었다.

"솔직히 말하면 난 그녀에게 마음이 있다."

"나 역시."

솔직한 두 사람의 말에 파군은 의외라는 듯 눈을 크게

떴다가 곧 고개를 끄덕인다.

"하긴 그녀는 아름다우니까."

"그것도 하나의 이유가 될 수 있겠지만… 어쨌건 이 마음은 진심이다."

"나 역시. 게다가 신교 무인도 아니고 외부인에게 그녀를 빼앗길 순 없다."

마운검의 확고한 말을 동의한다는 듯 열심히 고개를 끄덕이는 옥면랑.

두 사람의 말에 파군은 잠시 고민했지만 곧 입을 열었다.

"확실히 그것은 문제지. 신교인을 이해해 줄 수 있는 것은 신교인 뿐이니까."

"그래. 그러니 결코 그녀의 곁에 놈이 접근 할 수 없도록 해야 한다."

"무슨 수로? 놈이 그녀를 이겼다고 하지 않았나?"

파군의 냉정한 말에 옥면랑과 마운검의 입이 절로 다물어진다.

실력으로 누를 수 있을 것 같으면 진즉에 단리비에게 도전을 했을 세 사람이지만 그럴만한 실력이 되지 못했다.

그런 단리비에게 이긴 사내에게 덤벼든다는 것은 어불

성설 그 자체다.

다급해 보이면서도 이러지도 저러지도 못하고 헤매는 두 사람을 보며 파군이 침착하게 이야기를 시작한다.

"냉정해져라. 그녀의 신분을 생각하면 이런저런 이야기들 때문이라도 쉽게 결정을 하지 못하니까. 게다가 그녀의 성격을 생각해보면… 쉽게 답이 나오지 않나?"

"그, 그거야 그렇지만. 결국 여인이지 않은가. 여인의 마음은 흔들리기 쉬운 갈대와 같은 것이네. 특히, 그녀와 같은 성격을 가진 여인들은 끝까지 가는 법이지."

"경험인가?"

옥면랑의 말에 정면으로 묻는 파군.

그에 옥면랑이 얼굴을 붉히며 헛기침을 한다.

잘생긴 얼굴과 여인들의 관심만큼 많은 여인들을 만나고 다닌 것이 바로 그였다.

"그러고 보니 자네는 그녀에게 관심이 없나?"

조용히 있던 마운검이 파군을 똑바로 쳐다보며 묻자 파군이 즉시 고개를 흔들었다.

"전혀. 그녀의 성격을 난 감당 할 수 없다. 게다가 내가 꿈꾸는 여인의 상과 거리가 멀다."

"꿈꾸는 여인의 상?"

"나와 힘을 겸 줄 수 있는 여인."

"글렀군."

"음."

파군의 말이 끝나기 무섭게 옥면랑과 마운검이 동시에 고개를 내젓는다.

타고난 육체의 힘을 가진 그와 견 줄 수 있는 여인이라니.

세상을 뒤집어 봐도 찾기 어려울 것이 분명했다.

"우선 이러고 있을 것이 아니라 직접 찾아가보는 것이 어떻겠나? 분위기도 살피고 놈의 얼굴도 볼 겸해서 말이야."

"군사 어르신의 허락이 없으면 비무는 금지다."

마운검의 말에 파군이 고개를 흔들며 일어섰다.

"방금 전 내가 냉정해지라고 이야기했을 텐데? 비무가 아니라 단순 구경이다. 구경하는 것까지 허락을 받을 필요는 없을 것이다."

"아!"

"그, 그렇군."

그제야 자리에서 일어서는 두 사람을 보며 파군은 작게 한 숨을 내쉬었다.

어린 시절부터 함께해온 녀석들이지만 이런 모습은 처음이었다.

그 길로 태현들이 자주 모습을 보인다는 연무장으로 발걸음을 옮기는 세 사람.

사람들이 많을 것이란 예상과 달리 그곳에 남아 있는 사람은 그리 많지 않았다.

벌써 며칠 째 비무가 열리지 않고 있는데다, 단순한 수련을 하는 것뿐이니 흥미를 잃은 사람들이 자리를 뜨기 시작한 것이다.

그나마 남아 있는 사람들은 뒤늦게 찾아와 얼굴이라도 보려는 자들이었다.

"마도삼룡이다."

"저들까지?"

갑작스런 그들의 등장은 사람들로 하여금 관심을 끌게 하기에 충분하고 남았다.

이런 시선이 익숙한 세 사람은 개의치 않고 좀 더 안쪽으로 움직여 연무장 위에서 수련에 힘쓰고 있는 네 사람에게 다가선다.

연무장 바닥에 마주 앉아 토론에 열중하고 있는 태현과 단리비. 그 옆에서 몸을 움직이고 있는 선휘와 파설경.

그들의 등장에도 전혀 개의치 않고 자신의 일을 하는 모습에 당황하면서도 먼저 입을 연 것은 파군이었다.

"오랜만이다."

"응? 어?"

갑작스런 목소리에 시선을 돌렸던 단리비가 의외라는 듯 놀라면서도 자리에서 일어섰다.

자신을 피하기만 하던 세 사람이 동시에 자신을 찾아올 것이라곤 생각지도 못했던 일이기 때문이다.

"무슨 일이야? 그렇게 보자고 할 때는 피하더니."

"흠흠."

그녀의 직설적인 말에 헛기침을 하며 옥면랑이 나섰다.

"늦었지만 재미있는 소문을 들어서 말이지. 외부에서 온 무인이 널 꺾었다고 하던데. 사실인가?"

"아아… 그렇지. 졌어."

담백하게 자신의 패배를 인정하는 단리비.

"사실이었군. 그보다 폐관실에서만 살아갈 것 같던 네가 외부 활동에 열심히 라던데… 괜찮은가?"

"괜찮지 그럼 죽어?"

"그, 그렇지?"

직설적인 그녀의 말에 옥면랑은 더 이상 말을 이어 갈 수 없었다.

사람을 대하는 것이 서툴다는 것을 알고 있지만, 그럼에도 상처를 받는 것은 어쩔 수 없는 일이었다.

“좋지 않은 소문이 돌던데 알고 있나?”

“소문?”

이번에 나선 것은 마운검이었다.

“우스갯소리겠지만 네가 저 남자에게 푹 빠져있다고 하더군.”

“응? 그것도 무슨 헛소리?”

“소문이 그렇다는 거다.”

“지랄도 풍년인 것들이 많네.”

거친 욕설이 쏟아지는 그녀의 말에 마운검과 옥면랑은 오히려 마음이 편해지는 것을 느낄 수 있었다.

적어도 소문과 달리 그녀가 놈에게 관심이 없어 보이는 것 같았던 것이다.

그러자 그제야 곁에 서 있는 태현에게 시선이 간다.

‘제법 생기긴 했는데… 나보단 못하지만.’

‘흠, 검을 쓰는 건가. 대체 어떻게 사용하기에 그녀를 이길 수 있었던 것이지?’

두 사람의 머릿속이 복잡해질 때 또 한 사람인 파군의 시선은 그들의 뒤편.

파설경을 향하고 있었다.

목 뒤로 아무렇게나 질끈 묶은 머리카락과 흘러내린 땀으로 인해 달라붙은 옷이 몸의 굴곡을 드러낸다.

오해를 받을 수 있음에도 그는 시선을 떼지 않았다.

아니, 애초 그가 집중하고 있는 것은 바로 그녀가 움직일 때마다 울려 퍼지는 소리에 있었다.

퍼펑—!

펑!

허공을 때리는 강렬한 소리.

이런 소리야 무공을 익힌 사람들이라면 어렵지 않게 낼 수 있다.

하지만 내공이 아닌 순수한 육체의 힘만으로 저런 소리를 낼 수 있는 사람은 지극히 드물다.

"대단하군."

"뭐?"

자신도 모르게 중얼거리는 소리에 곁에 있던 옥면랑이 되묻지만 파군은 대답 없이 움직였다.

갑작스런 그의 움직임에 마운검과 옥면랑이 당황했지만 그의 발걸음이 뒤편의 파설경을 향하자 고개를 갸웃거린다.

오늘 이곳에 온 목적은 단리비와 태현이란 놈에게 있는 것이지 다른 사람들에게 있는 것이 아니었던 것이다.

그들이 무슨 생각을 하건 발걸음을 옮긴 그는 파설경의 앞에서 입을 열었다.

"급작스럽지만 비무를 청해도 되겠소."

"나?"

"그렇소."

갑작스런 상황에 파설경이 태현을 바라본다.

태현은 잠시 파군의 모습을 보다가 고개를 끄덕이며 허락했다. 그녀에게 해를 끼칠 것 같진 않아 보였던 것이다.

"좋아! 바로?"

"괜찮다면."

화끈한 그녀의 대답에 파군은 즉시 고개를 끄덕이며 자세를 잡았고, 파설경 역시 자세를 낮춘다.

"먼저 들어오시오."

"거절하지 않고!"

팟!

그의 말을 거절치 않은 파설경이 빠르게 달려들며 주먹을 휘두른다.

펑!

강렬한 소리와 함께 얽혀드는 주먹!

거칠지만 약점이 보이는 그녀의 공격을 파군은 묵묵히 받아내고 있었는데, 기이한 것은 조금도 반격을 하지 않고 있다는 것이었다.

"이익!"

그것이 약이 오른 듯 발차기까지 동원해가며 자신의 모든 것을 쏟아 붙는 파설경!

쩌적-!

그녀가 진각을 밟을 때마다 연무장의 단단한 청석(靑石)이 깨어져 나간다.

텅!

"음."

공격을 막아낼 때마다 몸으로 전달되는 강력한 힘의 파동에 파군은 만족스러운 듯 고개를 끄덕인다.

그렇게 일다경의 시간을 방어만 하던 그가 돌연 주먹을 내지른다.

퍼억!

"악!"

정확하게 복부에 내려 꽂인 그의 주먹질에 외마디 비명과 함께 뒤로 물러서다 자리에 주저앉는 그녀.

천력신공의 공능으로 몸을 보호하고 있음에도 불구하고 아찔할 정도의 고통이 몸을 사로잡는다.

"여기까지 하는 것이 좋겠소."

"으… 졌어. 제길!"

결코 기분 좋지 않은 싸움이었기에 툴툴대면서 자리에

서 일어서는 파설경.

그녀를 향해 다가선 파군이 돌연 손을 내밀었다.

"괜찮다면 나와 사귀어 줄 수 있겠소. 결혼을 전제로."

"뭐?"

적막이 연무장을 휩쓴다.

그날부터 파군의 파설경 앓이는 시작되었다.

해가 뜨면 월영각 정문에서 망부석처럼 기다리다가 연무장으로 이동하는 태현들과 함께 이동을 한다.

그곳에서 파설경에게 끊임없이 말을 걸고 그녀의 수련을 도우면서 어떻게든 친해지려고 노력을 하고 있었다.

문제는 정작 파설경이 싫어하고 있다는 것이다.

"으… 지겨워. 어떻게 방법 없어?"

"왜? 괜찮은 사람 같은데."

밤이 늦은 시각 침상에 엎드리며 파설경이 말하자 선휘가 머리카락을 말리며 편하게 이야기한다.

그러자 입을 삐죽이는 파설경.

"자기가 당하는 거 아니라고 쉽게 이야기 한다? 응?"

"왜? 그 정도면 못생긴 편도 아니고, 촉망받는 무인이라니까 앞으로 미래도 창창할 것이고. 나쁘지 않잖아?"

웃으며 이야기하는 그녀에게 가볍게 베개를 던진 파설경이 자리에 앉으며 입을 열었다.

"딱 이거다 하는 느낌이 그 사람한텐 없단 말이지. 물론 불알 달고 태어난 사내가 당당하게 저렇게 하는 건 마음에 드는데 말이야."

"넌 그 말투부터 고쳐야 해."

"냅둬. 이제까지 이렇게 살았는데 그게 쉽게 고쳐지나?"

하품을 하며 다시 자리에 눕는 그녀를 보며 선휘는 한숨을 내쉬었다.

말은 하지 않았지만 당당하게 자신의 마음을 표현하는 파군과 파설경을 보며 부러운 적이 한 두 번이 아니었다.

'나는 과연 어쩌고 싶은 걸까….'

스스로에게 되묻지만 결론은 내리지 못한 채 그녀의 곁에 눕는다.

밤이 깊어가고 있었다.

NEO ORIENTAL FANTASY STORY

第4章.

亂劍武林 난검무림

第4章.

"다음번엔 그냥 넘어가지 않는다."

"아, 예예."

감영의 말에 툴툴대면서도 대답을 하는 흑영.

황금충을 죽인 이후 결코 사이가 좋지 않았던 두 사람이지만 이번 임무를 위해 어쩔 수 없이 과거의 앙금을 털어내고 손을 잡을 수밖에 없었다.

다른 사람도 아닌 주군인 철무진이 직접 내린 명령이기에 사사로운 감정으로 일을 망칠 순 없었던 것이다.

툴툴대는 흑영의 얼굴을 잠시 노려보던 감영의 시선이 다른 곳으로 향한다.

두 사람의 뒤로 물경 이천에 달하는 수하들이 대기를 하고 있었는데, 울창한 숲속에 모습을 감추고 있지만 일단 움직이면 파죽지세로 몰아붙일 것이 분명했다.

"계획을 다시 확인하지. 내가 밖에서 흔들고 있으면 안에서 네가 처리한다."

"간단한 계획이니 다시 이야기 안 해도…."

"너니까 다시 말하는 것이다."

단호한 감영의 말에 흑영은 입을 다물었다.

더 이상 까불어 좋을 것이 없다고 판단한 것이다.

게다가 앞으로 상대해야 할 자는 무림에서도 꽤나 이름이 있는 자들.

조심해서 나쁠 것은 없었다.

"그런데 왜 하필이면 백검회지?"

"좋은 자리에 있으니까."

"겨우 이유가 그거?"

허탈하다는 흑영의 물음에 감영이 고개를 끄덕여 준다.

백검회(百劍會)는 용담호혈이라 불리는 사천무림에서도 가장 알아주는 문파의 하나로 그 이름처럼 정확히 백 명의 검수(劍手)들로 이루어진 곳이었다.

오직 실력만이 모든 것을 좌지우지 하는 곳이라 실력

이 없다면 백검회에서 탈회해야 했다.

덕분에 백검회가 자리를 잡은 곳 주변으로 작은 마을이 형성되었는데, 그 모든 이들이 백검회의 자리를 노리고 수련을 하기 위해 모여든 검수들이었다.

그들 역시 백검회가 도움을 청하면 움직일 수 있는 전력들이기에 결코 백검회의 전력이 약하지 않았다.

"시간되었다."

"알았어, 알았다고."

감영의 무뚝뚝한 말에 고개를 끄덕이며 순식간에 모습을 감추는 흑영.

그를 따라 수백에 이르는 기척이 동시에 사라진다.

그것을 확인하고 나서야 감영이 명령을 내렸다.

"쳐라."

파바밧!

누구도 소리 지르지 않는다.

그저 명령에 따라 눈앞의 백검회를 향해 달려갈 뿐.

천오백이 넘는 인원이 빠른 속도로 달려가는 것은 장관이었지만 감영은 익숙한 듯 가장 마지막에 몸을 날린다.

땡땡땡-!

"적이다!"

"기습이다!"

차창! 챙!

요란한 소리와 함께 백검회가 소란스러워지기 시작했다. 아니, 그 이전에 백검회 주변을 감싸고 있는 마을부터 시끄러웠다.

아악!

곳곳에서 들려오는 비명소리와 어디서 난 것인지 불이 붙은 건물들이 타오르며 연기를 피워 올린다.

"이게 무슨 소란이냐!"

"회주님! 적의 침입입니다!"

"적? 대체 누가 말이냐!"

백발의 노인이 멋들어진 장포를 휘날리며 모습을 드러내자 기다렸다는 듯 무인들이 그를 중심으로 모여든다.

백검회주 천변검(千變劍) 일휘양이었다.

비록 칠왕의 자리에 오르진 못했으나 결코 그들에 뒤지지 않는다는 실력을 가진 자로.

중원 무림에서도 널리 알려진 자였다.

"정체를 알 수 없습니다! 숫자는 대략 일천 이상입니다!"

"뭐?! 백검을 소집해라! 또한 비상사태임을 선포하고

원로들을 비롯한 모든 인원을 움직여라!"

"명!"

일천이 넘는 적의 침입이라는 소리에 천변검은 깜짝 놀랐지만 곧 적절한 명령을 내리기 시작했다.

백검회가 이렇게까지 성장 할 수 있었던 것은 천변검이 회주를 맡기 시작하면서였다. 그만큼 상황 판단이 빠르고 임기응변에 능한 자인 것이다.

명령을 내린 그는 재빨리 집무실로 돌아가 자신의 애검을 손에 쥐고선 밖으로 달려갔다.

"일천이라니. 대체 어디서 그런 인원을 동원 할 수 있단 말인가!"

말이 일천이지 결코 쉽게 동원 할 수 없는 숫자다.

대형문파가 아니고선 결코 말이다.

백검회가 평소 원한을 진 곳이 없는 것은 아니지만 대형문파와 척을 진 것은 무척이나 적다.

설령 척을 져서 자신들을 치기 위해 움직였다 하더라도 오는 동안 보고가 있었어야 정상인데 그런 것도 없었다.

"마치 하늘에서 뚝 떨어진 것 같지 않은가."

으득.

이를 악물며 달려가던 그때였다.

"맞아. 하지만 반대로 우린 땅에서 솟아올랐지만."

"누구…!"

콰직!

갑작스런 상황에 미처 대응하기도 전.

그의 심장을 꿰뚫는 소검이 있었으니, 바로 흑영의 검이었다.

"걱정하지 말고 먼저 가라고. 곧 뒤이어 보내 줄 테니까."

"너… 너…."

털썩.

뭐라 말을 하지도 못하고 쓰러지는 천변검.

눈을 감지도 못한 채 죽은 그를 보며 무심하게 검을 뽑아든 흑영이 재미없다는 듯 중얼거린다.

"아무리 준비를 해두었다지만 너무 쉽잖아? 그래도 꽤 재미있게 놀 수 있을 줄 알았더니. 쯧. 야! 해체하고 다 죽여!"

"명을 받습니다."

흑영의 명령에 그의 주변이 일렁이더니 곧 흑의를 입은 무인들이 사방으로 흩어져 나간다.

무림에서 이름 높은 천변검이 이렇게 쉽게 당한 이유는 간단했다.

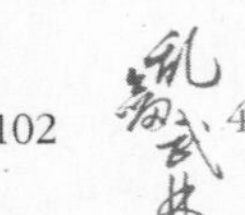

급작스런 공격으로 정신이 쏙 나갔기도 하지만 수하들을 진법의 축으로 사용하여 철저히 자신을 감추고, 공격하기 직전 수하들로 하여금 살기를 내보내어 그의 감각을 속인 뒤 틈을 타 검을 찔러 넣은 것이다.

철저하게 그가 어떻게 움직일 것인지, 어떤 길로 오게 될 것인지를 조사했기에 가능한 방법이었다.

"너, 나와 봐."

"예."

한쪽을 보며 그가 말하자 기둥 뒤에서 한 사내가 모습을 드러내었는데, 백검회의 부회주 화검(火劍) 칠무양이었다.

실력은 뛰어나지만 욕심이 많은 성격으로 인해 많은 이들에게 지지를 받지 못하고 있던 그가 결국 배신을 하고 만 것이다.

천변검에 대해 철저히 조사를 해서 알려준 사람이 바로 그였다.

"천변검이 죽었으니 백검회는 네가 운영을 해. 알려준 대로 네게 걸림돌이 될 자들은 모조리 죽여 줄 테니까."

"감사합니다."

눈을 빛내는 화검.

하지만 그 눈을 본 흑영이 웃으며 말했다.

"그런데 말이야. 우린 백검회가 필요없거든."

"예?"

"그렇단 말이야."

푸확!

"컥!"

목을 가르고 지나가는 검을 보며 억울한 듯 그의 눈이 흑영을 바라본다.

"왜…."

"말했잖아. 우린 백검회가 필요 없다고. 네가 회주하고 싶으면 회주 해. 다만 우리 걸림돌이 되니까 넌 죽을 뿐이야. 알겠어? 어라? 벌써 죽었네?"

마음에 안 드는 듯 쓰러진 놈의 시신을 발로 차버린 흑영이 천천히 발걸음을 옮긴다.

"여기에 뭐가 또 있으려나?"

백검회가 불타오르고 있었다.

†

"이거 안 좋은데…."

서류를 살피는 진양표국주 허무선의 얼굴이 좋지 않다.

복잡한 서류들을 수십 번도 들었다 놨다 하면서 살피

는 그.

소흥왕부를 등에 업은 이후 승승장구하며 규모를 불려온 진양표국은 명실 공히 항주 삼대표국으로 인정을 받고 있었다.

특히 오제의 일인인 마룡도제의 합류는 진양표국의 일을 폭넓게 넓히는데 큰 역할을 해주고 있었다.

그동안 무림세력과의 거래가 거의 없었는데 이런저런 인연이 생기기 시작하더니 부쩍 그 양이 늘어난 것이다.

특히 남궁세가와의 거래는 진양표국 전체 거래의 1할을 차지 할 정도로 큰 규모로 성장해 있었다.

그런 표국을 운영하는 그의 얼굴이 어둡다는 것은 표국에 좋지 않은 일이 발생했다는 뜻이다.

"대체 언제부터…."

서류를 내려놓은 그가 눈을 감으며 중얼거린다.

그동안 너무나 바쁘게 살아오느라 놓치고 있었는데 우연한 기회에 알게 되었다. 자신도 모르는 돈이 새어나가고 있다는 것을 말이다.

교묘하게 꾸며진 장부.

정말 우연한 기회가 아니었다면 결코 알 수 없었을 지도 모르지만, 일단 확인을 하고나자 이곳저곳에서 문제가 터져 나오고 있었다.

문제는 대체 누가 이런 짓을 저지르는 것인지 알 수 없다는 것이었다.

단순히 장부가 조작이 된 것이면 그 책임자를 소환하면 될 일이지만 문제는 장부는 정상적이라는 것이다.

'개인은 아닌 것 같고… 대체 누구지? 이럴 때 육좌선생님께서 살아계셨다면 좋았을 것을.'

육좌 선생. 황금충을 떠올리며 쓰게 웃는 그.

"어쨌거나 범인을 찾아봐야 하겠지. 밖에 누구 있으면 유비를 불러 오거라."

"알겠습니다, 국주님."

자신의 딸이지만 무척이나 총명하고 표국의 사정에 밝은 그녀에게 지금까지 자신이 알아낸 일들은 설명하자 유비의 얼굴 역시 심각하게 변한다.

한참을 서류를 쳐다보던 그녀가 고개를 들며 말했다.

"돈이 새기 시작했던 것은 무림과 관련되기 시작하면서 인 것 같네요."

"나도 그리 생각한단다. 그때쯤 거래가 갑작스레 늘어나면서 혼란했던 시기였으니까."

"맞아요. 어쩌면… 무림과 관련이 되어 있을 지도 모르겠네요. 이 사안에 대해선 우리끼리 고민할 것이 아니라 전문가와 함께 이야기를 하는 것이 나을 수도 있겠어요."

"전문가?"

"무림의 전문가요. 그분이 계시잖아요."

딸의 이야기에 허무선이 밝은 얼굴로 고개를 끄덕인다.

태현들이 외부로 나간 이후 이곳을 지킨다는 명목으로 마룡도제는 아들 선호가 있는 곳으로 돌아가지 않고 계속해서 이곳에서 머물며 표국의 일을 돕고 있었다.

무림에서 잔뼈가 굵은 그라면 도움이 될 수 있을 지도 몰랐다.

"일은 확실하게 처리했겠지?"

"물론입니다. 흔적이 남지 않으니 눈치 채지 못할 것입니다."

수하의 대답에 팔황표국의 주인 황태경이 마음에 드는 듯 고개를 끄덕이며 손을 내젓자 고개를 숙이며 방을 빠져 나간다.

그리고 잠시 뒤 천라표국의 강양석이 방으로 들어와 마주 앉는다.

"어때? 제법 짭짤하지 않은가?"

"확실히. 큰 힘을 쓰지 않고서도 돈을 만질 수 있는데다,

느리긴 하지만 확실하게 놈들에게 타격을 입힐 수 있다는 것도 마음에 드는 군."

"후후, 원래 그런 것이네. 진양표국은 성장을 해도 너무 빠르게 성장을 했어. 작은 규모의 표국을 합치다보니 우리 손길이 닿은 자들까지 흡수를 했지."

"그들을 이용해서 인력비를 부풀리는 것은 최고의 선택이었네. 중간 중간 물품도 잃어버리는 척하면서 말이야."

비열한 미소와 함께 턱을 쓰다듬는 황태경.

진양표국주 허무선이 발견한 문제의 원인은 바로 이 두 사람에게 있었다.

진양표국이 빠르게 확장을 하고 있을 때 두 사람의 입김이 닿은 소규모 표국을 그들에게 합류시켰던 것이다.

특히 진양표국은 그렇게 받아들인 표국들을 한 무리로 묶어 일을 처리하게 했는데, 그 편이 손발이 더 잘 맞기도 하고 일의 능률이 오르기 때문이었다.

바로 그 점을 두 사람은 노렸다.

무림에 대해 아직 잘 모르는 점을 노려 허위로 무림 문파를 만들고 일을 그들에게 맡긴다.

그러면 그들은 물건에 비해 필요 인력을 부풀려 돈을 타내고, 그것을 상납했던 것이다.

중간 중간 물건을 분실하는 척하며 물건을 빼돌리고, 보상금 역시 타먹는 수법도 간간히 써먹었다.

표국이라고 해서 항시 일을 성공 할 순 없는 법이다.

산적, 도둑, 나쁜 운으로 인한 물건의 손상 등.

큰 규모의 금전이라면 모를까 소규모라면 굳이 국주의 허가를 받지 않더라도 밑에서 처리되기 마련이고, 그 한계선을 그들은 결코 넘지 않았다.

그렇게 운용되고 있는 무리가 여럿이니 가만히 앉아서 쏠쏠한 돈이 들어오고 있는 것이다.

"자네는 대체 어디서 이런 방법을 알게 된 것인가?"

"후후, 우연히 알게 되었다네. 하지만 규모가 되지 않는 표국은 이런 방법을 사용하기 어렵지. 특히 무림의 정보가 밝은 곳이라면 아예 시도 할 수도 없을 테고 말이야."

강양석의 말에 황태경은 고개를 끄덕이며 준비했던 금화가 든 주머니를 내민다.

묵직한 것이 결코 작은 돈이 아니었다.

"이번 이익금이네. 약속대로 반반으로 나누었네."

"후후, 고맙네."

"확인하지 않는가?"

"어차피 푼돈인데 확인해서 뭐하겠는가? 이런 걸로 자네가 날 속일 것이라 생각진 않네."

그 말에 황태경은 고개를 끄덕인다.

일반인들에겐 많은 돈이지만 분명 두 사람에겐 이것도 푼돈에 불과했다. 하루에도 어마어마한 돈을 벌어들이는 그들에겐 말이다.

"조만간 큰 건수를 터트릴 생각이니 그 기회를 놓치지 않고 진양표국을 무너트려야 할 것이네. 소흥왕부와의 거래도 찾아와야 하겠지. 욕심이야 나지만 나보다 자네가 그쪽과는 잘 알지 않는가."

"흐흐흐, 맡겨 두시게."

"그러지. 그럼."

그 말과 함께 자리에서 일어선 강양석이 방을 나선다.

등을 돌린 강양석의 얼굴 위로 가득 떠오른 비웃음.

그것은 명백히 황태경을 향한 것이었다.

†

"음… 난 이런 것은 잘 모르네."

국주의 요청에 한달음에 달려왔지만 속사정을 듣고 난 그가 대번에 고개를 흔든다.

분명 자신은 무림에 있어선 나름 전문가라 할 수 있지

만 상계에 대한 지식이 거의 전무하다시피 했다. 당장만 하더라도 표국의 일에 대해 알아가고 있는 것이 대부분이었다.

"알고 있습니다. 그 부분에 있어 도움을 구하려는 것이 아닙니다."

"허면?"

"이 문제가 발생한 것이 바로 무림문파들과 거래를 시작하면서이기 때문입니다. 솔직하게 이야기를 하자면 표국으로서 거래 요청이 들어왔기에 일을 하긴 했지만 저희가 무림에 대해 알고 있는 것이 많지 않습니다. 나름 듣는 것이 있다고는 하지만 부족한 것이 많습니다."

"하긴… 그동안 표국이 성장하는 것에 집중하느라 정보력에 있어선 부족한 것이 많다고 전에 양 총관이 그러더군."

"그 말처럼 입니다. 저와 제 딸이 상황을 파악하고 고민 끝에 내린 결론은… 이 문파들이 실제로 존재하지 않을 수도 있다는 것이었습니다."

"존재하지 않는다?"

갑작스런 이야기에 마룡도제가 이해되지 않는다는 듯 그를 쳐다보았고, 때마침 허유비가 차를 내왔기에 입을 가볍게 적신 후 말을 이었다.

"몇 가지 걸리는 것이 있어서 조사를 해봤습니다만, 그렇지 않고서야 이렇게까지 차이가 날 수 없습니다. 특히 개인이 아닌 조직적으로 일을 벌이는 것 같은데… 도움을 주셨으면 합니다."

"정확히 어떤 일이면 되겠습니까?"

그의 말에 허무선은 미리 생각해둔 바가 있었던 듯 서류 한 장을 내밀었다.

"일단 의심이 가는 문파들에 대해 적어놨습니다. 그들에 대해서 좀 알아봐 주십시오. 금액은 얼마든 들어도 좋습니다."

"이런 것이라면 남궁세가를 통하는 것이 좋지 않겠소?"

"그러면 좋겠습니다만… 근래 들리는 이야기를 보니 무림맹인가? 하는 세력을 구성하느라 남궁세가도 바빠 보이더군요. 게다가 본 표국의 일은 표국 내부에서 처리하는 것이 아무래도 모양세가 좋지 않겠습니까?"

"하긴… 그럼 내가 알아서 하도록 하겠소."

"감사합니다."

그 길로 표국을 나온 마룡도제가 향한 곳은 전당포였다.

항주의 뒷골목에 즐비하게 자리를 잡고 있는 도박장과 전당포들 중에서도 가장 외곽의. 일부러 찾지 않는 이상 그 존재를 알 수 없을 것은 허름한 전당포에 그가 들어서자 늙은 노인이 맞이했다.

"오랜만에 뵙습니다, 마룡도제님."

"아직도 자네가 이곳에 있는 것인가?"

"허허, 저희야 큰 탈이 없으면 자리를 지키는 것도 일이지 않습니까?"

웃으며 이야기를 건네는 그.

그는 하오문의 인물로 이곳 항주의 책임자이자 과거 마룡도제와 작은 인연이 있었던 자였다.

당시의 인연으로 하오문을 찾을 수 있는 표식을 알 수 있었고 일전 이곳에서 그 흔적을 발견했었기에 찾은 것인데 설마하니 아직도 그가 항주에 있을 것이라 예상치 못했었다.

"그래도 건강한 것 같아 보이니 다행이군, 통이(通耳)."

"후후, 저야 어디 아픈데도 없고 좋지요. 그보다 이곳을 찾았다는 것은 필요한 것이 있는 것입니까?"

"음."

고개를 끄덕이며 품에서 국주에게 받았던 서류를 건넨다.

"여기에 적혀 있는 문파들에 알고 싶네. 최대한 자세히."

"어디보자… 서른 개 정도 되는군요. 잘 알려진 문파보다는 소규모의 문파들이 많은 것을 보니… 아무래도 표국에서 일이 있는 모양입니다?"

"그런 셈이지. 필요 이상의 것을 알 필요는 없지 않나?"

"뭐, 그거야 그렇습니다만. 의뢰는 받아들이도록 하겠습니다. 의뢰금은… 금 열 냥입니다. 새로 조사를 해봐야 하는 곳도 있다 보니 아무래도 싸게는 못해드리겠습니다. 대형문파보다 이런 작은 규모의 문파들이 알아내기 더 어려운 법이라서요."

"그렇게 하지. 의뢰금은 정보를 찾으러 올 때 들고 오지. 그래도 되겠나?"

"본래는 선금을 좀 받아야 하지만… 그러시죠. 허허, 떼먹으실 분도 아니시고."

흔쾌히 고개를 끄덕이는 통이를 보며 마룡도제는 전당포를 벗어난다.

마룡도제가 벗어나자 통이는 자신의 뒤편 암막이 있는 곳으로 서류를 밀어 넣으며 말했다.

"지급으로 알아보게."

"예."

어둠의 뒤편에서 목소리가 들려오고 곧 건물 뒤편의 나무계단으로 사람이 뛰어 내려가는 소리가 요란하게 들려온다.

은밀함과 거리가 멀지만 주변에서 흔하게 나는 소리기에 아무래도 상관없었다. 어차피 이곳을 찾는 사람들 치고 그런 것까지 신경 쓰는 인물은 없으니까.

"흘흘 무림에 또 다른 바람이 불려는 것인가?"

하오문은 정보력에 있어 개방과 수위를 다툴 정도로 막대함을 자랑하지만 결정적으로 다른 것이 있다면, 하오문 자체의 힘이 약하다는 것이었다.

개방 특유의 무공이 존재하며 거지들로만 이루어진 개방과 달리 하오문의 구성은 다양하다.

점소이, 기녀, 도박꾼, 하녀 하다못해 주부까지.

그 다양성과 깊이는 타의 추종을 불허하지만 그것이 결국 하오문의 약점이었다.

덕분에 무림에서도 하오문 하면 편견을 가지고 문파로 취급을 하지 않는 곳도 있을 정도였지만 적어도 마룡도제에겐 그런 편견이 없었다.

하오문에서 마음먹고 알아내고자 한다면 황제의 그날 속옷까지 맞출 수 있을 정도로 방대한 인원을 자랑하는데, 마룡도제가 맡긴 의뢰 역시 겨우 삼일 만에 해결을 볼 정도로 신속 정확했다.

"서른 개의 문파 중에 이미 없어진 곳이 스물이고, 나머지 열 곳 역시 근근이 맥을 이어가곤 있으나 그리 오래 버틸 것 같진 않더군요."

완성된 보고서를 내밀며 통이가 말하자 마룡도제는 고개를 끄덕이며 품에서 약속된 돈을 건넨다.

"사라진 문파 중에는 묘한 자들이 몇 있었습니다."

"묘한 자들?"

"몇몇 문파에 같은 사람들이 이름을 올렸더군요. 공통점은 하나 같이 금방 사라졌다는 것이고요."

"흠…."

"뭐, 더 이상은 굳이 저희가 알 필요는 없겠지요. 또 필요한 것이 있으면 언제든 찾아주시길."

고개를 숙이는 통이를 뒤로하고 마룡도제는 곧장 진양표국으로 향했다.

미리 이야기를 해둔 덕분에 기다림 없이 국주와 독대할 수 있었다.

반 시진에 이르는 대화를 나눈 그는 곧 대기하고 있던 일검이도의 두 사람과 함께 표국을 벗어났다.

"광영문? 그런 건 들어본 적이 없는데… 아! 얼마 전에 무관(武館)이 하나 열었다가 오래 지나지 않아서 닫았던 적은 있지."

"태검문이라면 얼마 전에 망한 곳을 이야기하는 건가?"

"정권무관은 오랫동안 이곳에 있었는데, 얼마 전에 주인이 바뀌고 나서 얼마 안 돼 문을 닫았지."

마룡도제들이 찾아가는 곳마다 하나 같이 비슷한 이야기들이 흘러나온다.

공통점은 하나.

금방 만들어졌다가 사라지거나 주인이 바뀐 뒤 곧 사라졌다는 것이었다.

"아무래도 확실한 것 같습니다."

"국주님께서 그리 잘 대해주시는 데도 불구하고 배신을 하는 자들이 있다니… 씁쓸하군요."

일검이도의 두 사람이 이야기를 하자 마룡도제는 고개를 흔들었다.

"들어와서 배신을 했다 기 보단 처음부터 작정을 하고 들어왔다는 것이 맞겠지."

"그건 또 무슨 말씀이십니까?"

갑작스런 말에 놀라며 일검이 묻는다.

"이만한 일을 겨우 몇 사람의 손을 거친다고 해서 가능할 것 같은가? 아무리 작은 문파라 하더라도 만들었다 없애는 것은 쉬운 일이 아니지."

"허면 뒤에 다른 누군가가 있다는…?"

"내 생각일 뿐이지만 그렇다네."

"대체 누가!"

흥분하는 이도를 막으며 일검이 진지한 얼굴로 물었다.

"짐작하시는 자들이 있습니까?"

"이제 잡아야지."

차갑게 대답하며 그가 내민 것은 해당 문파들과 연관되어 일처리를 한 표국 내의 표두와 표사들이었다.

"이들은… 흡수한 표국의 사람들이로군요."

일검의 이야기에 잠시 같은 것을 보던 이도가 아는 것이 있는 듯 말했다.

"이번에 대규모 표행이 있는데 거기에 참가한 사람들이로군요. 하나도 빠짐없이."

"그게… 언제지?"

"분명 이틀 전의 일이었을 겁니다."

이도의 말이 끝나기 무섭게 마룡도제가 몸을 날리고 그 뒤를 일검이 따른다. 그 모습을 멍하니 보고 있던 이도가 뒤늦게 두 사람의 뒤를 쫓았다.

'놈들이 한 번에 움직였다는 것은… 좋지 않아.'

오랜 무림 생활에서 쌓은 감각이 이야기해주고 있었다.

결코 좋지 않은 일이라는 것을.

†

한 달을 넘게 신교에 머물며 많은 것을 경험한 태현들이 중원으로 돌아가는 것이 결정되었다.

이곳에서 좀 더 있어도 되겠지만 지금까지 머물게 해준 것만으로도 충분히 신교로선 많은 것을 베푼 것이기에 태현으로선 미안해서라도 더 머물 수 없었던 것이다.

"뭐야, 돌아간다며?"

거칠게 문을 열고 들어오며 소리치는 단리비를 보며 태현은 한숨을 내쉬었고, 그 모습이 재미있는 듯 선휘와 파설경이 웃는다.

"넌 상식이라는 것과는 담을 쌓은 거냐?"

"뭐 어때? 나쁜 짓을 하고 있던 것도 아닐 텐데."

"…너의 그 당당함이 부럽다."

"엣헴!"

당당하게 가슴을 펴며 자신의 자리라도 되는 냥 편하게 앉는 그녀를 보며 고개를 내젓는 태현.

하지만 그동안 겪어본 그녀는 비록 행동이나 말투는 거칠지만 그 바탕에는 순수함이 있었다.

어찌 보면 파설경과 비슷하지만 조금 다른 유형의 사람이라고 할 수 있었다.

"왜 날 봐? 대충 무슨 생각하는지 알 것 같은데 좋은 말 할 때 눈 돌려. 확 찔러버리기 전에."

웃으며 이야기하는 파설경을 보며 시선을 돌리는 태현.

그걸 또 좋다고 웃는 단리비다.

비슷한 말투와 성격 때문인지 두 사람은 바짝 붙어서 이야기를 하는 경우가 지극히 많았고, 그 틈에 선휘가 끼어 가끔은 태현이 밀려나는 경우도 있을 정도였다.

그만큼 그녀들끼리 잘 통한다는 것일 테다.

단리비의 입장에선 또래 여자아이들이 많이 없는데다 일정 실력 이상을 지닌 사람은 더더욱 없다보니 쉽게 말을 주고 받을 상대가 그동안 없었다.

유난히 단리비 또래에는 여자아이들이 태어나질 않은데다, 무공에 재능을 보이는 사람은 더욱 적었던 탓이다.

어떻게 본다면 어느 정도 대등한 입장에서 이야기를

할 수 있는 동성의 친구는 그녀들이 처음이라 해도 과언이 아닐 것이었다.

"그런데 왜 갑작스럽게 간다고 하는 거야? 편안하게 좀 더 있다가 가도 될 텐데?"

"편안한 것은 좋지만 이것도 결국 부담이니까."

"편안한 게 부담이라고?"

이해를 못하겠다는 그녀에게 태현은 친절하게 설명을 해주었다.

"사부님께서 그러셨지. 영원한 적도, 동지도 없는 무림에서 대가없는 호의는 존재하지 않는 것이라고. 그 말씀을 따르자면 난 이미 천마신교에 많은 빚을 진 셈이지."

"이해하기 어려운데?"

"그냥 그런 것이 있다고 생각하면 될 거야."

"뭐, 그렇다면야."

여전히 이해되지 않는다는 눈빛이었지만 그녀는 쉽게 문제는 넘겨버렸다.

당장 이해되지 않는 것을 붙들고 있는 것보다, 이해되는 것을 붙드는 것이 이득이라 생각하는 그녀다운 모습이었다.

"언제 나갈 생각이야?"

"내일."

"뭐? 그렇게 빨리?"

"헤어짐은 빠를수록 좋으니까."

"흐응…."

태현의 말에 고개를 끄덕이는 그녀.

하지만 그 눈이 빛나고 있음을 태현은 알 수 없었다.

푸드득!

날갯소리와 함께 정해진 곳에 안착하는 전서응.

전서응의 발목에 묶인 붉은 전서 하나가 천마신교의 아침을 일깨운다.

"백검회라… 절묘한 곳을 찔렀군."

붉은 전서를 읽어 내린 마뇌의 시선이 벽 한쪽을 가득 채우고 있는 중원지도를 바라본다.

상세하게 기록이 되어 있는 지도를 살피던 마뇌가 자리에서 일어선 것은 잠시 뒤였다.

"지존을 뵐 것이다."

"명."

방을 나서며 말하자 문 옆에 서 있던 무인이 고개를 숙이더니 곧 모습을 감춘다.

한 발 앞서 마뇌의 방문을 알리려는 것이다.

'완벽하게 허를 찔렀다. 다른 곳도 아닌 사천이라니.

용담호혈로 인식되기 쉬운 사천이지만 실상은 거듭된 이권 다툼으로 인해 손을 잡기 어려울 지경이 되어버렸지. 녀석의 말처럼 놈들의 전력이 만만치 않다면….'

천마대전으로 움직이는 내내 그의 머리는 쉬지 않고 돌아간다. 천마와 독대를 하는 그 순간까지도.

"아침부터 자네가 날 찾다니 무슨 일인가?"

"긴급한 연락이 왔습니다."

"긴급한 연락?"

"백검회가 사라졌습니다. 그 흉수는 놈들인 것 같습니다."

마뇌의 이야기에 천마의 얼굴이 변한다.

부드럽던 인상은 어디로 가고 천마란 이름에 어울리는 기세를 뿜어내기 시작한 것이다.

"백검회라면 사천인가?"

"그렇습니다. 완전히 허를 찔렸습니다."

"드러난 전력은?"

"조사 중입니다만 시간이 걸릴 것 같습니다. 하지만 백검회가 무너진 것을 본다면 최소 오대세가 그 이상은 생각해야 하지 않겠습니까?"

"…주변에 도움을 청할 틈도 없이 당했다고 한다면 그보다 더 위로 봐도 되겠지."

천마신교의 입장에서 백검회가 무너진 것은 큰 문제가 아니었다.

다만 중요한 것은 태현이 말했던 정체를 알 수 없던 세력이 본격적으로 움직이기 시작했다는 것이다.

태현의 말에 따르면 이제까지 은밀하게 움직이던 놈들이 드러내놓고 움직였다는 것은 세상에 모습을 보일 준비가 끝났다는 것과 같은 말이었다.

마치 자신들이 중원으로 움직이기 전 많은 준비를 하듯 말이다.

"이후의 움직임은?"

"아직은 없는 것 같습니다. 하지만 곧 어떤 움직임을 보일 것으로 예상됩니다."

"왜지?"

천마의 물음에 마뇌는 자리에서 일어서더니 자신의 집무실에 걸린 것과 똑같은 것이 걸린 중원지도의 앞으로 움직였다.

"백검회가 있던 곳은 이곳입니다. 이곳을 중심으로 몽검장, 검산문, 패력사문, 고루사문을 비롯한 규모가 되는 문파만 열 곳이 넘습니다. 하나하나는 일천 미만의 문파입니다만, 그들의 전력을 한 곳에 묶으면… 사천무림 전체 힘의 2할은 쉽게 무너트리게 되는 것이지요."

"사천에서 가장 큰 비중을 가지고 있는 것은 당문과 아미, 청성이었던가?"

"예. 그리고 몇몇 저희 쪽 문파도 있기는 합니다만… 큰 비중은 두지 못하는 것이 사실입니다."

마뇌의 설명이 끝나자 천마는 지도를 바라보며 머리가 복잡한 듯 얼굴을 찡그린다.

"결국 여기서 이렇게 고민하고 있어봐야 알 수 있는 일은 없다는 것인가…."

"정보가 적어도 너무 적습니다. 태현이 가지고 있는 정보가 꽤 중요한 것이긴 했으나, 지금 상황에선 큰 도움이 되지 않는 것도 사실입니다."

"자네 생각은 어떤가?"

천마의 물음에 이미 생각해둔 바가 있는 듯 마뇌가 즉시 입을 연다.

"그냥 두죠."

"뭐?"

"이곳까지 오는 동안 많은 것을 생각해봤습니다만, 역시 최고는 그냥 두는 것이죠. 드러나지 않은 적과 싸울 바에는 놈들이 스스로 모습을 드러낼 때까지 기다리는 것이 좀 더 우리 측에 유리하지 않겠습니까."

"보이지 않는 적과 싸우는 것보다야 그편이 낫겠지."

"그러니 그냥 내버려두는 겁니다. 우리는 우리 쪽만 신경 쓰면서 세심하게 준비하고 다듬고 있으면 되는 것입니다."

"재미있는 생각이로군."

"늙어서 그런지 다른 생각은 들지를 않는 군요."

어색하게 웃으며 이야기를 하고 있지만 천마는 마뇌야말로 신교의 가장 큰 보물이라 생각했다.

특히 나이를 먹어 갈수록 더욱 유연해지고 더 무서워졌다.

"자네가 내 곁에 있는 것이 참 다행이라 생각되는 군."

"허허, 저 역시 천마께서 적이 아닌 것을 다행으로 생각하고 있습니다. 규격외의 사람과 싸우는 법을 저는 아직 배우질 못했으니 말입니다."

웃으며 말하는 마뇌를 보며 천마가 마주 웃는다.

그 순간이었다.

"할아버지!"

쾅-!

단리비의 목소리가 가까워진다 싶더니 집무실의 문을 부수며 그녀가 안으로 들어온다.

평소 잘 보이지 않는 그녀의 모습에 깜짝 놀라는 사이 단리비가 먼저 입을 열었다.

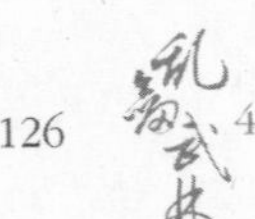

"나 중원에 다녀올게요!"

"…마뇌."

"전 이만."

천마가 머리가 아픈 듯 마뇌를 불렀지만 그는 들은 척도 하지 않고 방을 빠져나가려 했다.

하지만 뜻을 이룰 순 없었다.

"마뇌 할아버지도 찬성하시는 거죠?"

"…왜 방금 전보다 머리가 더 아픈 걸까요?"

"묻지 말게."

두 사람의 얼굴이 일그러진다.

第 5 章.

N E O O R I E N T A L F A N T A S Y S T O R Y

亂劍武林 난검무림

第 5 章.

잠시간의 시간을 두고 세 사람이 다시 마주 앉았다.

연신 뜨거운 용정차를 마시며 마음을 진정시킨 천마가 먼저 입을 열었다.

"중원으로 가고 싶다니 무슨 말이냐?"

"말 그대로 중원으로 가보고 싶어요. 이제 혼자 하는 수련도 질렸고… 세상을 둘러볼 줄 알아야죠."

"허! 네 입에서 수련이 질렸다는 이야기가 나올 것이라곤 상상도 못했구나, 그래."

놀랐다는 듯 이야기를 하고 있지만 천마의 얼굴은 여전이 밝아지지 않는다.

당연한 이야기였다.

그렇지 않아도 평생을 무공수련에만 매달린 탓에 같은 또래의 신교 무인들과도 제대로 된 이야기를 주고받지 못하는 그녀인데, 중원으로 나가면 어떤 일이 벌어지겠는가?

자신의 뜻대로 되지 않는다고 폭력을 휘두르거나 하는 일은 없겠지만 최소한 여러곳에서 문제가 될 것이란 예상은 어렵지 않게 할 수 있었다.

"그런데 왜 갑자기 밖으로 나가시려는 겁니까? 그것도 이렇게 급하게?"

"그냥요."

"호~ 그냥 이란 말씀이십니까?"

마뇌는 뭔가 짚이는 것이 있는 듯 그녀의 얼굴을 살피며 말하자 단리비가 시선을 피한다.

"자네는 뭔가 떠오르는 것이 있는 모양이군."

"그러고 보니 조만간에 태현 일행이 중원으로 돌아갈 것이라 이야기를 했었습니다."

"그랬었지. 아! 그렇군. 그랬어."

그제야 무슨 말인지 알아들었다는 듯 천마의 시선이 단리비에게 꽂혀든다.

"에이. 기왕 나가는 거 아는 사람이랑 같이 움직이는

것도 나쁘지 않잖아요. 게다가 중원에 대해서 잘 알고 있기도 하고."

우물쭈물 대며 말하는 모양이 귀엽기만 하지만 천마의 얼굴엔 단호함이 가득하다.

"불가(不可)."

"할아버지!"

"이건 할아버지로서가 아니라 본교의 지존으로서 내리는 명령이다. 다른 시기라면 몰라도 지금은 안된다."

"……."

천마의 명이라는 소리에 단리비는 더 이상 입을 열 수 없었다.

사소하게는 할아버지이지만 공식적으론 그는 천마.

천마신교의 지존이다.

자신의 서열도 제대로 갖추고 있지 않은 그녀로선 천마의 명을 듣지 않을 수 없는 것이다.

"꼭… 그렇게 생각하실 것만은 아닌 것 같습니다."

"…그게 무슨 소리인가?"

의외의 곳에서 나타난 도움에 그녀의 눈이 빛나며 마뇌를 바라본다.

"좋은 기회라는 것이지요. 언제까지고 아가씨를 신교 안에만 묶어 둘 수만은 없는 일이지 않습니까. 이번 기회에 중원을 둘러도 보고 부족한 면을 채우실 수 있다면 그것만으로도 충분히 미래에 큰 도움이 될 것입니다. 게다가 지금 아가씨의 실력을 생각하면 위해를 입힐 사람은 그리 많지 않습니다. 그렇지 않습니까, 아가씨?"

"맞아요! 열심히 노력해서 소수마공을 완벽하게 익혔으니 제 몸은 제가 지킬 수 있어요."

"…요즘은 반쪽짜리도 대성이라고 하는 모양이군."

"할아버지!"

천마의 말에 그녀가 반발하지만 천마의 표정은 여전했다.

사실 그녀가 익히고 있는 소수마공은 완벽한 것이 아니었다.

천마가 손녀를 위해 소수마공의 부족한 부분을 보완하고 불완전한 부분은 아예 치워버린 것이다.

덕분에 소수마공의 위험도가 많이 내려가긴 했지만 그 대신 과거의 소수마공을 익혔던 사람들과 같은 막강한 위용은 내뿜지 못하게 된 것이다.

하나를 얻으면 하나를 버려야 하는 것이 무공이었으니.

물론 그것만으로도 충분히 그녀는 강했다.

"앞으로의 일을 생각한다면 발판을 만들어 두는 것도

나쁘지 않다고 봅니다. 물론… 발판이 좀 위험하긴 하겠지요."

"으음."

마뇌의 말에 천마의 고뇌가 깊어진다.

단리비는 못 알아듣고 있지만 천마는 마뇌가 한 말을 정확하게 알아듣고 있었다.

그녀를 내보냄으로서 만약의 경우 천마신교가 중원으로 진출 할 수 있는 결정적인 명분이 되어 줄 것이었다.

천마의 하나 밖에 없는 손녀를 구하기 위해 움직인다는 것보다 지금 신교에 좋은 명문은 없는 것이다.

그것을 모르는 바는 아니지만 하나 밖에 없는 손녀를 위험에 내 몰수도 있다는 것이 그의 결정을 망설이게 만들고 있었다.

아들과 딸, 사위까지 잃은 상황에서 손녀까지 잃을 순 없는 것이다.

그런 천마의 고민을 덜어주려는 듯 마뇌가 말을 보탠다.

"단 아가씨의 호위를 위해 사람을 붙이는 것이 어떻겠습니까?"

"호위요? 그건 싫은데…."

"안전을 위해서입니다. 많은 인원은 번거로우실 테

니… 지존께서 밖으로 움직이실 계획은 당분간 없으니 천마호검대(天魔護劍隊) 1개 조면 되지 않겠습니까?”

“으엑! 그 아저씨들은 딱딱해서 싫어요!”

무엇을 떠올린 것인지 필사적으로 고개를 내젓는 단리비를 보며 천마가 입을 열었다.

“나쁘지 않군. 하지만 그들도 사람이니 휴식을 위해 2개조는 되어야 하겠지.”

“아, 제가 실수를 했군요. 그 정도면 충분히 어떤 상황에서도 아가씨에게 큰 도움이 될 것이라 생각합니다.”

“에엑!”

그녀가 소리를 내지르든 말든 두 사람은 어느새 이런 저런 이야기를 나누기 시작하더니, 결국 천마호검대 2개 조를 그녀에게 붙이는 것으로 결정 지어버렸다.

“그게 싫다면 없던 일로 하는 것이 좋겠구나.”

“…알겠어요.”

천마의 말에 단리비는 결국 조건을 수용하는 수밖에 없었다. 밖으로 나가지 못하는 것보다는 그편이 더 낫기 때문이었다.

힘이 빠진 발걸음으로 그녀가 천마의 집무실을 나서자 천마가 즉시 입을 연다.

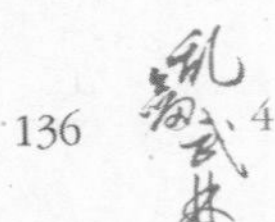

"정말 괜찮겠나?"

"천마호검대 2개조에 아가씨와 태현들이라면 어지간한 상황에서도 무사히 빠져 나올 수 있을 겁니다. 게다가 천마호검대라면 완벽하게 마기와 자신의 기척을 숨길 수 있으니 주변 사람들의 눈을 어렵지 않게 피할 수 있겠지요."

"나도 그렇게 생각해서 동의를 하긴 했지만… 여전히 불안하긴 하군."

"명분을 얻기 위해선 어쩔 수 없습니다. 무림맹 놈들의 성격상 자신들이 다 죽어가기 전에는 손을 내밀지 않을 테니… 그때 가서 저희가 움직인다 하더라도 결국 손해가 극심하겠지요."

"어차피 움직일 것이라면 손해는 줄이는 것이 좋지."

천마의 동의에 마뇌는 빙긋 웃었다.

"잘 될 겁니다."

"그랬으면 좋겠네."

고개를 끄덕이며 천마가 허공을 향해 입을 열었다.

"들은 대로 준비하라."

"존명."

어디서 나온 것인지 짧은 목소리가 들려온다.

천마신교 최강의 무력단체.

천마호검대(天魔護劍隊).

오직 천마의 명령만을 받으며 그 구성원이 백 명을 조금 넘어간다는 그들은 열 명이 한 조가 되며 오직 천마를 호위하는 것을 목적으로 움직이는 자들이었다.

그렇기에 평소라면 천마의 곁을 떠나지 않는 그들이지만, 명령이 떨어진 이상 2개조 스무 명은 철저히 단리비를 호위하게 될 것이었다.

설령 자신들의 목숨을 바친다 하더라도.

"그럼 잘 부탁하네."

가벼운 인사와 함께 뒤도 돌아보지 않고 떠나는 마뇌.

"뭐해, 안 가?"

멍하니 마뇌의 뒷모습을 보고 있는 태현에게 소리를 친 것은 다름 아닌 단리비였다.

신교를 나온 것까진 괜찮았는데, 설마하니 단리비가 자신들과 함께 할 것이라곤 생각지도 못한 일이었다.

문제는 뭐가 이야기를 할 틈도 주지 않고 마뇌가 떠나가버렸다는 것이었다. 다시 말해 빼도 박도 못하는 상황이 되어버렸다는 뜻이다.

"하아…."

"사람이 많으면 좋은 거지 뭘! 자, 가자!"

한숨 쉬는 태현을 앞에 두고 큰소리치며 먼저 움직이는 그녀를 보며 어쩔 수 없다는 듯 고개를 흔들며 발걸음을 옮긴다.

“대체 무슨 생각으로 우리와 움직이겠다는 거야?”

“음… 무공 수련에 집중하는 것도 좋았는데, 이야기를 하다 보니 이것도 꽤 괜찮더라고. 그렇지 않아도 정체를 보이고 있어서 고민 중이었거든.”

“그만하지? 이야기도 통하고 좋잖아.”

단리비를 옹호하는 파설경의 말에 태현은 고개를 끄덕이며 더 이상 입을 열지는 않았다.

하지만 어떤 목적으로 그녀를 밖으로 내보낸 것인지에 대해선 단번에 알 수 있었다.

‘위험할 수도 있는 일인데… 이걸 냉정하다고 해야 하는 것인지, 과감하다고 해야 하는 것인지. 하긴, 호위하는 사람들을 보면 꼭 그럴 것 같지도 않지만.’

자신들과 적당한 거리를 유지한 채 숨어서 호위를 하고 있는 스물의 사람들.

단리비를 호위하기 위해 천마가 투입한 사람들일 것이다.

“괜찮겠지. 우선은 표국으로 돌아가자. 사부님께 인사도 드려야 하고.”

나중의 일은 모르겠지만 당장의 목적지가 정해졌고, 일행은 항주를 향해 발걸음을 옮기기 시작했다.

†

복건성에 덕화(德化)라는 작은 도시가 하나 있다.

그곳에 자리를 잡은 태룡무관은 무려 삼십년을 이어 내려온 전통 있는 무관으로서 지역 사람들에게 큰 인심을 얻고 있는 무관이었다.

하지만 뛰어난 고수를 배출하지 못하는 무관의 말로는 서로 엇비슷하다.

무관을 유지할 돈을 벌지 못해 끝내 문을 닫고 마는 것이다.

그나마 주변에 경쟁을 할 만한 무관이 없다면 모르겠지만 아쉽게도 태룡무관에서 멀리 떨어지지 않은 곳에 덕호무관이란 또 다른 무관이 존재하고 있었다.

생겨난 지 오래되진 않았지만 꾸준히 뛰어난 병사들을 배출함으로서 태룡무관보단 덕호무관으로 사람들이 몰리고 있었다.

무관 출신의 사람들이 할 수 있는 일이란 그리 많지 않은데 그 중 가장 성공적이라 할 수 있는 것이 바로 병사가 되는 것이다.

병사에도 급이 있어서 좋은 성적으로 들어가게 되면 당연히 좋은 대접을 받는 것은 기본이다.

그러다보니 태룡무관의 관도는 하루가 다르게 줄어들었고 이제는 언제 문을 닫을 것인지 의논을 할 지경에 이르고 있었다.

그럴 때 무관을 찾은 한 남자가 있었다.

독특한 황의를 입은 사내가 무관을 다녀가고 얼마 후.

무관의 주인이 바뀌었지만 관도가 없으니 그 사실을 아무도 알지 못했다.

달그락, 달그락.

요란한 마차소리가 관도에 울려 퍼진다.

중간 중간 진양표국의 깃발이 나부기는 대규모 표행의 행렬은 진양표국의 위상을 보여주는 것만 같다.

그런 표행의 가장 선두에 두 사람의 표두가 있었다.

"이번 일은 어디에서 처리하기로 했나?"

"덕화에 도착하기 직전에. 그 정도면 물건은 갔는데 받은 사람이 없게 되겠지. 우리는 받은 돈으로 다른 곳으로 완전히 뜨면 되는 거고."

"제법 되지?"

"약속 받은 것만 금 열 냥이네. 이건 덤이고."

금 열 냥이라는 소리에 마진행 표두가 웃는다.

사인 가족이 평범하게 먹고 사는데 부족함이 없는 돈이 금 한 냥이다. 아껴서 쓴다면 더 쓸 수도 있었다.

그 큰돈이면 얼마든지 좋은 곳에서 놀고먹을 수 있었다.

"제대로 놀 수 있겠군."

"난 빚을 갚고 나면 남는 것도 없네. 뭐, 이것들이 있으니 어떻게 좀 될 것 같긴 하지만."

"흐흐흐, 그러니 도박은 적당히 하라고 하지 않았나? 적당히 계집질도 하고 좋은 술도 먹으면서 놀아야지, 그놈의 도박만 하면 남는게 없어."

"나라고 그러고 싶어서 그러나? 몸이 시키니 하는 것이지. 흐흐."

"맞는 말이네. 하하하!"

이번 표행을 이끌고 있는 모든 이들이 자신들과 비슷한 처지에 있는 이들이었기에 굳이 비밀로 할 필요도 없었다.

덕부에 그들의 목소리는 자연스럽게 커지고 있었다.

감시의 눈이 붙었을 것이라곤 상상도 하지 못하고 말이다.

"역시 놈들의 짓이었군요."

"이대로 덮쳐도 되지 않겠습니까?"

일검과 이도의 말에 마룡도제는 고개를 흔들었다.

놈들이 저지른 짓이란 것은 확실히 알아내었지만 기왕 움직인 것이라면 놈들의 배후까지 캐내는 것이 좋을 것 같았다.

"배후까지 잡아내지. 삭초제근(削草除根). 두 번 다시 이런 일이 없도록 만들어야겠지."

"알겠습니다. 허면 일단 보고만 할 까요?"

"그러게. 저들과 관련이 있는 자들이 아직 표국 내에 남아 있을지 모르니 눈을 떼지 말라 전하게."

"그러겠습니다."

고개를 끄덕인 일검이 품에서 전서구를 꺼내더니 곧 필요한 내용을 적은 쪽지를 매달아 날려 보낸다.

이번 일을 위해 특별히 고가의 전서구까지 사들여서 왔던 것이다. 일단 날아오른 전서구는 진양표국과 가까운 곳까지 움직인 뒤 사람의 손으로 전달이 될 터였다.

그렇게 며칠이 지나고 마침내 덕화를 코앞에 둔 곳까지 도착을 했다.

덕화에 들어가기 위해선 마지막으로 높은 산 하나를 지나야 하는데, 바로 그곳에서 일을 처리할 계획인 것이다.

"중지!"

마 표두의 외침과 함께 일제히 멈춰서는 행렬.

또 한 번 그가 손을 휘젓자 몇몇 표사들이 달려가더니 곳곳을 살피고 난 뒤 다시 돌아온다.

"아무도 없습니다."

"아직 안 온 건가? 늦군."

누군가를 기다리는 것인지 그곳에서 꼼짝도 하질 않길 반 시진. 마침내 그들이 기다리는 자들이 모습을 드러낸다.

"이거 미안하오. 생각보다 오는 길이 험해서 늦었소이다."

"긴 말은 됐고. 물건부터 받으시오."

"그러지. 애들아!"

모습을 드러낸 것은 산적들이었다.

산적들은 익숙한 듯 표사들을 도와 물건을 내리더니 물건들을 짊어지고 곧 사라진다.

그런 행동을 여러 번 반복하고 나서야 모든 짐이 사라졌다.

"약속된 돈은?"

"여기에 있소."

막 산적이 돈을 건네려는 순간이었다.

"동작 그만. 움직이면 죽는다."

강렬한 살기와 함께 일검이도가 먼저 모습을 드러내고 뒤를 이어 마룡도제가 나타난다.

그 모습에 사람들이 깜짝 놀란다.

"마, 마룡도제다!"

"이런 빌어먹을! 튀어!"

갑작스런 상황에 일제히 도망치는 그들을 보며 마룡도제는 가볍게 발을 구른다.

쾅-!

우르르릉!

일대 지진이라도 일어난 듯 강력한 진동이 발생하며 움직이던 모든 이들을 단숨에 주저앉게 만들어버리는 그.

"움직이면… 죽는다."

웅웅웅-.

일검이 내뿜던 살기와 차원이 다른 그것에 그들은 식은땀만 가득 흘릴 뿐 더 이상 아무것도 할 수 없었다.

"결국 팔황이었는가."

총관의 보고에 허탈하게 웃는 허무선.

하지만 그 눈엔 독기가 가득 서려 있다.

마룡도제가 직접 나선 덕분에 놈들을 한 번에 쓸어담을 수 있었다.

아니, 조금만 대처가 늦었어도 상당한 피해를 입을 뻔했는데, 이번 표행의 물건 값도 문제이지만 표국의 가장 중요한 사항인 신용에 큰 타격을 입을 수도 있는 문제였다.

산적을 만난 것도 아니고 표국의 표사들이 짜고 물건을 빼돌리고 사라지다니.

도저히 있을 수 없는 일인 것이다.

그들 모두를 체포해와 추궁을 하니 결국 그 끝에 서 있는 것은 팔황표국이었다.

이미 본래 거래를 할 예정이었던 태룡무관에 있던 자들까지 싹 잡아들인 뒤라 증거는 확실했다.

"증거는 확실하지만 관(官)을 통해선 해결을 보기 어렵겠지?"

"아무래도 그렇지 않겠습니까? 저희보다야 저쪽에서 더 잘 알고 있을 것입니다."

각종 뇌물의 온상지가 되어버린 항주의 관아다.

자신들도 온전한 거래를 위해 일정부분 상납을 하고 있는 것도 있으니, 저들이라고 해서 다를 것이 없다.

결국 관을 통해 해결을 보려는 것은 포기해야 하는 것이다.

어차피 그럴 마음도 없지만 말이다.

"팔황과는 한 하늘 아래 살기 어렵게 되었네. 그들을

무너트릴 방법을 찾아야하겠어."

"정상적인 방법으로는 어려울 것입니다. 여러 가지 측면에서 전부 저희보다 우위에 있는 것이 사실이니까요. 특히 표행에서 손해를 끼친다 하더라도 그들이 벌어들이는 돈을 생각한다면… 그것만으로는 쉽지 않을 것입니다."

양 총관의 판단은 정확한 것이었다.

팔황표국의 역사는 오래된 것이고 그들이 쌓은 부는 어마어마한 것이었다.

어지간한 방해로는 쉽게 무너지지도 않을 뿐더러, 표행을 방해하는 것조차 쉬운 일은 아니었다.

이쪽에 마룡도제가 있다곤 하지만 저쪽에도 여전히 머물고 있는 무인들의 숫자가 많은 탓이다.

실력만 놓고 본다면 다들 상대가 되지 않겠지만 마룡도제 정도 되는 인물이 표행을 막아선다는 것 자체가 말도 안 되는 일이다.

"으음…."

팔황에게 복수를 해야 하겠지만 딱히 떠오르는 방법이 없었다.

어떻게 해보려 해도 팔황표국이 가진 것이 너무 많았다.

진양표국 역시 이젠 작지 않은 곳이 되었지만 아직은 가진 것보다 없는 것이 더 많은 곳이었다.

시간의 흐름이라는 것은 상계에서 결코 무시 할 수 없는 것이니까.

그렇게 두 사람이 머리를 맞대고 고민하고 있을 때, 태현들이 마침내 항주 진양표국으로 복귀했다.

첨범!

"하아… 좋다! 몸이 녹는구나…."

뜨거운 물에 몸을 담그자 절로 늘어지는 목소리를 뱉어내는 단리비를 보며 선휘와 파양설이 웃으며 탕 안으로 들어선다.

"말은 안 해도 제법 힘들었던 모양이지?"

"으… 당연하지. 폐관실 안에서 아무렇게나 자본적은 있지만 노숙은 처음이었단 말이야. 등은 불편하지 기온차는 심하지. 게다가 제대로 씻을 수 없다니! 최악이야!"

부글부글.

머리끝까지 물속에 몸을 담갔다가 올라오는 단리비를 향해 파설경이 피식거리며 말한다.

"넌 폐관실 안에서도 매일 씻었냐?"

"당연하지. 그래도 여자 몸에서 땀 냄새 나는 것이 좋지 않다는 것 정도는 나도 알고 있다고."

"그래? 난 몰랐는데. 다 같이 다니기 전에는 솔직히 정말 견디기 어렵다 싶을 때만 씻었으니까. 그나마 여름에는 좀 낫지. 겨울에는… 으으!"

생각만 해도 끔찍하다는 듯 몸을 떠는 그녀.

그 떨림에 출렁이는 가슴을 보던 선휘가 순간 자신의 것과 비교하지만 곧 부질없는 짓임을 깨달으며 말문을 열었다.

"우리와 함께 다니다보면 그런 날이 드물지는 않을 거야. 그래도 밖으로 나와서 본 중원은 어때?"

"음… 솔직히 잘 모르겠어. 크게 다른 것 같으면서도 딱히 다를 것도 없어 보이고."

"예전에 사형이 이런 말을 한 적이 있어."

두 사람의 시선이 선휘에게 집중된다.

"사람 사는 곳은 어디든 똑같다고. 그건 신교나 이곳이나 크게 다르지 않다는 말과도 같지 않을까?"

세 사람이 수다를 떨고 있을 때 뒤늦게 백검이 안으로 들어왔고 이야기꽃은 한 참을 더 이어졌다.

그러는 사이 태현은 허무선과 마주 앉아 있었다.

"이건 어렵겠군요. 어느 한쪽으로 유리한 부분이 없습니다. 특히 사부님께서 가르침을 주실 때 이야기하시길 상계에서 오랜 시간을 보냈다는 것은 무인으로 따지자면 내공을 쌓는 것과 마찬가지라고 하셨습니다. 그 차이가 여실히 드러나는 군요."

"음… 그렇지. 그렇다고 우리가 손 놓고 있을 수만도 없는 입장이지 않은가. 이대로 얕보이면 또 놈들이 무슨 수를 쓸지 모르니…."

"그건 그렇습니다만."

이야기를 하면서도 머리가 아프다.

확실한 돌파구가 있으면 좋겠건만 그런 것이 조금도 보이질 않았다.

차라리 무림문파간의 분쟁이라면 힘으로 해결을 할 수 있겠지만 그것도 아니다.

그렇게 고민하고 있을 때 문득 든 생각에 태현이 물었다.

"팔황표국이 근래 가장 신경을 써서 진행하고 있는 일이 있습니까?"

"그렇지 않아도 알아봤네만 없더군. 가지고 있는 것들에만 집중하며 그 내실을 다지고 있는 중이었다네. 새로운 사업을 진행하고 있었다면 방해를 해볼 생각이었네만…."

쓰게 웃으며 이야기하는 그.

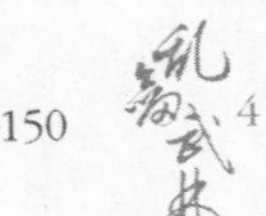

당장은 태현으로서도 좋은 방법이 떠오르지 않았다.

사부들에게 많은 것을 배우긴 했지만 기본적으로 태현이 치중했던 것은 무공에 대한 것이지 상업이 아닌 탓이다.

황금충의 빈자리가 유독 크게 느껴지고 있었다.

며칠 뒤 의외의 소식이 날아들었다.

"죽어? 누가? 팔황표국주가?!"

"예! 오늘 새벽에 죽었다고 합니다. 사인은 아직 알 수 없다고 합니다만, 심장 문제인 것 같습니다."

아침 일찍부터 양 총관이 가져온 소식에 허무선은 깜짝 놀랐다.

바로 어제까지만 해도 멀쩡하던 팔황표국주가 죽었을 것이라곤 생각지도 못했던 것이다.

매일 밤을 팔황표국에 어떤 식으로 복수 할 수 있을까를 생각하곤 했지만, 이렇게 그가 죽었다니 어딘지 모르게 시원하면서도 찝찝했다.

'설마 손을 쓴 건 아니겠지?'

순간 태현의 얼굴이 스쳐지나가지만 곧 고개를 흔들며 양 총관에게 외친다.

"즉시 간부회의를 소집하고 태현에게는 회의를 마치는 대로 시간을 내달라고 일러라."

"그리 하겠습니다."

아침부터 소란스러운 것은 비단 진양표국 뿐만이 아니었다.

팔황표국과 관련이 있는 모든 곳에서 난리가 난 상태였다. 팔황표국은 이곳 항주의 삼대표국으로서 이름이 높기도 하지만 각종 이권사업에 개입을 하지 않은 곳이 없다.

다시 말해 수많은 돈이 얽혀있는 곳이다.

그런데 표국의 주인이 죽어버렸으니 자연스럽게 그 후계에 대해 관심을 가지게 되는 것인데… 문제는 죽은 황태경에겐 아직 자식이 없다는 것이다.

뿐만 아니라 탐라(貪癩)라는 별명처럼 자신의 것을 나누지 않으려 했던 탓에 자신과 연관되어 있는 모든 혈족들을 멀리 내쫓아버렸었다.

무주공산이 되어버린 팔황표국.

당장은 문제가 되지 않겠지만 호랑이가 없는 산을 노리는 승냥이들이 몰려들 것은 뻔했다.

회의가 열리자마자 의논이 된 것은 역시 황태경의 죽음 뒤에 벌어질 일들에 대한 것들이었다.

"이번을 기회로 삼아 팔황표국이 가지고 있던 이권 사업들을 대거 흡수하는 것이 좋다고 봅니다. 큰 돈을 들이지 않고서도 충분히 가능한 일이라 봅니다."

"옳습니다. 이제까지 당한 것들을 단숨에 갚아 줄 수 있는 절호의 기회입니다."

여기저기서 들려오는 목소리에 허무선의 표정이 진중해진다.

자리에 앉아 있는 이들은 진양표국의 핵심인물들이다.

기존 진양표국의 인물들도 있지만 표국을 키우는 과정에서 흡수를 하며 자리를 내어준 사람들도 있었다.

그런 그들에게 공통점이 있다면 팔황표국와 천라표국이라면 치를 떤다는 것이다.

그만큼 두 표국에게 맺힌 것이 많은 것이다.

자연스럽게 팔황표국을 걱정하기보단 그들에게 이번 기회에 철저하게 복수 할 것을 표명하는 자들이 많았다.

사실 허무선 그도 딱히 반대하는 것도 아니었고.

한참을 떠들고 나서야 조용해지자 허무선이 입을 열었다.

"모두의 뜻은 잘 알겠소. 나 역시 성인군자가 아닌지라 이번 기회에 팔황을 확실하게 눌러놓을 생각이오. 또한 본 표국 또한 이권의 다양화 역시 필요하니."

"허면…?"

"좋은 기회를 노려봅시다. 팔황의 후계를 자처하며 곧 모습을 드러내는 자들에게 은밀하게 힘을 실어주며 싸우게 만들어 봅시다."

"예!"

허무선의 결단이 떨어졌음이니 이제 남은 것은 팔황표국을 집어 삼키는 것만이 남았다.

"후후, 돼지 같은 놈이 확실히 많이도 모았군."

눈앞의 산더미 같은 황금과 보석의 산을 보며 강양석이 음침하게 웃는다.

"진양표국의 일까지 처리하지 못한 것은 아쉽지만 어쩔 수 없지. 당장 자금이 필요하니."

"준비가 되었습니다."

스스슥.

작은 인기척과 함께 수하가 모습을 드러내자 그는 명령을 내렸다.

"이것들을 옮겨. 그리고 팔황표국을 조각조각내서 집어 삼킨다. 그를 위한 준비는 되어 있겠지?"

"모든 준비를 마쳤습니다. 헌데 다른 곳에서도 움직일 것 같습니다."

"괜찮아. 겉으로 보이는 것들은 모조리 줘버려도 돼.

하지만 음지쪽은 결코 뺏겨선 안 된다."

"존명!"

고개를 숙이며 사라지는 수하.

처음부터 그의 목적은 팔황표국이 은밀하게 보유하고 있는 기루와 도박장들이었다.

팔황표국의 진정한 부는 그곳에서부터 시작이 되는 것이었다. 사실상 표국이란 이름은 검은 돈을 세탁하기 위한 가장 좋은 방법 중 하나였던 것이다.

그러기 위해 은밀히 황태경을 죽이기까지 했으니 말이다.

"남은 것은 진양표국 뿐인가? 쯧. 마룡도제 때문에 쉽게 건드릴 수가 없으니."

혀를 차며 자신의 집무실로 복귀하는 그의 얼굴은 어느새 평소의 것으로 돌아와 있었다.

第6章.

NEO ORIENTAL FANTASY STORY

亂劍武林 난검무림

第 6 章.

쿵쿵쿵!

딱딱, 딱!

온 사방에 울려 퍼지는 잡소리들.

백검회가 있던 자리를 완전히 밀어버린 철혈성의 무인들은 그곳에 자신들의 거점을 세우기 위해 대규모 공사에 들어갔다.

수많은 자금과 사람들이 동원되는 일.

외부에 그들이 드러날 수밖에 없는 일지만 더 이상 감출 생각이 없기에 적극적으로 움직였다.

덕분에 사천무림이 크게 요동치고 있었다.

어디서 들어보지도 못한 문파가 갑작스레 나타난 것은 무림의 특성상 그렇다 치더라도 백검회가 힘도 쓰지 못하고 사라진 것은 충격적인 사건이었다.

게다가 그들은 거기에서 끝나지 않았다.

몽검장, 검산문, 패력사문, 고루사문에 이르는 인근 문파들을 겨우 며칠 사이에 완벽하게 멸문시킨 것이다.

생존자 하나 없이 완벽하게 말이다.

그 경악스러운 힘에 모두가 놀라고 있을 때 정작 논란의 중심에 서 있는 철혈성은 더 이상 움직이지 않았다.

며칠 사이에 사천무림의 2할. 그 이상을 집어 삼킨 자들답지 않게 말이다.

폭풍전야와 같은 고요함이었지만 그것을 기회로 삼아 사천무림이 빠르게 움직이기 시작했다.

아미파와 청성파가 만약을 위해 힘을 합칠 준비를 하며 밖으로 내보낸 제자들을 불러 들였다.

그것은 당가 역시 마찬가지였다.

암기를 만들어내는 당가의 공방이 뜨겁게 불타오르기 시작했고, 그 열기만큼 사천무림이 달아오른다.

"명령만 하신다면 사천을 완전히 손에 넣도록 하겠습니다, 성주님."

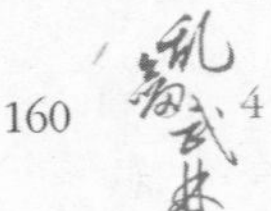

자영의 말에 철혈성주 철무진은 손을 흔들었다.

"지금은 되었다. 하나로 힘을 합치지 못하는 무림맹 따위야 큰 문제가 아니지만 천마신교 놈들이 아직 남아있음이니 굳이 필요이상으로 전력을 드러낼 필요는 없다."

"허나 시간을 준다면 저희에게 대항하기 위해 움직일 것이 분명합니다."

자영의 말에 철무진은 무심한 눈으로 그를 바라본다.

잠시간의 침묵이 감돌고 그가 입을 열었다.

"넌 벌레들이 모인다고 해서 두렵나?"

"…그럴 리 있겠습니까. 그저 만약을 위한 것이지요."

"거기까지 걱정할 필요는 없다. 더 이상 움직이지 않으면 의심은 하겠지만 새로운 세력이 나타났다는 것으로 마무리를 할 수밖에 없을 테니."

"예?"

영문을 몰라 하는 자영의 뒤편에서 익숙한 목소리와 함께 한 사람이 들어선다.

"거기에 대해선 내가 설명을 해주지. 주군을 뵙습니다."

텅 빈 왼팔의 자리가 유난히 커 보이는 녹의(綠衣) 사내.

녹영이었다.

"갔던 일은?"

"잘 처리 되었습니다. 준비에 들어갔으며 곧 주군의 뜻대로 움직일 것입니다."

"수고했다. 당분간 쉬도록."

"존명."

녹영이 인사를 하는 사이 더 이상 볼 일이 없다는 듯 철무진이 등을 돌려 자리를 벗어난다.

그 모습에 다급히 허리를 숙이며 인사를 하는 자영.

둘이 편하게 자리에서 일어선 것은 충분한 시간이 흐르고 난 뒤였다.

"무슨 이야기지?"

자신도 모르는 사이에 또 다른 일이 진행되고 있었다는 사실이 대단히 기분 나쁜 듯 굳은 얼굴의 자영을 보며 녹영이 능청스런 미소를 짓는다.

"일단… 차라도 한잔 하면서 이야기를 하자고. 멀리서 쉬지도 않고 달려오는 바람에 꽤 목이 마르단 말이지."

"…쯧. 내 방으로 가지."

몸을 돌려 먼저 움직이는 그의 뒤를 녹영이 웃으며 따른다.

"여전히 비싼 것만 골라 마시는군."

"쓸데없는 소리 말고 빨리 이야기나 해봐."

차를 앞에 두고 능청맞게 구는 녹영을 재촉하는 자영.

평소 무슨 생각을 하는 것인지 알 수 없던 그의 얼굴 위로 가득 떠올라 있는 짜증스러움.

"그렇게 짜증내는 것을 보니 너도 사람은 사람이구나."

"쓸데없는 소리는 하지 말라고 했을 텐데?"

"뭐, 원하신다면."

어깨를 으쓱인 녹영은 차로 입을 축인 뒤 이야기를 시작했다.

"나도 갑작스레 받은 명령이라 다른 곳에 알릴 여유가 없었어. 이번 일로 인해서 무림의 눈은 우리에게서 떨어지게 될 것이고, 그 틈을 타 공사를 완성하면 되는 것이지."

"대체 무슨 말인지 모르겠군."

"큭큭. 현 무림에서 우리에게 가장 위협이 되는 적은 누구지?"

"…천마신교."

"맞아. 무림맹 따위는 제쳐두더라도 천마신교의 전력은 무서울 정도지. 파고들 틈도 없고 말이야. 그럼 여기서 문제를 하나 내지. 강한 적을 앞두고 놈들의 뒤통수를 칠 수 있다면… 어떻겠나?"

그 말에 뭔가가 떠오른 듯 깜짝 놀라는 자영.

"설마!"

"맞아. 놈들을 움직였지."

"대막혈사풍(大漠血死風)!"

"맞아. 하지만 놈들만으로는 부족 할 테니까 또 하나를 움직여놨지."

"…어디지?"

그의 물음에 녹영이 찻잔을 내려놓으며 웃었다.

"북해빙궁(北海氷宮)."

†

세외 무림.

중원 무림과 또 다른 무림을 형성하고 있는 자들을 지칭하는 말인데 그 규모는 중원 무림에 미치지 못한다.

하지만 그런 세외 무림이 하나로 규합되어 중원 무림을 침략했을 때 입은 피해는 결코 만만한 것이 아니었다.

그럼에도 불구하고 무림에선 세외의 세력이라고 한다면 한 수 밑으로 보는 경향이 짙었는데, 그런 시선에서 피해간 문파가 몇 있다.

대표적인 곳이 대막혈사풍과 북해빙궁이었다.

각기 대막과 북방의 최강자인 그들은 잔혹하며 강한 자들이었다.

성질은 다르지만 척박한 대지에서 살아남기 위해 그들은 끊임없이 노력해야 했으며, 살아남기 위해선 무엇이든 하는 자들이었다.

대막혈사풍은 한 번 움직이면 상대가 누구이든 결코 살려두지 않는다. 그것이 설령 아이라 할지라도.

철저한 파괴와 살육으로 공포의 정점에 군림하고 있는 것이 그들이었기에 대막을 통과하는 상단들은 누구나 할 것 없이 목숨을 아끼기 위해서라도 통행세를 내야만 했다.

북해빙궁은 그들과는 상황이 달랐다.

서역으로 가기 위해선 대막을 건너야 하는 상인들이 있는 것과 달리 북방엔 아무것도 없다.

얼음과 눈의 대지.

살아남기 위해 무엇이든 하고, 무슨 짓이든 저지른다.

차가운 북방의 대지 위에 유일하게 우뚝 서 있는 북해빙궁은 무인의 숫자는 그리 많지 않으나 하나하나가 일류 이상의 실력을 내는 것으로도 유명했다.

그만큼 살아남기 위해 철저하게 수련을 쌓는다는 이야기다.

둘 중 하나만 나타나도 머리가 아플 지경인데 둘이 동시에 움직인다?

상상만 해도 엄청난 일이 될 것이었다.

그리고 그런 일이 지금 벌어지고 있었다.

"대막혈사풍이라…."

톡, 톡, 톡.

낮게 중얼거리며 태사의를 손가락으로 두드리는 천마.

그 진중한 모습과 몸에서 뿜어져 나오는 거침없는 마기에 회의전에 앉은 모든 마인들이 크게 긴장하고 있었다.

"마뇌."

"예."

"우리가 꽤 오래 침묵했던 모양이지?"

말은 물음이지만 굳이 대답을 필요로 하지 않는다는 것을 깨달은 그는 입을 열지 않았다.

역시나 대답을 바랐던 것은 아니었던지 천마의 몸에서 살기가 조금씩 피어오른다.

"도둑놈들 따위가 본교의 영역에 침입한 것도 모자라 본교의 제자들을 참혹하게 죽였단 말이지? 그것도 미처 반응 할 틈도 없이 신속하게 말이야."

"…그렇습니다. 경계의 빈틈을 완벽하게 찔린 것 같

습니다."

쾅-!

마뇌의 말이 떨어지기 무섭게 그의 주먹이 태사의를 내려친다.

회의장 구석구석까지 울려 퍼지는 굉음.

퍼석!

태사의의 팔걸이가 가루가 되어 흩날리고 분노에 가득 찬 천마의 음성이 회의장 전체를 아우른다.

"그걸 지금 말이라고 하는가! 바로 얼마 전 경계를 철저히 할 것을 명령했건만!"

"죄송합니다. 중원에만 신경을 쓰고 있었던 터라."

고개를 숙이며 사과하는 마뇌.

사실 이번 일에 대해 책임을 져야하는 것은 마뇌가 아니었다. 그럼에도 그가 사과를 하고 나선 것은 책임을 져야 할 자가 이미 죽었기 때문이었다.

"후우… 됐고, 계획은?"

"공백이 생긴 지역으로 이미 마영혈랑대(魔影血狼隊)를 투입했습니다. 뿐만 아니라 정보조직인 비각을 다시 한 번 점검하여 손실이 생기는 부분에 대해 손을 보았습니다. 그 결과 우연치 않게 움직이고 있는 것은 놈들뿐만이 아니라는 것을 알 수 있었습니다."

"대막혈사풍이 끝이 아니다?"

"예. 북해빙궁이 움직이고 있습니다."

술렁.

북해빙궁이 움직이고 있단 소리에 회의장이 한 순간 술렁인다.

지존인 천마의 앞에서 보여서 안 될 모습이지만 그만큼 북해빙궁이 움직였다는 것은 놀라운 소식이었다.

"귀찮은 놈들이 움직이는 군."

얼굴을 찡그리는 천마.

세상에 두려울 곳이 없는 천마신교이지만 껄끄러운 곳은 몇 있었는데, 그 중 하나가 바로 북해빙궁이었다.

살아남기 위해 철저히 자신을 단련하고, 싸움이 벌어지면 목숨을 아끼지 않는다. 게다가 북방의 대지는 살아가는 것만으로도 매일이 싸움터다.

그들이 입고 다니는 두터운 가죽 옷처럼 마기에 대한 저항력도 강해서 천마신교의 마인들과는 잘 맞질 않는다.

단순히 이기는 것만 생각한다면 어렵지 않은 일이다.

문제는 거기에서 발생하는 피해다.

워낙 독종 같은 놈들인지라 싸움에서 발생하는 피해 역시 만만치 않은 것이다.

특히나 지금 같은 시기엔 전력의 누수는 피하고 보는 것이 옳았고.

"북해빙궁이라… 귀찮게 됐군. 아직 놈들의 전력은?"

"쉽지가 않습니다. 다만 철혈성이라 자신들을 부르는 것은 확인했습니다."

"철혈성?"

철혈성이라는 말에 천마는 어디선가 들어본 것 같다고 생각했지만 곧 넘어가버렸다.

워낙 무림에 많은 문파들이 생기고 사라지니 그 틈에서 들은 것이라 치부해버린 것이다.

어쨌거나 당장 급한 것은 대막혈사풍과 북해빙궁이었으니까.

"북해빙궁의 진로는?"

"저희 쪽입니다. 굳이 먼 길을 돌아서 움직인다는 것은 그 목표가 저희로 한정이 되어 있다는 것이지요."

"잔머리를 썼군."

"그렇게 생각됩니다. 저희를 묶어둔 뒤 움직이려는 것이겠지요. 혹은 시간을 벌려고 하는 것일 수도 있습니다."

"범인은?"

"철혈성입니다."

단호한 그의 말에 천마는 예상했다는 듯 고개를 끄덕인다. 회의장에 앉아 있는 마인들의 시선이 두 사람을 오가는 사이 마뇌가 다시 입을 열었다.

"당장 저희가 할 수 있는 일은 많지 않으니 하나씩 처리하는 것이 좋을 듯합니다."

"결론을 이야기 해보게."

"도발을 해온다면 피하지 않고 응수해주는 것이 저희 신교의 철칙 아니겠습니까. 오랜만에 움직이고 싶어하는 분들이 많은 것으로 알고 있습니다."

이야기를 하면서 회의장을 둘러보는 마뇌.

그의 시선이 닿을 때마다 마인들의 눈이 반짝이고 어느새 회의장 가득 투기가 흘러넘친다.

자신의 힘을 발산하고 싶은 욕구를 오랜 시간 참아온 그들이었기에 공식으로 움직일 수 있는 기회를 놓치고 싶지 않은 것이다.

천마 역시 이번만큼은 그들의 뜻을 물리칠 생각이 없었다.

"누가 좋겠는가."

"대막혈사풍은… 아무래도 놈들의 특성을 고려하면 마영혈랑대가 움직이는 것이 좋아 보입니다."

"흠, 가능하겠나?"

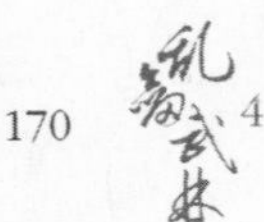

자신의 수하인 마영혈랑대를 못 믿는 것은 아니지만 그들은 신교 무력단체 중에서도 가장 낮은 위치에 있는 자들.

실력은 믿지만 대막혈사풍 또한 만만치 않은 전력임은 사실이다. 게다가 특수하게 훈련시킨 말을 타고 빠른 기동력을 살린 움직임을 보이니 그것도 쉽지 않다.

"놈들에게 기동성이 있다곤 하지만 그보다 많은 인원으로 포위를 해버리면 될 일입니다. 가장 간단하고 쉽게 처리하는 것이 좋겠지요."

"그렇군. 전원을 내보내자는 것이로군."

"그렇습니다."

천마의 말에 마뇌는 웃으며 고개를 숙인다.

마영혈랑대는 천마신교에서 가장 약한 무력단체 이지만 반대로 가장 많은 인원을 자랑한다.

그 많은 인원을 한 번에 동원하여 거대한 그물망을 만들어 일망타진 할 생각인 것이다.

"나쁘지 않겠어. 하지만 만약을 위해… 흑기사령대(黑旗死靈隊) 3개조를 추가로 편성하지."

"영명하신 결단이십니다."

"그러면 북해빙궁이 남는군."

모두의 시선이 마뇌에게 향하고.

마뇌가 천천히 입을 열었다.

"북해빙궁의 경우 속전속결이 좋겠지요. 최소한의 인력으로 최고의 효율을 내기 위해선… 오랜만에 주군께서 힘을 발휘하시는 것이 최고라 여겨집니다."

조용해지는 회의전.

얼마 전 천마가 신교를 벗어나 중원을 다녀온 적은 있지만 그 실력을 보이진 않았다.

만약 마뇌의 이야기를 받아들이게 된다면 수십 년 만에 천마가 전장의 선두에 서게 되는 것이었다.

그것은 자신들이 직접 전장에 나서는 것보다 더 긴장되고 흥분되는 이야기였고, 그 기대감은 고스란히 열기가 되어 회의장 전체에 진동한다.

'이번 기회에 좀 움직이시는 것도 나쁘지 않을 것입니다.'

마뇌의 속마음을 고스란히 읽은 천마는 피식 웃으며 자리에서 일어섰다.

"그래보지. 몸이 녹 쓸지나 않았으면 좋겠군."

"수라혈선대(修羅血腺隊)가 주군의 뒤를 따를 것입니다."

"좋아. 준비하도록."

와아아아-!

거대한 함성이 회의전을 뒤흔든다.

†

작은 건물도 아니고 성을 하나 새로 쌓는다는 것은 무척이나 어렵고 많은 돈이 들어가는 일이다.

자재를 조달하고 사람을 부리는 그 모든 것이 돈인 것이다.

철혈성의 자금을 담당하는 황영은 공사가 시작되기 전부터 공사가 진행되고 있는 지금까지 쉴틈도 없이 일을 하고 있었다.

"공사 진행률은?"

"2할 수준입니다."

"느리군."

"규모를 생각하면 이것도 무척이나 빠른 것입니다. 문제는 역시 자금입니다. 벌써 준비해놓았던 자금의 6할이 소진되었고 남은 것도 얼마나 갈지 모릅니다."

수하의 보고에 황영의 얼굴이 구겨진다.

오늘을 위해 충분한 준비를 해두었음에도 불구하고 돈이 모자랐다.

무림에 나오기 전에 펼쳤던 수많은 공작들을 통해 빠

져나간 돈이 너무 많았던 탓이다. 게다가 자신이 버는 돈이 아니라도 예산을 초과해서 사용했던 것도 많았고.

"제길. 이래서 막았던 것인데."

그동안 자신의 말을 듣지 않았던 팔영들이 밉지만 실력으로 밀리니 어쩔 수 없다.

무공 실력보다는 돈을 버는 재능으로 팔영의 한 자리에 앉은 그이기 때문이다.

우적우적!

손에 쥐고 있던 서류를 내려놓은 그가 습관적으로 곁에 놓아둔 오리구이를 씹어 먹는다.

서류가 놓일 곳을 제외하곤 사방이 음식으로 뒤덮여 있지만 익숙한 모습인 듯 앞에 선 수하의 얼굴은 변하지 않았다.

"아직 항주에서 올라온 자금이 도착하지 않았지 아마?"

"예. 이틀 안으로 도착하는 것으로 알고 있습니다."

"…항주에 표국이 또 있다고 했나?"

"진양표국이 남아 있습니다."

수하의 보고에 고민하던 그가 입을 연다.

"마룡도제가 그곳에 머물고 있다고 했지… 쉽게 손을 댈 수는 없겠군."

"그렇습니다. 하지만 팔황표국이 소유하고 있던 기루와 도박장을 손에 넣었으니 시간이 흐를수록 항주에서 올라오는 자금이 많아질 것으로 예상됩니다."

"그렇다 치더라도 돈이 부족해."

으득, 으득.

손톱을 물어뜯으며 고민하던 그가 돌연 생각이 난 듯 물었다.

"상단에서 돈을 더 끌어다 쓰긴 어렵겠지?"

"다른 사람들의 눈이 있으니 어렵습니다."

"우리가 표국을 이용하는 일이 얼마나 되지?"

"자체 상단으로 대부분 가능하고 부족한 부분에 대해선 의뢰를 하고 있는 것으로 알고 있습니다만, 그 양이 얼마 되지 않는 것으로 파악하고 있습니다."

거침없이 쏟아지는 보고에 만족한 듯 황영은 웃으며 말했다.

"각지의 표국에 의뢰를 넣어라. 그리고 중간에 쓱 집어삼켜버려."

"위험하지 않겠습니까?"

"정체도 모르는 산적들에게 당하는 표국은 의외로 적지 않지. 게다가 죽은 이들 중에 의뢰의 당사자들도 있다면 의심은 우리를 피해가겠지."

"그리 준비하도록 하겠습니다."

"기왕이면 진양표국에 의뢰를 하도록. 어차피 할 거라면 우리 쪽에 유리하게 끌고 가는 것이 좋겠지."

"예."

고개를 숙이며 방을 나가는 수하.

홀로 남게 된 방에서 그는 쉬지 않고 식탐(食貪)에 빠져든다. 그러면서도 간간히 서류를 살피는 것이 이 거대한 상단을 이끌어나가는 주인다웠다.

과거 천하제일의 거부였던 황금충의 황금상단이 몰락한 이후 빠르게 성장하며 중원에서도 손에 꼽히는 상단으로 성장한 천하상단.

그 주인이 바로 황영이었다.

그가 수하에게 명령을 내린 것은 일종의 사기였다.

표국에 의뢰한 물건이 만약 표행 중 분실되거나 손상을 입은 경우 표국에서 해당 물건의 다섯에서 열배 가량을 물어주는 것을 관례로 하고 있었다.

이는 비단 관례가 아닌 계약서에도 명시가 되는 내용으로 표물의 안전과 신속성을 자랑해야 하는 표국으로선 물건을 맡기는 상인들에게 안심을 주기 위한 방편이기도 했다.

만약 물건에 문제가 생긴다면 표국으로선 그 손해가

막심하다.

물건 값을 물어주는 것도 문제이지만 이런 경우 표행에 나섰던 사람들이 살아 돌아오지 못하는 경우가 많다.

사람을 잃어버린 표국이 정상적으로 돌아가긴 어려우니 어지간한 규모가 되지 않고선 표물의 사고는 곧 표국의 안위와 직결되는 것이라 봐도 무방할 정도였다.

황영은 바로 그 틈을 노리려는 것이다.

자신은 겉으로 보기엔 정당한 사업을 운영하는 천하상단의 주인인 만큼 물건을 의뢰하는 것에는 아무런 문제가 없다.

허나 뒤편으로 돌아서면 다르다.

누구도 알지 못하는 철혈성과의 관계가 그를 뒤받침해주는 것이다.

다시 말해 일을 저질러도 아무런 흔적이 남지 않는다는 것이었다.

그렇다 하더라도 위험이 따르기 때문에 평소라면 결코 하지 않을 일이지만 이번 만큼은 어쩔 수 없다.

철혈성을 세우는데 들어가는 자금이 너무 많았기 때문이었다.

"어떻게 안 되겠소?"

진양표국의 주인 허무선은 아침부터 찾아온 손님 때문에 크게 곤란해 하고 있었다.

한 눈에 봐도 최고급의 비단으로 만들어진 옷과 온 몸에 주렁주렁 매달고 있는 보석들.

자신을 치장하는데 아낌없이 투자한 것이 분명한 사내가 땀을 가득 흘리며 그에게 사정을 하고 있었다.

"귀 상단의 어려움은 알겠으나 본 표국에도 지금 남아있는 여유가 없소. 알겠지만 팔황표국이 그리 된 이후 본 표국에 밀려드는 의뢰 때문에 일하는 사람들이 힘들어서 죽으려는 지경이요. 여기서 귀 상단의 일을 맡게 된다면 밑의 사람들이 일을 그만두고도 남음이 있을 것이오."

허무선의 정중한 거절에도 불구하고 사내, 천하상단 항주지부의 지부장 사마택은 고개를 숙였다.

"제발 좀 부탁하오. 천라표국에도 의뢰를 넣었으나 그쪽에서도 물량을 다 처리하지 못하고 이쪽으로 넘어오게 된 것이오. 이번 기회에 우리와 거래를 트는 것도 나쁘지 않지 않소이까."

"허… 그렇기야 하오만."

거듭되는 설득에 허무선은 쉽게 거절 할 수가 없었다.

천하상단과 같이 거대한 상단에선 자체적으로 물건을 운송하는 사람들이 있었다.

그렇기에 외부에 물건을 맡기는 경우가 극히 드물었는데, 이번이 그랬다.

갑작스레 들어온 주문을 한 번에 소화시키느라 사람이 모자라게 되었고, 결국 천라표국과 진양표국 양쪽에 의뢰를 하게 된 것이었다.

문제는 이제는 완전히 무너진 팔황표국이었다.

본래 항주 삼대표국의 하나인 그들이 무너짐으로서 거래를 하던 이들이 한 순간 남은 두 표국으로 몰린 것이다.

그로 인해 두 표국 모두 여유가 없었고 천하상단의 의뢰를 처리하지 못하고 있었다.

그나마 천라표국에서 어느 정도 물건을 맡았다곤 하지만 여전히 천하상단엔 물건이 많이 남아 있었다.

"차라리 작은 표국들을 이용하는 것이 어떻습니까? 몇몇 표국들에게 공동으로 의뢰를 한다면 괜찮을 겁니다."

"나도 그러고 싶소만 물건이 물건인지라…."

"허! 그렇게 비싼 물건이란 말입니까?"

"저 멀리 섬나라에서 가져온 귀한 것들입니다. 우리도 이렇게 대량으로 물건을 만져보는 것이 처음일 정도로 말입니다. 그렇다보니 쉬이 맡길 곳을 찾을 수 없습니다."

어느새 꺼내든 손수건으로 땀을 닦으며 이야기하는 사마택.

물건의 가치가 높으면 높을수록 대형 표국을 찾을 수밖에 없다.

만약의 경우에 대비하기 위함이다.

그만큼 의뢰비는 비싸지겠지만 물건의 값어치를 생각한다면 더더욱 대형 표국을 이용하는 수밖에 없었다.

그때 국주의 곁에 서서 이야기를 듣고만 있던 양 총관이 입을 열었다.

"국주님 이번 의뢰 받아들이는 것이 어떻겠습니까?"

"응? 하지만 여유가 없지 않은가? 그렇지 않아도 힘들어하는 사람들에게 더 부담을 줄 수 없지."

"그 문제라면 괜찮지 않겠습니까? 손을 뗀다고 하셨지만 이번 의뢰의 규모를 생각해 본다면 한 번 쯤 도와주시지 않으시겠습니까?"

양 총관의 말에 허무선의 머릿속에 떠오르는 한 사람.

태현이었다.

'확실히 태현이라면….'

분명 태현이라면 큰 도움이 될 수 있을 것이었다. 그가 움직이면 함께 움직일 사람들도 있으니 그들의 실력이라면 어지간한 자들이 몰려와도 부족함이 없다.

"잠시만. 잠시만 기다려 주시겠습니까?"

"얼마든지 기다릴 수 있습니다."

"고맙습니다. 양 총관 자네가 가서 의향을 물어보고 오게나."

고개를 끄덕인 양 총관이 밖으로 나가고 얼마 되지 않아 다시 돌아왔다.

반 시진 후 진양표국을 떠나는 사마택 지부장의 얼굴이 유난히 밝았다.

"거기 조심해! 우리 급료로 값을 수도 없는 물건들이니까!"

"어허! 거기 중심 잘 잡으라니까!"

새벽부터 시끄러운 진양표국.

평소에도 시끄러운 것은 마찬가지지만 오늘은 유난히 더 그랬는데, 대규모 표행이 준비되어 있기 때문이었다.

무려 마차 스무 대가 동원되는 대규모 표행.

갑작스런 대규모 표행이었기에 그렇지 않아고 쉬지 않고 일을 하던 사람들에겐 날벼락 같은 일이었다.

특히나 표두와 표사들의 불만이 하늘을 찔렀는데, 얼마 뒤 전해진 소식에 안도의 한 숨을 내쉴 수 있었다.

표국에서 가장 믿을 수 있는 사람들이 오랜만에 표행에 나섰기 때문이었다.

일꾼들의 경우에도 불만이 없는 것은 아니었지만 평소보다 더 많이 임금을 쳐주고, 이번 표행이 끝나면 충분한 휴식을 보장하는 것으로 그들을 움직이게 만들었다.

그 결과가 새벽부터 움직이고 있는 사람들이었다.

"표국의 일에서 손을 때겠다고 했는데, 이렇게 끌어들여서 미안하네."

"괜찮습니다. 그렇지 않아도 밥값은 해야겠다고 생각했으니까요. 게다가 유비 그 아이가 돌아오기 전에 나가는 편이…."

"응? 뭐라 그랬나?"

"아, 아닙니다."

마지막 말을 흐리게 하는 통에 제대로 듣지 못한 허무선이 이상하다는 눈으로 보지만 곧 현장으로 시선을 돌린다.

그제야 안도의 한숨을 내쉬는 태현.

사실 이번 일을 받아들인 결정적인 이유는 허유비가 내일이면 이곳으로 돌아온다는 사실 때문이었다.

그동안은 할아버지 댁에 일이 있어 갔었는데, 마침 돌아오게 된 것이다. 그렇지 않아도 주변에 있는 세 여인들 때문에 머리가 아플 지경인데 그녀까지 끼어들면 도저히 감당이 되지 않을 것이 뻔했기에 오히려 이번 제의를 반기며 받아들인 것이다.

"그보다 물건이 생각보다 많군요."

"아무래도 그렇지. 중원 전체에서도 손에 꼽는다는 천하상단의 일이지 않는가. 바람 때문에 뒤늦게 출발했던 배가 빨리 도착하는 바람에 일손이 부족해져서 우리에게 의뢰를 하게 되었다고 하더군."

"그렇습니까?"

"바다를 상대로 하는 일에선 종종 벌어지는 일이긴 한데 역시 규모가 다르다고 할까? 솔직한 말로 이 물건들 다 잃어버리면 보상금 주고나면 우리 표국이 다시 무너지는 것은 시간문제일 것이네."

태평하게 말을 하는 허무선을 보며 태현의 시선이 새삼 수레로 옮기고 있는 물건들을 향한다.

흔들리지 않게 꼼꼼하게 물건을 싫은 뒤 비가 올 때는 대비하여 방수가 되는 가죽을 씌운다. 한두 푼 하는 물건이 아니지만 이렇게 비싼 물건을 운송 할 때는 어쩔 수 없었다.

"천하상단 쪽에는 사람이 오지 않는 것입니까?"

"물건이 물건이니 만큼 직접 오겠다고 하더군."

"누가 말입니까?"

"천하상단 항주 지부장 사마택. 그가 말일세. 저기 오는 군."

다그락, 다각.

때마침 활짝 열린 정문 안으로 사두마차 한 대가 안으로 들어선다.

잡티하나 없는 깨끗한 말과 화려하게 치장되어 있는 마차.

그 위에 걸려있는 천하상단의 기.

"화려하군요."

"저 정도 일 줄은…."

설마하니 표행을 떠나는 길에 저리 화려한 마차를 끌고 올 것이라곤 국주인 허무선도 예상치 못한 일이다.

게다마 마차에서 내리는 그의 옷차림은 얼마 전에 보았던 것과 색상만 달라졌을 뿐 크게 변한 것이 없었는데, 그 말은 즉 따라는 가겠지만 마차 안에서 거의 움직이지 않겠다는 뜻이었다.

"의뢰인이니… 어쩔 수 없겠지."

하지만 그 마저도 납득이 안되는 것은 아니었다.

표국에서 일을 하다보면 정말 별의별 인간들을 다 보게 되는 데 사마택 역시 그런 인간들 중에 하나라고 생각해버리면 쉬운 일이다.

"자네가 힘들겠지만 부탁하네."

"힘은 저보다 저쪽 사람들이 더 힘들겠네요."

"난 인사를 다녀오지."

짧은 말과 함께 사마택에게 다가가는 허무선.

그들이 이야기하는 사이 태현은 사마택이 데리고 온 스물 정도의 호위 병력을 지켜보았다.

'나쁘진 않지만 딱 그 정도군.'

실력이 나쁘지는 않아 보이지만 돈으로 부릴 수 있는 자들에겐 한계가 있는 법이다.

당장 무림의 눈으로 봤을 때 저들은 이류 정도 밖에 되지 않을 터였다.

그러는 동안 인사를 마친 것인지 최종적으로 물건을 검수하고 마침내 긴 표행 길에 올랐다.

이번 표행을 위해 허무선은 특별히 경험이 많은 표두와 표사들을 붙였다.

숫자는 적지만 태현들의 실력을 생각하면 되려 넘치고도 남을 정도였다.

그에 의뢰인인 사마택이 불만을 토로했지만 마룡도제가 함께 간다는 소리에 곧 아주 만족스러운 얼굴을 하며 마차에 올랐다.

상인인 그도 오제인 마룡도제에 대한 소문을 들은 모

양이었다.

"심심하네…."

"표행이라는 것이 원래 이렇게 심심한 건가?"

파설경과 단리비가 입을 삐죽이며 이야기를 시작했지만 태현은 들은 척도 하지 않고 앞만 주시한다.

그 모습에 두 사람의 얼굴이 일그러졌지만 그것도 잠시.

"산적이라도 나와 주면 몸이라도 풀겠는데 말이야."

"그런 소리 하지 마라. 표행에서 제일 좋은 것은 아무 일도 벌어지지 않는 것이니까."

"허허, 그렇지."

태현의 말에 동의하고 나선 것은 마룡도제였다.

본래 이번 일에는 예정에 없었지만 오랜만에 태현과 담소를 나누기 위해 일부러 이번 표행에 참석했다.

얼마 전 백검이 진양표국을 벗어나 신의가 있는 곳으로 향했기에 그가 표국을 벗어나는데 걸리는 것은 조금도 없었다.

"그보다 물건에 비해 거리는 얼마 되지 않는군."

이번 표행의 목적지는 안휘 마안산(馬鞍山)이라는 곳이었다. 항주에서 멀다면 멀지만 가깝다면 또 가까운 곳이다.

관도를 따라 쉬지 않고 움직이면 열흘이면 도착 할 수 있는 곳이니까.

확실히 그의 말처럼 물건의 가치에 비해 짧은 거리를 움직이는 것이지만 이미 그에 대해서도 들은 바가 있는 태현이다.

"그곳에서 배를 이용해 움직일 계획이라 합니다."

"그래? 처음부터 배를 이용하면 될 일이 아니었나?"

"상단 소속의 배가 모자랐다고 하더군요."

"먼저 물건을 내린 배가 돌아오는 길에 있는 마안산에서 기다렸다가 바로 물건을 실을 생각인 것이로군."

"맞습니다. 다만…."

뭔가 의심스러운 것이 있는 듯 말끝을 흐리는 태현.

"왜 그러는가?"

"아니, 아닙니다."

고개를 저었지만 태현은 갑작스런 천하상단의 의뢰를 크게 의심하고 있었다.

왜냐하면 천하상단 자체가 의심 덩어리이기 때문이다.

황금충 사부가 운영하던 황금상단이 무너진 이후 그 자리를 차지하기 위해 많은 상단들이 각축을 벌였다.

그렇게 재편된 자리에는 몇몇 상단들이 이름을 올렸는데, 대부분은 전통과 그럴만한 역량이 있는 곳이었지만 두 셋 정도의 상단은 혜성처럼 나타난 곳이었다.

다시 말해 놈들과 관련이 있을 가능성이 높은 곳인 것이다.

천하상단은 그런 곳 중 하나였다.

'아무리 상단의 인력이 모자랐다고 하지만 시일이 급하지 않다면 굳이 표국에 의뢰를 할 필요가 없다. 물건들 역시 상하는 종류의 것이 아니었으니, 더더욱. 천하상단에서 나온 저들은 아무것도 모르는 것 같은데….'

의심을 하기 시작하면서 태현은 일거수일투족 천하상단에서 나온 자들을 지켜보았지만 의심스러운 모습은 찾아내지 못했다.

자신의 눈을 벗어난 것이 아니라면 저들은 정말로 아무것도 모른다는 뜻이 된다.

한 번 시작한 의심은 꼬리를 물고 일어났다.

특히 태현의 의심을 산 것은 바로 목적지인 마안산이었다.

분명 마안산 인근에 천하상단에서 소유하고 있는 부두가 있다곤 하지만, 굳이 마안산일 필요가 없다.

오히려 삼일 정도 더 움직여 무호(蕪湖)에 물건을 내리는 편이 더 나은 것이다. 그쪽이 큰 배가 접안하기는 더 쉬운 곳일 테니까.

물론 천하상단의 일이니 만큼 그쪽 나름의 사정이 있을 지도 모른다.

하지만 태현은 자신의 감을 믿었다.

'분명 뭔가 있어. 어쩌면… 놈들의 꼬리를 찾을 수 있을 지도 모르겠군.'

미소를 지은 태현의 시선이 부쩍 가까워지고 있는 목적지를 향한다.

"아아… 그렇지 않아도 밖을 돌아다니느라 바빴는데, 좀 쉬게 해주시지."

녹영이 아쉽다는 듯 한숨을 내쉬며 잘 구워진 양꼬치와 죽엽청을 들이킨다.

본래도 술을 즐기곤 했던 그이지만 왼팔을 잃은 이후부터 부쩍 술을 마시는 횟수와 양이 늘어난 그였다.

스슥-.

그때 그의 앞으로 녹의를 입은 수가 모습을 드러낸다.

"하루거리까지 다가왔습니다."

"호위 구성은?"

"오십이 안 되어 보였습니다. 그 중에서도 스물이 천하상단의 호위로 보이니 실제로 표국의 호위는 서른이 되지 않는 셈입니다."

그 말에 녹영의 시선이 처음으로 수하에게 향했다.

"잘못 본 것은 아니고?"

"여러 번에 걸쳐 확인을 했습니다. 혹시나 일꾼으로 위장을 했는지 몰라 조사를 실시했으나 특이사항은 찾지 못했습니다."

"그래? 적은 숫자로 저 물건들을 이송시킨다? 뭔가 믿고 있는 구석이 있다는 것인데…."

술잔을 내려놓으며 오른팔로 얼굴을 쓰다듬은 녹영이 자리에서 일어서며 명령을 내린다.

"진양표국에서 가장 믿을 수 있는 한 수는 마룡도제다. 그가 있는 지 확인해. 그것이 아니라면 저 인원으로 물건을 이송한다는 것은 미친 짓이지."

"명!"

파팟.

명령이 떨어지기 무섭게 모습을 감추는 수하를 보며 그는 시선을 뒤편에 넓게 펼쳐져 있는 장강으로 돌린다.

"마룡도제가 나섰다면 이번 일은 실패다. 황영 어떻게 할 생각이냐?"

이미 이번 일에 대한 계획을 전달 받은 녹영이다.

본래라면 그가 나서지 않아도 될 정도의 일이지만 만약을 위해 움직인 것이었다.

진양표국 최대의 무기인 마룡도제 때문에.

문제는 지금의 녹영으로선 마룡도제를 막을 수 없다는 것이었다. 몸이 멀쩡할 때도 어려운 상대인데 왼팔을 잃은 지금은 아예 상대 자체가 되지 않는 것이다.

그렇게 그가 얼마나 서 있었을 까.

문득 입을 연다.

"나와."

아무도 없는 곳을 향해 말을 하지만 어디서도 대답은 들려오지 않고.

그에 녹영이 얼굴을 일그러트리며 기세를 피워 올린다.

그 순간.

"워워, 거 성격하곤."

참으라는 듯 손을 흔들며 모습을 드러내는 사내.

청영(靑影)이었다.

그의 등장에 녹영은 여전히 펴지지 않는 얼굴로 물었다.

"네가 여기는 무슨 일이지?"

"황영이 이번 일 좀 도와달라던데? 마룡도제가 나서면 너 혼자선 안 될 거라면서."

"넌 맡은 임무가 따로 있었을 텐데?"

정곡을 찌르는 말에 청영이 웃는다.

"이미 해놓고 왔지. 나머지는 우리 애들이 알아서 할 거야. 이번 일을 돕는 대신에 황영 그놈한테 짭짤하게 받기로 했거든."

말을 하면서 손가락으로 원을 그리는 그를 보며 녹영은 시선을 돌린다.

"그건 내가 알 바 아니고. 마룡도제가 나섰다고 한다면 막을 자신은 있나?"

녹영의 물음에 청영은 딱 잘라 대답했다.

"미쳤어? 그런 괴물들은 어떻게 내가 상대해? 감영이나 자영이면 몰라도."

"그래도 방법이 있으니 이 자리에 나타난 것이겠지."

"후후후, 당연하지."

웃음을 터트리며 품에서 작은 용기를 꺼내는 청영.

"이번에 내가 특별히 만든 것인데 말이야, 그 효과가 아주 끝내주더라고. 한 번 당하면 제대로 정신을 차리지 못할 정도로 말이야."

"독(毒)인가? 마룡도제 정도의 실력자라면…."

"아아, 나도 그 정도는 알아. 산공독(散功毒)이야. 그것도 특제의."

산공독이라는 말에 얼굴을 찡그리는 녹영.

산공독은 일정 경지에 이른 고수들에게는 통하지 않는다는 것이 정설이다. 그마나 통하게 만들려면 직접 섭취하게 만들어야 하는데, 그마저도 눈치 챈다면 어렵지 않게 몰아 낼 수 있었다.

덕분에 무림에서 산공독이 사용되지 않은 지도 오랜 시간이 흐른 뒤였다.

그런 녹영의 표정을 눈치 챈 것인지 청영이 웃으며 입을 연다.

"내가 말했잖아. 특제라고. 이건 어떤 방식으로도 사용할 수 있고, 아주 강력한 효과를 뿌리지. 설령 막대한 내공으로 해독을 하려고 해도 시간을 필요로 하니 이번 일에 사용하기는 더없이 좋지."

"어떤 방식으로도 사용이 가능하다고?"

"물론. 심지어 연기를 마시는 것만으로도 가능하지."

청영의 미소가 짙어진다.

마안산까지 오는 동안 진양표국의 표행을 손대려는 자들은 나타나지 않았다.

행렬의 가장 선두에서 나부기는 진양표국과 천하상단의 깃발을 보고서도 물건을 탐내려는 자들은 거의 없을 터였다.

자신의 의심과 달리 이번 표행이 무사히 끝나나 싶던 그 순간이었다.

"불입니다!"

경계를 위해 앞서서 움직였던 표사가 빠르게 말을 몰고 달려오며 외치는 소리에 사람들의 시선이 일제히 한곳으로 향한다.

과연 마안산에서 멀지 않은 곳에서 조금씩 연기가 피어오르고 있었다.

"화전민들이 사고를 친 모양이로군."

"시기가 시기이니."

익숙한 듯 이야기를 나누는 표두들.

간혹 이런 일이 있긴 했다.

산 깊이 숨어든 화전민들이 밭을 일구기 위해 낸 불씨가 걷잡을 수 없을 정도로 커지며 산을 몽땅 태워버리는 경우가 말이다.

이번 역시 그런 일이라 생각했다.

하지만 태현의 눈은 그곳에서 떨어지지 않았다.

'목적지에 다 도착해서 불이나? 그것도 저런 대형 규모의…'

자신이 너무 예민한 것은 아닌지 생각해보지만 역시 조심해서 나쁠 것은 없다.

특히 천하상단과 관련된 일이지 않은가.

결국 고민하던 태현은 표사 두 사람을 불이 난 산으로 보내 상황을 알아보게 지시했고, 그 동안 행렬을 중지시켰다.

"며칠사이 꽤 신경을 쓰는 모양인데 무슨 일이라도 있는 것인가?"

마룡도제가 다가오며 묻자 태현은 쓰게 웃으며 전음으로 답했다.

– 제가 예민해서 일지도 모르겠습니다만, 아무래도 이번 표행은 의심스러운 곳이 많습니다.

– 그건 또 무슨 소린가?

– 자세한 것을 설명해드리기엔 시간이 부족합니다만… 아무래도 감이 좋지 않습니다. 특히 천하상단의 의뢰라는 것이 크게 걸립니다.

– 너무 예민해진 것은 아닌가?

마룡도제의 목소리에 담긴 걱정.

– 괜찮습니다. 문제가 생기는 것보다는 나으니까요. 그보다 만약 문제가 발생한다면 일행의 안전을 부탁드리겠습니다.

– 걱정 말게. 그게 내가 할 일이라 생각하고 있으니.

그의 든든한 대답에 태현은 고개를 끄덕이곤 자리에서

일어섰다. 멀리서 정찰을 나갔던 표사들이 귀환하고 있었다.

"생각보다 불이 큽니다. 아무래도 산 전체를 태우고도 주변으로 번져 나갈 것 같습니다."

"맞습니다. 되도록 빠른 시간 안에 마안산을 통과하는 것이 좋을 듯 싶습니다."

태현들의 최종목적지는 정확하게 말하면 마안산 뒤편에 있는 장강의 부두였다.

불길이 번지기 시작한다면 확실히 위험해질 수도 있었다.

"어서, 어서 가세나!"

뒤늦게 보고를 받은 사마책이 일행을 재촉하기 시작했고 아직까지 다른 반응이 없기에 태현도 고개를 끄덕이며 일행을 이끌었다.

대신 중간쯤에서 머물던 그와 마룡도제가 선두로 나섰다.

만약의 경우를 위한 것이다.

"콜록!"

"아우, 짜증나는 연기!"

마안산에 들어서기도 전에 짙은 연기가 바람을 타고 일행을 덮친다.

앞이 보이지 않을 정도는 아니었지만 그 매운 연기에 곳곳에서 기침을 쏟아내고 있었다.

워낙 대규모의 나무가 불타오르다 보니 바람을 타고 온 연기는 사라질 줄 몰랐다.

그렇게 마안산을 접어들고 얼마 지나지 않았을 때였다.

돌연 발걸음을 멈춘 마룡도제가 태현을 보며 쓰게 웃었다.

"당했군."

"그렇군요."

어두운 얼굴로 고개를 끄덕이는 태현.

넓게 펼쳐놓은 기감 곳곳에서 인기척이 잡혀들고 있었다. 시간이 지날수록 늘어나는 숫자.

"적이다! 보호 대열을 갖춰라!"

마룡도제의 외침에 일제히 멈춰선 일행은 표두들의 빠른 지휘아래 방어 태세를 갖추기 시작했다.

자욱한 연기 속에서 긴장된 표정을 감추지 못하는 표사들을 보며 마룡도제는 위치가 좋지 않다 판단했다.

"아무래도 상황이 좋지 않네. 한 손으로 열손을 감당할 수는 없는 법인데 지금 접근하는 적의 수가 너무 많아."

"허면?"

"선수필승이라 했네. 차라리 먼저 놈들을 침으로서 접근하는 것을 막는 것이 좋겠네."

스릉-!

말이 끝나기 무섭게 마룡도를 뽑아드는 그.

그 모습에 태현 역시 내공을 끌어올렸다.

확실히 지금 같은 상황에선 먼저 선수를 치는 것이 가장 좋은 방법이라 여겨졌던 것이다.

게다가 이곳은 선휘들에게 맡겨두는 것만으로도 충분해 보였다.

"부탁하지."

"예, 사형."

눈빛을 읽은 선휘가 고개를 끄덕이는 것을 확인한 태현과 마룡도제의 신형이 동시에 움직인다.

연기를 가르며 사라진 두 사람의 신형.

멀어진다 싶던 그 순간.

"크아악!"

"아악!"

비명소리와 함께 싸움이 시작되었다.

산 정상에서 상황을 살피던 녹영이 곁에 앉아서 천연

덕스럽게 당과를 먹고 있는 청영에게 말했다.

"이대로 수하들을 희생시키고 있을 셈이냐?"

"뭐, 어때? 어차피 나나, 네 수하들도 아니잖아. 게다가 충분히 효과를 내기 위해선 시간을 필요로 하는 법이고. 놈들에겐 해독제를 주었으니 알아서들 움직이겠지."

"으음… 산공독이 들을 때까지 얼마나 걸리지?"

"사람 따라 틀리지."

태연한 그의 대답에 녹영의 얼굴이 일그러진다.

그것을 확인한 청영이 손에 묻은 당과의 흔적을 입으로 빨아 없애며 말을 이었다.

"내공을 사용하면 할수록 약효는 빠르게 나타나지. 처음에는 전혀 모를 정도이지만 점차 시간이 지나면서 뭔가 이상함을 깨닫게 되었을 때는… 이미 늦은 거지."

히죽거리며 웃는 청영을 보며 녹영은 다시 시선을 산 아래로 돌렸다.

산에 불을 일부러 지르고 그곳에서 산공독을 충분히 풀었다. 연기에 실려 날아가도록.

남은 것은 산공독에 중독된 것을 확인하는 것뿐이었다.

자신의 수하들을 이끌고 왔으면 이번 희생을 용납지 않았을 것이지만, 저들은 달랐다.

황영이 천하상단의 비수로서 힘들게 키운 무인들이었다.

다시 말해 철혈성과 일말의 연관도 없는 자들인 것이다. 그저 녹영과 청영이 자신들의 상급자라 하니 그 목숨을 바치고 있는 것일 뿐.

수많은 돈을 들여 만들어낸 무인들이 이런 식으로 쓰였다는 것을 황영이 알게 된다면 이를 갈겠지만 그 뿐이다.

돈으로 만드는 무인 따위 얼마든지 만들어 낼 수 있으니까.

아악!

크아아악!

사방에서 들려오는 비명소리.

아무리 내공으로 연기를 꿰뚫어 본다곤 하지만 거기에 제한은 있는 법이다. 이렇게 거리가 있을 때는 더 그렇다.

"기묘하군."

"또 뭐가?"

이젠 귀찮다는 듯 청영이 녹영을 본다.

굳은 녹영의 표정.

"비명소리가 두 곳에서 들려온다."

"그건 또 무슨… 정말이네?"

"아무래도 마룡도제만 있는 것은 아닌 모양이다."

"정보가 엉망이네…."

입을 다시며 자리에서 일어나는 청영.

본래 계획은 마룡도제가 산공독에 충분히 중독되면 두 사람이 나서서 그를 죽이는 것이었다.

제 아무리 오제의 일인이라 하더라도 산공독에 중독된 상태로 자신들을 상대하는 것은 불가능한 일이라 판단했기 때문이었다.

자신들의 실력에 자신이 있기 때문이기도 하지만 이번에 사용된 산공독은 단순히 내공을 금제시키는 것에서 끝나지 않고 내공의 흐름을 막아선다.

그렇지 않아도 움직이지 않는 내공에 그나마 사용 가능한 내공까지 원활하게 움직이지 못하게 되는 것이다.

헌데 상황이 바뀌었다.

"놈들에게 마룡도제 이외에 또 다른 고수가 있던가?"

"…오래 전 정체를 알 수 없는 고수가 있었다는 보고가 있었지. 모습을 보이지 않은 지 오래되었기 때문에 없을 것이라 판단했던 것이 실수였던 모양이군."

"그래? 어쨌거나 최소한 오제의 일인은 아닐 것 아냐. 그럼 문제는 쉽지. 우선 약한 쪽을 처리하고 보는 거지."

청영의 손이 정확히 태현이 있는 곳을 향하고 녹영은 이견이 없는 긋 고개를 끄덕인다.

스컥-!

청홍검을 통해 전해지는 둔탁한 느낌이 결코 유쾌하지는 않지만 익숙한 듯 검을 휘두르는 태현.

검을 휘두르는 동시 그의 눈은 벌써 다음 상대는 찾아가고 있었다.

불필요한 움직임을 최대한 배제하고 빠르고 간결하게 적을 상대한다.

스슥.

발의 위치가 바뀔 때마다 거리를 좁히며 달려드는 태현에게 놈들은 속수무책으로 당하고 있었다.

'생각보다 약하다. 숫자는 많지만… 이만한 실력으로 표물을 강탈하려고 했다? 뭔가 이상해. 뭔가가 분명 더 있어.'

우뚝.

이상함을 느낀 태현이 발걸음을 멈추고 주변으로 기감을 퍼트린다.

움찔.

"뭐… 지?"

기감을 퍼트리던 도중 기묘한 감각에 사로잡히는 태현.

다시 한 번 시도해보지만 이번엔 그런 감각이 없다.

'우연인가?'

고개를 갸웃거리면서도 기감을 넓힌 태현은 주변의 적들을 살핀다.

움찔.

순간 단전을 찌르는 고통과 함께 일그러지는 기감!

"이건…!"

깜짝 놀라며 태현은 즉시 내공을 일주천시켰다.

웅웅.

평소와 크게 다를 것이 없어 보이는 움직임.

하지만 분명 달랐다.

태현의 얼굴이 굳는다.

"산공독에 당했구나."

이제야 무엇이 잘못된 것인지 깨달았다.

자신들을 감싸고 있는 연기.

이 자체가 함정이었던 것이다.

"산을 내려가! 빨리!"

선휘가 있는 곳을 향해 다급하게 외치는 태현.

그때였다.

짝짝짝!

박수 소리와 함께 청의를 입은 사내가 연기를 가르며 모습을 드러낸다.

"설마 벌써 산공독이라는 사실을 깨닫다니 제법인데?"

"의외의 고수가 있다고 생각했더니, 이건 정말 뜻밖의 인물을 보게 되는 군."

청의 사내의 뒤편에서 천천히 모습을 드러내는 외팔의 녹의 사내.

"녹영!"

"오랜만이로군."

살기 가득한 미소를 피워 올리며 녹영이 웃었다.

NEO ORIENTAL FANTASY STORY

第7章.

亂劍武林
난검무림

第7章.

펄럭-.

불어오는 바람에 녹영의 비어버린 왼팔이 휘날린다.

어깨까지 깨끗하게 잘려나간 왼팔.

"설마하니 네가 이곳에 있을 것이라곤 생각지 못했다. 무림신룡."

"무림신룡? 저 놈이?"

청영이 의외라는 듯 태현의 얼굴을 살핀다.

그렇지 않아도 놈이 녹영의 팔을 빼앗아간 당사자라는 사실에 흥미가 일었는데 무림신룡이라는 말을 들으니 아주 맛있는 먹잇감으로 보이기 시작했다.

"이건 내 싸움이다, 청영."

"…쳇! 알았어, 알았다고."

두 손을 들며 뒤로 물러서는 청영.

욕심은 나지만 녹영의 광기에 물든 두 눈을 보는 순간 모든 것을 포기했다.

자신이 개입하는 순간 녹영의 사영검이 놈이 아닌 자신의 목을 베게 될 것이 분명했다.

팔을 잃은 이후 그 실력이 줄었다곤 하지만 상대는 자신의 산공독에 중독된 상태.

녹영이 패배할 확률 따윈 조금도 없었다.

스르릉-.

자신의 애검인 사영검을 뽑아드는 녹영.

"그날 이 팔을 잃은 이후 절치부심 노력하고 또 노력했지. 생각보다 한 팔로 검을 휘두르는 것이 어렵더군."

"이번 일은 네놈들의 짓인가?"

"보면 모르겠나?"

웃으며 대답하는 녹영을 보며 태현은 천하상단이 이들과 연관되어 있음을 확신할 수 있었다.

그렇지 않고서야 이런 함정을 파놓을 수 없으니까.

"전에도 말했지만… 궁금한 게 있으면 날 이겨야 할 거야."

팟!

말이 끝나기 무섭게 달려드는 녹영!

몇 발자국 움직이지도 않은 것 같은데 어느새 그의 신형이 태현의 우측에 도착해 있었다.

서걱-.

날카롭게 허공을 베고 지나가는 사영검.

옆으로 피하는 것이 조금만 늦었어도 허리가 날아갈 뻔 했지만 이번 공격이 통할 것이라 녹영은 처음부터 생각하지 않고 있었다.

태현 역시 어렵지 않게 공격은 피했지만 온 몸에서 느껴지는 기분 나쁜 현상에 얼굴을 일그러트린다.

그것을 확인한 청영이 웃음을 터트렸다.

"푸하하핫! 이제야 제대로 효과가 도는 모양이지? 다른 산공독과 같다고 생각하지 않는 것이 좋아. 이 내가 직접 만들어낸… 야야야!"

"시끄럽다."

자신의 말을 끊으며 달려가는 녹영을 보며 청영이 혀를 찼지만 더 이상 입을 열진 않았다.

이미 하고 싶은 말은 대충 했으니까.

"자… 얼마나 버티는지 볼까?"

품에서 잘 포장되어 있는 당과를 꺼내 하나씩 먹는 청

영의 시선이 두 사람을 향한다.

쩌정-! 캉!

청홍검과 사영검이 부딪칠 때마다 요란한 소리를 내고, 허공을 가를 때마다 날카로운 소리가 들려온다.

필살의 의지가 담긴 서로의 검.

우웅- 웅.

숲을 가득 채우는 녹영의 살기는 전과 크게 다를 것이 없었다.

아니, 왼 팔을 잃기 전과 비교해도 떨어지지 않는 몸놀림을 보이고 있었는데 문제는 태현이었다.

'생각보다 더 지독한 놈이다.'

시간이 흐를수록 산공독의 효능이 살아나고 있었다.

내공의 일부분이 굳은 듯 움직이지 않고, 기맥 곳곳에 독이 쌓은 덕분에 기의 흐름이 원활하지 않다.

가진 무공이 있어도 내공이 부족해 사용치 못하는 상황에 도달한 것이다.

그에 반해 해독제를 먹은 듯 녹영의 움직임은 거침없다.

쉬지 않고 발을 놀리던 녹영의 움직임이 돌연 멈춰 섰다.

아니, 멈춰 섰다 생각한 그 순간.

저벅-.

딱 한 걸음.

한 걸음 앞으로 내딛었다.

헌데 그 일말의 동작이 너무나 부드럽고 깔끔했다. 눈을 뗄 수 없을 정도로.

문제는 그 일보로 태현을 자신의 제공권 안으로 끌어들였다는 것이었다.

쉬쉭!

어지럽게 흔들리며 갑작스레 날아드는 검에 깜짝 놀라며 뒤로 물러서는 태현.

한 번 문 먹잇감은 놓치지 않겠다는 듯 필사적으로 거리를 벌리지 않고 태현에게 따라 붙는다.

왼팔이 없기에 검을 몸 중앙에 두고 움직이는 독특한 모양세가 되어버렸지만, 오히려 그것이 혼란을 가중시키고 있었다.

좌우 어디로 움직일지 모르는 검.

쩌엉-!

“큭!”

어렵사리 목을 노리고 날아든 검을 막아든 태현의 얼굴이 일그러진다.

쩡!

멀리서 들려오는 소리에 마룡도제의 얼굴이 일그러지지만 그는 자리에서 벗어 날 수 없었다.

그를 완벽하게 포위하고 나선 적들.

태현과 합류하는 것을 막으려 드는 것인지 선휘들의 인솔아래 표물이 산을 거슬러내려 가고 있음에도 움직이지 않고 오직 마룡도제 만을 노리고 움직인다.

철저하게 막힌 것이다.

'산공독이라니. 이런 것에 당하게 될 것이라곤 상상도 하지 못했군.'

쓰게 웃는 그.

좀 전부터 어떻게든 산공독을 몰아내기 위해 노력하고 있었지만 쉽지 않은 일이었다.

오제의 일인으로 불리며 수많은 경험을 한 그다.

근래 많이 쓰이지 않는다곤 하지만 산공독에 당한 경험은 그에게도 있어서 나름의 대응법을 알고 있었는데, 그것이 조금도 먹히질 않고 있었다.

'알지 못하는 종류의 새로운 산공독인 것이 분명해. 시간만 있다면 몰아낼 수 있을 것 같지만… 그렇게 둘 것 같진 않군.'

놈들에게서 뿜어져 나오는 살기가 점차 고조된다 생각

했을 때 그들이 달려들었다.

"오랜만에 화가 나는군."

치밀어 오르는 화를 굳이 참지 않고 마룡도제는 마룡도를 높이 들었다.

눈앞을 현혹하던 사영검의 모습이 순간 모습을 감춘다 싶더니 어느새 밑에서부터 옆구리를 노리고 찔러 들어온다.

갑작스럽지만 이미 여러 번 경험해본 태현은 어렵지 않게 옆으로 이동하며 피해낸다.

허나 거기서 끝이 아니라는 듯 교묘하게 검 끝을 돌려 다시 태현을 쫓는 녹영.

흐름을 끊지 않겠다는 듯 빠르게 움직이는 그.

어떻게든 흐름을 끊기 위해 움직이는 태현.

두 사람의 신형이 연신 짙은 연기 속을 헤치며 움직인다.

스컥.

옷자락을 베고 지나가는 녹영의 검에 태현의 검이 날카롭게 그의 품으로 파고들었지만, 어느새 옆으로 돌아서며 공격을 피해낸 녹영이 재차 검을 휘두른다.

"큭!"

이를 악물며 물러서는 태현.

웅. 웅. 우웅.

평소와 달리 원활하지 않는 내공의 흐름 때문에 몸 전체의 균형이 무너지고 있었다.

무림인에게 내공의 흐름은 몸 안을 도는 피와 같은 것.

내공의 흐름이 부자연스럽다는 것은 결국 힘을 주어야 할 곳과 주지 말아야 할 곳의 확실한 구분이 어렵다는 것이다.

덕분에 태현의 검은 자세히 살피면 딱딱 끊어지는 것에 반해 녹영의 검은 더없이 부드럽게 움직이고 있었다.

카카칵!

까강!

둘의 검이 부딪친다.

평소라면 충분한 힘으로 응수했을 태현이지만, 지금은 달랐다. 반대로 밀리고 있는 것이다.

'침착해야 한다. 생각해라, 방법이 있을 것이다. 생각해라.'

끊임없이 태현은 생각하고 또 생각했다.

사부들에게 배울 수 있는 모든 것을 배웠다.

남은 것은 응용하는 것뿐.

산공독 역시 마찬가지.

그 특성이 달라 당혹스럽긴 하지만 기본적으로 산공독이라는 것은 어떻게든 변하지 않는 사실이다.

게다가 산공독으로 인해 묶인 내공이 제법 된다고 하지만 전체 내공을 생각해 볼 때 미미한 양에 불과했다.

내공의 양에 있어선 무림에서 최고 수준에 올라 있는 것이 태현이고, 그것은 스스로도 잘 알고 있는 내용이었다.

'내공은 충분하지만 역시 문제는 내공의 흐름. 불규칙하게 끊기는 흐름 때문에 힘을 주기 어려워.'

쩌정!

"크윽."

순간 강한 힘으로 밀어 붙이는 녹영에 속절없이 뒤로 밀려나는 태현.

힘을 줄 수 없으니 맞서 싸울 수가 없다.

'해보자.'

아직은 가까스로 버틸 수 있다.

더 늦기 전에 태현은 이 위기를 해쳐나갈 수 있는 방법을 찾으려했다.

그러기 위해 가장 먼저 한 것은 있는 힘 것 내공을 끌어올리는 것이었다.

우웅—!

"핫!"

쩡!

이제까지완 전혀 다른 강력한 힘에 순간 당황한 녹영이 뒤로 물러선다.

그 짧은 틈을 타 자신의 몸을 살피는 태현.

억지로 내공을 끌어올린 탓인지 몸 구석구석에서 통증이 올라오고 부드럽게 움직여야 할 내공들이 마치 점성을 지니기라도 한 듯 질퍽한 느낌을 주고 있었다.

'좋지 않아. 오히려 산공독의 성분이 더 활발하게 움직이는 것 같아.'

확연히 차이가 날 정도의 움직임에 혀를 차는 태현.

그러는 사이 다시 정신을 차린 녹영의 검이 살기를 뿌리며 날아든다.

침착하게 공격을 막아내며 이번엔 반대로 최대한 얇은 느낌으로 내공을 조심씩 흘려내는 태현.

우우우…

'힘을 받지 않기는 하지만… 이 정도라면.'

분명 끊기는 느낌이 없었다.

기맥의 통로 크기가 10이라고 하면 지금 태현이 뽑아낸 내공은 3정도에 불과했다.

다행이 생각이 맞아 떨어진 모양인지 최소한 내공이

끊어지지 않고 흐르고 있었다. 다만 폭발적인 힘의 운용은 역시 어려워 보인다.

'내공에 제약은 있지만… 그것만이 무공의 전부는 아니다.'

사부들을 만나 혹독한 수련을 쌓고 천검(天劍)을 익히면서 태현이 얻은 것 중 하나가 내공일 뿐이지 그 전체는 아니다.

내공이 묶인 상황에서 어떻게 움직이고, 대처할 것인지에 대한 훈련도 충분히 거치지 않았던가.

'일단은 침착해져야 한다. 그리고 상대의 공격을 본다.'

휘릭. 휙.

최대한 작은 움직임으로 사영검을 피하고, 피하지 못할 경우엔 청홍검을 들어 막았다.

녹영의 힘에 몸 내부가 흔들리지만 억지로 참아낸다.

'좀 더 작게.'

'좀 더 간결하게.'

'좀 더….'

'좀 더….'

휙, 휙, 휘휙.

시간이 흐를수록 태현의 움직임이 작아지기 시작했다.

반걸음 내딛어 피하던 검을 몸을 흔드는 것만으로 피해내고, 피해내지 못하는 공격은 흘려낸다.

마치 못이라도 박힌 듯 제자리에서 움직이지 않는 태현.

스스로도 홀린 듯 즉각 반응한다.

무아지경(無我之境).

누구도 예상치 못한 그곳에 태현이 발을 들여 놓았다.

†

마치 꿈을 꾸는 것 같다고 생각했다.

눈앞에서 녹영이 휘두르는 검의 궤적이 선명하게 보인다.

뿐만 아니라 얼마나, 어디로, 어떻게 피해야 하는 것까지도 느껴진다.

머리가 반응하기 전에 몸이 느끼고 반응한다.

감각이 날카로워지면 때론 이럴 때가 있기는 했지만, 그것과는 또 달랐다.

'뭐지? 대체 뭐가 다른 거지?'

쉽게 이해 할 수 없다.

다만 분명한 것은 자신은 싸우는 중이고, 그 상대가 녹영이라는 것이다.

왼팔이 없어진 상태에서도 녹영은 잘도 검을 휘두르고 있었다.

크게 휘두르면 몸의 균형이 무너지니 그의 검을 일정 간격 이상 벌어지지 않았는데, 되려 그것이 무섭도록 날카롭고 공격의 회전이 빨라지게 만드는 비결이었다.

그는 왼팔을 잃었지만 그에 버금가는 새로운 것을 손에 넣은 것이다.

하지만.

'아직은 부족한 부분이 많구나.'

그의 모습을 관찰하며 아직은 완성되지 않았다는 것을 알 수 있었다.

시간을 들여 충분히 자신의 것으로 완전히 만들었더라면 싸움의 행방은 벌써 끝이 났을 것이란 사실도.

또 한 가지 알아낸 것이 있었다.

자신이 중독된 산공독에 대한 것.

'처음엔 기존의 것과 다른 사용 방식과 저 자의 말 때문에 당황했지만 결국 산공독은 산공독일 뿐.'

조금 까다로운 특성을 드러내지만 결국 그 본질은 변하지 않는다.

그것을 좀 더 빨리 알아차렸다면 좋았겠지만 지금도 늦지는 않았다.

'이 산공독의 특징은 기맥의 통로에 들러붙어 있다가 내공이 흐를 때 함께 움직인다. 그러다 점차 덩어리가 커지면서 순간적으로 기맥을 막아버리는 것. 그것 때문에 내공의 흐름이 계속해서 막히는 것이었어. 반대로 붙어 있는 것보다 작은 양의 내공에는 제대로 반응하지 못한 것이고.'

산공독의 특성과 특징에 대해 깨닫고 나자 그에 대응하는 방법까지 저절로 떠오른다.

'시간이 있다면 조금씩 밀어내겠지만….'

저 멀리서 들려오는 요란한 소리.

분명 마룡도제의 것이다.

마룡도제 정도 되는 실력자가 산공독에 당했다고 해서 쉽게 당할 것이라 생각지는 않지만 모르는 일이다.

저 음흉한 놈들이 벌인 일이니.

게다가 산 밑으로 내려간 선휘들도 걱정이었다.

'방법은 하나뿐.'

으득.

입술을 깨무는 순간.

모든 것이 원래대로 돌아왔다.

팟!

머리 옆을 스치고 지나가는 사영검이 회수되는 순간 태현은 빠르게 몸을 뒤로 날렸다.

순간적으로 벌어진 거리에 녹영의 반응이 늦어졌고.

틈을 놓치지 않고 태현은 자신의 모든 내공을 일깨웠다.

쿠화확!

우르르르…!

"하앗!"

사방으로 퍼져나가는 농후한 기운!

막대한 내공이 순식간에 사지백해를 돌아다니기 시작한다. 그와 동시 산공독이 그 흐름을 방해하려 하지만… 그것을 무시 할 정도의 내공이 쏟아지자 순식간에 기맥에 붙어 있던 산공독들이 쓸려나가기 시작했다.

갖은 쓰레기로 막혀있던 내천에 호우가 쏟아지며 막대한 물이 흘러들어오며 깨끗해지게 만들어 버리듯 태현 역시 막대한 내공으로 산공독의 기운을 날려버리고 있었다.

태현이기에 가능한.

그야 말로 내공이 남아도는 태현이기에 가능한 일.

"맙소사!"

지켜보고 있던 청영이 무슨 일이 벌어진 것인지 깨닫고 자리를 박차고 일어섰다.

하지만 녹영은 지금의 기회를 놓치지 않고 태현의 목을 모리고 달려들었다.

내공으로 산공독을 날려버리는 그 짧은 순간 발생한 빈틈을 그는 놓치지 않은 것이다.

쐐애액!

한 줄기 빛이 되어 날아드는 사영검.

"미안하군."

하지만 태현이 회복하는 것이 조금 더 빨랐다.

번쩍!

막대한 내공을 실은 청홍검이 허공을 가른다.

"극검(極劍)."

쩡!

마지막 비명과 함께 부러지는 사영검.

검을 두 동강으로 만들어버린 태현의 시선이 녹영을 향한다.

"그날의… 초식이냐?"

그의 물음에 태현은 말없이 고개를 끄덕인다.

"흐… 제기랄. 두 번이나 같은 초식에."

쓰게 웃는 그의 몸에서 붉은 피가 스멀스멀 흘러나온다.

어깨에서 허리까지 비스듬하게.

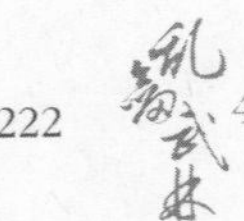

"제기… 랄."

덜썩.

짧은 한 마디와 함께 녹영이 쓰러졌다.

태현을 몰아쳤던 것과 달리 단 한 번의 공격에 무너진 것이다.

우우웅.

끌어올린 내공이 가라앉지 않자 청홍검이 낮은 울음을 터트린다.

지익.

왼손 검지 끝을 검으로 살짝 베자 검은 피가 주르륵 흘러내린다.

산공독의 마지막 흔적.

"제길!"

그때였다.

짧은 외침과 함께 청영이 몸을 돌려 달아나기 시작했다.

'저런 괴물이 있다는 소리는 듣지 못했어.'

사색이 된 그의 얼굴.

실력에 자신이 없는 것은 아니지만 서로간의 실력 차이를 알아보지 못할 만큼 그는 바보가 아니었다.

그렇기에 녹영의 죽음을 확인하는 순간 몸을 돌려 달아나기 시작한 것이다.

어차피 이번 일은 철혈성의 공식적인 일도 아니고, 황영의 일일 뿐. 굳이 목숨을 버려가면서까지 일을 성공시켜야 할 필요는 없었다.

파바밧!

때마침 옅어지는 연기.

발에는 자신이 있는 그이기에 시야가 확보되면 더 빨리 움직일 수 있을 것이라 생각했지만 그는 몰랐다.

태현의 여섯 사부중엔 천하제일의 발을 가졌던 사람이 있었다는 것을.

무영풍(無影風) 달현.

그의 가르침이 태현에게서 발휘되며 청영을 앞지르며 모습을 드러낸다.

"죽어!"

퍼퍼펑!

갑작스레 나타난 태현에게 놀라면서도 재빨리 품에 손을 넣었다가 빼며 휘두르는 청영.

그의 손을 벗어난 독탄들이 허공에서 터지며 태현에게 쏟아진다.

"크아아!"

검은 독연이 시야를 가리는 짧은 순간 자신의 검을 뽑아든 청영이 독연을 향해 뛰어들었다.

'죽여야! 아니, 최소한 상처 입혀야 내가 살 수 있어!'

기회를 노리고 달려들었지만 청영을 기다리고 있는 것은.

태현의 차가운 얼굴이었다.

콰직!

어렵지 않게 그의 공격을 피해낸 태현은 정확히 그의 목을 손에 쥘 수 있었다.

동시 검을 땅에 박아 넣고 빈 손으로 그의 사혈을 제압했다.

"크윽!"

"잡았다. 묻는 말에 대답하는 것이 좋을 거야."

냉기가 뚝뚝 떨어지는 목소리로 말하는 태현.

비록 녹영은 죽었지만 청영에게서도 충분히 많은 것을 알아낼 수 있을 것이었다.

자신들에게 지금 가장 필요한 것이 바로 정보다.

그런 정보를 해결 해 줄 수 있는 포로를 어렵게 잡은 것이다.

사실 운이 좋았다.

설마 녹영과 싸우는 동안 한 층 더 각성 할 수 있을 것이라 예상치 못했고, 청영이 도망갈 것이라고도 생각지 못했다.

자신을 공격한다 했어도 상황은 크게 달라지지 않았겠지만 먼저 꼬리를 말고 도망친다는 것은 힘의 우위가 자신에게 있다는 확실한 증거였단 것이다.

으득!

태현의 귀를 스쳐지나가는 작은 소리와 함께 청영이 입을 열었다.

"네 뜻대로는… 되지 않… 아. 제길… 이렇… 게 죽을…."

독단을 깨문 것이다.

그것을 확인한 태현이 재빨리 손을 놓자 힘없이 무너지는 청영의 신형.

거기서 멈추지 않는다.

마치 존재했던 흔적을 완전히 지우기라도 하려는 듯 곧 몸이 흐물흐물하게 녹더니 완전히 사라진다.

화골산(化骨散)이라도 뿌린 것 같은 모습.

"독한 놈들. 자결이라니…."

자신의 실수라면 실수이지만 이런 모습을 볼 것이라곤 생각지도 못했다.

쾅-!

그때 들려오는 굉음에 정신을 차린 태현은 곧장 산을 내려간다.

아직 싸움이 끝나지 않았음을 깨달은 것이다.

파바밧.

빠른 속도로 마룡도제가 있는 곳으로 향했을 때는 이미 싸움이 끝난 상태였다.

"좀 늦었군."

낮게 숨을 헐떡이며 태현을 반기는 마룡도제의 상태는 말이 아니었다.

몸 곳곳에 자잘한 상처들이 그득했고, 사방이 피투성이었다.

자신이 흘린 것보다 상대의 피가 더 많기는 했지만 작지 않은 상처다.

"생각보다 산공독이 독하더군. 자네는 나보다 괜찮아 보이는군, 그래."

"운이 좋았습니다."

"운도… 실력이지. 으차!"

힘들게 몸을 일으키며 마룡도제가 주변을 둘러본다.

본래 수풀이 무성했던 산이라곤 믿을 수 없을 만큼 엉망으로 변해버린 데다 사방에 쓰러진 시신들이 가득하다.

살아남은 사람은 없었다.

"하나 쯤 살려두려고 했는데… 목숨 아까운 줄 모르고 덤벼들더군. 마치 공포심을 잃은 것처럼 말이야."

"으음…."

태현으로선 이들을 상대하지 않았기에 마룡도제의 말을 완전히 이해 할 수 없었다.

최소한 그들이 싸우는 것이라도 보았으면 모르겠지만.

그것을 이해한다는 듯 마룡도제는 자신의 도를 집어넣으며 말했다.

"마치 강한 최면에라도 걸린 것 같은 모습을 보이더군. 자네가 눈으로 봤다면 좀 더 좋았을 것을."

"죄송합니다."

"무사하면 그걸로 된 것이지. 게다가… 또 부딪치지 않겠나?"

"아무래도 그렇겠지요."

고개를 끄덕이는 태현을 보며 마룡도제가 몸을 돌린다.

"일단 일행과 합류를 하지. 연기가 옅어지는 것을 보면 산불도 어느 정도 잡혀가는 모양이니. 그보다 산공독이라니… 대체 어디서."

아직 어떻게 중독이 된 것인지 알지 못하는 마룡도제.

"연기에 섞여 들어왔습니다."

"그건 무슨 말인가?"

정색하며 묻는 마룡도제에게 방금 전 있었던 이야기를 설명한다.

모든 이야기를 다 들은 뒤에도 마룡도제의 얼굴은 밝아지지 않는다.

"만약 이 산공독이 무림에 사용된다면 큰 문제를 일으키게 될 것이네. 단순히 먹는 것으로 중독되는 것이 아니라 연기를 흡입하는 것만으로도 가능하다면 여러 가지로 사용 될 수 있을 것이야. 대규모 싸움이 벌어진 곳에서 이것이 사용된다면 어찌 되겠는가?"

"어지간한 병력 차이는 무시 할 수 있겠지요."

"그렇겠지."

"다행이라면 이걸 만들어낸 자가 죽었다는 겁니다. 그 조제 방법까지 남아있는 것인지 확인 할 순 없지만… 일단 그것으로 위안을 삼는 수밖에요."

"음. 없기를 바래야지."

고개를 끄덕이면서도 마룡도제는 아쉬웠다.

만약 산공독을 만든 청영을 살아있는 채로 잡았다면 반대로 해독제를 만드는 것도 가능 할 것이라 생각한 것이다.

아니, 가능할 것이었다.

적들은 아무렇지 않은 듯 움직였었으니.

그렇게 산을 내려오자 잔뜩 긴장한채 주변을 살피하고 있는 선휘들이 있었다.

"사형!"

무사히 산을 내려오는 태현의 얼굴을 본 선휘의 얼굴이 밝아진다.

"수고하셨소. 다음에 또 좋은 인연으로 만나면 좋겠소이다."

사마택이 그 말을 끝으로 물건과 함께 배에 오른다.

그에게 이번 일의 진상에 대해 물어봐야 모르는 것투성일 테다. 그렇기에 태현은 처음의 계획처럼 정상적으로 물건을 배달했다.

물건만 제대로 배달하면 최소한 진양표국으로선 손해가 아닌 이익이 제대로 남는 일이기 때문이다.

빈 수레를 보며 이제 돌아가는 일만 남은 표사들의 얼굴이 밝아진다.

"일행을 잘 부탁드립니다."

"정말 혼자서 괜찮겠나?"

"이런 일은 혼자인 편이 편하죠."

태현의 말에 마룡도제는 고개를 끄덕였고, 그의 뒤편에서 이야기를 듣고 있던 선휘들의 얼굴엔 불만이 가득 드러나지만 말을 하진 않는다.

이미 이곳에 도착하기 전에 이야기를 나눴기 때문이었다.

"그럼."

팟!

짧은 인사와 함께 몸을 날려 사라지는 태현.

이곳에서 태현이 홀로 떨어져 이동을 하는 것은 방금 전 배를 타고 떠난 물건들의 뒤를 쫓기 위함이었다.

장강의 물살을 거슬러 올라가는 배는 덩치에 어울리지 않게 꽤나 빠른 속도를 내고는 있었지만 육지로 움직이는 태현에게 금방 포착되었다.

태현이 단독으로 활동을 하게 된 가장 큰 이유는 바로 물건의 행방에 대한 궁금증 때문이었다.

만약 놈들의 계획대로 물건을 탈취했다면 그 물건은 어디로 가게 되는 것인가.

자신의 눈으로도 확인했지만 상당한 고가의 물건들이었고, 이런 물건들이 쓰이는 곳은 그리 많지 않다.

게다가 한 번 들이기에 쉽지 않은 물건들.

다시 말해 물건을 빼돌려도 결국 이 물건들은 예정되어 있는 곳으로 움직이게 된다는 것이었다.

천하상단과 녹영들까지.

그 모든 것이 얽혀있는 것을 생각하면 결국 물건의 목적지는 놈들의 본거지가 될 것이란 판단이었다.

그렇기에 몰래 배의 뒤를 따르는 것이다.

어쩌면 놈들의 본거지를 확인 할 수 있을 뿐만 아니라, 잠입을 하게 될 지도 모른다.

그렇게 판단한 태현은 선휘들을 모조리 떼어 놓고 혼자 움직이게 된 것이었다.

위험한 것도 위험한 것이지만 은밀하게 움직여야 하는 상황이기에 어쩔 수 없는 일이었다.

파밧.

주변을 살피며 태현의 눈과 신형이 천하상단의 깃발을 나부끼는 배의 뒤를 쫓는다.

NEO ORIENTAL FANTASY STORY

第8章.

亂劍武林 난검무림

第8章.

"누가 죽었다고?"

수하의 보고에 믿을 수 없다는 듯 자영이 자리를 박차고 일어난다.

아예 수하의 손에 들린 보고서를 빼앗아 읽는 그.

여러차례 읽어보지만 결론은 하나였다.

청영과 녹영이 죽었다는.

녹영의 경우엔 시신이 발견되었고, 청영의 경우 그 흔적이 희미하지만 발견되었다고 했다.

"독단을…."

신음을 흘리며 자리에 앉는 자영.

그렇지 않아도 팔영에서 빈자리가 계속해서 생겨나고 있는데, 또 다시 빈자리가 생겼다.

자신들의 주인은 팔영이란 명칭을 없애겠다고 했지만 아직도 철혈성 안에서 팔영은 막강한 힘을 휘두르고 있는 것이 사실.

사실상 후계자 수업을 받고 있는 것이나 마찬가지인 자신들이지만 언제 어떻게 바뀔 런지는 아무도 모른다. 알고 있는 사람이 있다면 오직 철무진 그 뿐.

"남은 것은 나와 감영, 황영, 흑영뿐인가."

손가락으로 이마를 꾹꾹 누르는 그.

팔영 중 후계자의 자리에 가장 가까워진 것은 자신이었다.

주인의 지지를 받고 있을 뿐만 아니라 그 실력에서도 팔영들을 압도한다.

이제까지 그 실력을 발휘할 기회가 없었을 뿐.

그런 그이기에 정식으로 철무진의 뒤를 잇고 난다면 남은 팔영들을 내치기보다는 그 능력을 높이 사 적극 활용할 예정이었다.

중원 전체를 다스리기 위해선 그럴만한 인재가 있어야 하니까.

헌데 그 모든 것이 깨어졌다.

이미 팔영의 반이 죽으며 주군인 철무진에게 실망감을 안겨주었다.

그 말은 곧 자영 자신이라 할지라도 안심 할 수 없다는 이야기다.

으득!

'내가 이 자리에 오르기 위해 얼마나 많은 노력을 했는데. 이대로 무너질 수는 없다.'

이를 악문 그가 자리에서 일어나 향한 곳은 감영의 방이었다.

감영의 방은 사람이 사는 방이라기 보단 수련실에 가깝다.

오직 무공 수련에만 매달리는 그이기에 아예 방을 이런 식으로 만들어버린 것이다.

오늘도 마찬가지였다.

방의 한 가운데에서 열심히 땀을 흘리며 몸을 움직이고 있는 그.

"무슨 일이지?"

휘휙, 휙!

손발을 멈추지 않고 움직이며 무심한 말투로 묻는 감영.

웃을 입지 않은 그의 상체에서 가득 흘러내리는 땀방울.

인간이 만들 수 있는 최상의 근육을 자랑이라도 하는 듯 그의 몸은 완벽했다.

"녹영과 청영이 죽었다.'

우뚝.

잠시 멈춰선 그의 몸이 다시 움직이기까지 설린 시간은 겨우 호흡 한 두 번 할 정도밖에 되지 않았다.

의외로 담담한 그의 얼굴을 보며 자영은 한쪽에 있던 의자를 끌어와 앉는다.

"별로 놀라질 않는군."

"약한 놈은 죽는다. 그게 이 세계다. 흡!"

파팡! 팡!

허공을 울리는 소리가 방을 가득 채우기 시작한다.

놀랍게도 사방에 비산하는 자신의 땀을 손과 발을 뻗어 때리고 있었다.

그 한도 끝도 없을 것 같은 모습을 질린다는 듯 보고 있던 자영이 다시 입을 열었다.

"이제 남은 것은 너와 나. 그리고 흑영과 황영뿐이다. 실패로 인해 죽은 놈이 네 사람이나 된 다는 것이 무얼 뜻하는지 알겠나?"

"머리를 쓰는 것은 내 전문이 아니라 잘 모르겠군. 하지만 그래봤자 후계 구도에서 물러서는 것밖에 더되겠나."

머리 쓰는 것이 전문이 아니라고 하지만 감영은 두 사람이 죽었다는 것에서 어떤 결론이 도출 될 것인지를 벌써 예측해 내고 있었다.

그 모습에 자영이 쓰게 웃었다.

"자넨 여전히 후계의 자리에 관심이 없군."

"그런 자리는 나와 어울리지도 않을 뿐더러, 나보다 잘할 사람이 있는데 탐할 필요도 없지."

마침내 움직임을 멈춘 그가 자영에게 시선을 주며 말한다.

털썩.

자영의 맞은편에 의자도 없이 바닥에 앉는 감영.

"그래서 네게 맡긴 거다, 자영."

"그래. 그랬지."

쓰게 웃는 자영.

서로 말은 하지 않았지만 그럴 것이라 생각하고 있었다.

후계의 자리에 관심이 많던 자영과 후계의 자리에 관심이 없는 감영.

거기에 실력까지 있는 두 사람이니 서로가 원하는 것을 가질 수 있게끔 밀어주는 것은 어렵지 않았다.

자영은 감영에게 후계가 될 수 있도록 은밀한 지원을

받았고, 감영은 자영에게 수련에 몰두 할 수 있는 환경을 제공 받았다.

"문제는 주군의 마음이지. 더 이상 우리를 믿지 못하고 새로운 후계를 기를 수도 있으니까."

"그렇다 하더라도 우리는 따를 수밖에 없다."

"알아. 하지만 어떻게든 기회는 잡아야지."

"무슨 말이지?"

귀찮은 일이 될 것 같다는 생각에 얼굴을 찡그리는 감영.

생각대로 자영이 꺼낸 이야기는 대단히 귀찮은 것이었다.

"개파대전으로 무림대회를 열려고 한다. 우리가 철혈성이란 이름을 내건 이상 무림에 주목을 받지 않을 수는 없다. 벌써부터 본성이 지어지고 있는 곳을 오가는 첩자들이 많은 것도 사실이고."

"귀찮은 이야기로군. 간단하게 그곳에서 우승을 하면 되는 일이 아닌가?"

"그렇지. 주목을 받은 이상 우리의 전력을 파악하기 위해서라도 많은 이들이 참석하게 되겠지. 그곳에서 능력을 보여주는 거지."

"단순한 대회라면 주군께서 반대하실 것이다."

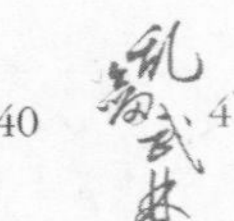

감영의 말에 자영은 고개를 끄덕인다.

"무림대회 마지막 날… 사천무림은 우리 손에 들어온다."

"이목이 쏠린 틈을 놓치지 않을 셈이로군."

"우리의 전력이 꼭 그곳에 있으라는 법은 없으니까."

그것은 자영이 짧은 시간 생각해내었다곤 생각하기 어려울 만큼 거대한 계획이었다.

무림대회를 통해 철혈성의 위용을 드러내고 그 실력을 뽐낸다. 그렇게 마지막을 향해 달려가는 찰나 사천무림을 완벽하게 손에 넣는다면.

무림에 오는 충격이란 어마어마할 것이었다.

그것을 기점으로 본격적인 싸움을 시작하게 될 것이다.

성대한 신호탄으로서 부족함이 없는 계획이 되는 것이다.

"나쁘지 않군. 내가 도울 수 있는 부분은 돕도록 하지."

"네가 돕는다면 이 계획은 반드시 성공 할 수 있을 거다. 내가 후계가 된다면 네가 필요로 하는 모든 것을 준비해주도록하마. 네 성에 찰 때까지."

"그러기 위해 돕는 것이다. 무공 이외의 것은 나의 관심을 끌지 못하니."

스윽.

자리에서 일어나 다시 방의 중심으로 돌아가는 감영.

짧은 휴식을 마치고 수련을 시작하는 그를 조금 더 지켜보던 자영이 곧 밖으로 나간다.

더 이상의 말은 필요없다.

남은 것은 계획을 실행으로 옮기는 것뿐.

서로의 이해관계가 완벽하게 맞아떨어지기에 가능한 일이었다.

'감영 너의 그 욕심없는 행동이 언젠가 화를 부르게 될 것이다.'

자신의 방으로 향하는 자영의 입가에 웃음이 핀다.

획-!

힘차게 뻗었던 발을 내리며 감영이 자영이 방금 전까지 앉아있던 자리를 바라본다.

"그 욕심이 화를 부르게 될 것이다. 네 실력이 이미 나를 앞서고 있음을 알고 있다. 숨기는 것만이 능사는 아니다, 자영."

조용히 빈자리를 바라보던 감영은 다시 수련에 몰두하기 시작했다.

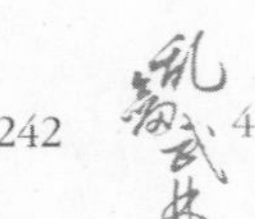

†

"조심해서 움직여라."

"빨리, 빨리."

무수히 많은 사람들이 갑판 위에서 짐을 나르기 위해 움직인다.

늦은 밤을 통해 기습적으로 시작된 하역 작업은 새벽이 될 무렵에는 거의 끝나가고 있었다.

이상한 것이 있다면 배에서 내린 물건을 다시 배로 싣는다는 것.

천하상단의 거선에서 내린 물건들이 그 옆에 정박을 한 작은 흑선(黑船)으로 옮겨졌다.

"출발."

물건을 다 실은 배는 빠른 속도로 어둠을 뚫고 움직이기 시작했는데, 그 속도가 천하상단의 배와 비교하지 어려울 정도였다.

게다가 검은색으로 치장한 배라 어둠속에서 잘 보이지도 않는다.

'장강을 다시 내려간다?'

이제까지 한참을 거슬러왔건만 배는 다시 장강을 따라 내려가고 있었다.

배가 빠르고 육지에서 먼 곳으로 운행을 하는 통에 태현도 배를 따라잡기 위해 고생을 해야 했다.

그렇게 얼마나 움직였을까?

한 곳에서 배가 멈춰 섰다.

그곳에서 다시 내린 물건들은 육로를 통해 잠시 이동을 했고, 머잖아 표국에 인도되어 먼 거리를 움직인다.

'시간이 너무 걸리는데….'

벌써 일행을 떠나온 것이 한 달.

물건이 목적지를 향하는데 까지 걸리는 시간이 너무 오래걸린다 싶지만 겨우 찾은 놈들에 대한 끈이다 보니 포기하기는 어려웠다.

다시 일주를 보냈을 쯤 이었다.

'사천?'

마침내 물건이 사천에 들어섰다.

철혈성에 대한 소문이 무림 전역에 파다하지만 물건의 뒤만 쫓느라 미처 거기까지 신경을 쓰지 못했던 태현으로선 왜 물건이 이곳으로 오는 것인지 전혀 감을 잡지 못하고 있었다.

만약 철혈성에 대한 소문을 들었다면 물건은 내버려두고 곧장 놈들이 성을 짓고 있다는 곳으로 달려갔을 것이었다.

하지만 시간이 걸리긴 했지만 결국 태현도 놈들이 거

대한 성을 짓고 있는 곳에 도착을 할 수 있었다.

"놈들이 본격적인 활동을 시작했구나."

반쯤 지어진 성들을 보던 태현은 곧 그곳을 벗어나 꽤 멀리 떨어진 도시로 자리를 옮겼다.

물건이 어디로 들어가는지 확인했을 뿐만 아니라 놈들이 짓고 있는 성을 확인했음이니 이젠 서두를 필요가 없어진 것이다.

"사천에 곧 혈풍이 몰아칠 것이야."

"나도 그리 생각하네. 백검회를 비롯해 주변 문파들을 빠르게 정리한 철혈성이 사천무림의 강자로 빠르게 떠오르지 않았나? 게다가 짓고 있는 성이 얼마나 큰지. 말을 하기 어려울 정도라고 하더군."

"맞아. 가진 놈들이 더한다고 그런 자들이 조용히 있을 리 없지. 사천무림에 대한 패권을 가지고 크게 다투게 될 것이야."

"그 와중에 우리는 돈을 벌고 말이지?"

"그렇지!"

"와하하하하!"

객잔에서 술을 마시며 큰소리로 떠드는 낭인들.

자신을 팔아 돈을 버는 그들의 이야기에 귀를 기울이는 사람은 없었다.

이미 파다한 소문이기 때문이다.

하지만 태현은 아니었다.

이제까지 물건을 쫓아다니느라 제대로 마을에 들릴 틈이 없었기에 처음 듣는 소문이었던 것이다.

조용히 귀를 기울이니 낭인들이 떠들어대는 것과 비슷한 소리들이 여기저기서 들려온다.

'이런… 놈들에 대해 모르고 있었던 것은 나쁜이었나?'

괜한 고생을 했다는 생각에 쓰게 웃는 태현.

그렇다 하더라도 천하상단이 놈들과 고리가 있다는 확신을 할 수 있었으니 그리 나쁜 일은 아닐 테다.

그러는 중 신경 쓰이는 소리가 들려온다.

"그보다 소식 들었는가?"

"무슨 소식?"

"천마신교와 대막혈사풍이 제대로 한 판 붙었다는 것 말일세. 게다가 북해빙궁까지 천마신교를 향해 움직이고 있다 하더군."

"그거 헛소문 아니었나?"

"헛소문이 아니라고 하네. 특히 대막혈사풍을 상대하기 위해 천마신교의 무인들이 구름처럼 몰려가는 광경을 본 사람들이 한 둘이 아니라는 가봐."

"허! 천마신교의 칼이 중원으로 향하는 것은 아니겠지?"

"그러게 말이야. 그동안 힘을 비축했을 테니 엄청 무서울 텐데."

몇몇 사람들이 귀를 쫑긋거리는 것이 아무래도 이번 소문은 그리 알려진 편이 아닌 모양이다.

"천마신교의 힘이 대단한 것은 사실이지만 세외의 절대강자인 대막혈사풍과 북해빙궁을 동시에 막을 수 있을까?"

"그렇지 않아도 그것 때문에 사람들의 이목이 집중되어 있는 거지. 만약 천마신교의 영역이 아니었다면 구경을 가려는 사람들이 줄을 지었을 걸?"

"하긴."

고개를 끄덕이며 술을 마시는 낭인들.

그들의 주제는 금방 또 바뀌었고 더 이상 들을 것이 없다 판단한 태현은 식사를 마저 마치고 방으로 향한다.

미리 목욕물을 부탁했던 탓에 방에는 씻을 준비가 완료되어 있었기에 금방 옷을 벗은 태현이 탕에 들어간다.

첨벙.

"후우… 좀 살 것 같네."

온 몸 구석구석 따뜻한 기운이 번지며 긴장했던 근육을 풀어준다.

그 편안한 기분에 태현의 얼굴 표정이 절로 밝아진다.

“대막혈사풍과 북해빙궁이라? 조용히 있는 맹수를 건드릴 정도로 힘을 기른 것일까, 아니면 시간을 끌려는 것일까?”

처음 이야기를 듣자마자 태현이 한 생각은 승패의 문제가 아니었다.

바로 놈들의 목적이었다.

대막혈사풍은 결코 대막을 벗어나지 않는다.

자신들에게서 가장 유리한 전장을 벗어나지 않는 것이야 말로 그들이 이제까지 살아남을 수 있었던 가장 큰 이유인 것이다.

게다가 통행세의 수입이 어마어마하니 굳이 바라는 것도 없을 것이다.

그런 그들이 움직였다는 것은 그것보다 더 큰 것이 걸려있거나, 다른 이유가 있다는 것이었다.

북해빙궁 역시 마찬가지다.

척박한 대지에서 살아가는 자들이 더 나은 생활을 위해 중원으로 내려오는 일이 있기는 했지만 굳이 천마신교를 향해 움직일 필요는 없다.

"분명 뭔가가 있지만 쉽게 당하시진 않겠지."

아니, 처음부터 진다는 생각은 배제하고 있었다.

도저히 질 것으로 보이진 않는 사람들이었으니까.

그보다 중요한 것은 놈들.

이제는 철혈성이란 이름을 가진 놈들에 대한 것이 문제였다.

조용히 음지에서 활동을 하던 그들이 이렇게 사람들의 주목을 받으며 활동을 시작했다는 것은 충분한 준비를 마쳤다는 것이다.

'염탐이라도 해봐야 하나?'

단순히 공사를 하는 것뿐이지만 분명 곳곳에 철혈성 무인들이 자리를 지키고 있었다.

공사가 한창인 곳이기에 얻을 수 있는 것은 많지 않아 보이지만 얻을 수 있는 것은 얻어야 했다.

촤악.

"좋아, 내일 다시 가보자."

얼굴을 씻으며 결정을 내린 태현이 몸을 완전히 물에 담근다.

"아직 멀었군."

공사 현장을 내려 보며 감영이 중얼거리자 옆에서 듣고 있던 공사 책임자가 고개를 숙였다.

"두 달 안으로 대부분의 공사는 끝을 보게 될 것입니다. 각 건물의 내부 치장이 남아 있기는 합니다만, 그때가 되면 충분히 사용 할 수 있을 정도는 될 것입니다."

자의(紫衣)를 입고 있는 사내.

자영의 수하라는 증거인 그 옷을 보다 감영은 시선을 옮겼다.

"내가 수련할 곳은 튼튼하게 만들어야 할 것이다."

"그렇지 않아도 명령이 있었습니다. 만족하실 겁니다."

"음."

고개를 끄덕이는 감영.

본래 이곳의 공사는 황영의 수하가 도맡아 처리를 하고 있었지만 얼마 전 청영과 녹영의 죽음으로 인해 급작스럽게 교체가 되었다.

황영이 부족한 자금을 조달하기 위해 자신의 수하들을 모조리 불러들인 것이다.

비록 진양표국의 일은 실패했지만 다른 곳에서 벌인 일은 어렵지 않게 성공을 했다.

천하표국을 향한 계획적인 범죄라며 먼저 소리를 치고 범인을 색출하기 위해 날뛴 덕분에 천하표국이 스스로 벌인 짓이란 시선은 완전히 사라졌다.

감영이 이곳에 오게 된 것도 그런 영향이 없잖아 있었다.

이곳의 공사는 철혈성에 있어 아주 중요하다.

그렇다보니 결국 감영이 이곳을 지키기 위해 투입이 된 것이다. 이곳에서도 충분한 수련을 할 수 있다는 꼬득임에 넘어가버린 셈이지만 말이다.

"임시 수련장이라도 만들어야 하겠군."

"예?"

"난 저쪽에서 수련을 하고 있을 것이니, 필요하면 불러라."

"명!"

한 손으로 멀리 있는 산의 정상을 가리킨 그는 대답도 듣지 않고 몸을 날려 사라졌다.

어차피 공사에 대해 아무것도 모르는 그로선 차라리 자리를 비켜주는 것이 아랫사람들이 부담 없을 것이란 계산과 함께.

목표했던 산에 도착한 그가 가장 먼저 한 일은 산 정상 인근의 나무는 모조리 없애버리는 것이었다.

그의 손발이 뻗어나갈 때마다 나무들이 비명을 지르며 쓰러진다.

나무를 없애 수련을 할 수 있는 공터를 만들고, 탁 트인 시야를 확보함으로서 만약의 경우까지 대비한 것이다.

그렇게 감영의 수련이 시작되려던 때였다.

"…의외로군."

그의 앞에 한 사람이 모습을 드러낸다.

굳은 얼굴의 사내.

태현이다.

第9章.

亂劍武林 난검무림

第 9 章.

"설마 내 앞에 나타날 줄은 몰랐군."

덤덤히 말하는 감영을 보면서도 태현의 굳은 얼굴은 풀리지 않는다.

그와 부딪쳤던 적은 단 한 번.

백검의 자택에서였다.

하지만 그때 받은 인상은 아직까지도 사라지지 않았다.

"있을 줄은 몰랐군."

"우리 영역에 내가 있는 것이 이상한가?"

"…그렇군."

편안하게 대답하며 자신이 부러트린 나무의 밑 둥에 엉덩이를 깔고 앉는 감영.

"바로 시작할 것이 아니라면 앉지."

"사양하지 않고."

그의 말에 태현은 곧장 그의 맞은편에 앉았다.

태현도 작은 편은 아니지만 족히 그의 두 배는 더 큰 것 같은 몸집의 감영.

저것이 살이 아니라 잘 만들어진 근육이라는 것이 더 놀랍기만 하다.

철저하게 무공만을 위해 만든.

계획되고 다듬어진 근육은 보는 것만으로도 위압감을 준다.

"잘 만들었군."

근육을 보고 있던 태현의 말에 감영이 살짝 웃는다.

"많은 노력을 했지. 내가 익힌 무공에 어울리는 몸을 만들기 위해 뼈를 깎는 고통을 참아가며 수련에 수련을 거듭했다. 그 결과가 지금의 몸이지."

"수련에 열중한 결과라…."

"무공을 익힌 이상 그 끝을 볼 생각이니까."

그의 말에 태현은 복잡한 표정을 짓더니 천천히 입을 열었다.

"넌 왜 그곳에 있는 것이지?"

"있던 곳이니까."

"벗어날 생각은 조금도?"

"없다."

단호한 그의 말.

그리고 감영이 말을 이었다.

"있어야 할 곳에 있을 뿐이다. 네게 왜 우리의 뒤를 쫓는 것인지 대답하라면 뭐라 하겠는가?"

"…해야 할 일을 할 뿐이지."

"똑같은 것이다."

그 말을 끝으로 더 이상 입을 열지 않는 감영을 보며 태현은 작게 한숨을 내쉬었다.

처음보았을 때도 강했던 그가.

헌데 지금 다시 보니 더 강해져 있었다.

자신이 강해진 것 이상으로 그 역시 강해졌으니 그 승부가 쉬이 예측되지 않는다.

이제까지 만났던 팔영들 중 가장 태현을 곤란하게 만들었던 것은 녹영이었다. 헌데 녹영은 그와 비교해보면 아무것도 아닐 정도였다.

"예전의 나였다면 지금의 너에게 오래지 않아 무릎을 꿇었겠지."

"그것은 나 역시 마찬가지다. 내가 강해졌듯 너 역시 강해졌음이니."

적이라는 것을 잊은 것인지 이야기를 이어나가는 두 사람.

모르는 사람이 본다면 친구끼리 이야기하고 있는 것으로 착각될 정도로 두 사람은 계속해서 이야기를 이어나갔다.

사소한 것에서부터 예민한 것까지.

그렇게 한참을 이어지던 이야기가 끝난 것은 해가 떨어지기 시작하면서였다.

"내일 아침 해가 밝을 때가 좋겠군."

감영의 말에 태현은 말없이 고개를 끄덕였다.

함정일 수도 있지만 적어도 자신이 이야기를 나누었던 감영은 함정을 팔 사람이 아니었다.

충분한 휴식을 취하고 제대로 된 싸움을 벌이자는 뜻일 것이 분명했다.

"그럼 내일 이곳에서."

그 말을 남기고 몸을 돌려 나오는 태현의 얼굴은 결코 좋지 않았다.

그와 이야기를 나누면서 많은 것을 관찰했고, 얻은 결과는 자신에게 불리한 것들뿐이었다.

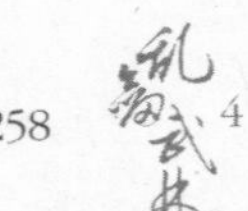

이번 그와 격돌 했을 때도 엄청난 실력을 자랑했었는데, 지금은 그때와 비교 할 수 없을 정도로 강해졌다.

뿐만 아니라 몸 상태도 비교불가다.

구석구석까지 빼곡하게 들어찬 근육.

무기를 쓰는 무공을 익힌 자들에겐 필요 없겠지만 감영처럼 권법을 사용하는 자들에겐 최고의 근육들이 완벽하게 자리를 잡고 있었다.

강철 같은 튼튼함과 강력한 힘을 얻은 것이다.

검사들에게 뛰어난 명검이 큰 힘을 발휘하듯 권사에겐 뛰어난 육체가 곧 힘으로 발휘된다.

그리 따지자면 감영은 자신의 청홍검 그 이상의 보검을 손에 쥔 것이나 마찬가지인 것이다.

'각오를 해야 할 지도.'

분명 자신이 불리하다.

불리한데도 불구하고… 피하고 싶진 않았다.

오기라고 해도 좋았다.

자신의 모든 것을 쏟아 부을 수 있는 상대가 눈앞에 있음이니 그것을 피한다면 사내라 할 수 없을 것이다.

"최고의 상태로."

어느새 객잔에 도착한 태현은 충분히 먹고 깨끗하게 씻은 뒤 일찍 잠들었다.

그 말처럼 최고의 몸 상태를 만들기 위해서.

짹, 짹.

해도 떠오르지 않은 새벽부터 새들이 시끄럽게 짖어댄다.

그 소리에 맞춰 눈을 뜬 태현은 간단하게 세면을 마친 뒤 충분히 몸을 움직여 풀었다.

스윽. 슥.

충분히 풀린 몸으로 옷을 입고 청홍검을 쓰다듬는다.

"부탁한다."

웅웅-.

기분 좋은 울림을 들으며 태현이 객잔을 나섰다.

†

저벅, 저벅-.

발소리와 함께 태현이 약속의 장소에 모습을 나타냈을 때 그곳엔 이미 감영이 자리를 지키고 있었다.

"오래 기다렸나?"

"방금 도착했지."

"그래. 긴 말은 필요 없을 것 같고… 시작해볼까?"

"좋지."

웃으며 팔짱을 푸는 감영의 몸에서 일순 투기(鬪氣)가 넘실거리며 뿜어져 나온다.

그것은 태현이라고 해서 다르지 않았다.

청홍검을 뽑아 듬과 동시 강대한 기운을 흘리기 시작한 것이다.

서로가 부딪치기 전의 기 싸움.

그것도 잠시.

"시작해보자고!"

냉정하던 얼굴은 어디로 가고 어느새 얼굴 가득 흥분을 띄우며 감영이 달려들었다.

그 모습에 태현은 오래 전 그와 부딪쳤을 때를 떠올렸다.

'그러고 보니 그때도 흥분한 상태였었지.'

생각은 길지 않다.

어느새 푸른 검기를 흘리는 청홍검을 달려드는 그를 향해 휘둘렀다.

"크핫!"

웃음소린지 기합소린지 구분이 안가는 소리를 내지르며 힘차게 뒤로 제쳤던 주먹을 내뻗는 감영!

자신의 팔을 향해 검이 날아듦에도 그의 얼굴은 변함 없다.

쩌엉!

“컥!”

“크하하핫!”

검과 팔이 부딪치는 순간 외마디 비명과 함께 뒤로 물러선 것은 태현이었다.

검이 부딪치는 순간 가공할 반탄력이 일어나더니 자신이 쏟아 부은 힘 이상으로 되돌려 쳤던 것이다.

덕분에 자칫 검을 놓칠 뻔했다.

‘손바닥이….’

손바닥 전체가 얼얼했다. 조금만 더 힘을 썼다면 손바닥이 찢어졌을 정도로.

문제는 지금부터였다.

태현이 정신을 차릴 여유를 주지 않겠다는 듯 어느새 감영이 육중한 덩치를 빠르게 움직이며 달려들었다.

마치 군에서 사용하는 포탄을 쏜 듯 직선으로 강하게 달려드는 감영!

스치는 것만으로도 뼈 한두 개는 부러질 것 같은 강한 위압감에 태현은 뒤로 물러서는 동시 다시 한 번 검을 휘둘렀다.

터텅! 텅!

“크하하하! 안 돼! 안 된다고!”

웃으며 검을 무시한 채 달려드는 감영!

여전히 막강한 반탄력.

하지만 그보다 무서운 것은.

휘잉- 콰앙!

그의 주먹이었다.

주먹에 부딪친 나무가 부러지는 것도 아니고 폭발하며 사방으로 비산한다.

주먹에 실린 내기를 견디지 못한 것이다.

"무식하긴."

"큭큭. 남자라면 이 정도는 해야지!"

태현의 말을 쉽게 받으며 다시 한 번 달려드는 그!

감영의 움직임엔 변화가 없다.

오직 강렬한 직선만이 가득할 뿐.

그것은 약점이기도 하지만 반대로 가장 강력한 무기이기도 했다.

상대의 공격을 버텨 낼 수만 있으면 자신의 모든 힘을 쏟아 부은 주먹을 내려 칠 수 있을 테니까.

콰쾅-! 쾅!

"크하하하!"

연신 괴소를 터트리며 주먹을 휘두르는 그.

그의 주먹이 휘둘러질 때마다 불어 닥치는 권풍은 두

눈을 뜨기 어렵게 만든다.

이렇게만 보면 태현이 절대적으로 불리해보이지만 꼭 그런 것만도 아니었다.

쉬지 않고 검을 휘두른 덕분에 그가 입고 왔던 옷이 이미 너덜너덜해진 것이다.

상처는 없으나 그 흔적은 고스란히 옷에 남은 것이다.

"불괴흑마공(不壞黑魔功)을 대성한 내게 상처를 입힐 순 없다!"

쿠앙!

그의 주먹이 방금 전까지 태현이 서 있던 바닥을 내려친다.

우득, 우득.

쩌저적!

주먹을 중심으로 큰 원을 그리며 땅이 가라앉는다.

무식할 정도로 강렬한 파괴력에 태현의 등에서 식은땀이 가득 흘러내린다.

하지만.

웅웅웅—.

태현 역시 이대로 포기할 생각은 없었다.

감영의 강한 것은 사실이지만 자신에게 이길 가능성이 없는 것도 아니다.

"핫!"

기합과 함께 막 구덩이를 빠져나오는 감영을 향해 달려드는 태현!

쉬쉬쉭!

청홍검이 푸른 검기를 번쩍이며 온 사방을 수놓는다.

이미 검기에 상처하나 입지 않는 몸인 것을 확인하고서도 여전히 같은 방법으로 달려드는 태현을 향해 조소하며 감영이 다시 달려든다.

바로 그때였다.

츠츠츳.

허공에 뿌려졌던 검기들이 돌연 청홍검으로 집중된다 싶더니.

수십의 검이 모습을 드러낸다.

"합!"

짧은 기합과 검을 내지르는 태현.

베는 것이 아닌 찌르기 동작.

검이 가장 높은 파괴력을 내는 찌르기를 취한 것이다.

"좋아! 해보자고!"

그 모습에 웃으며 자신의 주먹을 힘 것 내지르는 감영!

주먹과 검이 허공에서 부딪친다!

쩌정!

“크-.”

“으음!”

귀를 멀게 하는 굉음과 함께 둘의 신형이 동시 한 발자국씩 밀려난다.

주먹을 통해 온 몸에 전달되는 강한 고통에 감영은 놀랐다.

고통도 고통이지만 부딪치는 그 순간 보았다.

검들이 하나로 합쳐지며 짧은 순간.

자신의 주먹을 향해 동시에 찔러 들어오는 것을.

“백지장도 맞들면 낫다는 건가?”

히쭉.

신기한 경험을 한 듯 웃으며 손을 털어내는 그.

강한 충격에 손톱이 깨지며 작지만 피가 흘러내린다.

한편 태현으로서도 어깨가 빠질 것 같은 충격을 소화하느라 쉽게 움직일 수 없었다.

천검을 응용하여 단숨에 찔러 넣었다.

그런데도 상대는 멀쩡했다.

자신의 어깨는 자칫 빠질 뻔 했는데 말이다.

‘피?’

그때 보았다.

감영이 손을 털어내자 보이는 선명한 핏방울이.

그제야 그의 손톱이 깨진 모습이 보인다.

권사인 감영이 뼈를 깎는 수련을 하며 수도 없이 빠졌다가 다시 났을 손톱.

농담 삼아 어지간한 칼로는 상처도 입히기 어려울 것 같은 그의 손톱이 부러진 것이다.

비록 큰 성과는 아니지만 아예 자신의 검이 통하지 않은 것도 아니었다.

작은 성과지만 그것만으로도 자신감이 붙는다.

우둑, 우둑.

주먹을 쥐었다 피는 것으로 감각을 확인한 감영이 웃었다.

"적당히 몸도 푼 것 같은데 이제 본격적으로 시작해볼까?"

말이 떨어지기 무섭게 그의 신형이 사라졌다.

아니, 눈 깜빡할 사이에 정면의 품으로 아래에서부터 파고들고 있었다.

뻐억!

"크아악!"

찰나의 순간 검을 들어 주먹을 막았음에도 불구하고 그 강한 충격에 비명과 함께 몸이 날아가버린다.

콰지직!

콰앙–!

나무가 부러지며 더 이상 날아가는 몸을 멈춘다.

"쿨럭!"

갑작스런 충격에 내부가 흔들린 듯 피가 올라오지만 억지로 집어 삼킨다.

'방금은…!'

준비를 하고 있었음에도 불구하고 제대로 볼 수 없었다.

아니, 반응하는 것만으로도 벅찰 지경이었다.

"이걸 막는다고?"

하지만 정작 공격을 한 감영은 다른 것에서 놀라고 있었다.

자신의 공격이 막힐 것이라곤 조금도 예상치 못했던 것이다. 아니, 이제까지 막아선 자가 없었으니 처음 있는 일이었다.

"재미있는데…."

하지만 곧 웃으며 고개를 끄덕인다.

자신이 믿고 있던 공격이 통하지 않았지만 그것도 일종의 재미로 생각하는 모양이었다.

정작 당사자인 태현으로선 죽을 맛이었다.

어떤 식으로 공격을 한 것인지 자세한 것은 모르겠지

만 확실한 것은 어마어마한 속도라는 것이다.

"쿨럭."

기침으로 숨을 토해내며 자세를 잡는 태현.

'두 번. 아니 한 번 정도는 가능하려나?'

큰 충격이긴 하지만 한 번 정도는 버틸 수 있을 것 같았다.

그 말은 감영의 공격을 파악하는데 필요한 기회가 한 번 밖에 없다는 것이었다.

알아내지 못하면 그대로 패하게 될 테니.

그때 태현의 눈에 그가 공격하기 직전의 땅이 눈에 들어왔다.

화약이라도 폭발한 듯 강한 충격의 자국.

"이번에도 막아내는지 보자고."

스슥, 슥.

천천히 몸을 움직이는 그.

커다란 덩치가 부드럽게 몸을 흔들며 접근해오는 모습은 상상 이상으로 공포스럽다.

태현은 자신의 모든 감각을 깨웠다.

그의 움직임하나 놓치지 않기 위해.

그 순간.

콰직.

아주 미세한 소리와 함께 그의 신형이 사라진다.

동시 몸을 우측으로 돌리며 뒤로 물러서는 태현!

콰앙–!

피하려 했지만 감영의 주먹이 먼저 청홍검의 위로 틀어박힌다!

"또?"

감영의 꿈틀대는 눈썹.

"크흑…."

신음을 흘리며 자리에서 일어서는 태현.

두 번이나 당하면서 옷은 엉망진창이 되었고, 온 몸에선 비명소리를 질러댄다.

할 수만 있다면 당장이라도 드러눕고 싶은 심정이다.

'보였…다.'

소득이 없는 것은 아니었다.

마침내 놈의 수법이 보였다.

그것은 무공도, 사기도, 환상도 아니었다.

오직 힘!

전신의 힘을 축이 되는 발에 집중시켰다가 강하게 찬다.

폭발적인 움직임의 정체는 힘이었다.

믿을 수 없지만 그것에 두 번이나 당했던 태현이기에

믿지 않을 수 없었다.

"쿨럭. 설마 힘으로 이런 것이 가능 할 줄은…."

"어라? 밝혀내기까지? 허! 이거 어렵네…."

설마하니 자신이 한 공격의 정체가 밝혀질 것이라 생각하지 못했던 감영이 허탈한 웃음을 짓는다.

자신이 이 공격을 완성시키기 위해 얼마나 많은 고생을 했던가.

우연한 기회에 방법을 찾았고, 그 방법을 완벽히 자신의 것으로 만들기 위해 수도 없이 노력했다.

자신의 것으로 만들고 난 뒤엔 적에게도 통할 만큼의 힘을 쌓기 위해 또 다시 노력에 노력을 더했다.

그렇게 해서 완성된 것이.

"폭행(暴行)을 알아차린 것은 네가 처음이다."

그의 말투는 진지했지만 폭행이라는 단어는 장난스럽기까지 하다. 실상은 장난 그 이상의 것이지만.

하지만 반대로 그 단어만큼 어울리는 것이 없어 보인다.

그야말로 폭행이니까.

"역시 저것 때문에 덜미가 잡힌 건가?"

뒤편의 폭발한 것 같은 흔적을 손으로 가리키는 감영을 향해 태현은 묵묵히 고개를 끄덕여주며 흔들린 몸을 바로 잡기 위해 노력했다.

덕분에 빠른 속도로 안정되어가는 몸.

마지막 충격의 순간 뒤로 몸을 피한 것이 충격을 줄여주었다. 덕분에 처음보단 상처가 크지 않았다.

“흐음… 궁리를 해봐야 하겠군. 눈치 빠른 놈들이 있으면 또 알아낼지도 모르니까.”

“그 전에 죽겠지.”

“뭐. 이제까진 그랬지.”

태현의 말에 웃으며 고개를 끄덕이는 감영.

실제로 폭행을 사용하고 나서 살아남은 상대는 아무도 없었다. 막아낸 사람도 태현이 처음이고, 정체를 알아낸 사람도 태현이다.

자신의 기술이 들통 났음에도 불구하고 감영의 표정은 여유로웠다.

당연했다.

자신은 멀쩡한 반면 태현은 만신창이가 된 것이나 마찬가지니까.

“후, 기다려줘서 고맙군.”

“뭘 그 정도로.”

일부러 그가 자신이 움직일 수 있을 때까지 기다렸다는 것을 알기에 태현은 감사의 뜻을 전하며 공격 자세를 취한다.

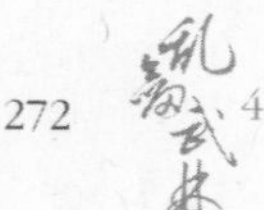

"솔직히 굉장한 기술이지만 이젠 통하지 않을 거야."

"그건 두고 보면 될 일이지. 흐흐흐."

웃으며 다시 움직이기 시작하는 그.

이번엔 태현도 함께 움직이기 시작했다.

방금 전엔 공격의 정체를 알아내기 위해 가만있었지만 그 정체를 알아낸 지금은 굳이 움직이지 않을 필요가 없는 것이다.

"폭행의 약점 하나. 상대가 움직이는 중이면 쉽게 달려들 수 없다."

쉬익!

말이 끝나기 무섭게 감영을 향해 태현이 달려들었다.

어느새 새파란 빛을 발하는 검기가 그의 몸을 두드린다.

떠덩! 떠더덩!

쇠를 두드리는 소리가 들리고.

"약점 둘. 가까이 붙은 상대에겐 그 위력이 반감되지."

휘리릭-.

청홍검의 주변으로 기운이 몰린다 싶더니 강하게 찌른다.

쩌엉!

견갑골을 정확히 찔러 넣는 태현!

"크윽-!"

찌르기 공격에도 강철같은 그의 피부는 버텨낸다.

하지만 충격까진 상쇄하지 못한 것인지 견갑골을 잡으며 뒤로 물러서는 감영.

기회를 놓치지 않고 태현은 거리를 좁혔다.

"마지막으로… 단순하다는 것."

쩌엉-!

"크헉!"

굉음과 함께 어느 사이에 감영의 신형이 태현을 지나쳐 나무 사이로 뚫고 들어간다.

콰지직.

고통을 참으며 반대로 공격을 하려던 것을 태현이 파악하고 반격을 가한 것이다.

덩치가 크다보니 부러지는 나무도 많고 피어오르는 먼지도 많다.

"후우…."

그가 다시 일어서는 짧은 시간을 틈타 숨을 고른다.

달려드는 순간 옆으로 피하며 옆구리에 강한 충격을 주긴 했지만 뼈가 부러지거나 하진 않았을 터다.

"이거… 의외로군. 약점이 세 가지나 있을 줄은."

우르릉.

몸 위를 덮은 나무를 치우며 자리에서 일어서는 감영.

가볍게 몸을 움직이며 상처를 확인하는 그의 동작에서 태현은 눈을 빛냈다.

완벽하던 것만 같던 그의 몸에 상처가 있었다.

그것도 자신이 마지막 순간 때려 넣은 상처가.

선명하게 멍이든 자국.

"크윽… 이렇게까지 고통을 느껴본 것이 얼마만인지 모르겠군."

일부러 멍이든 부위를 손으로 누르며 감영은 웃었다.

웃는 것과 반대로 그의 몸에서 흘러나오는 기세는 두려울 정도로 커져간다.

쿠구구.

땅이 가볍게 흔들릴 정도의 기세를 뿜어내는 그.

"이젠 진짜로 해보자고."

웅웅-.

두 주먹위로 선명하게 떠오르는 붉은 강기.

지금까지의 공격은 그저 장난에 지나지 않았을 정도의.

비교 할 수 없을 파괴력이 나올 것이 분명한 그의 주먹을 보며 태현은 청홍검에 내공을 밀어 넣었다.

우웅, 웅-!

쩌정!

용음과 함께 솟아오르는 푸른 검강!

그 모습을 보며 감영이 웃었다.

"해보자고."

第 10 章.

NEO ORIENTAL FANTASY STORY

亂劍武林

난검무림

第 10 章.

무림인들 간의 싸움에 간혹 단순히 내공의 많고 작음과 실력의 유무 등으로 이해가 되지 않는 결과가 나올 때가 있다.

예를 들면 이제 막 삼류의 초입에 든 자가 일류무인을 천금의 확률로 죽이는 경우가 있는 것이 무림인 것이다.

이는 일류무인의 방심 때문이기도 하지만 또 한 가지.

바로 상성이 맞지 않기 때문이었다.

오행(五行)의 기운인 화, 수, 목, 금, 토의 다섯 가지 기운에 대해선 널리 알려져 있다.

그리고 그것들이 서로 만나서 힘을 발하는 경우와 맞지 않는 경우까지 잘 알려져 있는데 바로 그런 경우인 것이다.

태현과 감영의 싸움이 그러했다.

태현이 공격을 하면 몸으로 받아내며 공격을 하는 감영이나, 상대의 공격을 흘려내고 반격을 하는 태현이나 서로에게 큰 피해를 주지 못하고 있었다.

쩌정!

"큭!"

"으윽!"

검과 주먹이 부딪치며 귀가 멀 것 같은 소리가 울려 퍼진다.

벌써 몇 번째인지 알 수도 없다.

서로가 맞질 않으니 최고의 무기를 가지고서도 활용을 해보지 못하고 있었다.

태현으로선 검의 다양성을 살린 '베기' 공격을 전혀 하지 못하고 있었다. 상대에게 먹혀들지를 않으니 찌르기라는 선택지 밖에 고르질 못하는 것이다.

감영도 답답하긴 마찬가지다.

한 방. 아주 제대로 한 방만 맞히면 될 것 같은데 그것이 쉽지 않았다.

마치 자신의 행동을 미리 예측이라도 하듯 완벽하게 피해내고 있는 것이다.

그렇게 무의미한 시간이 한 시진을 넘어가자 결국 두 사람이 거의 동시 뒤로 물러섰다.

"시간 낭비로군."

"음. 동의하지. 이렇게 될 것이라곤 조금도 생각하지 못했는데 말이야…."

턱을 쓰다듬으며 태현을 살피는 감영.

대체 저 몸 어디에서 자신의 공격을 막아내고 피해내는 것인지 궁금해진 모양이다.

그에 반해 태현은 계속한 충격에 피로가 쌓인 어깨가 걱정이었다.

계속해서 이런 싸움이 지속된다면 당하는 것은 자신이 될 것이 뻔했다.

지끈지끈.

'방법을 찾아야 한다.

끊임없이 감영을 관찰하고 또 관찰했다.

그 결과 그의 근육의 움직임을 보고 공격을 피하는 것이 가능했던 것이다.

너무 잘 발달된 근육이 반대로 약점이 되어버린 것이다.

획획.

몸을 움직이며 조금이나마 피로를 털어내며 감영이 말문을 연다.

"처음이다."

"무엇이?"

"내 진짜 모습을 보이는 것은."

"지금까지는 진짜가 아니었단 건가?"

"지금까지도 진짜지. 하지만… 감시하는 눈은 언제든 있는 법이라서 말이야. 무림에서 살고 싶으면 자신의 실력을 숨기라는 말을 듣지 못한 모양이지?"

말이 끝나기 무섭게 바닥에서 돌을 주워든 그가 빠르게 팔을 휘두른다.

핑-!

펑!

허공을 가르며 날아간 돌이 숲속으로 들어가고 얼마 지나지 않아 들려오는 기묘한 소리.

나무 따위에 맞은 소리가 아니다.

그 증거로 잠시 뒤 숲 안쪽에서 진한 혈향이 흘러나온다.

"자영 녀석이 하도 귀찮게 굴어서 그동안은 그냥 내버려뒀지만, 너 같은 녀석과 제대로 싸울 수 있는 기회를 놓칠 수도 없지."

웃고 있는 감영의 얼굴이 차가워진다 싶더니 기세가 바뀌었다.

이제까지 패도적인 기운이었다면 지금은… 살기(殺氣) 그 자체였다.

오로지 적을 죽인다는 일념.

그 강렬함에 몸이 떨려올 정도였지만 자연스럽게 일어난 기세가 감영의 기운을 막아선다.

단지 기운이 바뀐 것일 뿐인데 많은 것이 변해 있었다.

강한 육체를 믿고 공격일변도이던 그의 시선에 신중함이 서린다.

마치 호랑이가 사냥감을 앞에 둔 것처럼 조심스러우며 날카로운 기세다.

웅웅웅-.

태현 역시 뒤지지 않고 한 것 기운을 끌어올린다.

일전 녹영과의 싸움을 거치며 내공의 운용에 대해 다시 한 번 깨달은 태현이었다.

언제든 폭발적인 힘을 낼 수 있도록 준비하며 그의 상태를 살핀다.

"자… 시작하자고."

살기가 뚝뚝 떨어지는 말과 함께 그의 신형이 흔들리기 시작한다.

여전히 덩치에 어울리지 않는 가벼운 몸놀림.

단순히 부드럽기만 한 것이 아니었다.

중간 중간 보이는 날카로움이 더해져 아까보다 더 까다로운 움직임을 보인다.

그러던 순간.

팟!

그가 움직였다.

폭행에 버금가는 움직임으로 빠르게 접근하며 주먹을 휘두르는 감영.

쐐애액!

날카롭다!

아주 날카롭게 날아드는 주먹!

태현이라고 해서 보고만 있진 않았다.

옆구리를 노리고 날아드는 주먹을 한 발자국 뒤로 움직이며 피해내려고 했다.

"흡!"

그 순간.

펑!

감영의 폭행이 근거리에서 터진다!

파앗!

상체가 밀착될 정도로 다가선 그의 주먹을 도저히 피해 낼 수 없고, 피해낼 방법도 없었다.

콰지직-!

"크아아악!"

처절한 비명이 터져 나온다.

†

"정말 괜찮을까?"

말을 타고 움직이며 선휘가 묻자 자신만 믿으라는 듯 단리비가 가슴을 통통 친다.

"걱정 마! 이미 소문이 돌만큼 돌았는데 우리가 간다고 해서 화를 낼 수 있겠어? 오히려 전력적으로 도움이 되니 고맙다고 할 수도 있지!"

"암! 먼 길을 와서 돕겠다는데 쫓아내기야 하겠어?"

파설경이 고개를 끄덕이며 말하지만 단리비가 고개를 저었다.

"넌 전력이 아니라 짐이지. 전력이 되려면 나정도는 되야지."

"뭐야?!"

"사실이잖아?"

"너 오늘 죽었어!"

두두두!

자신을 놀리며 도망치는 단리비를 잡기 위해 말을 달리는 파설경.

처음엔 말을 타는 것을 어려워했던 그녀지만 어느새 익숙해져선 마음 것 달리고 있었다.

그런 그녀들의 뒤를 쫓으면서도 선휘의 얼굴은 좋지 않았다.

진양표국에서 자신을 기다리라는 태현의 말을 거스른다는 것이 마음에 걸리기도 했지만 어제부터 어딘지 모르게 답답했던 것이다.

정체를 알 수 없는 답답함.

'설마 사형에게 무슨 일이 생긴 것은 아니겠지?'

불안감을 떨쳐내려 고개를 내젓지만 여전히 사라지지 않는다.

결국 선휘가 할 수 있는 것은 발걸음을 재촉하는 것뿐이었다.

그렇게 한참을 움직이고 있을 때였다.

갑작스럽게 단리비의 곁으로 흑의인이 모습을 드러낸다.

빠르게 말을 달리는 중임에도 불구하고 아무렇지 않은 듯 편안하게 모습을 드러내는 그에게 놀랄 만도 하건만 일행은 익숙한 듯 갈 길을 간다.

"하루거리에 새로운 말을 준비해 놓았습니다. 그곳에서 갈아타시면 됩니다."

"수고했어요."

"교에서 연락이 왔습니다. 대막혈사풍, 북해빙궁과의 싸움에 돌입한다고 합니다. 그럴 일은 없겠지만 조심하시라는 당부가 계셨습니다."

"그들이 왜?"

처음 듣는 이야기라는 듯 말을 멈추며 묻는 단리비.

자연스럽게 일행 모두가 멈춰 선다.

"대막혈사풍은 본교에 싸움을 걸었습니다. 놈들이 본교의 영역에 침입하여 많은 이들이 죽임을 당했습니다. 그 복수를 위해 마영혈랑대 전원과 흑기사령대 3개 조가 투입되었습니다."

"그렇게나?!"

깜짝 놀라는 단리비.

신교 무력서열 최하위에 존재하지만 그 숫자가 얼마나 많은지 잘 알고 있는 그녀이기에 놀라지 않을 수 없었다.

"이번 기회에 확실하게 처리하실 생각이신 것 같습니다. 그리고 마영혈랑대에 속한 자들 중에는 실전 경험이 부족한 이들이 많으니 경험을 주기 위해서이기도 한 것 같습니다."

그녀의 앞에서 보고를 하고 있는 자는 천마호검대의 부대주 수라검영(修羅劍影) 석문천이었다.

단리비의 호위를 위해 부대주인 그가 직접 2개 조를 이끌고 나온 것이다.

그만큼 그녀의 호위에 대해 신경을 쓰고 있다는 것이지만 딱딱하기만 한 그의 성격 때문에 껄끄러워하는 것이 없진 않았다.

"북해빙궁의 경우 원인은 알 수 없으나 본교를 향해 움직이고 있는 것을 발견 대응하기 위해 움직이고 있는 것으로 알고 있습니다."

"북해빙궁과의 싸움은 항상 귀찮았던 걸로 아는데…."

"잘 아시는 군요."

"예전에 무서에 내용이 써져 있었죠."

그녀의 말에 고개를 끄덕이는 수라검영.

"교에선 이번 사건을 누군가의 소행으로 여기고 있습니다. 그렇지 않고서야 두 세력이 동시에 움직일 리는 없겠지요."

"그러면…?"

"맞습니다. 철혈성을 가장 유력한 용의자로 놓고 있습니다. 또한 시간을 끌면 불리할 것이란 판단아래 수라혈선대와 함께 주군께서 직접 움직이셨습니다."

"할아버지가?! 맙소사!"

이제까지완 차원이 다를 정도로 크게 놀라는 그녀.

그럴 수밖에 없다.

천마가 직접 움직인다는 것에 놀란 것은 그녀뿐만이 아니었으니까.

그만큼 천마가 가지는 상징성은 어마어마한 것이다. 거기에 수십 년 만에 직접 움직여 그 실력을 보이는 것이다.

자연스럽게 신교 전체가 흥분으로 가득 들떴다.

마신(魔神)이라 불리는 그의 실력이 세상에 다시 드러나게 되는 것이다.

"아직 명령이 떨어진 것은 아닙니다만, 이번 사태를 생각한다면 철혈성으로 가시는 것을 반대하는 바입니다."

"강제인가요?"

단리비의 물음에 수라검영은 고개를 숙였다.

"조언일 뿐입니다. 중원에선 오직 아가씨의 뜻대로 움직이라 명령 받았습니다."

"…그렇다면 가겠어요. 그대들을 믿겠어요."

"목숨을 다 하겠나이다!"

스스슥.

허리를 숙이며 사라지는 그.

만약의 사태가 벌어지더라도 수라검영이 이끄는 천마호검대라면 자신들을 구해 줄 수 있을 것이다.

그것을 믿고 그녀는 다시 말을 몰았고, 일행은 철혈성을 향해 움직였다.

†

콰앙–!

쩌저적!

굉음과 함께 땅이 갈라져 나간다.

"큭."

신음을 흘리며 몸을 움직이는 태현.

얻어맞은 옆구리에서 연신 강렬한 고통이 전해지고 머릿속에선 위험신호를 연신 내보낸다.

'최소 네 대는 나갔나?'

맞는 순간 내공을 집중시킨 덕분에 산산조각이 나는 것은 막았지만 금이 간 것만은 확실했다.

계속되는 통증에 제대로 움직이기 어렵지만 어쩔 수 없다.

이를 악물고 움직이는 수밖에.

그렇지 않는다면.

콰쾅-!

굉음과 함께 세상을 떠나게 될 것이다.

"크아아아!"

괴성을 내지르는 그의 몸에서 살기가 폭포수처럼 쏟아져 나온다.

쿠오오오.

사방에서 죄여오는 강렬한 살기에 태현은 다급히 내공을 끌어올리지만.

뜨금.

"으윽."

자신도 모르게 흘러나오는 신음.

몸의 균형이 그 한방으로 인해 완전히 무너졌다.

하지만 반대로 태현이 얻은 것도 있었다.

이유는 알 수 없지만 거의 무적을 자랑하던 감영의 불괴흑마공에 틈이 생기기 시작한 것이다.

조금의 상처도 생기지 않던 몸에 상처가 생기기 시작했고, 그것은 태현에게 한 줄기 구원의 빛이나 마찬가지였다.

스컥!

청홍검이 그의 허리를 베고 지나가자 붉은 혈선이 선명하게 새겨진다.

검강으로도 벨 수 없는 몸이라는 것은 금강불괴(金剛不壞)에 올랐거나 그에 버금가는 몸이라는 뜻이다.

그것을 증명하듯 혈선은 생겨났으나 그 이상의 상처는 입히지 못했다.

하지만.

"으윽!"

신음과 함께 뒤로 물러서는 감영.

베지는 못했지만 강기다.

몸에 전달되는 충격은 그대로인 것이다.

혈선이 생길 정도로 불괴흑마공에 빈틈이 생겼으니 충격 또한 그만큼 더 강하게 전달이 되는 것이다.

또 하나 감영이 달라진 것.

살기가 가득 담겨 붉어진 두 눈이었다.

눈이 붉어진 이후 그는 한 마디도 하지 않았다.

아니, 하지 못하는 듯 오직 공격에 공격만을 거듭하고 있었다.

터텅! 텅!

검과 주먹이 부딪치며 나는 소리가 요란하다.

옆구리의 고통 때문에 힘이 잘 들어가지 않으려 하지만 이를 악물고 검을 휘두르는 태현.

감영의 공격은 그야 말로 야생의 날 것 그 자체다.

필요하다 생각하면 언제든 몸을 피했다가 달려들며, 언제 어디서든 폭행을 통해 빠르게 접근한다.

보통 본능에 자신을 맡기면 약점이 노출되며 약해지기 마련이지만, 감영은 예외였다.

오히려 더 강해졌다.

직선에 가깝던 공격이 변화를 싣기 시작했고, 때론 눈을 현혹하기까지 한다.

물론 단점으로 불괴흑마공이 무뎌지긴 했지만 강기를 막아내는 것을 보아 딱히 약점이라고 부르기 어려웠다.

또 다시 달려드는 감영.

폭행으로 단숨에 품으로 파고들며 밑에서부터 뻗어 올라오는 주먹!

거기에 다채로운 변화까지.

쉽게 막을 수도 피할 수도 없는 공격.

이를 악문 태현이 순간적인 기지로 청홍검을 땅에 박아 넣으며 발로 검을 지지했다.

그 순간 검을 후려치는 감영.

콰지지직!

검과 함께 땅에 긴 흔적을 남기며 밀려난다.

웅웅–.

당장이라도 부러질 것 같은 청홍검은 잘 버텨주었다. 하지만 태현의 갈비뼈는 아니었다.

으지직.

결국 부러진 것이다.

"아악!"

옆구리를 부여잡으며 주저 앉는다.

일어서려 하지만 제대로 힘을 줄 수 없다.

"크르르."

천천히 접근하는 감영.

그 모습을 보면서도 태현은 아무런 반응을 보일 수 없었다.

단순히 갈비뼈만 나간 것이 아니었다.

검을 지지하게 위해 뻗었던 오른발의 무릎이 뒤틀렸다.

갈비뼈의 강한 통증에 모르고 있었던 것일 뿐.

'호기심이… 작은 호기심이 화를 불렀다.'

모든 것을 체념한 태현의 얼굴.

그저 감영에 대해 더 알고 싶다는 작은 호기심이 모든 힘을 쏟아내지 못하게 만들었다.

변명이라 할 수도 있지만 그것이 승부를 결정지었다.

만약 처음부터 최선을 다했다면…

'아니야. 이런 생각을 하다보면 끝이 없을 뿐.'

부들부들.

검을 지팡이 삼아 악 소리 나는 고통을 참아가며 자리에서 일어선다.

다 쓰러진 그가 일어나는 모습에 다가서던 감영이 잠시 멈춰 섰지만 다시 다가오기 시작했다.

승부는 끝났다는 듯 여유로운 발걸음.

부들부들.

온 몸을 떨며 서 있는 것이 겨우 인 태현.

그의 시선이 감영을 향한다.

포기하지 않은 눈.

스슥.

왼발에 체중을 실으며 천천히.

아주 천천히 놈이 눈치 채지 못할 정도로 검을 비튼다.

공간이 벌어지며 검을 뽑아들기 쉽도록.

그리곤 조금씩 아주 조금씩 청홍검에 내공을 밀어 넣는다.

산공독에 중독되었을 때처럼 조금씩.

청홍검이 내공을 머금기 시작하지만 마치 주인의 생각을 읽기라도 한 듯 평소와 달리 울음을 터트리지 않는다.

움찔.

뭔가 이상한 듯 움찔하지만 다시 다가서는 감영.

'조금만… 조금만 더.'

남은 거리.

1장(丈).

마지막 승부를 걸어 볼 때가 다가오고 있었다.

마침내 두 사람 간의 거리가 두 발 자국 남았을 때.

'지금!'

왼발에 모든 힘을 주고 앞으로 박차며 청홍검을 휘두른다.

푸른 검강이 선명하다.

자세는 불안하지만 그의 검이 그리는 궤적은.

극검(極劍).

천검삼식 중 유일한 공격초식인 극검이 이 순간 터져 나온다!

†

바람이 부는 산의 정상.

사람의 접근이 쉽지 않을 것 같은 산들이 병풍처럼 둘러싸고 있는 그곳에 작은 오두막이 자리를 잡고 있었다.

바람만 불어도 당장 무너질 것 같은 집이지만 집의 주인은 정작 그런 걱정을 하지 않는다.

그저 하늘을 바라볼 뿐.

"허… 이것도 결국 인연인 것인가."

마치 신선과도 같은 차림의 노인.

선한 인상과 백발의 머리를 곱게 틀어 올린 그의 모습은 신선이라 불러도 부족함이 없어 보인다.

그저 푸르기만 한 하늘이 뭐가 이상한 것인지 노인은 시선을 떼지 않는다.

그렇게 망부석이라도 된 듯 자리에서 움직이지 않던 그가 마침내 하늘에서 시선을 거두었다.

"세상에 다시는 나서지 않으려 했거늘… 어쩔 수 없는 것인가."

아무리 하늘을 읽어보아도 자신이 움직이는 것 이외엔 방법이 보이질 않는다.

게다가 하늘의 인연이 그와 닿아있음이니 자신이 거부한다고 해서 거부 할 수 있는 것이 아님이다.

그것이 결국 노인에게 마음의 결정을 내리게 만들었다.

삐이익-!

손가락을 말아 입에 넣고 날카로운 휘파람을 분다.

산 구석구석까지 울려 퍼지는 소리.

잠시 뒤 그에 응답이라도 하듯 멀리서 소리가 들려온다.

키아아아!

날카로운 소리와 함께 하늘에서 모습을 드러내는 존재.

독수리였다.

그것도 족히 양 날개의 길기에 3장은 되는 듯 어마어마한 크기의 괴조(怪鳥)였다.

저 멀리서 모습을 드러냈다 싶을 때는 이미 코앞까지 다가와서 있을 정도로 어마어마한 속도를 자랑하는 괴조가 금방 노인의 앞에 내려선다.

펄럭, 펄럭!

날개 짓에 노인의 옷이 강하게 펄럭이지만 자리에서 꿈쩍도 하지 않는다.

키익, 킥.

단숨에 노인을 집어 삼킬 것 같은 크고 날카로운 부리로 애교라도 부리려는 듯 노인의 얼굴에 가져다 대는 괴조.

"그래, 오랜만이로구나. 네가 내 발이 되어 주어야 하겠다."

키익.

문제없다는 듯 자신의 등을 내보이는 녀석을 향해 웃으며 부리를 쓰다듬어주곤 가벼운 몸놀림으로 놈의 위에 올라타자 괴조는 날개 짓을 시작하더니 금세 하늘로 날아오른다.

키아아아-!

녀석의 울음소리가 산 깊숙이까지 울려 퍼진다.

†

번쩍!

빛이 번쩍이는 순간 감영의 주먹이 본능적으로 뻗어나간다.

극검은 단순한 초식이 아니다.

천하제일의 검술 천검의 단 하나 밖에 없는 공격 초식.

그 파괴력과 복잡함은 따라 올 수 없으며 그 궤적 역시 알기 어렵다.

천하 모든 검술의 궤적이 담겨있음이니.

"제길…."

콰직.

하지만.

태현의 입에서 욕설이 흘러나온다.

목을 베고 지나가야 할 그의 검이.

마지막 순간 무릎이 흔들리며 아주 조금 위로 향했고, 그 작은 틈이 감영이 고개를 숙이는 것만으로 공격을 피하게 만들었다.

멀쩡하지 않은 다리와 옆구리.

검의 빠르기와 정확성, 힘 모든 것이 부족했다.

그에 반해 본능적으로 뻗은 감영의 주먹은 정확히 태현의 오른팔을 후려쳤다.

콰직-.

"크아아악!"

비명과 함께 태현이 날아가고.

콰콰쾅!

나무가 부러지고 땅에 처박히며 먼지가 피어오른다.

부들부들.

경련이 일어나는 몸.

몸의 상처와 근육이 한계에 이른 것이다.

울컥, 울컥!

"우웩!"

결국 피를 토해낸다.

붉은 피가 쏟아져 나오며 미칠 것 같은 통증이 몸을 사로잡는다.

부러진 갈비뼈. 손상된 오른발의 관절.

방금 전의 일격으로 완전히 박살이 나버린 것 같은 오른팔까지.

정신을 잃지 않은 것이 불행일 정도로 강한 고통이 밀려든다.

감영의 몸에서 흘러나오는 살기가 줄어들며 그가 제 정신을 찾는다.

방금 전의 일격에 정신이 번쩍하고 돌아온 것이다.

불괴흑마공을 믿고 있지만.

방금 전의 일격은 그것을 잊을 정도로 위험한 것이었다.

"굉장… 하군. 방금 전의 일격은 뭐지?"

그의 물음에 대답하려 하지만 입 안 가득 채워진 피 때문에 쉬이 대답할 수 없다.

그것을 확인한 감영이 쓰게 웃으며 주먹을 치켜들었다.

"아무래도 빨리 편하게 해주는 것이 좋겠군."

우웅-.

"좋은 싸움이었어. 내가 조금만 약했더라면 상황은 달라졌을 것이야."

붉은 강기로 뒤덮이는 그의 주먹이 눈을 부릅뜬 태현을 향해 떨어져 내린다.

콰앙-!

후드득.

굉음과 함께 터져나간 것은… 태현이 아닌 감영이었다.

갑작스레 나타난 누군가가 짧은 순간 그의 몸을 날려버린 것이다.

너무나 쉽게.

"허허, 오늘 싸움은 여기까지 하는 걸로 하세나."

"누, 누구…."

"인연이 된다면 다음에 보세나."

끼아아악!

짧은 대답과 함께 감영이 몸을 일으키기도 전에 모습을 감추는 노인.

고막을 뒤흔드는 날카로운 소리와 함께 돌풍이 불며

감영의 두 눈을 가린다.

그가 다시 눈을 떴을 때 남아 있는 것은 아무것도 없었다.

태현도.

자신을 방해한 누군가도.

으드득.

이를 악무는 감영.

"아직… 끝나지 않았다는 것인가."

아직도 생생하게 남아 있는 마지막 공격의 공포.

어째서 처음부터 사용하지 않은 것인지 알 수 없지만, 분명한 것은 또 다시 만나게 될 것이란 사실이다.

"크큭… 그래, 그것도 좋겠지."

곧 웃음을 터트리는 그.

"그래! 건강해져라! 반드시! 우리의 승부는 다시 만나는 날 정해질 것이다! 크하하하!"

감영의 웃음소리가 하늘 높이 울려 퍼진다.

"허허, 그놈 목청도 좋은 놈이로구나."

키아악.

멀리서 외치는 소리를 들은 듯 노인이 말하자 괴조가 고개를 끄덕이며 동의한다.

"흐음… 어디서부터 손을 봐야 한다?"

자신의 품에 안겨 정신을 잃은 태현을 바라보는 노인.

그의 눈엔 따뜻함이 가득 담겨 있었다.

"자, 가자꾸나."

키아아악!

노인의 말에 힘차게 대답하며 괴조가 날개 짓을 한다.

〈5권에서 계속〉